W0201014

Kapitel I

Eine alte Freundin

Nun komme ich, Allan Quatermain, zu dem (mit höchstens einer oder zwei Ausnahmen) unheimlichsten der Erlebnisse, die ich hier in diesem fremden Land, denn das ist England schließlich für mich, zu meinem Vergnügen in meinen Mußestunden aufzeichne. Ich werde älter. Die Zeit der Wagnisse und Abenteuer ist für mich wohl vorüber, und ich kann an sich ganz zufrieden sein mit dem Los, welches das Schicksal mir Unwürdigem zugeteilt hat.

Erstens einmal lebe ich noch immer und bin bei bester Gesundheit, obwohl ich schon so viele Male in Todesgefahr schwebte. Das wäre eigentlich ein Grund zur Dankbarkeit, doch ehe ich mich zu diesem Punkt äußere, müßte ich erst ganz sicher sein, was das bessere ist, am Leben zu sein oder tot. Die Religionen plädieren für letzteres, freilich habe ich noch nie feststellen können, daß es die Frommen mit dem Sterben eiliger hätten als wir armen, gewöhnlichen Sterblichen.

Wenn man so einem gottesfürchtigen Menschen zum Beispiel sagt, mit seinem kostbaren Herzen sei etwas nicht in Ordnung, dann scheut er weder Zeit noch Geld, sondern eilt unverzüglich an einen Ort namens Nauheim in Deutschland und sucht dort durch Wasserkuren den Schaden zu beheben, obwohl er damit sich selbst die Stunden himmlischer Glückseligkeit verkürzt und seine Erben einer nicht unbeträchtlichen Summe beraubt. Das gleiche gilt für das in der Nähe meines Wohnortes gelegene Buxton und die Gicht, besonders, wenn sie den Magen oder die Kehle bedroht. Selbst Erzbischöfe handeln so, von kleinen Fischen wie Dekanen oder prominenten und couragierten nichtklerikalen Vertretern der Kirche einmal ganz abgesehen.

Von gewöhnlichen Sündern wie mir mag ein solches Verhalten nicht anders zu erwarten sein, aber bei jenen, die so offensichtlich auf den obersten Sprossen der Jakobs-, sprich der Himmelsleiter stehen, darf man sich doch mit Recht erkundigen, warum sie mit dem Absprung so sehr zögern. Ich habe tatsächlich einige wenige Menschen kennengelernt, die durchaus zum Sterben bereit waren — abgesehen von jenen, die so töricht waren, jemand anderen dadurch retten zu wollen, der ihnen wichtiger war als das eigene Leben — aber sie gehörten nicht zu jenen, ›die im Licht der Gnade stehen‹, um ein seriöses Blatt zu zitieren, das ich heute morgen zufällig las, sondern vielmehr, wieder ein Zitat, zu den ›sündigen Heiden, die in der ihnen angeborenen Finsternis wandeln‹, womit der Schreiber vermutlich ihre moralische Verfassung meint, und nicht ihre schwarze Haut, in der die meisten von ihnen ebenfalls zu wandeln gezwungen sind, jedenfalls, wenn ihr Geburtsort sich südlich eines bestimmten Breitengrades befindet.

Um wieder zum Thema zurückzukommen, für den Stab des Glaubens, den jedermann sich selbst schnitzen muß, werden selbst von den Besten unter uns oft ungeeignete Hölzer gewählt. Weide ist zum Beispiel schön und leicht zu schneiden, aber wenn man am Rand eines Abgrunds steht und versucht, sich darauf zu stützen, dann wird man sehen, wie weit man damit kommt, und man wird sich gewiß nach Eukalyptus sehnen oder sogar nach der guten, alten Eiche. Ich könnte den Vergleich noch weiter führen, zum Beispiel kommen mir da einige Fingerzeige bezüglich des besten Materials für den Helm des Heils in den Sinn, aber ich will es genug sein lassen.

In Wahrheit haben wir deshalb Angst vor dem Sterben, weil alle Religionen nur so strotzen von Anspielungen auf unangenehme Dinge, die uns als Belohnung für unsere Verstöße gegen ihre Gesetze erwarten könnten, und weil wir halb und halb an etwas glauben, während der Wilde, der nicht mit einer Religion belastet ist, sich weniger fürchtet, weil er halb und halb an gar nichts glaubt. Nur sehr wenige Bewohner dieser Erde sind nämlich zu vollkommener Gläubigkeit oder zu ihrem absoluten Gegenteil fähig. Selten nur vermag einer die Hand auf das Herz zu legen und zu versichern, er *wüßte,* daß er ewig leben oder ewig schlafen werde; bei den meisten aufrichtigen Menschen läßt sich ein Fünkchen Zweifel an der einen wie der anderen Hypothese nicht ausrotten.

Das macht meine Geschichte so interessant, jedenfalls für mich, denn sie scheint anzudeuten, daß ich, ob ich nun eine Zukunft vor mir habe, was ich persönlich, und nicht ohne Grund für gegeben halte, oder nicht, gewiß eine Vergangenheit hinter mir habe, wenn auch, soweit ich weiß, nur in dieser Welt. Und aus dieser Tatsache, falls es denn eine solche sein sollte, lassen sich je nach dem Geschmack des Argumentierenden alle möglichen Deutungen ableiten.

Und jetzt zu meinem Erlebnis, das, wie ich fairerweise hinzufügen möchte, möglicherweise nicht mehr ist als ein langer, in sich zusammenhängender Traum. Doch wie sollte ich von Ländern, Ereignissen und Menschen träumen, von denen ich nur ganz verschwommene oder gar keine Kenntnisse besitze, es sei denn, es träfe zu, was manche Leute behaupten, und wir hätten, da wir ja ein Teil der Welt sind, irgendwo in uns selbst ein Wissen um alles verborgen, was je auf dieser Welt geschehen ist. Das ist freilich nicht weiter von Bedeutung, und es hat keinen Sinn, über Dinge zu diskutieren, die sich so oder so nicht beweisen lassen.

Dies ist jedenfalls die Geschichte.

In einem von mir verfaßten Buch oder Manuskript, das ich zusammen mit anderen unter dem Titel ›Das Elfenbeinkind‹ abgelegt habe, erzählte ich von einer gewissen Expedition, die ich in Gesellschaft von Lord Ragnall unternahm. Das Ziel des Unternehmens war die Suche nach seiner Frau, die ihm auf einer Reise durch Ägypten entführt worden war, nachdem sie zuvor unter entsetzlich tragischen Umständen ihr Kind verloren und der Schock über dieses Ereignis ihren Geist verwirrt hatte. Die Entführer waren Priester eines gewissen Stammes von arabischen Mischlingen, und sie hielten sie, da sie ein Muttermal in Form einer Mondsichel auf der Brust hatte, für die Priesterin oder das Orakel ihres Kultes. Dieser Kult stammte ursprünglich offenbar aus dem alten Ägypten, denn die Priesterin stellte, obwohl man sich dessen augenscheinlich nicht bewußt war, nichts weniger dar als eine Verkörperung der großen Göttin Isis, und das Elfenbeinkind, ihr Fetisch, war eine Statue des kindlichen Horus, des legendären Sohns der Isis und des Osiris, den die Ägypter als Überwinder Sets oder des Teufels betrachteten, als den Mörder des Osiris, ehe dieser wiederauferstand und in den Himmel aufstieg, um dort als Gott über die Toten zu herrschen.

Ich brauche nicht noch einmal alles zu wiederholen, was uns im Verlauf dieses bemerkenswerten Abenteuers widerfuhr. Nur soviel, daß wir die Dame schließlich befreiten, und daß sich auch ihr Verstand wieder einstellte. Ehe sie jedoch das Land der Kendah verließ, beschenkte die Priesterschaft sie mit zwei uralten Papyrusrollen und außerdem mit einer gewissen Menge eines Krautes, das vom Aussehen her Ähnlichkeit mit Tabak hesaß und von den Kendah *Taduki* genannt wurde. Ehe wir unsere lange Heimreise durch die Wüste antraten, hatten Lady Ragnall und ich ein merkwürdiges Gespräch über dieses Kraut, das die Eigenschaft hat, jeden, der seine Dämpfe einatmet, zum Hellseher zu machen oder ihm Träume zu schenken, ich will darüber kein Urteil abgeben. Zu diesem Zweck wurde es jedenfalls bei den mystischen Zeremonien der Kendah-Religion verwendet, und unter seinem Einfluß pflegte die Priesterin oder das Orakel des

Elfenbeinkindes göttliche Offenbarungen zu verkünden. Während Lady Ragnall dieses Amt innehatte, wurde sie häufig den *Taduki*-Dämpfen ausgesetzt und sagte dann seltsame Dinge. Manches davon habe ich mit eigenen Ohren gehört. Auch ich selbst erlebte einmal die Wirkung dieser Pflanze und hatte eine eigenartige Vision, die sich später zum großen Teil erfüllte.

Nun ging es bei dem oben erwähnten Gespräch kurz gesagt darum, daß Lady Ragnall glaubte, es würde eine Zeit kommen, zu der es ihr, mir oder uns beiden gemeinsam bestimmt sei, diese *Taduki*-Dämpfe einzuatmen und wundersame Bilder einer vergangenen oder künftigen Existenz zu schauen, die uns beide betraf. Dies, so erklärte sie, sei ihr offenbart worden, während sie, nach außen hin stumpf und ohne Bewußtsein, als Priesterin des Kendah-Gottes, den man das Elfenbeinkind nannte, ihres Amtes waltete.

Damals hielt ich es für unklug, ein so aufwühlendes Thema mit einer Frau, deren Geist vor kurzem noch gestört gewesen war, weiter zu erörtern, und später, unter dem Druck neuer Erlebnisse, vergaß ich ganz darauf oder dachte jedenfalls nur sehr selten daran.

Einmal jedoch wurde es mir sehr energisch ins Gedächtnis zurückgerufen. Kurz nachdem ich nach England gekommen war, um hier, fern von allen verlockenden Abenteuern, den Rest meiner Tage zu verbringen, ließ ich mich dazu überreden, ein Wohltätigkeitsdinner auszurichten und, was noch schlimmer war, an besagtem Essen auch teilzunehmen. Die Ziele der betreffenden Organisation waren bewundernswert, doch die Veranstaltung selbst sollte so schrecklich werden, wie ich es nur selten erlebt hatte. Eine riesige Zahl von Menschen hatte sich eingefunden, darunter einige sehr hochrangige Gäste, die die Organisation unterstützen oder vielleicht auch nur ihre Orden zur Schau stellen wollten, und andere wie ich, ganz gewöhnliche Mitglieder, die nicht von besonderem Rang waren, keine Orden aufzuweisen hatten und wie Kellner auf Arbeitssuche in dem überfüllten Raum herumstanden.

Beim Essen, das übrigens miserabel war, saß ich an einem so abgelegenen Tisch, daß ich von den endlosen Reden kaum etwas mitbekam, was aber vielleicht nicht unbedingt ein Nachteil war. Unter diesen Umständen entspann sich ein Gespräch mit meinem Nachbarn, einem etwas absonderlichen, schwarzbärtigen Hutzelmännchen, der irgendwie erfahren hatte, daß ich mit den wilderen Gegenden Afrikas vertraut war. Wie sich schließlich herausstellte, war er ein wohlhabender Wissenschaftler, der mit Begeisterung die Eigenschaften von Kräutern erforschte, besonders solcher Pflanzen, wie sie im Landesinneren von Südamerika wuchsen, das er einige Jahre lang bereist hatte.

Endlich erwähnte er eine den Indianern als Yagé bekannte Wurzel, die, zerkleinert, zu einer Paste verrührt und in Form von Pillen eingenommen, den Patienten befähigen sollte, Ereignisse wahrzunehmen, die sich weit entfernt von ihm abspielten. Er behauptete sogar, eine auf diese Weise erzeugte Vision habe ihn veranlaßt, nach Hause zurückzukehren, da er im Zustand der Trance erfahren habe, eine Verwandte von ihm, eine Zwillingsschwester, glaube ich, sei gefährlich erkrankt. Tatsächlich hätte er sich die Reise jedoch sparen können, denn er traf erst am Tag nach ihrem Begräbnis in London ein.

Da ich merkte, daß er sich für das Thema wirklich interessierte, und ihn außerdem für einen sehr nüchternen Menschen hielt, der nicht zu Phantastereien neigte, erzählte ich ihm von meinen Erfahrungen mit dem *Taduki*, und er hörte wie gebannt zu, ohne freilich seiner Erregung freien Lauf zu lassen. Als ich jedoch vorgab, nicht an die ganze Geschichte zu glauben, wurde er fast grob und fragte mich, warum ich gewisse Phänomene einfach deswegen abstreite, weil ich zu vernagelt sei, um sie zu begreifen. Ich entgegnete ihm, vielleicht seien solche Phänomene nicht besonders hilfreich, sondern erschütterten nur bewährte Vorstellungen. Darauf versetzte er, jeder Fortschritt erfordere den Umsturz bestehender Ansichten. Weiterhin flehte er mich an, ich möge doch, falls ich jemals die Möglichkeit dazu hätte, die Versuche mit den *Taduki*-Dämpfen fortsetzen und ihm die Ergebnisse mitteilen.

An diesem Punkt wurde unser Gespräch unterbrochen, denn plötzlich stimmte eine in der Nähe lärmende Kapelle ›God save the Queen‹ an. Wir tauschten hastig unsere Visitenkarten aus und verabschiedeten uns. Ich erwähne die Episode nur, weil ich glaube, daß ich nie in die Lage geraten wäre, diese Geschichte zu schreiben, hätte diese Begegnung nicht stattgefunden.

Die Bitte meines Bekannten blieb mir im Gedächtnis und beeinflußte mich so sehr, daß ich, als die erwähnte Gelegenheit tatsächlich kam, aus einer Art von Pflichtgefühl heraus etwas tat, wozu ich mich, davon bin ich fast überzeugt, aus keinem anderen Grund auch unter noch so großem Druck jemals bereitgefunden hätte. Aber ich dachte, ich müßte jede Chance nützen, um herauszufinden, wie es in Wahrheit um die Sache bestellt sei, und wie es der Zufall wollte, ergab sich eine solche Chance schon bald.

Hier sollte ich einfügen, daß ich erst kurz vor dem oben erwähnten Dinner nach längerer Abwesenheit nach England zurückgekehrt war, um mich mit dem Reichtum aus den Minen des Königs Salomo hier zur Ruhe zu setzen. So kam es, daß ich seit dem Ende meines Kendah-Abenteuers mehrere Jahre zuvor Lord und Lady Ragnall nicht mehr gesehen und nur wenig von ihnen gehört hatte. Einmal drang jedoch ein Gerücht zu mir, durch Sir Henry Curtis, glaube ich, oder durch Captain Good, der Lord sei bei einem Unfall ums Leben gekommen. Was das für ein Unfall gewesen war, wußte mein Informant nicht zu sagen, und da ich zu der Zeit gerade im Begriff war, eine weite Reise anzutreten, hatte ich keine Möglichkeit, mich genauer zu erkundigen.

Mein Gespräch mit dem Botaniker bewog mich nun, dies nachzuholen, und ein paar Tage später entdeckte ich in einem Nachschlagewerk tatsächlich, daß Lord Ragnall gestorben war, ohne einen Erben zu hinterlassen. Außerdem fand ich heraus, daß seine Frau ihn überlebt hatte.

Ich hatte mich schon fast durchgerungen, ihr zu schreiben, als mir der Postbote eines Morgens hierher auf meinen Landsitz einen Brief brachte, auf dessen Rückseite ›Ragnall Castle‹ gedruckt war. Die klare, feste Handschrift kannte ich nicht, denn soweit ich mich erinnern konnte, hatte ich Lady Ragnalls Schrift nie gesehen. Hier ist eine Abschrift des Briefes:

Mein lieber Mr. Quatermain,
ein merkwürdiger Zufall hat es gefügt, daß ich vor kurzem bei einer Versammlung der Gartenbaugesellschaft einem Herrn begegnete, der behauptete, vor ein paar Tagen bei einem öffentlichen Dinner Ihr Tischnachbar gewesen zu sein. Eine Verwechslung halte ich für ausgeschlossen, denn er zeigte mir Ihre Karte, die er in seiner Brieftasche mit sich führte, und darauf war eine Adresse in Yorkshire angegeben.

Es war eine Diskussion darüber entbrannt, ob eine gewisse Abart der Crinum-Lilie zuerst in Afrika oder in Südamerika entdeckt worden sei. Der eben erwähnte Herr, eine Autorität auf dem Gebiet der südamerikanischen Flora, hielt eine Rede, in deren Verlauf er bemerkte, diese Pflanze sei ihm dort niemals begegnet, doch habe er mit einem Bekannten darüber gesprochen, einem gewissen Mr. Quatermain, und der habe erklärt, er habe ein derartiges Gewächs im Inneren von Afrika gefunden.

[Das traf zu, denn ich konnte mich an den Vorfall erinnern.]

Beim Tee nach der Versammlung unterhielt ich mich mit jenem Herrn, dessen Namen ich nicht mitbekommen habe, und erfuhr zu meinem Erstaunen, daß er sich wohl auf Sie bezogen haben mußte, obwohl man uns vor langer Zeit mitgeteilt hatte, Sie seien tot. Eine Verwechslung schien nicht vorzuliegen, denn außer dem Namen lieferte er mir auch noch eine Beschreibung Ihres Aussehens und sagte mir, Sie seien zurückgekehrt und lebten jetzt in England.

Mein lieber Freund, ich kann Ihnen versichern, daß ich schon lange nichts mehr gehört habe, was mir solche Freude bereitete. Oh! Während ich diese Zeilen schreibe, bricht die ganze Vergangenheit über mich herein wie eine aufgestaute Wasserflut, aber ich hoffe doch, bald Gelegenheit zu haben, mit Ihnen selbst darüber zu sprechen. Warten wir also so lange.

Mein Freund, seit wir uns an den Gestaden des Roten Meeres trennten, wurde ich von Schicksalsschlägen verfolgt. Wie Sie wahrscheinlich wissen, denn sowohl mein Gatte als auch ich haben Ihnen geschrieben, auch wenn Sie die Briefe niemals beantworteten [Ich hatte sie nie erhalten.], *kamen wir wohlbehalten nach England zurück und nahmen unser altes Leben wieder auf. Um der Wahrheit die Ehre zu geben, muß ich freilich sagen, daß nach meinen Erlebnissen in Afrika nie wieder alles so wurde wie früher, und George erging es ebenso. Seine Interessen veränderten sich grundlegend, gewisse politische Ambitionen, die er einst gehegt hatte, schienen keinen Reiz mehr für ihn zu besitzen. Statt dessen vertiefte er sich in das Studium der Geschichte, besonders in die Ägyptologie, was Ihnen unter den gegebenen Umständen vielleicht ebenso merkwürdig erscheinen mag wie mir. Ich hatte jedoch nichts dagegen einzuwenden, da auch meine Neigungen in dieser Richtung liegen. So arbeiteten wir gemeinsam auf diesem Gebiet, und ich kann inzwischen die Hieroglyphenschrift ebensogut lesen wie die meisten Wissenschaftler. Eines Tages sagte er, er würde gerne wieder nach Ägypten reisen, wenn ich keine Angst hätte. Ich antwortete, das Glück habe uns* dort zwar nicht gerade begünstigt, aber ich persönlich verspürte nicht die leiseste Angst, und eine Rückkehr in dieses Land sei ein langgehegter Wunsch von mir. Wie Sie wissen, habe ich Bindungen an Ägypten, ja an ganz Afrika, oder glaube sie jedenfalls zu haben. Nun, wir traten die Reise an und verlebten eine sehr glückliche Zeit, auch wenn ich ständig damit rechnete, den alten Harût um die nächste Ecke biegen zu sehen.

Danach machten wir es uns zur Gewohnheit, den Winter in Ägypten zu verbringen, da George die Jagd praktisch aufgegeben hatte und auch das House of Lords kaum noch besuchte und uns somit nichts an England band. So hielten wir es fünf Jahre hintereinander, wir bewohnten einen Bungalow, den wir uns in der Wüste, nicht weit von den Ufern des Nil gebaut hatten, etwa auf halbem Wege zwischen Luxor, dem einstigen Theben, und Assuan. Als George den Ort zum erstenmal sah, war er hellauf begeistert, und mir ging es ebenso, wenn ich ehrlich sein soll, denn wie damals von Memphis fühlte ich mich so davon angezogen, daß ich immer wieder lachend sagte, ich hätte den Verdacht, in früherer Zeit etwas damit zu tun gehabt zu haben.

Nun befinden sich in der Nähe unserer Villa, die wir nach diesem Haus hier ›Ragnall‹ nannten, fast völlig im Sand vergraben die Überreste eines Tempels. George besorgte sich eine Genehmigung zur Ausgrabung dieser Anlage. Es war, wie sich mit der Zeit herausstellte, ein langwieriges und kostspieliges Unternehmen, aber das war kein Hindernis, da er die Ausgaben nicht scheute. Vier Winter lang arbeiteten wir daran und beschäftigten mehrere hundert Männer. Im Verlauf der Ausgrabungen stellten wir fest, daß der Tempel zwar nicht gerade einer der größten, aber dank der Tatsache, daß er während oder kurz nach der Römerzeit im Sand versunken war und die frühen Christen mit ihren Meißeln und Hämmern nie zu ihm vorgedrungen waren, weit besser erhalten geblieben war, als wir erwartet hatten. Ich hoffe, Ihnen bald Bilder und Photographien der verschiedenen Höfe etc. zeigen zu können und will mich deshalb nicht mit einer Beschreibung aufhalten.

Es ist ein Tempel der Isis – erbaut oder vielmehr wiederaufgebaut über den Resten eines älteren Tempels auf einem Gelände, das jedenfalls in späterer Zeit als Amada bekannt war. Diesen Namen gab ihm offenbar einer der Amen-hetep-Pharaonen nach einer Stadt in Nubien, die er erobert hatte. Der Baustil ist wunderschön, die beste Periode der ägyptischen Renaissance unter den letzten einheimischen Dynastien.

Zu Anfang des fünften Winters näherten wir uns schließlich dem Allerheiligsten, allerdings unter Schwierigkeiten, da zuerst Rückhaltemauern errichtet werden mußten, um zu verhindern, daß der Sand so schnell nachströmte, wie man ihn beseitigen konnte, und weil große Mengen Schutt mit einer Schienenbahn weggeschafft werden mußten. Dabei stießen wir auf ein flaches Grab, das allem Anschein nach hastig zugeschüttet und flüchtig mit den gleichen Pflastersteinen abgedeckt worden war wie der Rest des Hofes, fast so, als habe man sein Vorhandensein verbergen wollen. In diesem Grab lag, zusammen mit der verrosteten Eisenklinge eines Schwertes und einigen Teilen einer Rüstung, das Skelett eines großen Mannes. Offenbar war die Leiche nie einbalsamiert worden, denn es gab keine Binden, keine Eingeweidekrüge, keine Ushapti-Figuren und keine Grabbeigaben. Der Zustand der Gebeine verriet uns den Grund dafür, denn der rechte Unterarm war gebrochen und der Schädel eingeschlagen; außerdem lag zwischen den Rippen eine eiserne Pfeilspitze. Der Mann war wohl in einer Schlacht umgekommen, und man hatte ihn in aller Eile verscharrt. Als wir unter den Knochen den Staub durchsuchten, fanden wir einen der Finger, an dem noch ein goldener Ring steckte. Auf der Ringplatte war die Kartusche ›Peroa, Geliebter des Ra‹ eingraviert. Nun bedeutet Peroa vermutlich Pharao, und vielleicht handelte es sich um Khabasha, der einen Aufstand gegen die Perser anführte, ein oder zwei Jahre regierte und danach vermutlich besiegt und getötet wurde, obwohl es für sein Ende und seine Grabstätte keinerlei Belege gibt. Ob dieses Skelett einst Khabasha selbst gewesen war oder einer seiner Minister oder Generäle, der die Kartusche des Königs als Zeichen seines Amtes auf dem Ring trug, kann ich natürlich auch nicht sagen.

Als George die Kartusche entziffert hatte, reichte er mir den Ring, und ich steckte ihn auf den Zeigefinger meiner linken Hand, wo ich ihn bis heute trage. Danach ließen wir das Grab für weitere Untersuchungen offen und setzten die Arbeiten fort, denn wir waren sehr ungeduldig. Endlich, gegen Abend, hatten wir so viel vom Allerheiligsten, das nicht sehr groß war, freigelegt, daß wir den Schrein fanden. Er war, wenn nicht gar ein Monolith, aus vier roten Granitblöcken so kunstvoll zusammengefügt, daß man keine Fugen sah. Auf dem geschwungenen Architrav, wie man es, glaube ich, nennt, war das Symbol einer geflügelten Scheibe eingemeißelt, und darunter befand sich, in so frischen Hieroglyphen, als seien sie erst gestern herausgehauen worden, eine Inschrift, die besagte, Peroa, der Königliche Sohn der Sonne, habe diesen Schrein zusammen mit den Statuen der Heiligen Mutter und des Heiligen Kindes als ein ›herrliches, für die Ewigkeit geschaffenes Kunstwerk‹ den ›Emanationen der großen Göttin Isis und des Gottes Horus‹ dargebracht, und die Prinzessin Amada sei eine Jüngerin oder Hohepriesterin dieser Göttin.

Wir überflogen die Hieroglyphen nur, da wir es kaum erwarten konnten, das Innere des Schreins zu sehen. Die Tür aus Zedernholz war verrottet, und alles war mit feinem Treibsand gefüllt. Korb für Korb holten wir den Sand heraus, und schließlich, mein Freund, legten wir die schönste, lebensgroße Alabasterstatue der Isis frei, die ich jemals gesehen habe. Sie saß auf einem thronähnlichen Sessel und hatte auf dem Kopf die Geierhaube, auf der noch Spuren von Farbe zu erkennen waren. Die Arme hielt sie ausgestreckt, als trüge sie ein Kind darauf, stillte sie vielleicht es sogar, denn eine Brust war entblößt. Von dem Kind war jedoch nichts zu sehen. Die Statue war wunderbar gearbeitet, das zarte, mystische Antlitz von außergewöhnlicher Schönheit und dabei so natürlich, daß ich glaube, es muß ein lebendes Modell dazu gegeben haben. Oh, mein Freund, als ich es ansah, wir hatten Kerzen entzündet, denn die Sonne ging gerade unter, und in dem ausgeschachteten Loch sammelten sich die Schatten, da empfand ich – ach, lassen wir das – vielleicht können Sie, der Sie meine Geschichte kennen, es erraten.

Wir konnten uns an diesem Kunstwerk nicht sattsehen, und ich wäre, warum, kann ich nicht sagen, am liebsten davor auf die Knie gefallen, doch plötzlich spürte ich ein leichtes Zittern unter meinen Füßen. Im gleichen Moment stürzte der Oberaufseher der Ausgrabungen, ein Mann namens Achmet, auf uns zu und schrie: »Zurück! Zurück! Die Mauer ist eingestürzt! Der Sand kommt!«

Er packte mich am Arm und zerrte mich hinter das Grab, und George drehte sich um und wollte uns folgen. Im nächsten Augenblick sah ich, wie eine Art Sandwelle, auf deren Kamm die Steine der Mauer auftauchten, nach vorne kippte und sich brach. Sie traf den Schrein, stürzte ihn um und zerschmetterte ihn, weshalb ich glaube, daß er aus vier Teilen bestand, und sie zerschmetterte auch die Alabasterstatue darin, denn ich beobachtete, wie ihr Kopf gegen Georges

Rücken prallte und ihn nach vorne schleuderte. Er wankte und stürzte in das offene Grab, das im nächsten Augenblick unter dem Schutt verschwand, der auch mich mitzureißen schien. Danach wußte ich nichts mehr, erst Stunden später kam ich wieder zu mir und stellte fest, daß ich in unserem Hause lag.

Achmet und seine Ägypter hatten nichts unternommen, ja, sie ließen sich nicht einmal dazu bewegen, sich dem Ort vor Sonnenaufgang zu nähern, sie behaupteten, die alten Götter des Landes, die sie als Teufel betrachteten, seien erzürnt über die Störung und würden sie ebenso töten wie den Bey, womit George gemeint war. Da ging ich in meiner Verzweiflung alleine hin, außer mir war nämlich kein Europäer zur Stelle, und fand den ganzen Hof mit dem Allerheiligsten unter Hunderten von Tonnen Sand begraben, der zuerst durch die Lücke in der geborstenen Mauer und dann von allen Seiten zusammengeströmt war. Es hätte Wochen gedauert, um ihn wegzuschaufeln, und einen Schacht zu graben war praktisch unmöglich und außerdem so gefährlich, daß die örtlichen Behörden uns den Versuch untersagten. Schließlich kam mit einer Sondergenehmigung der Regierung ein englischer Bischof aus Kairo, um den Boden zu weihen, wodurch es natürlich unmöglich wurde, diesen Teil des Tempels noch weiter zu stören. Danach hielt er einen Begräbnisgottesdienst für meinen lieben Gemahl.

Das ist das Ende der schrecklichen Geschichte, und ich habe sie Ihnen auf diesem Wege mitgeteilt, um nicht mehr als nötig davon sprechen zu müssen, wenn wir uns treffen. Denn, mein lieber Mr. Quatermain, wir werden uns treffen, davon war ich immer überzeugt – ja, sogar dann noch, als ich gehört hatte, Sie seien tot. Sie werden sich erinnern, daß ich Ihnen dies schon vor Jahren in Kendahland vorhergesagt habe, und auch, daß diese Begegnung nach einer großen Veränderung in meinem Leben stattfinden würde, obwohl ich damals natürlich nicht ahnen konnte, was für eine Veränderung das sein würde …

Damit endet der Brief, bis auf einige Terminvorschläge für meinen Besuch auf Ragnall, den sie offenbar für selbstverständlich hielt.

Kapitel II

Ragnall Castle

Als ich dieses erstaunliche Dokument zu Ende gelesen hatte, zündete ich mir meine Pfeife an und machte mich ans Nachdenken. Ein hypothetischer Fragesteller mag sich wundern, warum ich es so erstaunlich fand. Ein hochgebildeter, englischer Dilettant, der sich zur Ägyptologie hingezogen fühlte, zufällig auch noch einer der reichsten Männer im Königreich war und einen Teil seines Reichtums für die Ausgrabung von Tempeln verwendete, war an sich nichts Ungewöhnliches. Es war auch nicht unbedingt befremdlich, daß er bei dieser Beschäftigung, die ich mir im milden winterlichen Klima Ägyptens als sehr faszinierend vorstellen kann, durch einen Unfall ums Leben kam, und er war gewiß nicht der erste Mensch, der unter einer Sandlawine begraben wurde. Erst vor kurzem ereilte eine Kinderschwester und das ihr anvertraute Kind hier in diesem Sprengel das gleiche Schicksal, als die beiden in einer Grube ein Schwalbennest ausgraben wollten und dabei einen großen Teil der überhängenden Böschung zum Einsturz brachten, weil die darunterliegende Sandader von Arbeitern ausgehöhlt worden war, die die Grube verlassen hatten, als sie sahen, daß die Wand nicht mehr sicher war. Tags darauf halfen ich und meine Gärtner bei der Bergung der Leichen, deren Verbleib erst am Morgen entdeckt worden war. Es war keine sehr erfreuliche Beschäftigung.

Und doch, in Verbindung mit der Geschichte dieses Paares war die ganze Ragnall-Affäre sehr eigenartig. Als Lady Ragnall, damals noch ›the Honourable Miss Holmes‹, ein Kind war, hatten zwei Priester eines entlegenen afrikanischen Stammes sie als das Orakel ihrer Religion ausfindig gemacht, einer Religion, die aus dem alten Ägypten stammte, wie wir später beweisen konnten, kurz, eines Ablegers des Isis- und Horuskults. In der Folge versuchten diese Priester, das Mädchen zu entführen, was ihnen aber mißlang, da ich zufällig anwesend war und den Anschlag vereiteln konnte. Später, nach ihrer Hochzeit, als ein Schock ihren Geist verwirrt hatte, wiederholten die beiden den Versuch, diesmal in Ägypten und mit Erfolg. In Zentralafrika, wo sie die Rolle der Muttergöttin Isis spielte und sogar deren alte Gewänder trug, entdeckten wir sie schließlich und befreiten sie. Danach kehren sie und ihr Gatte nach Hause zurück und wenden sich einem Studienzweig zu, der sie erneut nach Ägypten führt. Hier widmen sie sich der Ausgrabung eines alten Tempels und stellen fest, daß er von all den offenbar sehr zahlreichen ägyptischen Göttern einst ausgerechnet Isis und Horus geweiht war, den beiden Gottheiten, mit denen sie kurz zuvor so eng in Berührung gekommen sind, wenn auch in einer durch die lange Überlieferung entarteten Form des Kults.

Und damit noch nicht genug. Sie dringen bis ins Allerheiligste vor. Sie entdecken die Statue der Göttin, aber das Kind ist fort, genau wie ihr eigenes. Es kommt zu einer Katastrophe, Ragnall wird getötet und so gründlich verschüttet, daß nichts von ihm jemals wiedergefunden wird: Er verschwindet einfach im Grab eines anderen Mannes, und dort bleibt er.

Ein ganz alltägliches Unglück, gewiß, auch wenn es für abergläubische Menschen vielleicht so aussehen könnte, als habe die Göttin oder irgendeine hinter ihr stehende Kraft Rache an dem Mann nehmen wollen, der ihren alten Schrein entweihte. Übrigens, ich weiß nicht mehr, ob ich es in ›Das Elfenbeinkind‹ erwähnt habe, erinnere ich mich, daß Harût, der alte Priester der Kendah, mir einst erzählte, er sei sicher, daß Ragnall eines gewaltsamen Todes sterben würde. In jenem Land und in der Situation, in der wir uns damals befanden, erschien mir das nicht unwahrscheinlich, aber dennoch fragte ich ihn, warum. Er antwortete:

»Weil er Hand an etwas gelegt hat, das heilig und nicht für Menschen bestimmt ist«, und dabei sah er Lady Ragnall an.

Ich bemerkte, alle Frauen seien heilig, worauf er entgegnete, er sei dieser Ansicht nicht, und das Thema wechselte.

Nun, Ragnall hatte die Frau geheiratet, die einst als letzte Priesterin der Isis auf Erden diente, und wurde getötet; wohingegen sie, die Priesterin, wie durch ein Wunder vor jedem Schaden bewahrt blieb. Und ... — oh, die ganze Geschichte war einfach verdammt sonderbar. Armer Ragnall! Er war ein großartiger englischer Gentleman, und als ich ihn kennenlernte, hielt ich ihn für einen der glücklichsten Menschen meiner Bekanntschaft, denn er war mit allen nur denkbaren geistigen, körperlichen und materiellen Vorzügen ausgestattet. Und doch stellte sich meine Einschätzung letztlich als falsch heraus. Nun, zeit seines Lebens war er ein guter Freund und ein guter Kamerad gewesen, und in einer Welt, in der alles so schnell in Vergessenheit gerät, kann sich niemand einen besseren Nachruf wünschen.

Doch was sollte ich jetzt tun? Ehrlich gesagt hatte ich nicht unbedingt den Wunsch, dieses Kapitel vergangener Geschichte erneut aufzuschlagen oder mir schmerzliche Erinnerungen aus dem Mund einer trauernden Witwe anzuhören. Außerdem, so schön sie einst auch gewesen sein mochte, jetzt war sie wohl ohne Zweifel *passée,* und trotz ihres Charmes, den sie sich natürlich bewahrt hatte — ich glaube, ich habe nie eine bezauberndere Frau kennengelernt —, hatte Lady Ragnall etwas an sich, das mich beunruhigte. Sie war nicht mit anderen Frauen zu vergleichen. Natürlich sind alle Frauen verschieden, aber in ihrem Fall war der Abstand, wenn ich es so ausdrükken darf, sehr ausgeprägt. Es war, als sei sie aus einer anderen Zeit oder gar aus einer anderen Welt gekommen und habe sich mit den charakteristischen Eigenschaften unserer Epoche nur wie mit einer oberflächlichen Tünche umgeben. So hatte ich vom ersten Augenblick unserer Bekanntschaft an empfunden, und als ich nun ihren Brief las, kehrte das Gefühl verstärkt zurück.

Darüber hinaus besaß sie für mich eine ganz besondere Anziehungskraft, die mit gewöhnlichen weiblichen Reizen nichts zu tun hatte. Es ist seltsam, wenn man feststellt, daß man mit einer Person merkwürdig vertraut ist, obwohl man sie eigentlich kaum kennt, wenn man den Eindruck bekommt, als wisse man in Wirklichkeit eine ganze Menge, doch dieses Wissen befinde sich hinter einer dünnen, aber völlig undurchdringlichen Tür. Wenn dem so war, so hatte ich kein Verlangen, diese Tür zu öffnen, denn wer wußte schon, was sich dahinter verbergen mochte? Und vertrauliche Gespräche mit einer Frau, in deren Gesellschaft man seltsame Dinge erlebt hat, enden nicht selten damit, daß alle möglichen Türen aufgestoßen werden.

Weiterhin hatte ich vor einiger Zeit beschlossen, keine Beziehung mehr zu Frauen zu suchen, die so voller Überraschungen stecken, sondern mein Leben in einer Art von mönchischer Männergesellschaft zu beenden, denn Männer sind Geschöpfe, deren Gedanken fast immer offen zutage liegen und deren Handlungen man stets vorhersagen kann.

Zum letzten war da diese *Taduki*-Geschichte. Nun, zumindest in diesem Punkt war meine Entscheidung ganz klar und eindeutig. Ich wollte mit dem *Taduki*-Rauch nichts mehr zu tun haben, und keine Macht der Welt würde mich umstimmen. Natürlich hatte ich nicht vergessen, daß Lady Ragnall mir freundlich, aber mit Nachdruck erklärt hatte, ich würde mich nicht entziehen können, wenn sie es wollte. Aber darin irrte sie sich. Andererseits erschien es mir ziemlich rüde, ihre Einladung abzulehnen, gerade jetzt, da sie sich in Schwierigkeiten befand. Noch dazu hatte ich ihr einmal versprochen, sie könne jederzeit über mich verfügen, wenn sie Hilfe brauche. Nein, ich mußte hinfahren. Doch wenn dieses

Wort — *Taduki* — auch nur erwähnt wurde, würde ich mich sofort verabschieden. Aber dazu würde es wahrscheinlich gar nicht kommen, denn inzwischen dachte sie gewiß nicht mehr an das Zeug, selbst wenn sie es noch immer aufbewahren sollte.

Das Ende vom Lied war, daß ich keine Lust verspürte, einen langen Brief zu schreiben und auf alles einzugehen, was Lady Ragnall mir erzählt hatte, sondern ihr statt dessen ein Telegramm schickte, in dem ich ihr mitteilte, wenn es ihr nicht ungelegen käme, würde ich am folgenden Samstagabend auf Ragnall Castle eintreffen. Außerdem fügte ich hinzu, ich müsse Dienstagnachmittag wieder zurück sein, da ich an diesem Tag Hausgäste erwarte. Das war keineswegs eine Ausrede, denn es war Mitte November, und ich sollte am Mittwochmorgen auf Treibjagd gehen, eine Verabredung, die, einmal getroffen, unaufschiebbar ist.

Die Antwort kam postwendend — »Bin entzückt, hoffte aber, Sie könnten länger bleiben.«

Wir gelangen nun mit einem Sprung zu besagtem Samstagabend. Es ist etwa sechs Uhr, und wieder einmal rast ein prachtvolles Pferdegespann mit mir durch den Torbogen von Ragnall Castle. Die Kalesche hält unter dem Portiko an, die großen Türen fliegen auf, der Schein der Lampen und des Feuers in der Halle wird sichtbar, der Lakai springt vom Bock, zwei Dienstboten kommen die Treppe herunter, um mir und meiner Habe aus dem Wagen zu helfen. Letztere besteht, wie ich mich erinnere, aus einer Tasche mit meinem Abendanzug und einem Roman mit gelbem Einband.

So nahm ein Diener die Tasche, und der andere mußte sich mit dem Buch begnügen, was in mir den Wunsch aufkommen ließ, ich hätte auch einen Mantelsack mitgebracht, wenn auch nur, um der Sache ein besseres Gesicht zu geben. So beladen, geleiteten mich die beiden die Treppe hinauf und übergaben mich dort dem Butler, der mich kritisch musterte. Ich musterte ihn ebenfalls und stellte fest, daß er ein prächtiges Exemplar seiner Gattung war. Ich war so überwältigt von seiner majestätischen Haltung, daß ich, als er mir aus dem Mantel half, bemerkte, bei meinem letzten Besuch habe ein anderer seine Stellung bekleidet.

»Tatsächlich, Sir?« sagte er, »und wie war sein Name, Sir?«

»Savage«, entgegnete ich.

»Und wo mag er jetzt sein, Sir?«

»Im Bauch einer Schlange!« antwortete ich. »Wenigstens war er im Bauch einer Schlange, als ich ihn zum letztenmal sah, ich hoffe indes, daß er inzwischen seinen Herrn im Himmel bedient.«

Der Mann zuckte ein wenig zurück und riß mir mit einem Ruck den Mantel herunter. Dann hüstelte er, rieb sich die Glatze, starrte mich an, fing sich mit Mühe und sagte schließlich:

»In der Tat, Sir! Ich kam erst nach dem Tod seiner Lordschaft in dieses Haus, als Lady Ragnall die ganze Dienerschaft auswechselte. Alfred, führen Sie den Herrn in Myladys Boudoir hinauf, und Sie William, bringen sein — Gepäck — ins blaue Zimmer. Lady Ragnall möchte Sie sofort empfangen, Sir, ehe die anderen kommen.«

So stieg ich die große Treppe hinauf in einen Teil des Schlosses, an den ich mich nicht erinnern konnte, und fragte mich dabei, wer wohl ›die anderen‹ sein mochten. Ich hätte fast schwören können, daß Savages Schatten mich nach oben begleitete, ich konnte ihn neben mir spüren.

Endlich wurde eine Tür aufgerissen, und ich betrat einen ziemlich düsteren Raum, in dem es intensiv nach Blumen duftete. Am Kamin neben einem Teetisch stand eine Dame in einem dunklen Kleid, ihr üppiges, braunes Haar glänzte im Feuerschein. Sie drehte sich um, und ich sah, daß sie noch immer die Kette aus roten Steinen und darunter an der Brust eine einzelne, rote Blüte trug. Dies war Lady Ragnall, daran konnte so wenig ein Zweifel bestehen, daß ich ganz verblüfft war. Ich hatte eine füllige, ältere Frau erwartet, die ich nur an der Farbe ihrer Augen, an ihrer Stimme und vielleicht an bestimmten Gebärden und Verhaltensweisen erkennen würde, aber das Teuflische war, daß ich, jedenfalls bei dieser Beleuchtung, keinerlei Veränderung feststellen konnte. Sie war genau wie früher! Vielleicht ein wenig voller, was ein Vorteil war; vielleicht ein wenig bedächtiger in ihren Bewegungen, vielleicht ein wenig größer oder wenigstens würdevoller, aber mehr auch nicht.

Dies alles schoß mir blitzartig durch den Kopf. Dann zog der Lakai mit einem gemurmelten »Mr. Quatermain, Mylady« die Tür hinter sich zu, und sie erblickte mich.

Sie kam mir mit ausgestreckten Händen entgegen und rief mit ihrer honigsanften Stimme:

»Oh! Mein lieber Freund ...« Dann hielt sie inne und fügte hinzu:

»Sie haben sich ja kein bißchen verändert.«

»Fossilien pflegen sich zu halten«, entgegnete ich, »aber genau das gleiche dachte ich eben über Sie.«

»In diesem Fall finde ich es aber nicht sehr höflich von Ihnen, wenn Sie mich als Fossil bezeichnen, obwohl ich mich diesem Stadium doch erst nähere. Oh! Ich freue mich, Sie zu sehen. Ich freue mich wirklich!« Und damit reichte sie mir beide Hände.

Mein Wort darauf, ich hätte gute Lust gehabt, sie zu küssen, und seither überlege ich ständig, ob sie darüber wohl sehr empört gewesen wäre. Vielleicht erriet sie meine Neigung sogar, jedenfalls ließ sie nach einer kleinen Pause meine Hände fallen und lachte. Dann sagte sie:

»Ich muß es Ihnen sofort erzählen. Eine schreckliche Katastrophe hat sich ereignet ...«

Sofort stieg in mir der Verdacht auf, sie habe vergessen, daß sie mich bereits brieflich in allen Einzelheiten über den Tod ihres Gemahls unterrichtet hatte. Solche

Dinge kommen vor, wenn jemand schon einmal sein Gedächtnis verloren hat. Ich setzte also eine mitfühlende Miene auf, seufzte und wartete.

»So schlimm ist es nun auch wieder nicht«, sagte sie mit einem leichten Kopfschütteln, denn sie hatte meine Gedanken gelesen, wie sie es seit dem ersten Augenblick unserer Bekanntschaft vermochte. »*Darüber* können wir später sprechen. Ich hatte eben nur gehofft, wir könnten zwei ruhige Tage miteinander verbringen, und jetzt haben sich die Atterby-Smiths angesagt, ja, sie kommen in einer halben Stunde. Und gleich zu fünft!«

»Die Atterby-Smiths!« rief ich aus, denn auch ich war irgendwie enttäuscht. »Wer sind die Atterby-Smiths?«

»Er ist ein Cousin von George, es sind die nächsten Angehörigen meines Mannes, und sie sind der Ansicht, er hätte alles ihnen hinterlassen müssen. Aber das hat er nicht getan, weil er sie immer verabscheute. Der Besitz ist keiner gesetzlichen Erbschaftsregelung unterworfen, und so hat er alles mir vermacht. Jetzt rückt die ganze Sippe an, um mir nahezulegen, meinerseits sie als Erben einzusetzen, wozu ich vielleicht sogar bereit gewesen wäre, wenn sie sich nicht gerade diesen Zeitpunkt für ihren Besuch ausgesucht hätten.«

»Warum haben Sie nicht abgesagt?« fragte ich.

»Weil ich nicht konnte«, antwortete sie und stampfte ungeduldig mit dem Fuß auf. »Glauben Sie, sonst würden sie hier aufkreuzen? Sie waren viel zu gerissen. Ihr Telegramm kam erst nach dem Lunch, sie haben mir darin den Zug mitgeteilt, mit dem sie ankommen wollten, aber außer Charing Cross keine Adresse angegeben. Ich habe schon überlegt, in das Haus am Berkeley Square zu flüchten, aber dafür war die Zeit zu knapp, außerdem wußte ich nicht, wie ich Sie erreichen sollte. Oh! Es ist wirklich sehr ärgerlich!«

»Vielleicht sind sie ganz nett«, tröstete ich nicht sehr überzeugend.

»Nett! Warten Sie, bis Sie sie gesehen haben. Und selbst

wenn sie die reinen Engel wären, gerade jetzt kann ich sie nicht gebrauchen. Aber ich bin ein Egoist! Kommen Sie, trinken Sie eine Tasse Tee mit mir. Könnten Sie nicht etwas länger bleiben, vorausgesetzt, Sie überleben die Atterby-Smiths, die schlimmer sind als die beiden Kendahstämme zusammengenommen? Ich wünschte wirklich, der alte Harût käme statt dessen. Ich würde Harût gerne einmal wiedersehen, Sie nicht?« Und plötzlich trat wieder jener wohlbekannte, rätselhafte Ausdruck in ihr Gesicht.

»Ja, vielleicht«, räumte ich skeptisch ein. »Aber ich muß am Dienstagmorgen mit dem ersten Zug abreisen. Er fährt um acht Uhr. Ich habe nachgesehen.«

»Dann ziehen die Atterby-Smiths am Montag ab, und wenn ich sie aus dem Haus werfen müßte. Auf diese Weise bekommen wir wenigstens einen freien Abend. Einen Moment bitte«, und damit zog sie an der Klingel.

Der Lakai erschien so schnell, als habe er an der Tür gelauscht.

»Alfred«, sagte sie, »bestellen Sie Moxley« [das mußte wohl der Butler sein], »wenn Mr. und Mrs. Atterby-Smith, die beiden Fräulein Atterby-Smith und der junge Mr. Atterby-Smith eintreffen, soll man sie auf ihre Zimmer führen. Sagen Sie auch dem Koch, er soll das Dinner nicht vor halb neun anrichten, und falls Mr. und Mrs. Scroope früher eintreffen, so soll Moxley ihnen sagen, ich würde es bedauern, aber ich sei durch eine Pfarreiangelegenheit aufgehalten worden und würde mich etwas verspäten. Haben Sie das verstanden?«

»Jawohl, Mylady«, sagte Alfred und verschwand.

»Er hat gar nichts verstanden«, bemerkte Lady Ragnall, »aber das ist mir egal, solange er die Atterby-Smiths nicht hier heraufbringt. In diesem Fall kann er allerdings am Montag gleich mit ihnen gehen. Irgendwie wird sich alles finden. Und jetzt setzen Sie sich zu mir ans Feuer, dann können wir plaudern. Wir haben fast eine Stunde und zwanzig Minuten Zeit, Sie können auch rauchen, wenn Sie möchten. Ich habe es mir in Ägypten angewöhnt.« Damit nahm sie eine Zigarette vom Kaminsims und zündete sie an.

Die Stunde und zwanzig Minuten vergingen wie im Fluge, denn wir hatten uns so viel zu sagen, daß wir nicht einmal zu den Dingen kamen, die wir unbedingt loswerden wollten. Ich begann zum Beispiel, von den Minen des König Salomo zu erzählen, eine lange Geschichte, und sie berichtete mir, was alles geschehen war, seit wir uns an der Küste des Roten Meeres getrennt hatten. Wenigstens verbrachten wir auf diese Weise eineinviertel Stunden, doch dann ging plötzlich die Tür auf, und Alfred verkündete mit etwas verängstigter Stimme: »Mr. und Mrs. Atterby-Smith, die beiden Fräulein Atterby-Smith und Mr. Atterby-Smith junior.«

Dann traf ihn der Blick seiner Herrin, und er ergriff die Flucht.

Ich wäre seinem Beispiel gerne gefolgt, hätte es nur einen anderen Ausgang gegeben. Doch dem war leider nicht so, und der eine war völlig blockiert. An vorderster Front kam, wie ein Stier, der seine Herde anführt, A.-S. senior. Er sah auch aus wie ein Stier, wie mir ein einziger, langer Blick über die gewaltige, weiße Hemdbrust [sie waren alle bereits zum Dinner gekleidet] zu seinem massigen, roten Gesicht und den beiden hornähnlichen, karottenroten Haarbüscheln darüber bestätigte. Ihm folgte Mrs. A.-S., der Inbegriff der britischen Matrone, eine Frau von wahrhaft gewaltigen Dimensionen; unten schwarze Seide, darüber weiße Haut, auf der in filigran gefaßte grüne Steine wie Inseln in einem Ozean schwammen. Ihr Gesicht wirkte trotz seiner Dummheit sehr streng und schüchterte mich ein. Hinter dem furchteinflößenden Paar kam der Nachwuchs. Alle drei Sprößlinge waren groß und dünn und ebenfalls rothaarig. Die Mädchen, deren Alter ich nicht einmal annähernd zu schätzen vermochte, glichen sich wie ein Ei dem anderen, was freilich, wie ich hinterher feststellte, nicht verwunderlich war, da es sich um Zwillinge handelte. Sie hatten blaßblaue Augen und erinnerten mich irgendwie an Fische. Beide trugen grüne Kleider und Topascolliers. Der junge Mann schien mir etwa zweiundzwanzig Jahre alt zu sein, auch er hatte blaßblaue Augen und trug in einem davon ein Monokel, sein Haar war jedoch eher sandfarben, als habe er es gebleicht, außerdem war es in der Mitte gescheitelt und mit Pomade an den Schädel gekleistert.

Einen Augenblick lang herrschte eine Stille, die ich als schrecklich empfand. Dann sagte A.-S. Vater mit mächtiger, salbungsvoller Stimme:

»Wie geht es dir, meine liebe Luna? Wie mir der Diener mitteilte, hattest du dich noch nicht zum Umkleiden zurückgezogen, und da bestand ich darauf, daß er uns hierherführte. Nachdem wir so viele Jahre getrennt waren, ist eine kleine Unterhaltung im trauten Familienkreise doch wohl angebracht, und wir wollten dir persönlich unser Beileid zu deinem und unserem jüngsten Verlust aussprechen.«

»Ich danke Ihnen«, sagte Lady Ragnall, »aber ich glaube, wir haben dieses Thema bereits brieflich abgehandelt, und es ist mir schmerzlich, darüber zu sprechen.«

»Ich fürchte, wir stören bei einem Raucherstündchen, Thomas«, sagte Mrs. A.-S. kalt und schnüffelte wie ein argwöhnisches Tier, woraufhin alle fünf die Zigarette zwischen Lady Ragnalls Fingern anstarrten.

»Ja«, sagte Lady Ragnall. »Möchten Sie sich nicht bedienen? Mr. Quatermain, reichen Sie Mrs. Smith doch bitte die Dose.«

Ich gehorchte automatisch und hielt erst der Dame, die mich mit einem vernichtenden Blick bedachte, und dann reihum allen anderen den Zigarettenbehälter hin. Zu meiner Erleichterung griff der junge Mann zu.

»Archibald«, sagte seine Mutter, »du willst doch gewiß nicht, daß die Kleider deiner Schwestern schon kurz vor dem Dinner nach Tabak riechen.«

Archibald kicherte und gab zurück:

»Ein bißchen mehr Rauch macht in diesem Zimmer keinen Unterschied, Ma.«

»Da hast du recht, mein Liebling«, sagte Mrs. A.-S. und erlitt auf der Stelle einen Asthmaanfall.

Was weiter geschah, weiß ich nicht, denn ich murmelte, es sei Zeit zum Umkleiden, stürmte aus dem Raum und irrte so lange herum, bis ich jemanden fand, der mich in mein Zimmer führte. Dort trödelte ich, bis die Dinnerglocke ertönte. Doch selbst dieser Rückzug verlief nicht ohne Hindernisse, denn in meiner Eile trat ich einer der jungen Damen auf den Rocksaum. Ich weiß nicht, ob es Dolly oder Polly war [sie hießen tatsächlich Dolly und Polly], jedenfalls hörte ich ein schreckliches Knirschen aus der Gegend ihrer Taille, als bräche sie entzwei. Daraufhin kicherte Archibald wieder, und Dolly und Polly bemerkten wie aus einem Munde — sie sprachen immer gleichzeitig:

»Oh! Wie ungeschickt!«

Um mein Unglück vollzumachen, verirrte ich mich auf dem Weg nach unten und wanderte herum wie ein verlorenes Schaf, bis ich vor einer mit grünem Fries bespannten Tür stand, die mich an etwas erinnerte. Ich starrte sie an, bis plötzlich ein Bild vor meinem geistigen Auge aufstieg: Ich sah mich selbst in einer ganz bestimmten, sehr dringenden Angelegenheit nach dem seligen Mr. Savage suchen, einem Klingeldraht folgen und genau durch diese Tür in die Nacht hinaustreten. Ja, es war zweifellos dieselbe Tür, denn, siehe da! — da war der Draht, und es mutete mich seltsam an, daß ich ihn noch einmal in diesem Leben sehen sollte. Die Neugier bewog mich, die Tür aufzustoßen, nur um mich zu vergewissern, ob meine Erinnerung mich nicht getrogen hatte und es sich auch wirklich um jenen Raum handelte. Im nächsten Augenblick sollte ich es bereuen, diesem Impuls nachgegeben zu haben, denn ich fiel Polly oder Dolly direkt in die Arme.

»Oh!« sagte sie. »Man hat mich wieder zugenäht.«

Ich überlegte, daß dies in anderem Sinne auch für mich gelte, fragte aber nur schüchtern, ob sie den Weg nach unten kenne.

Sie kannte ihn nicht, und wir waren beide ratlos, bis wir endlich Mrs. Smith begegneten, die nach ihrer Tochter suchte.

Wäre ich ein Einbrecher gewesen, sie hätte mich nicht mißtrauischer beäugen können, aber jedenfalls kannte *sie* den Weg. Und unten fand ich zu meiner Freude meinen alten Freund Scroope und seine Frau, beide waren korpulent und deutlich älter geworden, aber so vergnügt und munter wie eh und je, und von da an kümmerte die Familie Smith mich weiter nicht mehr.

Auch der Pfarrer der Gemeinde war gekommen, Dr. Jeffreys, mit seiner lächerlich jungen Frau, einem hohlköpfigen, kleinen Ding mit runden Augen und fröhlichem, keckem Wesen. Die beiden hatten erst vor kurzem geheiratet und wirkten wie ein Truthahn und ein Küken, wenn man sie nebeneinander sah. An ihn konnte ich mich noch gut erinnern, und zu meinem Erstaunen erkannte auch er mich, vielleicht hatte Lady Ragnall erwähnt, daß ich kommen würde, als sie ihn hastig eingeladen hatte, damit er die Smiths kennenlernte. Zuletzt begrüßte ich noch den Hilfsgeistlichen, einen dunkelhaarigen, jungen Mann, der ständig über die Geheimnisse von Zeit und Ewigkeit nachzugrübeln schien, vielleicht aber auch nur an die nächste Mahlzeit oder den Gottesdienst des nächsten Tages dachte.

Da standen wir also in jenem Salon, der mir noch so lebhaft im Gedächtnis war. Hier hatte ich einst Bekanntschaft mit Harût und Marût gemacht und auch mit der schönen Miss Holmes, wie Lady Ragnall damals noch hieß. Die Scroopes, die Jeffreys und ich fanden sich zu einer Gruppe zusammen, die Atterby-Smiths formierten sich wie zu einem angriffsbereiten Stoßtrupp, während zwischen den beiden Lagern, grübelnd und unschlüssig, der Hilfsgeistliche als neutraler Beobachter stand.

Endlich erschien Lady Ragnall und entschuldigte sich für ihre Verspätung. Aus einem Grund, der ihr selbst wohl am besten bekannt war, hatte sie sich wie für eine große Gesellschaft gekleidet. Ich glaube, sie hatte einfach dem boshaften Wunsch nachgegeben, Mrs. Atterby-Smith ein paar von den Diamanten vorzuführen, die diese Familie nach ihrem festen Entschluß niemals erben sollte. Jedenfalls stand sie in funkelnder Pracht da und lächelte uns an.

Dann wurde das Essen aufgetragen, und wieder einmal marschierte ich in ihrer Gesellschaft in den Bankettsaal. Dr. Jeffreys bekam Mrs. Smith und Papa Smith führte Mrs. Jeffreys, die aussah wie eine griechische Jungfrau neben dem Minotaurus: Scroope wurde eine der Miss Smiths zugeteilt, die mit der rosa Schleife, der finstere Hilfsgeistliche führte die andere mit der blauen Schleife, und für Archibald blieb Mrs. Scroope übrig, die uns über die Schulter hinweg eine Grimasse schnitt.

»Sie sehen ganz großartig aus, wunderhübsch«, sagte ich zu Lady Ragnall, während wir den anderen in diskretem Abstand folgten.

»Ich freue mich«, antwortete sie. »Über das ›wunderhübsch‹, meine ich. Was das ›großartig‹ angeht, diese schreckliche Frau plagt mich ständig mit Briefen wegen der Ragnall-Diamanten, und da dachte ich mir, sie sollte einen Teil davon zum ersten und zum letzten Mal zu sehen bekommen. Ich habe diesen Schmuck nicht mehr getragen, seit George und ich zum erstenmal zusammen bei Hofe waren, und ich glaube, ich werde ihn auch nie wieder anlegen, denn das einzige Kleinod, das mir wirklich etwas bedeutet, trage ich *unter* meinem Kleid.«

Ich starrte sie verdutzt an, doch dann lachte ich und sagte, sie sei schon sehr ausgekocht.

»Das mag sein«, entgegnete sie, »aber ich verabscheue diese Leute, sie sind so aufgeblasen und taktlos und haben mir den ganzen Abend verdorben. Wissen Sie, daß ich gute Lust hatte, das Kleid anzuziehen, das ich als Isis in Kendahland trug? Es hängt oben, und Sie werden mich zur Erinnerung an alte Zeiten noch einmal darin sehen, ehe Sie abreisen. Ich fürchtete nur, man würde mich vielleicht für verrückt halten, und deshalb habe ich es gelassen. Dr. Jeffreys, würden Sie bitte das Tischgebet sprechen?«

Nun, soweit es mich betraf, verlief das Dinner in sehr angenehmer Atmosphäre, denn ich saß zwischen meiner Gastgeberin und Mrs. Scroope, und die anderen waren für eine Unterhaltung zu weit entfernt. Außerdem sprudelte Archibald zu meiner Überraschung einen nicht abreißenden Strom von Belanglosigkeiten hervor, auf der anderen Seite vergnügte sich Scroope damit, das unschuldige Köpfchen der Miss Smith mit der rosa Schleife mit ungeheuerlichen Geschichten über Afrika zu füllen, und so waren, wie es mir an diesem Tisch schon einmal widerfahren war, Lady Ragnall und ich praktisch ungestört.

»Ist es nicht merkwürdig, daß wir nach so vielen Jahren wieder hier sitzen, mit dem einzigen Unterschied, daß Sie diesmal den Platz meiner armen Mutter innehaben? Oh! Als dieser Wissenschaftler mich neulich überzeugte, daß Sie, den ich für tot gehalten hatte, nicht nur gesund und munter, sondern auch noch tatsächlich in England waren, hätte ich ihn am liebsten umarmt.«

Mir lag eine Antwort auf der Zunge, aber ich sprach sie nicht aus. Freilich las sie wie üblich meine Gedanken, denn ich sah, wie sie lächelte.

»Die Wahrheit ist«, fuhr sie fort, »daß ich ein Einzelkind bin und wirklich keine Freunde habe, obwohl es auf Grund von — nun, Sie wissen schon«, sie warf einen Blick auf die Juwelen auf ihrer Brust, »genügend Bekannte gibt.«

»Und Verehrer«, ergänzte ich.

»Ja«, entgegnete sie errötend, »davon habe ich so viele wie einst Penelope, keinem von ihnen bin ich auch nur einen Pfifferling wert, und umgekehrt bedeuten sie mir nichts. In Wirklichkeit, Mr. Quatermain, interessiert mich nichts und niemand, außer einem Platz da drüben auf dem Kirchhof und einem zweiten in den Ruinen von Ägypten.«

»Sie haben viel verloren«, sagte ich und wandte den Blick ab.

»Sehr viel, und seither ist mein Leben leer. Dennoch sollte ich nicht klagen, denn ich habe auch eine ganze Reihe erfreulicher Dinge erlebt. Es stimmt auch nicht, wenn ich sage, daß mich nichts interessiert. Ägypten zum Beispiel interessiert mich sehr, obwohl ich nach allem, was geschehen ist, wohl nicht dorthin zurückkehren könnte. Ganz Afrika interessiert mich, und« — nun senkte sie die Stimme — »ich kann es ja ruhig aussprechen, denn Sie werden mich gewiß nicht mißverstehen, Sie interessieren mich, aber das war schon immer so, seit ich Sie zum erstenmal gesehen habe.«

»*Ich!*« rief ich und starrte in einem Silberteller mein Spiegelbild an, das mir — nun, noch weniger reizvoll vorkam als sonst. »Es ist sehr freundlich von Ihnen, mir das zu sagen, aber ich kann es wirklich nicht begreifen. Sie kennen mich kaum, Lady Ragnall, außer auf jener langen Reise durch die Wüste, auf der wir wenig gesprochen haben, da Sie anderweitig beschäftigt waren, haben wir uns doch nur selten gesehen.«

»Ich weiß. Das ist ja das Merkwürdige daran, denn mir kommt es vor, als sei ich Jahr um Jahr mit Ihnen zusammengewesen, als wisse ich alles über Sie, was ein Mensch nur über den anderen wissen kann. Natürlich habe ich auch von George und Harût viel über Ihr Leben erfahren.«

»Harût war ein großer Lügner«, wehrte ich unbehaglich ab.

»Wirklich? Ich hielt ihn immer für peinlich wahrheitsliebend, auch wenn ich nicht weiß, wie er jeweils an die Wahrheit kam. Wie auch immer«, fügte sie mit Nachdruck hinzu, »glauben Sie ja nicht, daß ich schlecht von

Ihnen denke, weil andere so viel von Ihnen halten. Ich habe festgestellt, daß Frauen, die im allgemeinen grundverschieden sind, dies eine gemeinsam haben. Wenn eine oder zwei an einem Mann Gefallen finden, dann tun das auch die anderen, weil er etwas an sich hat, was den universellen, weiblichen Instinkt anspricht. Und für Abneigungen gilt das gleiche. Ich glaube, in dieser Hinsicht sind Männer anders.«

»Vielleicht weil sie weniger Vorurteile haben und großzügiger sind«, vermutete ich, »vielleicht auch, weil sie jeden sympathisch finden, der sie mag.«

Sie ließ ihr reizendes Lachen hören und sagte:

»Diese Beobachtungen treffen jedoch auf Sie und auf mich nicht zu, denn, ich glaube, ich habe es Ihnen schon einmal in jenem Zedernwald in Kendahland gesagt, als Sie befürchteten, ich würde mich erkälten oder wieder — wirr im Kopf werden, es ist ein anderes Ich in Ihnen, mit dem etwas in mir so vertraut zu sein scheint.«

»Das freut mich um Ihretwillen«, murmelte ich und zeigte dabei auf den Silberteller, den ich immer noch anstarrte.

Wieder lachte sie. »Erinnern Sie sich noch an das *Taduki*-Kraut?« fragte sie dann. »Ich habe oben ein ganzes Bündel davon in sicherer Verwahrung, und vor kurzem habe ich einmal eine Nase voll genommen, nur eine Nase voll, denn ich muß schließlich sparsam damit umgehen.«

»Und was haben Sie gesehen?«

»Unwichtig. Die Frage ist eher, was wir *beide* sehen werden.«

»Nichts«, wehrte ich entschieden ab. »Keine Macht der Welt wird mich dazu bringen, diese schreckliche Droge noch einmal zu inhalieren.«

»Keine Macht außer mir«, murmelte sie mit liebenswürdiger Beharrlichkeit. »Nein, kommen Sie gar nicht erst auf die Idee, das Haus zu verlassen. Es geht nicht, sonntags fährt kein Zug. Außerdem werden Sie hierbleiben, wenn ich Sie darum bitte.«

»›Vergeblich wird man Netze spannen vor den Blicken der beschwingten Vögel‹*«, gab ich unerschütterlich wie ein Fels zurück.

»Tatsächlich? Warum werden dann so viele gefangen?«

In diesem Moment brüllte der Stier von Bashan — ich meine Smith — vom anderen Tischende her unserer Gastgeberin etwas zu, und damit war das Gespräch zu Ende.

»Hör mal, alter Junge«, flüsterte mir Scroope ins Ohr, als wir aufstanden, weil die Damen den Saal verließen. »Du denkst offenbar daran, dich wieder zu verheiraten. Nun, du könntest es schlechter treffen.« Damit sah er der juwelenfunkelnden Gestalt Lady Ragnalls nach, die eben hinter ihren Gästen durch die Tür verschwand.

»Halt den Mund, du Idiot!« fuhr ich ihn entrüstet an.

»Warum?« fragte er unschuldig. »Die Ehe ist eine ehrenwerte Institution, besonders, wenn die materielle Basis stimmt. Ich erinnere mich, dir vor Jahren an ebendiesem Tisch etwas Ähnliches gesagt zu haben, damals hattest du zufällig ebenfalls Mylady zur Tischdame. Nur lag zu dieser Zeit George in der Luft. Aber den hat der Wind jetzt fortgeblasen.«

Ohne ihn einer Antwort zu würdigen, nahm ich mein Glas und setzte mich zwischen den Kanonikus und den Stier von Bashan.

---

* Buch der Sprüche, I/17

Kapitel III

Allan gibt sein Wort

Mr. Atterby-Smith stellte sich bei näherer Bekanntschaft als noch schlimmer heraus, als es sich selbst eine lieblose Phantasie hätte ausmalen können. Er war in gewissem Sinne ein Gentleman und stammte aus guter Familie. Sein Name war eigentlich Atterby, das Smith hatte er nur angehängt, um sich ein bescheidenes Einkommen zu sichern, das ihm unter dieser Bedingung vererbt worden war. Seine Verwandtschaft mit Lord Ragnall war recht entfernt und bestand von der Seite seiner Mutter her. Ansonsten lebte er in einem Badeort an der Südküste und hielt sich für einen Sportsmann, weil er früher gelegentlich ein schottisches Moor oder ein Rotwildrevier gepachtet hatte. Offenbar hatte er in seinem ganzen Leben nie einen Finger gerührt, um sich selbst auch nur einen Shilling zu verdienen, und seine Kinder wurden zu einem ebenso unnützen Dasein erzogen. Sein hervorstechendster Charakterzug war jene unerträgliche Eitelkeit, von der Menschen, die aber auch gar nichts haben, worauf sie stolz sein könnten, so oft geprägt sind. Außerdem hatte er recht überzogene Vorstellungen von dem, was ihm von Rechts wegen zustand, und dazu zählte er offenbar, aus für mich freilich völlig unerfindlichen Gründen, auch die Übereignung aller Besitzungen und des gesamten Vermögens Lord Ragnalls. Mehr brauche ich über ihn wohl nicht zu sagen, außer, daß er mich, besonders nach dem vierten Glas Port, zu Tode langweilte.

Sein Sohn übertraf ihn in diesem Punkt vielleicht sogar noch, denn er stellte unzählige Fragen und hielt mir, als er mich endlich zum Schweigen gebracht hatte, einen Vortrag über die Schießkunst. Ja, dieser grüne Junge, der gerade in Sandhurst ausgebildet wurde, wollte mir, Allan Quatermain, erklären, wie man Elefanten tötete, dabei hatte er noch nie einen Elefanten in freier Wildbahn gesehen, sondern höchstens die Kolosse im Zoo mit alten Brötchen gefüttert. Endlich gab Mr. Smith, der zu Scroopes Belustigung den Platz am Kopfende eingenommen hatte und den Gastgeber spielte, das Zeichen zum Aufbruch, und wir begaben uns in den Salon.

Ich weiß nicht, was dort geschehen war, jedenfalls war die Atmosphäre spürbar aufgeladen. Die massige Mrs. Smith saß in einem Stuhl und fächelte sich Luft zu, wobei der barbarische Schmuck an ihrem Arm klirrte. Zu beiden Seiten von ihr standen blaß und unschlüssig Polly und Dolly und taten so, als läsen sie in einem Buch. Irgendwie erinnerten mich die drei an ein Wappen aus einem Alptraum, die britische Matrone, *séjant,* flankiert von Bescheidenheit und Tugend. Gegenüber, auf der anderen Seite des Kamins, und offensichtlich sehr in Rage, stand, *regardant,* Lady Ragnall.

»Habe ich dich richtig verstanden, Luna?« hörte ich Mrs. S. mit weithin schallender Stimme fragen, als ich eintrat. »Du hast also tatsächlich unter diesen Wilden die Rolle einer heidnischen Göttin gespielt, in einem durchsichtigen Nachthemd?«

»Ja, Mrs. Atterby-Smith«, entgegnete Lady Ragnall, »und mit einer Nachtmütze aus Federn. Ich werde es für Sie anziehen, wenn es Sie nicht schockiert. Vielleicht möchte auch eine Ihrer Töchter ...«

»Oh!« riefen die beiden jungen Damen gleichzeitig. »Bitte, seien Sie still. Da kommen die Herren.«

Danach herrschte eisiges Schweigen, das nur gelegentlich durch unterdrücktes Kichern aus dem Hintergrund unterbrochen wurde. Dort unterhielt sich Mrs. Scroope mit der hohlköpfigen Frau des Kanonikus, die, um ihr Gerechtigkeit widerfahren zu lassen, über einigen Humor verfügte. Dem Himmel sei Dank, daß der Abend oder vielmehr dieser Teil davon nicht mehr sehr lange dauerte, denn nach einer Weile erhob sich Mrs. Atterby-Smith nach einem langen, kalten Blick auf mich und rauschte, gefolgt von ihrem Nachwuchs, majestätisch hinaus, um sich zur Ruhe zu begeben.

Hinterher erfuhr ich von Mrs. Scroope, daß Lady Ragnall sich einen Spaß daraus gemacht hatte, meine Person vor ihren Verwandten auf jede nur denkbare Weise herabzusetzen. Sie hatte in etwa den Eindruck vermittelt, als sei ich der Häuptling eines Eingeborenenstammes irgendwo in Zentralafrika, wo ich, spärlich bekleidet, inmitten des üblichen Beiwerks residierte. Kein Wunder also, daß Mrs. A.-S. es für angebracht hielt, ihre ›beiden Häschen‹, wie sie sich ausdrückte, außer Reichweite meiner räuberischen Gelüste zu bringen.

Als nächste verabschiedeten sich die Scroopes, nachdem wir uns für den nächsten Tag zum Lunch verabredet hatten, eine Einladung, die ich hastig annahm, obwohl ich Lady Ragnall ganz leise — »Gemeinheit!« murren hörte. Mit ihnen brachen auch der Kanonikus, seine Frau und der Hilfsgeistliche auf, mit der Begründung, sie seien ›Frühaufsteher mit zahlreichen Verpflichtungen‹. Danach zahlte Lady Ragnall mir meine Treulosigkeit heim, indem sie zu Bett ging, nachdem sie Moxley angewiesen hatte, uns Männer ins Rauchzimmer zu führen. »Ich hoffe«, flüsterte sie, als sie mir gute Nacht wünschte, »Sie werden sich dort gut amüsieren.«

Über den Rest dieses Abends möchte ich einen Schleier breiten. Volle eindreiviertel Stunden lang saß ich in diesem Zimmer zwischen diesen beiden schrecklichen Männern und wurde abwechselnd ausgefragt und belehrt. Endlich konnte ich es nicht länger ertragen, ich gab vor, mir einen Whisky Soda besorgen zu wollen, schlüpfte durch die Tür und flüchtete nach oben.

Ich erschien absichtlich zu spät zum Frühstück und stellte fest, daß ich gut daran getan hatte, denn Lady Ragnall war nicht heruntergekommen, weil sie unter ›Kopfschmerzen‹ litt. Mr. A.-Smith litt, allerdings im Erdgeschoß, infolge eines Durcheinanders aus Champagner, Portwein und Whisky ebenfalls unter Kopfschmerzen, und die ganze übrige Familie schien unter schlechter Laune zu leiden. Nachdem ich mich vergewissert hatte, daß sie im Park zur Kirche gehen wollten, machte ich mich auf den Weg zu einem zwei Meilen entfernten Gotteshaus, und von dort begab ich mich direkt zu den Scroopes, wo ich mich bis fünf Uhr nachmittag aufhielt und eine sehr angenehme Zeit verbrachte. Zum Tee fand ich mich wieder im Schloß ein, aber Lady Ragnall war so mürrisch, daß ich noch einmal zur Kirche ging, diesmal in den Abendgottesdienst, um gerade noch rechtzeitig zum Umkleiden für das Dinner zurückzukehren. Dabei ereilte mich die verdiente Strafe, denn ich bekam Mrs. Atterby-Smith zur Tischdame. Das war eine Mahlzeit! Die meiste Zeit saßen wir in feierlichem Schweigen da, das nur von gelegentlichen Bitten um das Salz unterbrochen wurde. Zu meiner Befriedigung konnte ich jedoch beobachten, daß es am anderen Ende des Tisches, wo A.-Smith *père* viel zuviel Wein trank, allmählich recht lebhaft zuging. Endlich hörte ich ihn sagen:

»Wir hatten eigentlich gehofft, ein paar Tage bei dir bleiben zu können, meine liebe Luna. Aber wenn du meinst, deine Verpflichtungen erlaubten das nicht« — hier hielt er inne, um einen Schluck Portwein zu trinken, woraufhin Lady Ragnall recht unzusammenhängend bemerkte:

»Ich versichere Ihnen, der Zehn-Uhr-Zug ist bei weitem der beste, und ich habe die Kalesche für halb zehn bestellt. Das ist gewiß nicht zu früh.«

»Da deine Verpflichtungen dies nicht erlauben«, wiederholte er, »möchten wir dich heute abend um eine kleine Familienunterredung bitten.«

Hier drehten sich alle zu mir um und starrten mich finster an.

»Gewiß«, stimmte Lady Ragnall zu. »Je schneller wir zu einem Ende kommen, desto früher können wir schlafen gehen. Mr. Quatermain wird uns sicher entschuldigen, nicht wahr? Ich habe im Museum für Sie Licht anmachen lassen, Mr. Quatermain. Vielleicht gibt es dort ein paar Dinge aus Ägypten, die Ihr Interesse finden.«

»Oh, mit Vergnügen!« murmelte ich und flüchtete.

Ich verbrachte zwei sehr lehrreiche Stunden im Museum beim Studium verschiedener ägyptischer Antiquitäten, darunter auch zwei Mumien, die mich ziemlich erschreckten. Sie sahen gar zu sehr wie Leichen aus, wie sie da, in ihre Binden gewickelt, aufrecht vor mir standen. Die eine war eine Dame, eine ›Sängerin des Amen‹, wie ich mich erinnere, und ich fragte mich, wo sie jetzt wohl sang und welches Lied. Endlich kam ich zu einem Glaskasten, der meine Aufmerksamkeit fesselte, denn darüber hing ein Schild mit der Aufschrift: ›Zwei Papyrusrollen, die von den Priestern des Stammes der Kendah in Afrika an Lady Ragnall übergeben wurden.‹ In der Vitrine befanden sich die entrollten Papyri und unter jedem der Dokumente die dazugehörige Übersetzung, soweit das möglich war, denn die Rollen waren schon ziemlich schadhaft. No. 1 trug das Datum ›Im ersten Jahr des Peroa‹ und war die offizielle Ernennung der Prinzessin Amada zur Prophetin der Isis und des Kindlichen Horus in einem Tempel, der ebenfalls Amada hieß und am Ostufer des Nils oberhalb von Theben lag. Dabei handelte es sich offensichtlich um dieselbe Stätte, von der Lady Ragnall mir in ihrem Brief berichtet hatte und wo ihr Gatte bei einem Unfall ums Leben gekommen war, ein merkwürdiges Zusammentreffen, das mich zutiefst erschütterte, weil ich mich erinnerte, wie und wo das Dokument in ihre Hände gelangt war und was für ein Amt sie zu dieser Zeit bekleidet hatte.

Der zweite Papyrus oder vielmehr seine Übersetzung enthielt eine sehr umfassende Verwünschung jedes Mannes, der es wagte, sich an jener unantastbaren Prinzessin Amada zu vergreifen, die offenbar wie die vestalischen Jungfrauen aufgrund ihres Amtes zu ewiger Keuschheit verpflichtet war. Ich kann mich nicht mehr an alle Formulierungen des Fluches erinnern, aber ich weiß, daß auf jeden, der sich erdreistete, eine solche Schandtat zu begehen, die Rache der Mutter Isis, der Herrin des Mondes, und des Kindlichen Horus herabbeschworen und daß ein solcher Frevler ausdrücklich zu einem gewaltsamen Tode ›fern seines eigenen Landes, wo er zum ersten Mal Ra (d. h. die Sonne) erblickt hatte‹, und außerdem zu gewissen seelischen Qualen im Jenseits verdammt wurde.

Ich hatte den Eindruck, als sei das Dokument in unruhigen Zeiten verfaßt worden, um eine besonders heilige Person, die Prophetin der Isis, zu schützen. Der Isiskult war, wie ich seither erfahren habe, damals in Ägypten sehr bedroht und erlebte schließlich, vielleicht durch das Eingreifen eines Fremden, einen neuen Aufschwung. Ich überlegte mir sogar, ob man diese Prinzessin, die ja zweifellos königlicher Abstammung war, nicht genau zu diesem Zweck in dieses heilige Amt berufen hatte. Männer, die sonst vor nichts zurückschrecken, scheuen sich oft, sich in Verfolgung ihrer Bestrebungen den unmittelbaren Zorn weithin verehrter Götter zuzuziehen, selbst wenn es nicht ihre eigenen sind. Dies waren die Schlüsse, die ich aus jener seltsamen, uralten Schrift zog. Zu meinem Bedauern kann ich sie nicht vollständig wiedergeben, da ich es damals versäumte, mir eine Abschrift anzufertigen.

Wie ich hinzufügen darf, berührte es mich höchst eigenartig, daß dieses Dokument zusammen mit dem zweiten, das auf einem ganz bestimmten Tempel in Ägypten Bezug nahm, mehr als zweitausend Jahre später in einem fernen Teil von Afrika in Lady Ragnalls Hände gelangt sein sollte, und daß in der Folge ihr Gemahl in ihrer Gegenwart getötet wurde, als er genau den Tempel ausgrub, von dem darin die Rede war und aus dem aller Wahrscheinlichkeit nach auch die Schriftrollen stammten. Zudem hatte Lady Ragnall selbst in einem Schrein, in dem diese beiden Papyri seit undenklichen Zeiten zu den heiligen Gegenständen zählten, eine Zeitlang die

Rolle der Isis gespielt, und einer ihrer offiziellen Titel war der der Prophetin und der Herrin des Mondes gewesen, deren Symbol sie auf ihrer Brust trug.

Obwohl ich nie bestritten habe, daß es sehr viel mehr Dinge auf der Welt gibt, als unsere Schulweisheit sich träumen läßt, möchte ich in aller Aufrichtigkeit und Überzeugung behaupten, daß ich nicht abergläubisch bin. Dennoch muß ich gestehen, daß diese Papiere und die damit verbundenen Vorfälle mir Angst einflößten.

Und daß sie in mir den Wunsch aufkommen ließen, nicht nach Ragnall Castle gekommen zu sein.

Nun, bisher hatten die Atterby-Smiths sehr wirkungsvoll jedes Gespräch über solche Themen verhindert, und selbst wenn es Lady Ragnall gelingen sollte, sie mit besagtem Frühzug loszuwerden, woran ich noch zweifelte, so blieb für mich nur noch ein Tag, und es sollte nicht allzu schwerfallen, die Sache abzuwehren. Dies alles ging mir durch den Kopf, während ich vor diesen Mumien stand, bis ich schließlich zu bemerken glaubte, daß die Sängerin des Amen, die eine starre Goldmaske trug, mich mit ihren aufgemalten ovalen Augen beobachtete. Ich bildete mir ein, ein sarkastisches Lächeln darin zu entdecken, das auch auf den Mund übergriff.

»Das glaubst *du*«, schien das Lächeln zu sagen, »wie du schon einmal geglaubt hast, man könnte dem Schicksal entgehen. Warte nur ab, mein Freund. Warte nur ab!«

»Gewiß nicht in diesem Raum«, erklärte ich laut und eilte den Gang entlang, der zur Haupttreppe führte.

Noch ehe ich sie erreichte, ließ mich ein außergewöhnlicher Anblick im Schatten stehenbleiben. Die Familie Atterby-Smith begab sich *en bloc* zu Bett. Im Gänsemarsch stiegen sie, jeder mit einer Kerze bewaffnet, die große Treppe hinauf. Papa führte den Zug an, und der hoffnungsvolle Jüngling bildete die Nachhut. In allen Gesichtern stand grimmige Entschlossenheit, selbst die Zwillinge wirkten wie gereizte Lämmer, aber etwas in ihren Zügen sagte mir, daß sie soeben eine schmerzliche Niederlage erlitten hatten. So verschwanden sie nach oben, und ich sollte sie niemals wiedersehen.

Als sie fort waren, ging ich weiter und lief direkt Lady Ragnall in die Arme. Wenn ihre Gäste zornig gewesen waren, so war *sie* sichtlich außer sich vor Wut, ja, sie weinte fast. Und nun ging sie auch noch auf mich los.

»Sie sind ein Schuft«, sagte sie, »laufen einfach weg und lassen mich den ganzen Tag mit diesen schrecklichen Leuten allein. Nun, sie werden nie wieder hierherkommen, ich habe ihnen nämlich erklärt, falls sie es noch einmal versuchen sollten, hätten die Dienstboten Anweisung, ihnen die Tür vor der Nase zuzuschlagen.«

Ich wußte nicht, was ich sagen sollte, und bemerkte daher, ich hätte einen sehr aufschlußreichen Abend im Museum verbracht, was sie noch mehr in Rage zu bringen schien. Jedenfalls rauschte sie davon, ohne mir auch nur ›Gute Nacht‹ zu wünschen, und ließ mich einfach stehen. Hinterher erfuhr ich, daß die A.-S. Lady Ragnall in aller Gemütsruhe vorgeworfen hatten, sie habe ihnen ihr Hab und Gut gestohlen, und verlangten, sie solle als ›Akt der Gerechtigkeit‹ ein Testament aufsetzen und ihnen darin alles vermachen, was sie besaß. Bis zu ihrem Ableben solle sie ihnen außerdem eine jährliche Unterstützung von 4000 £ aussetzen. Was genau sie darauf geantwortet hatte, blieb mir freilich verborgen.

Als Alfred mich am nächsten Morgen weckte, brachte er mir eine schriftliche Nachricht von seiner Herrin. Ich war überzeugt, sie würde mich bitten, mit demselben Zug wie die anderen Gäste abzureisen, doch in Wirklichkeit stand etwas ganz anderes darin, nämlich:

MEIN LIEBER FREUND,
ich schäme mich sehr für mein Verhalten gestern abend und möchte mich in aller Form dafür entschuldigen. Wenn Sie wüßten, was ich von diesen unverschämten Bettlern alles auszustehen hatte, würden Sie mir vergeben. – L. R.

P.S.: Ich habe das Frühstück für 10 Uhr bestellt. Gehen Sie nicht früher hinunter, Sie würden es bereuen.

Etwas erleichtert, ich hatte nämlich befürchtet, sie sei nicht ganz ohne Grund wirklich böse auf mich, stand ich auf, kleidete mich an und setzte mich hin, um ein paar Briefe zu schreiben. Dabei hörte ich unten die Räder eines Wagens auf dem Kies, und als ich mein Fenster öffnete, sah ich, daß die Familie Atterby-Smith im Begriff war, Ragnall Castle in der schloßeigenen Kalesche zu verlassen. Smith selbst wirkte immer noch empört, die anderen machten jedoch niedergeschlagene Gesichter, und ich hörte die Dame seines Herzens sagen:

»Beruhige dich, mein Lieber. Vergiß nicht, die Vorsehung weiß, was gut für uns ist, und Bettelleute, die aufs Roß kommen, sind stets ungerecht und kennen keine Dankbarkeit.«

Worauf ihr Ehegespons antwortete: »Halte, um Himmels willen, dein vermaledeites Mundwerk im Zaum!« und dann begann, sich mit den Dienstboten wegen des Gepäcks herumzuzanken.

Nun, sie fuhren tatsächlich ab. Mr. Smith blickte böse aus dem Fenster der Kalesche und sah, wie ich mich aus dem Fenster lehnte, worauf ich ihm zum Abschied zuwinkte. Als Antwort auf diese höfliche Geste drohte er nur mit der Faust, ob er damit freilich mich meinte oder das Schloß und seine Bewohner ganz allgemein, das weiß ich nicht, und es kümmert mich auch nicht.

Als ich ganz sicher war, daß sie nicht mehr zurückkommen würden, um etwas zu holen, was sie vielleicht vergessen hatten, ging ich hinunter und überraschte den Butler Moxley und seine Anhängerschaft, die durch Lady Ragnalls Zofe und zwei andere weibliche Dienstboten verstärkt wurde, bei einer vertraulichen Besprechung.

»Eine Gratifikation!« rief Moxley gerade, ein schönes Wort für Trinkgeld, wie ich fand. »Keine Spur davon! Seine Gratifikation bestand aus einem — ›Zum Teufel mit dir, du fetter Flaschenwäscher‹, was seine Bezeichnung für einen Butler war. Wohlgemerkt, Ann, *mich* beschimpfte er auf diese Weise, nicht etwa Alfred oder William, und nur, weil er über einen Teppich gestolpert war. Und so etwas will ein Gentleman sein! Wenn Sie mich fragen, ist er höchstens ein Keiler mit seinem Wurf.«

»Keiler haben aber keinen Wurf, Mr. Moxley«, bemerkte Ann keck.

»Nun, junge Frau, wenn es keine Keiler gäbe, dann gäbe es auch keinen Wurf — na also! In diesem Haus wird er sich jedenfalls nicht mehr herumsuhlen, ich habe nämlich zufällig ein wenig mitangehört, was sich zwischen ihm und Mylady gestern abend abgespielt hat. Er hat rundheraus behauptet, sie habe ein Verhältnis mit diesem kleinen Mr. Quatermain, der es auf ihr Geld abgesehen habe, und wahrscheinlich nicht zum erstenmal, da sie sich schon früher in Afrika getroffen hätten. Ein Gentleman, wohlgemerkt, Ann, der zwar seine Eigenheiten hat, den ich aber respektiere und der, das behauptet jedenfalls Charles, der Wildhüter, der beste Schütze auf der ganzen Welt ist.«

»Und was hat sie darauf gesagt?« fragte Ann.

»Was sie gesagt hat? Die Frage ist eher, was sie *nicht* gesagt hat. Es war fast, als stünden alle Möbel im Zimmer auf und gingen auf die Smiths los. Nun, ich hatte genug gehört, mehr, als ich hören wollte, und so ging ich mit meinem Tablett weg, und im nächsten Moment sind sie alle herausgekommen und haben sich die Kerzenleuchter gegriffen. Das war alles, und da höre ich die Klingel von Mylady. Alfred, stehen Sie nicht herum und halten Sie Maulaffen feil, sondern gehen Sie hinein und zünden Sie die Wärmeplatten an.«

Damit verschwanden sie alle, und ich verließ empört, aber doch lachend mein Versteck auf dem Treppenabsatz. Kein Wunder, daß Lady Ragnall die Beherrschung verloren hatte!

Zehn Minuten später betrat sie den Speisesaal und

schwenkte ein brennendes Band, das Parfumduft verströmte.

»Was in aller Welt machen Sie da?« fragte ich.

»Ich räuchere das Haus aus«, sagte sie. »Es ist eigentlich unnötig, ich glaube nämlich nicht, daß sie anstekkend waren, aber die Zeremonie ist von moralischer Bedeutung — wie Weihrauch. Jedenfalls erleichtert es mich.«

Dann lachte sie, warf den Rest des Streifens ins Feuer und fügte hinzu:

»Wenn Sie diese Leute auch nur mit einem Wort erwähnen, verlasse ich auf der Stelle den Raum.«

So vergnügt hatte ich noch selten gefrühstückt. Erstens waren wir beide ziemlich hungrig, da uns die Leiden des vergangenen Abends beim Dinner den Appetit verdorben hatten. Sie schwor sogar, sie habe seit Samstag kaum mehr etwas gegessen. Und dann hatten wir uns so viel zu erzählen. Mit kurzen Pausen unterhielten wir uns den ganzen Tag lang, entweder im Haus oder auf Spaziergängen durch den Garten und den Park. Auf dem Weg durch letzteren gelangten wir auch zur hinteren Auffahrt, wo ich sie einst gerettet hatte, als Harût und Marût sie entführen wollten, und als ich die Stelle wiedererkannte, entfuhr mir ein überraschter Ausruf. Sie fragte mich nach dem Grund dafür, und das Ende vom Lied war, daß ich ihr die ganze Geschichte erzählte, die sie bis zu diesem Augenblick noch nicht gekannt hatte, denn Ragnall hatte es für ratsam gehalten, sie ihr zu verheimlichen.

Sie lauschte gespannt und sagte dann:

»Ich schulde Ihnen also mehr, als mir bewußt war. Und doch bin ich mir dessen nicht ganz sicher, denn schließlich wurde ich ja doch entführt. Und wenn es damals bereits gelungen wäre, dann hätte George mich wahrscheinlich nie geheiratet und mich auch nie wiedergesehen, und vielleicht wäre das für ihn besser gewesen.«

»Warum?« fragte ich. »Sie waren ihm das Liebste auf der Welt.«

»Kann eine Frau für einen Mann jemals das Liebste auf der Welt sein, Mr. Quatermain?«

Ich zögerte, weil ich mit einem Angriff rechnete.

»Antworten Sie nicht«, fuhr sie fort, »es würde zu lange dauern, und Sie könnten mich, die ich im Osten war, ja doch nicht überzeugen. Auf jeden Fall war er für mich das Liebste auf der Welt. Deshalb lag und liegt mir sein Wohl am Herzen, und ich glaube, er wäre besser gefahren, wenn er mich nie geheiratet hätte.«

»Warum?« fragte ich wieder.

»Weil ich ihm kein Glück gebracht habe, nicht wahr? Ich brauche die ganze Geschichte nicht noch einmal aufzurollen, Sie kennen sie ja. Und letztlich war es meine Schuld, daß er in Ägypten getötet wurde.«

»Oder die Schuld der Göttin Isis«, unterbrach ich sie ziemlich nervös.

»Ja, die Göttin Isis, eine Rolle, die ich auch schon gespielt habe. Und im Tempel der Göttin Isis wurde er getötet. Und die Papyri, deren Übersetzung Sie im Museum gelesen haben und die man mir in Kendahland gab, stammten offenbar aus demselben Tempel. Und — was ist mit dem Elfenbeinkind? Die Isisstatue im Tempel hatte zweifellos einmal ein Kind in ihren Armen gehalten, doch als wir sie fanden, war es nicht mehr da. Angenommen, dieses Kind war dasselbe, dessen Hüterin ich war! Es könnte sein, da auch die Papyri aus diesem Tempel kamen. Was meinen Sie?«

»Ich meine gar nichts«, antwortete ich. »Ich halte dies alles nur für sehr merkwürdig. Ich weiß nicht einmal, was Isis und das Horuskind eigentlich verkörpern. Weder in Ägypten noch im Lande der Kendah waren sie reine Götterbilder. Es muß irgendeine Idee dahinterstehen.«

»O ja, gewiß! Isis war die Allmutter, die Natur selbst mit allen sichtbaren und unsichtbaren Kräften, die darin verborgen sind. Sie war auch die personifizierte Liebe, wenn auch nicht direkt die Königin der Liebe wie Hathor, ihre Schwestergottheit. Der Kindliche Horus, den die alten Ägypter Heru-Hennu nannten, war das Sinnbild für ewige Erneuerung, ewige Jugend, ewige Kraft und Schönheit. Er war auch der Rächer, der Set, den Fürsten der Finsternis stürzte und so in gewisser Weise den Menschen das Tor des Lebens öffnete.«

»Mir scheint, als hätten alle Religionen vieles gemeinsam«, bemerkte ich.

»Ja, eine ganze Menge. Den alten Ägyptern fiel es nicht weiter schwer, sich zum Christentum zu bekehren, denn für viele von ihnen bedeutete das einfach, Isis und Horus unter neuen, heiligeren Namen zu verehren. Aber kommen Sie, wir gehen hinein, es wird kalt.«

Wir nahmen den Tee in Lady Ragnalls Boudoir, und nachdem alles abgeräumt war, versiegte das Gespräch. Sie saß auf der anderen Seite des Kamins, eine Zigarette zwischen den Lippen, und betrachtete mich durch den duftenden Rauch, bis mir unbehaglich zumute wurde und ich spürte, daß alles auf eine Art Krise zutrieb. Mein Gefühl trog mich nicht, denn endlich sagte sie:

»Wir haben einmal eine lange Reise miteinander gemacht, Mr. Quatermain, nicht wahr?«

»Zweifellos«, antwortete ich und begann, darüber zu sprechen, bis sie mich mit einer Handbewegung unterbrach und fortfuhr:

»Nun, heute nach dem Dinner werden wir eine noch längere Reise unternehmen.«

»Was! Wohin! Wie!« rief ich erschrocken.

»Wohin weiß ich nicht, aber was das Wie angeht — schauen Sie in dieses Kästchen.« Sie zeigte auf eine kleine, aus Rosen- oder Sandelholz gefertigte und mit Schnitzereien verzierte Truhe aus dem Osten, die zwischen uns auf einem Tisch stand.

Stöhnend stand ich auf und öffnete den Deckel. Eine zweite Schatulle aus Silber wurde sichtbar. Auch diese öffnete ich und entdeckte, daß sie mit Bündeln getrockneter Blätter gefüllt war, die aussahen wie Tabak. Sie verströmten einen durchdringenden Geruch, an den ich mich gut erinnerte und der mir einen Moment lang das Gehirn vernebelte. Ich schloß beide Deckel wieder und kehrte an meinen Platz zurück.

»*Taduki*«, murmelte ich.

»Ja, *Taduki*, und ich glaube, es ist völlig in Ordnung und hat sich alle seine Qualitäten bewahrt.«

»Qualitäten!« rief ich. »Ich glaube nicht, daß dieses gräßliche, magische Kraut, das meiner Meinung nach im Garten des Teufels gewachsen sein muß, irgendwelche positiven Eigenschaften besitzt. Außerdem, Lady Ragnall, es gibt nur wenige Dinge auf der Welt, die ich Ihnen abschlagen würde, aber ich will Ihnen gleich sagen, daß nichts mich dazu bringen wird, es noch einmal anzurühren.«

Sie lachte leise und fragte mich, warum.

»Weil ich mich in meinem Leben ohnehin an so viele Verwicklungen erinnern kann, daß ich kein Verlangen verspüre, noch mehr davon zu erleben. Und ich bin sicher, in diesem Kasten verbergen sie sich zu Tausenden.«

»Selbst wenn dem so wäre, glauben Sie nicht, damit ließe sich einiges klären, was Ihnen heute Rätsel aufgibt?«

»Nein, denn bei solchen Dingen gibt es kein Ende, und was immer man sähe, würde nur wieder nach einer neuen Erklärung verlangen.«

»Wir wollen nicht streiten«, entgegnete sie. »Das zehrt an den Kräften, und ich glaube, die werden wir heute abend brauchen.«

Ich sah sie sprachlos an. Warum konnte sie kein Nein akzeptieren? Wie üblich las sie meine Gedanken und antwortete darauf.

»Warum hat Adam den Apfel nicht abgelehnt, den Eva ihm anbot?« fragte sie nachdenklich. »Oder vielmehr, warum hat er ihn nach langem Widerstreben endlich doch gegessen und so das Geheimnis von Gut und Böse erfahren, was immerhin ein großer Gewinn für die Welt war, da sie von da an die Würde der Arbeit kennenlernte?«

»Weil das Weib ihn verführt hat«, fauchte ich.

»Richtig. Das war immer die Aufgabe der Frauen im Leben, und so wird es auch bleiben. Nun, ich werde jetzt Sie verführen, und es wird nicht vergebens sein.«

»Wissen Sie auch noch, wer das Weib in Versuchung führte?«

»Gewiß. Und dieses Wesen war ein guter Lehrer, denn es erreichte, daß der Hunger nach Erkenntnis die Angst überwand, und legte damit den Grundstein für allen menschlichen Fortschritt. Die Allegorie läßt sich auf zweierlei Weise deuten, nicht nur als Sturz aus der Unschuld, sondern auch als Aufstieg aus der Unwissenheit.«

»Sie sind mir mit Ihren verschrobenen Vorstellungen zu gerissen. Und Sie sagten vorhin, wir wollten nicht streiten. Daher kann ich nur wiederholen, daß ich Ihren Apfel nicht essen oder vielmehr Ihr *Taduki* nicht inhalieren werde.«

»Immer wieder der alte Adam«, entgegnete sie kopfschüttelnd. »Der gleiche Anfang und das gleiche Ende, denn letztlich werden Sie genau das tun, was auch Adam tat.«

Damit erhob sie sich, stellte sich vor mich hin und sah mir fest in die Augen, worauf seltsamerweise meine ganze Willenskraft zu schwinden schien. Dann setzte sie sich wieder, lachte leise und bemerkte, als spräche sie zu sich selbst:

»Wer hätte gedacht, daß Allan Quatermain ein moralischer Feigling sein könnte!«

»Feigling«, wiederholte ich. »Feigling!«

»Ja, das ist das richtige Wort. Jedenfalls waren Sie bis vor einer Minute feige, doch nun ist Ihr Mut zurückgekehrt. Oh, es ist fast Zeit, sich zum Dinner umzukleiden, aber ehe Sie gehen, muß ich Ihnen noch etwas sagen. Ich habe einige Macht über Sie, mein Freund, genau wie Sie einige Macht über mich haben, denn ich gestehe Ihnen ganz offen, wenn Sie wirklich wollten, daß ich etwas tue, dann müßte ich es tun, und das gleiche gilt auch umgekehrt. Nun werden wir heute abend, wie ich glaube, ein großes Tor öffnen und wundersame Dinge sehen, herrliche Dinge, die uns für den Rest unseres Lebens faszinieren und uns vielleicht einen kleinen Einblick in das geben werden, was nach dem Tode kommt. Sie werden mich nicht im Stich lassen, nicht wahr?« fuhr sie mit flehentlicher Stimme fort. »Sonst muß ich es alleine versuchen, denn niemand anderer kommt dafür in Frage, und ich *weiß* — woher, kann ich nicht sagen —, daß ich dann in große Gefahr geraten werde. Ja, ich glaube, ich werde wieder den Verstand verlieren, und diesmal werde ich ihn diesseits des Grabes nicht wiederfinden. Sie möchten doch nicht, daß mir das widerfährt, nicht wahr, nur weil Sie davor zurückschrecken, alte Erinnerungen auszugraben?«

»Natürlich nicht«, stammelte ich. »Das könnte ich mir nie verzeihen.«

»Ja, natürlich nicht. Es war wirklich nicht nötig, diese Frage zu stellen. Sie versprechen mir also, alles zu tun, was ich will?« Und damit sah sie mich wieder an und fügte hinzu: »Sie brauchen sich nicht zu schämen, Sie wissen ja, daß ich bereits mit verborgenen Dingen Kontakt hatte und daß ich nicht ganz so bin wie andere Frauen. Sie werden sich auch erinnern, daß ich Ihnen vor Jahren, bei unserer ersten Begegnung, Dinge erzählt habe, die sonst kein lebendes Wesen je erfahren hat.«

»Ich verspreche es«, antwortete ich und wollte noch etwas hinzufügen, was, weiß ich nicht mehr, als sie mich mit den Worten unterbrach:

»Das genügt, ich weiß ja, daß Ihr Wort mehr bedeutet als jeder Schwur. Jetzt kleiden Sie sich um, so schnell sie können, sonst verdirbt uns noch das Essen.«

Kapitel IV

Die Tore öffnen sich

Die Zeit, die mir zur Verfügung stand, ehe der Gong zum Dinner geschlagen wurde, war nur kurz, aber sie genügte, um ausgiebig nachzudenken. Mit jedem Kleidungsstück, das ich ablegte, verschwand ein wenig von jenem Zauber im Boudoir, bis mit meinen Wanderstiefeln die letzten Spuren dahin waren. Ich war tatsächlich umgefallen. Ich, der ich so voll guter Vorsätze hierhergekommen war, konnte jetzt nur noch über die wahre, allumfassende Bedeutung unseres täglichen Gebets sinnieren, der Herr möge uns nicht in Versuchung führen. Aber was hatte mich denn eigentlich in Versuchung geführt? Ich hätte es nicht sagen können. Der Wunsch, einer attraktiven Frau gefällig zu sein, vermutlich, um sie daran zu hindern, allein ein gefährliches Experiment zu wagen, obwohl man erst sehen mußte, ob es weniger riskant war, wenn wir es gemeinsam durchführten. Sicher war es nicht der Drang, von dem dargebotenen Apfel der Erkenntnis zu essen, denn ich wußte bereits sehr viel mehr über die Welt im allgemeinen, als mir eigentlich lieb war. Oh! Die Wahrheit lautete wohl einfach, daß die Frau die stärkste Kraft der Welt ist, jedenfalls für die meisten von uns armen Männern. Sie befahl, und ich mußte gehorchen.

Allmählich erfaßte mich Verzweiflung, und ich dachte an Flucht. Vielleicht konnte ich durch die Hintertür hinausschlüpfen und um mein Leben rennen, ohne Mantel und Hut, obwohl die Nacht so kalt war und man mich vermutlich als Wahnsinnigen aufgreifen würde. Nein, es war unmöglich, denn ich hatte eine Kette geschmiedet, die unzerreißbar war. Ich hatte mein Ehrenwort gegeben. Jetzt saß ich in der Falle, aber wovor hatte ich eigentlich solche Angst, daß ich zitterte und bebte, als sei ich im Begriff, mit der Frau eines anderen durchzubrennen oder vielmehr sie mit mir, obwohl ich gar keine Lust dazu verspürte? Es gab doch gar nichts, wovor man sich fürchten mußte. Es war nur eine unsinnige Prozedur, weit weniger ernst als ein Besuch beim Zahnarzt.

Wahrscheinlich hatte das *Taduki* inzwischen längst seine Kraft verloren — es sei denn, die Wirkung hatte sich durch die Lagerung noch verstärkt, wie es bei gewissen Sprengstoffen der Fall ist. Und wenn nicht, das Schlimmste, womit ich rechnen mußte, war ein alberner Traum und danach eventuell ein Brummschädel. Es sei denn, ich wachte überhaupt nicht mehr in dieser Welt auf, was doch eine sehr unangenehme Vorstellung war. Noch etwas, angenommen, ich wachte auf und sie nicht! Was sollte ich dann sagen? Mit Sicherheit würde ich mich auf der Anklagebank wiederfinden. Ja, und ich konnte mir durchaus noch andere schreckliche Möglichkeiten vorstellen, allein der Gedanke daran trieb mir den kalten Schweiß auf die Stirn, und meine Beine wurden so schwach, daß ich mich setzen mußte.

Dann hörte ich den Gong, und er klang für mich wie das Armesünderglöckchen für einen zum Tode Verurteilten. Zitternd schlich ich die Treppe hinunter. Lady Ragnall erwartete mich, von heiterer Gelassenheit umgeben wie von einem Gewand, im Salon. Ich war zutiefst empört, wie ich mich erinnere, weil sie in einer solchen Situation so vergnügt sein konnte, aber ich sagte nichts. Sie musterte mich von Kopf bis Fuß und bemerkte:

»So, wie Sie aussehen, könnte man fast meinen, Ihnen sei das Hausgespenst der Ragnall erschienen, oder man wolle Sie gegen Ihren Willen verheiraten. Außerdem haben Sie vergessen, sich Ihre Krawatte zu binden.«

Ich sah in den Spiegel. Sie hatte recht, die Enden hingen lose auf meiner Hemdbrust. Dann kämpfte ich mit dem elenden Ding, bis sie mir schließlich helfen mußte, wobei sie leise lachte. Irgendwie verlieh ihre Berührung mir neue Zuversicht, und ich vermochte ganz kühn zu erklären, mir fehle nur ein kräftiges Dinner.

»Gewiß«, erwiderte sie, »aber Sie dürfen nicht viel essen und lediglich Wasser trinken. Die Priesterinnen im Land der Kendah sagten mir, dies sei notwendig, ehe man das *Taduki* in seiner stärksten Form in sich aufnehme, wie wir es heute abend tun werden. Sie wissen, daß uns der Prophet Harût vor Jahren in diesem Zimmer nur einmal kurz schnuppern ließ.«

Ich stöhnte, und sie lachte wieder.

Das Dinner, bei dem ich nichts trinken durfte, obwohl ich, um keinen Verdacht aufkommen zu lassen, mein Glas ein- oder zweimal von Moxley füllen ließ, und bei dem ich nur wenig aß, weil mir der Appetit vergangen war, kam mir vor wie ein böser Traum. Ich kann mich an nichts mehr erinnern, bis ich hörte, wie Lady Ragnall Moxley anwies, er solle für ein gutes Feuer im Museum Sorge tragen, da wir uns am Abend dort aufhalten würden, um zu studieren, und nicht gestört werden dürften.

Eine Minute später hielt ich ihr mechanisch die Tür auf. Als sie an mir vorbeiging, zögerte sie für einen Moment, um etwas an ihrem Kleid zu richten, und flüsterte:

»Kommen Sie in einer Viertelstunde, und vergessen Sie nicht — keinen Portwein, der vernebelt den Geist.«

»Da gibt es nichts mehr zu vernebeln«, rief ich ihr nach.

Dann ging ich zurück, setzte mich niedergeschlagen ans Feuer und starrte trübselig die Karaffen an, denn ich sehnte mich so sehr nach einem Glas Wein wie noch nie in meinem Leben. Die große Uhr tickte unablässig, endlich hallte der Viertelstundenschlag durch den großen, leeren Bankettsaal und jagte mir einen Schauer über den Rücken. Ich erhob mich und schlich verstohlen wie ein Dieb nach oben, wobei ich das Gefühl hatte, als sähen mir die Diener in der Halle argwöhnisch nach — was ja vielleicht auch zutraf.

Als ich das Museum betrat, war es hell erleuchtet, aber bis auf die angenehme Gesellschaft der beiden Mumien, die mich mit ihren funkelnden Augen ebenfalls skeptisch zu betrachten schienen, war ich allein. Ich setzte mich also vor den Kamin, wagte aber nicht einmal zu rauchen, da sich der Tabak ja störend auf das *Taduki* auswirken konnte.

Nach einer Weile hörte ich ein leises Lachen, blickte auf und wäre beinahe hintenüber gefallen, allerdings nur bildlich gesprochen, denn der Stuhl verhinderte einen solchen Sturz.

Ein Wunder war es nicht, denn vor mir stand wie eine in Erwartung ihres künftigen Gemahls geschmückte Braut aus früheren Tagen die Göttin Isis — weißes Gewand, Federhaube, antike Armbänder, goldbesetzte Sandalen an den bloßen Füßen, duftendes Haar, Rubinhalskette und so weiter. Ich starrte sie fassungslos an, und dann kamen mir genau die Worte über die Lippen, die ich auf gar keinen Fall hatte aussprechen wollen.

»Gütiger Himmel! Wie schön Sie sind.«

»Wirklich?« fragte sie. »Das freut mich.« Und damit glitt sie durch den Raum und versperrte die Tür.

»Nun«, sagte sie, als sie zurückkam, »wir sollten bald zur Sache kommen, es sei denn, Sie wollen vorher noch ein wenig die Göttin Isis verehren, um sich in die rechte Stimmung zu bringen.«

»Nein«, wehrte ich ab. Allmählich gewann ich meine Selbstsicherheit zurück. »Ich habe nicht den Wunsch, irgendeine Göttin zu verehren, schon gar nicht, wenn sie gar keine Göttin ist. Das war in unserem Abkommen nicht enthalten.«

»Ganz recht«, sagte sie und nickte, »aber wer weiß, was sie in den nächsten Stunden noch alles verehren werden? Oh! Verzeihen Sie, wenn ich lache, ich kann nicht anders. Man merkt Ihnen Ihre Angst so deutlich an.«

»Wer würde sich unter diesen Umständen nicht fürchten?« fragte ich und blickte finster auf das Sandelholzkästchen, das jetzt auf einer Vitrine voller Skarabäen stand. »Hören Sie, Lady Ragnall«, fuhr ich fort, »warum können wir diese üble Sache nicht einfach sein lassen und uns jetzt, da diese Smith-Leute fort sind, einen Abend lang angenehm unterhalten? Ich habe eine Menge Geschichten über meine afrikanischen Abenteuer zu erzählen, die Sie gewiß interessieren würden.«

»Weil ich meine eigenen afrikanischen Abenteuer erleben möchte und vielleicht auch die Ihren, und weil mich dies gewiß sehr viel mehr interessieren wird«, rief sie. »Sie halten das alles für eine törichte Laune, aber das ist nicht wahr. Diese Priesterinnen der Kendah haben mir vieles erzählt, als ich scheinbar nicht bei Verstand war. Lange Zeit konnte ich mich an nichts erinnern, aber in den letzten Jahren, besonders seit George und ich mit der Ausgrabung dieses Tempels begonnen hatten, ist vieles wieder an die Oberfläche gekommen, in Bruchstükken, verstehen Sie, die in mir den Wunsch entstehen ließen, auch den Rest zu erfahren, und seither finde ich keine Ruhe mehr. Und das schlimmste daran ist, daß ich immer, vom ersten Augenblick an wußte — und weiß —, daß dies nur mit Ihnen und durch Sie möglich ist, warum, das kann ich nicht sagen, oder ich habe es vergessen. Deshalb war ich auch ganz außer mir vor Freude, als ich hörte, daß Sie nicht nur am Leben seien, sondern auch in diesem Land. Sie werden mich doch nicht enttäuschen? Ich kann Ihnen nichts anbieten, was für Sie irgendwie von Wert wäre, folglich kann ich Sie nur bitten, mich nicht zu enttäuschen, weil — nun, weil ich Ihre Freundin bin.«

Ich wandte zögernd den Kopf ab, und als ich wieder aufblickte, sah ich, daß ihre schönen Augen voller Tränen standen. Das gab natürlich den Ausschlag, und so sagte ich nur:

»Bringen wir es hinter uns. Was soll ich tun? Einen Moment noch, es kann nicht schaden, ein paar Vorsichtsmaßnahmen zu treffen.« Damit ging ich zu einem Tisch, nahm ein Blatt Papier und schrieb:

Lady Ragnall und ich, Allan Quatermain, sind im Begriff, mit einem Kraut zu experimentieren, das wir vor einigen Jahren in Afrika entdeckten. Sollte dieser Versuch in irgendeiner Weise für einen von uns oder alle beide unglücklich ausgehen, so möge der Coroner bitte berücksichtigen, daß es sich weder um Mord noch um Selbstmord handelt, sondern nur um einen Unfall im Verlauf eines wissenschaftlichen Forschungsvorhabens.*

Ich datierte das Blatt, fügte die Uhrzeit hinzu, 21.47 Uhr, unterzeichnete und bat auch sie um ihre Unterschrift.

Sie gehorchte mit einem Lächeln, das ausdrückte, es sei doch merkwürdig, daß jemand, der wie ich sein ganzes Leben lang ständig in Gefahr geschwebt hatte, so viel Angst vor dem Tode haben sollte.

»Hören Sie, junge Frau«, verteidigte ich mich gereizt, »ist es Ihnen noch nicht in den Sinn gekommen, daß *ich* vielleicht Angst davor habe, *Sie* könnten sterben — und *mich* könnte man dafür hängen«, fügte ich im nachhinein hinzu.

»O ja, ich verstehe«, antwortete sie. »Das ist wirklich sehr freundlich von Ihnen. Aber daß Sie so denken, ist ganz natürlich, es entspricht Ihrem Wesen.«

»Ja«, gab ich zurück. »Meinem Wesen, mein Verdienst ist es nicht.«

Sie trat an einen Schrank, der den Sockel einer der Mahagonivitrinen bildete, zog als erstes ein sehr alt aussehendes Becken aus schwarzem Stein heraus, an dem anstelle von Griffen vorspringende Knöpfe mit eingravierten Frauenköpfen unter imposanten Perücken angebracht waren, und dann einen kleinen Dreifuß aus Ebenholz oder sonst einem dunklen Holz. Beide Gegenstände erkannte ich wieder. Sie hatten in jenem Tempel in Ken-

---

* richterlicher Beamter zur Untersuchung der Todesursache in Fällen gewaltsamen oder unnatürlichen Todes. — *Anm. d. Übers.*

dahland vor dem Allerheiligsten gestanden, und über sie hatte sich einst genau diese Frau gebeugt, im gleichen Gewand wie an diesem Abend, sie hatte den Kopf in den heiligen Rauch gehalten und den Heimgang des Kendah-Gottes prophezeit.

»Dies haben Sie also auch mitgenommen«, sagte ich.

»Ja«, erwiderte sie feierlich, »um es bereit zu haben für die Stunde, in der wir es brauchen würden.«

Dann schwieg sie eine Weile und beschäftigte sich mit einigen ziemlich beklemmenden Vorbereitungen. Zuerst stellte sie den Dreifuß mit dem Becken auf einen freien Platz, in einiger Entfernung vom Feuer, wie ich beruhigt feststellte, denn wer würde uns herausziehen, ehe wir verbrannten, wenn einer von uns in die Flammen fiel? Dann zog sie einen geschwungenen Diwan mit Lehne und Armstützen heran, ein recht bequem aussehendes Möbel, dessen Sitzfläche wie bei einem Clubsessel nach hinten geneigt war, und bedeutete mir, darauf Platz zu nehmen. Ich gehorchte etwa mit den gleichen Gefühlen, die in einem aufsteigen, wenn man sich auf einen Operationstisch legt.

Als nächstes brachte sie das verfluchte *Taduki*-Kästchen, ich meine das innere aus Silber, dessen Inhalt ich leider nicht ins Feuer geworfen hatte, was ich jetzt zutiefst bedauerte, und stellte es geöffnet neben den Dreifuß. Zuletzt holte sie mit einer Zange ein paar glühende Holzstücke aus dem Kamin und ließ sie in die Steinschale fallen.

»Ich glaube, das ist alles. Auf zum großen Abenteuer«, sagte sie mit einer Stimme, aus der träumerische Verzückung klang.

»Was habe ich dabei zu tun?« fragte ich zaghaft.

»Das ist ganz einfach«, erklärte sie, während sie sich neben mich setzte. Die *Taduki*-Kassette befand sich in ihrer Reichweite, das Feuerbecken stand zwischen uns, und der Dreifuß lehnte in der inneren Rundung des Diwans, so daß wir eigentlich zu beiden Seiten davon saßen. »Wenn der Rauch sich verdichtet, brauchen Sie nur den Kopf ein wenig nach vorne zu neigen, ohne die Schultern von der Lehne des Sofas zu nehmen, und so lange einzuatmen, bis Sie merken, daß Ihnen die Sinne schwinden, obwohl das vielleicht gar nicht nötig ist, die Substanz wirkt fast unmerklich. Dann legen Sie den Kopf zurück, schlafen ein und träumen.«

»Und wovon soll ich träumen?« erkundigte ich mich geistesabwesend, denn ich war schon gar nicht mehr ganz bei mir.

»Ich glaube, Sie werden von vergangenen Geschehnissen träumen, in denen wir beide eine Rolle spielten, das hoffe ich jedenfalls. Ich habe schon damals in Kendahland davon geträumt, aber da war ich nicht ich selbst, und das meiste habe ich vergessen. Außerdem habe ich erfahren, daß wir nur dann alles sehen können, wenn wir zusammen sind. Und jetzt sprechen Sie nicht mehr.«

Übrigens löste dieser Befehl in mir sofort ein brennendes Verlangen nach einem längeren Gespräch aus, ein Wunsch, der freilich nicht in Erfüllung gehen sollte, denn in diesem Augenbliok richtete sie sich wieder auf, wandte sich dem Dreifuß und mir zu und begann zu singen. Ihre volle Stimme ging mir durch Mark und Bein, doch was sie sang, weiß ich nicht, weil ich die Sprache nicht verstand, vermutlich war es eine alte Litanei, die sie in Kendahland gelernt hatte. So stand sie jedenfalls vor mir, schön und leidenschaftlich in ihrem priesterlichen Gewand, schwenkte beim Singen die Arme und fixierte mich mit ihrem Blick. Nach einer Weile bückte sie sich, nahm ein paar Blätter des *Taduki*-Krauts und ließ sie mit beschwörenden Worten auf die Glut in der Schale fallen. Zweimal tat sie das, dann setzte sie sich auf das Sofa und wartete.

Eine helle Flamme sprang auf und loderte für etwa dreißig Sekunden; vermutlich so lange, bis die flüchtigen Bestandteile der Pflanze verzehrt waren. Dann brannte das Feuer nieder, und dichte, weiße, wogende Rauchschwaden entwickelten sich, die einen sehr angenehmen Duft ähnlich dem Geruch von Treibhauspflanzen verbreiteten. Der Rauch entfaltete sich zwischen uns wie ein Fächer, und durch den Schleier hörte ich sie sagen:

»Die Tore stehen weit offen. Tritt ein!«

Mir war durchaus klar, was sie damit meinte, und obwohl ich einen Augenblick lang in Versuchung war zu schummeln, es gibt kein anderes Wort dafür, wußte ich gleichzeitig, daß sie den Gedanken gelesen hatte und mich im Geist dafür verachtete. Jedenfalls spürte ich, daß ich gehorchen mußte, ich senkte den Kopf und tauchte in den Rauch ein wie ein roher Schinken, der in einen Kamin geschoben wird. Der warme Dunst strich wie Nebel über mein Gesicht oder eher wie Dampf, ohne jedoch einen Hustenreiz oder ein Brennen der Augen auszulösen. Ich atmete tief ein — einmal, zweimal, dreimal, und als sich in meinem Kopf alles zu drehen begann, warf ich mich zurück, wie sie es mir geraten hatte. Eine tiefe, angenehme Mattigkeit beschlich mich, und das letzte, was ich bewußt vernahm, war die Uhr, die die ersten zwei Schläge der zehnten Stunde ertönen ließ. Auch den dritten Schlag hörte ich noch, aber er kam mir vor wie die dröhnendste Glocke, die jemals durch die Welt schallte. Ich erinnere mich, daß ich diesen Schlag als Zeichen für das Hochziehen eines gewaltigen Vorhangs erkannte, und daß dahinter eine Bühne sichtbar wurde, die nicht weniger als die ganze Welt umfaßte.

Was ich sah? Was ich sah? Ich will versuchen, es mir ins Gedächtnis zurückzurufen und es zu Papier zu bringen.

Zuerst das reine Chaos. Große Dampfwolken, von mächtigen Winden getrieben; gewaltige Ozeane, meistenteils ruhig. Dann Erdstöße, feuerspeiende Vulkane. Tropische Landschaften von unendlicher Üppigkeit. Gigantische Reptilien, die am Rande von Sümpfen ästen, und dahinter riesige, elefantenähnliche Tiere, die zwischen

Palmen umherstreiften. Dann eine Lichtung mit primitiven Hütten, eine schnatternde Menge halbmenschlicher Wesen, die manchmal aufrecht standen und sich dann wieder auf Händen und Füßen fortbewegten. Auch waren sie fast ganz mit Fell bedeckt, ihrer einzigen Kleidung, und als ich ihnen begegnete, hatten sie gerade schreckliche Angst vor einem kolossalen Mammut, wenn das der richtige Name dafür ist, das soeben aufgetaucht war, auf die Lichtung trat und uns ansah. Auf jeden Fall gehörte es der Gattung der Elefanten an, ich schätzte seine Größe auf fast sieben Meter, und es besaß unglaublich dicke, gebogene Stoßzähne.

Das eigenartige an der Vision war, daß ich mich selbst unter diesen fellbedeckten Schnatterern befand, mich aber nicht an irgendwelchen äußerlich sichtbaren Merkmalen erkannte, sondern an etwas, das in meinem Innern war, an meiner Seele. Zudem wurde ich von einem Weibchen des Stammes, als Frau kann ich es kaum bezeichnen, bedrängt, meinen Daseinszweck zu erfüllen und besonders um ihretwillen das Mammut anzugreifen oder sie jemandem zu überlassen, der dazu bereit war. Schließlich tat ich ihr den Willen und stürmte mit einer Waffe, ich glaube, es war ein Stock, an den ein scharfer Stein gebunden war, auf den Gegner los. Wie ich überhaupt damit rechnen konnte, eine sieben Meter hohe Bestie mit einem solchen Ding zu verletzen, geht freilich über mein Begriffsvermögen, es sei denn, die Steinspitze war vergiftet.

Das Ende kam jedenfalls sehr schnell. Ich schleuderte den Steinspeer, worauf zwischen den Stoßzähnen ein mächtiger Rüssel hervorschoß und mich umschlang. Und dann wurde ich wieder und wieder rundherum durch die Luft gewirbelt, wobei ich mir überlegte, denn vermutlich hatte mich mein normales Bewußtsein zu diesem Zeitpunkt noch nicht ganz verlassen, daß dies wohl meine erste Begegnung mit dem Elefanten Jana gewesen sein müsse, und daß es außerdem mehr als töricht sei, ohne

Rücksicht auf die Gefahr für das eigene Leben einer Frau nachzugeben ...

Dann wurde es dunkel um mich, was ganz verständlich war, doch endlich, das heißt, nachdem meiner Schätzung nach viele Jahrtausende vergangen waren, wurde es wieder Licht. Diesmal war ich ein schwarzer Mann und lebte in einer Art Kaffernkral auf der Kuppe eines Hügels.

Unter mir hörte ich Schreie, wir wurden angegriffen. Eine Frau kam aus einer Hütte gelaufen, reichte mir Speer und Schild, letzterer aus Holz mit weißen Flecken darauf, und deutete auf den Weg der Pflicht, der den Hügel hinabführte. Ich folgte dem Pfad, nicht allein, aber ohne große Begeisterung, und traf schließlich am Fuß der Anhöhe mit einem brüllenden Hünen von einem Mann zusammen. Ich rammte ihm meinen Speer in den Leib, und er stieß mir den seinen durch den Magen, was ganz gräßlich schmerzte. Danach zog ich mich auf den Hügel zurück, wo die Frau den Speer herauszog und ihn einem anderen Mann gab. An mehr erinnere ich mich nicht.

Nun folgte ein ganzes Labyrinth von Visionen, die ich aber wirklich nicht mehr zu entwirren vermag. Es wäre auch nicht der Mühe wert, denn sie stellten ohnehin nichts weiter als eine Ouvertüre dar, ein Durcheinander von Vorfällen aus früheren Leben, real oder der Phantasie entsprungen, und alle hatten mit so elementaren Dingen wie Hunger, Verletzungen, Frauen und Tod zu tun.

Schließlich wurden diese letzten Bruchstücke der Vergangenheit aus meinem Bewußtsein gefegt, und ich sah mich einer zusammenhängenden, plausiblen Szenerie gegenüber, die weder zu weit entfernt, noch zu fremdartig war, um sie begreifen zu können. Das war der Beginn der eigentlichen Geschichte.

Ich, der Leser möge bitte eines niemals vergessen, ich wußte stets, daß ich es war, Allan, und niemand sonst, das heißt, die Persönlichkeit oder was immer es sein mag, was einen Menschen von jedem anderen unterscheidet, ich sah mich jedenfalls in einem Wagen, der von zwei Pferden mit schöngeschwungenem Hals gezogen und von einem Wagenlenker kutschiert wurde, der vor mir auf einem kleinen Sitz saß. Es war ein reich verziertes, vergoldetes, ungefedertes Gefährt aus Holz, ähnlich einer Packkiste mit einer Deichsel oder, wie wir in Südafrika sagen würden, einem Disselboom, an den die Pferde angeschirrt waren. In diesem Karren stand ich, angetan mit wallenden Gewändern, die in der Mitte von einem nietenbesetzten Gürtel gehalten wurden. Meine Beine waren mit farbigen Stoffstreifen umwickelt, und meine Füße steckten in Sandalen. Die ganze Aufmachung kam mir eindeutig weibisch vor, und ich fand nicht den mindesten Gefallen daran.

Zu meiner Freude stellte ich jedoch fest, daß mein Ich jener Zeit alles andere als weibisch war. Ich hätte nie geglaubt, daß ich einmal so gut ausgesehen hatte, selbst vor mehr als zweitausend Jahren nicht. Ich war nicht sehr groß, aber enorm kräftig, fast stämmig, mein Arm, der aus dem Ärmel meines Damengewandes hervorragte, hätte selbst einem Preiskämpfer keine Schande gemacht, und ich hatte den Brustkorb eines Stiers.

Auch das Gesicht bewunderte ich sehr. Die Stirn war breit, die tiefschwarzen Augen blickten stolz, die Züge wirkten etwas derb, aber sie waren ebenmäßig und verrieten Intelligenz. Der Mund war fest und wohlgeformt, mit vielleicht einer Spur zu dicken Lippen, und das Haar — nun, das Haar war zumindest nach modernen Vorstellungen ziemlich entgleist, denn es lockte sich so stark, daß man annehmen mußte, einer meiner Vorfahren habe sich in einen Angehörigen der negroiden Rasse verliebt. Allerdings war es sehr dicht, es reichte mir fast bis auf die Schultern und wurde von einem schönen Stirnband aus blauem Stoff mit silbernen Nieten zurückgehalten. Meine Haut war zu meiner Befriedigung keineswegs schwarz, sondern von einem hellen, ansprechenden

Braun, als wäre sie viel der Sonne ausgesetzt. Ich war, wie ich hinzufügen möchte, irgendwo zwischen fünfundzwanzig und fünfunddreißig Jahre alt, vielleicht eher an der oberen Grenze als an der unteren, aber auf jeden Fall befand ich mich in der Blüte meines Lebens.

Ansonsten wäre vielleicht noch zu erwähnen, daß ich in der linken Hand einen sehr stabilen, langen Bogen aus schwarzem Holz hielt, der offenbar schon viel benützt worden war, die Sehne schien aus Katzendarm zu bestehen, und darauf lag ein breitgefiederter, mit Widerhaken versehener Pfeil, den ich mit den Fingern der rechten Hand festhielt. An einem Finger bemerkte ich einen hübschen Goldring, in dessen Platte seltsame Symbole eingraviert waren.

Nun zum Wagenlenker.

Er war schwarz wie die Nacht, schwarz wie ein Sonntagshut, mit rollenden, gelben Augen in einem außergewöhnlich häßlichen und, wie ich hinzufügen möchte, außergewöhnlich pfiffigen Gesicht. Sein großer, breiter Mund mit den dicken Lippen zog sich an der linken Gesichtsseite bis zu einem ebenfalls großen, abstehenden Ohr hinauf. Sein Haar, in dem eine Feder steckte, war eine richtige Negerkrause, und der Schädel darunter hatte die Form und, wie ich mir vorstellen konnte, auch die Härte einer Kanonenkugel. Dieser Kopf saß übrigens direkt zwischen den Schultern, als sei er mit einem Vorschlaghammer hineingeschlagen worden. Es waren sehr breite Schultern, die auf gewaltige Kräfte schließen ließen, doch der Körper in den grellbunten Gewändern, der von zwei krummen Beinen auf großen Plattfüßen getragen wurde, war der eines Zwerges, den die Natur den Proportionen seiner Gliedmaßen nach eigentlich zum Riesen bestimmt hatte. Ja, er war ein äthiopischer Zwerg.

Als ich sozusagen hinter diese ungewöhnliche äußere Hülle schaute, da erkannte ich, daß sich darin die Seele oder der animalische Kern von — was glauben Sie wohl? Es war kein anderer als mein lieber alter Diener und Gefährte, der Hottentotte Hans, um den ich jahrelang getrauert hatte! Hans, der für mich gestorben war, als er in Kendahland den großen Elefanten Jana tötete, den ich nicht treffen konnte, und der mir damit das Leben rettete. Oh! Auch wenn ich in meiner Trance oder was immer es war, in die Zeit ich weiß nicht welchen uralten Reiches hatte zurückkehren müssen, um ihn wiederzufinden, ich hätte weinen können vor Freude, besonders, da mein Instinkt mir sagte, daß er diesen Ägypter in der rollenden Packkiste — denn diesem Volk gehörte ich in jenem Traum an, wie ich ebensogut gleich verraten kann — nicht weniger liebte als den Allan Quatermain von heute.

Nun sah ich mich um und stellte fest, daß mein Wagen der zweite in einer ganzen Kavalkade war. Unmittelbar vor mir befand sich ein unendlich viel prächtigeres Gefährt, und darin stand eine Person, die ich, selbst wenn ich es nicht gewußt hätte, als König erkannt hätte. In der Tat handelte es sich dabei um niemand anderen als den König der Könige, der zu jener Zeit der absolute Herrscher über den größten Teil der bekannten Welt war. Wie er geheißen haben mag, ist mir freilich unbekannt. Er trug ein langes, wallendes Gewand aus goldbestickter, purpurner Seide, um seine Taille lag ein edelsteinbesetzter Gürtel, und daran hing sein höchsteigenes Siegel, das kleine ›Weiße Petschaft‹, wie ich später erfahren sollte, das auf der ganzen Erde berühmt war und höchste Achtung genoß.

Auf dem Kopf trug er eine steife, ebenfalls purpurne Tuchhaube, um die ein hellblaues Stoffband mit weißen Tupfen gewunden war. Am besten läßt sich diese Kopfbedeckung beschreiben, wenn ich sie mit einem hohen Hut vergleiche, wie er im Moment in Mode ist, ohne Krempe, seitlich ein wenig eingedrückt, so daß oben eine Ausbuchtung entsteht, und mit einer ziemlich gewagten Krawatte verziert. In Wirklichkeit war es jedoch der *Kitaris,* ein Kopfputz, der in jener Zeit allein den Monarchen vorbehalten war. Hätte ein anderer sich diesen Hut aufgesetzt, selbst wenn es versehentlich in der Dunkelheit geschehen wäre, nun, man hätte ihm den Kopf gleich mit abgeschlagen, und damit ist wohl alles gesagt.

Dieser König hielt genau wie ich einen Bogen mit aufgelegtem Pfeil in der Hand, denn wir befanden uns auf der Jagd, und Löwen sind, wie ich noch zu berichten haben werde, nicht gewohnt, bestimmte Personen zu respektieren. Neben ihm an der Rückwand des Wagens lehnte ein langer, spitzer Stab aus Zedernholz mit einem Knauf aus einem grünen Edelstein, wahrscheinlich einem Smaragd, der wie ein Apfel geformt war. Dies war das königliche Zepter. Unmittelbar hinter dem Wagen gingen etliche hohe Adelige. Einer von ihnen trug einen goldenen Fußschemel, ein zweiter einen im Moment eingerollten Sonnenschirm, ein dritter einen Ersatzbogen und einen Köcher mit Pfeilen, und ein weiterer einen edelsteinbesetzten Fliegenwedel aus Palmenfasern.

Der König war, wie ich vielleicht hinzufügen sollte, jung und von anziehendem Äußeren, er hatte einen lokkigen Bart und scharf geschnittene, edle Züge. Sein Gesicht war jedoch böse und grausam und zeigte einen Ausdruck von Müdigkeit oder vielmehr von Übersättigung, der von den schwarzen Ringen unter den schönen, dunklen Augen noch betont wurde. Außerdem schien Hochmut von ihm auszugehen, und gleichzeitig war etwas in seiner Haltung und seinen Blicken, was auf Angst schließen ließ. Er war ein Gott, der weiß, daß er sterblich ist und daher fürchtet, er könne jeden Augenblick seine Göttlichkeit an seine Sterblichkeit verlieren.

Nicht, daß er die Gefahren der Jagd gescheut hätte, dazu war er zu sehr ein Mann. Aber wer konnte wissen, ob sich in der Schar kriechender Adeliger nicht einer verbarg, der bereits den Dolch gezückt hatte, um ihn ihm in den Rücken zu stoßen, oder ein Fläschchen mit Gift bereithielt, um es ihm in den Wein oder ins Wasser zu mischen? Obwohl er die ganze Welt in seiner Hand hielt, war er von geheimen Ängsten erfüllt, die sich, wie ich nach jener ersten Begegnung erfahren sollte, zur festgesetzten Zeit samt und sonders bewahrheiteten. Denn diesem hochgestellten Manne war ein gewaltsamer Tod bestimmt, auch wenn er keinem Mörder zum Opfer fallen sollte.

Der Zug hielt an, und nach einer Weile kam ein fetter Eunuch, der in seinen goldgewirkten Gewändern wie ein Bronzekäfer in der Sonne glitzerte, auf mich zugewatschelt. Ich fand ihn widerlich und wußte, daß wir einander haßten.

»Sei gegrüßt, Ägypter«, sagte er und wischte sich mit dem Ärmel über die Stirn, denn die Sonne brannte heiß. »Eine Ehre für dich! Eine große Ehre! Der König der Könige befiehlt dich zu sich. Ja, er möchte mit seinen eigenen Lippen mit dir und auch mit dieser Mißgeburt von einem Diener sprechen. Komm! Komm schnell!«

»So schnell wie ein Pfeil, Houman«, antwortete ich lachend, »denn schließlich ruhe ich seit drei Monden wie ein Pfeil auf der Sehne, ohne näher an seine Majestät herangeflogen zu sein.«

»Drei Monde!« kreischte der Eunuch. »Viele warten drei Jahre, und viele sinken ins Grab, während sie immer noch warten. Größere Männer als du, Ägypter, auch wenn du dich rühmst, wie ich höre, drüben am Nil von königlichem Geblüt zu sein. Aber sprich nicht von Pfeilen, die auf den Allerhöchsten zufliegen, denn dies ist gewiß ein schlechtes Omen und könnte dir eine weitere Ehre eintragen, die Ehre der Schnur nämlich.« Damit deutete er mit einer Handbewegung eine Seilschlinge um seinen Hals an. »Mann, laß deinen Bogen hier! Willst du bewaffnet vor den König treten? Ja, auch deinen Dolch.«

»Es könnte doch sein, daß ein Löwe vor den König tritt, ohne seine Klauen und Zähne zurückzulassen«, antwortete ich, während ich mich meiner Waffen entledigte.

Dann brachen wir alle drei auf und ließen den Wagen in der Obhut eines Soldaten.

»Zieh dir die Ärmel über die Hände«, mahnte der Eunuch. »Niemand, der vor dem König erscheint, darf seine Hände sehen lassen. Du, Zwerg, verbirg sie unter deinem Gewand, wenn du schon keine Ärmel hast.«

»Was soll ich mit meinen Füßen anfangen?« antwortete mein Begleiter mit rauher, kehliger Stimme. »Wird es den König der Könige kränken, wenn er meine Füße sieht, edler Eunuch?«

»Gewiß, gewiß«, antwortete Houman. »Schließlich sind sie so häßlich, daß sogar ich mich gekränkt fühle. Verstecke sie, so gut du eben kannst. Doch wir sind nahe genug heran, nun werft euch auf euer Angesicht und kriecht wie ich langsam auf Knien und Ellbogen weiter. Nieder, sage ich!«

So ließ ich mich denn auf den Boden nieder, wenn auch mit Ingrimm im Herzen, denn man bedenke, daß ich, der Allan Quatermain der Neuzeit, alle Gedanken und Gefühle meines Urbilds teilte.

Ich kam mir vor wie ein Zuschauer im Theater, mit diesem einen Unterschied. Ich konnte die Motive und Gedanken meines früheren *Ego* ebenso mitverfolgen wie seine Handlungen. Ich konnte mich freuen, wenn er sich freute, weinen, wenn er weinte, und ganz allgemein alles empfinden, was er empfand. Gleichzeitig behielt ich jedoch die Fähigkeit, ihn aus meiner neuzeitlichen Sicht und mit meiner Intelligenz zu studieren. Wir waren zwei und doch einer, oder der eine teilte sich in zwei, man mag es ausdrücken, wie man will. Allerdings fehlte mir dieses Vermögen im Hinblick auf die anderen Akteure in diesem Stück. Von ihnen wußte ich nicht mehr und nicht weniger als mein damaliges Ich, falls es jemals wirklich existiert hatte. Was sie betraf, so war an meinen Fähigkeiten nichts Unnatürliches. Ich konnte ebensowenig in ihre Seelen blicken wie in die der Menschen, die heute um mich herum sind. Mit diesen Bemerkungen habe ich meine etwas ungewöhnliche Situation in bezug auf diese Seiten aus dem Buch der Vergangenheit hoffentlich einigermaßen klar gemacht.

Nun, um in der Erzählung fortzufahren, ich kroch hinter dem Eunuchen und vor dem Zwerg durch den Sand, in dem sich einige Dornenpflanzen angesiedelt hatten, die mich schmerzhaft in Knie und Finger stachen, auf den Herrscher der Welt zu. Der war inzwischen mittels eines Fußschemels aus seinem Wagen gestiegen und nun damit beschäftigt, aus einem goldenen Becher zu trinken, während sein Gefolge in ehrerbietiger Haltung um ihn herumstand und derjenige, der ihm den Becher gereicht hatte, auf den Knien lag. Nach einer Weile blickte der König auf und sah uns.

»Wer sind diese Leute?« fragte er mit einer hohen, doch nicht unmelodischen Stimme, »und warum bringst du sie vor mein Angesicht?«

»Wenn es dem König genehm ist«, antwortete unser Führer und schlug in einer wahren Ekstase der Demut mit dem Kopf auf den Boden, »wenn es dem König genehm ist …«

»Es wäre mir genehmer, Hund, du würdest meine Frage beantworten. Wer sind die beiden?«

»Wenn es dem König genehm ist, dies ist der ägyptische Jäger und Adelige Shabaka.«

»Ich höre«, sagte seine Majestät, und in seinen müden Augen glomm ein Funken von Interesse auf. »Und was will dieser Ägypter hier?«

»Wenn es dem König genehm ist, der König befahl mir vor kurzem, als die Wagen anhielten, ihn vor sein Angesicht zu bringen.«

»Ich vergaß; dir ist verziehen. Aber wer ist der zweite bei ihm? Ein Mensch oder ein Affe?«

Hier wandte ich den Kopf und sah, daß mein Sklave in dem Bemühen, die Anweisungen des Eunuchen zu befolgen und seine Füße zu verbergen, sich zu einer Art Kugel zusammengerollt hatte, ähnlich wie ein Igel, nur daß an der Vorderseite sein großer Kopf zu sehen war.

»O König, das ist, soweit mir bekannt, der Diener und Wagenlenker des Ägypters.«

Wieder sah der König mich interessiert an und rief:
»In der Tat? Ägypten muß noch fremdartiger sein, als ich dachte, wenn dort solche Affenmenschen leben. Steh auf, Ägypter, und befiehl auch deinem Affen, sich zu erheben, denn Männer, die in den Staub hinein sprechen, kann ich nicht hören.«

Also richtete ich mich auf und salutierte, indem ich beide Hände hob und mich verneigte, wie ich es bei anderen gesehen hatte, dabei jedoch bemüht war, die Hände von den Ärmeln bedeckt zu halten. Der König musterte mich von Kopf bis Fuß, dann sagte er kurz:

»Nenne deinen Namen und das Anliegen, das dich in meine Stadt geführt hat.«

»Ewiges Leben dem König«, antwortete ich. »Wie dieser hohe Herr bereits erklärte«, damit zeigte ich auf den Eunuchen ...

»Das ist kein hoher Herr, sondern ein Hund«, unterbrach mich der Herrscher, »der das Gewand von Weibern trägt. Aber fahre fort!«

»Wie dieser Hund, der das Gewand von Weibern trägt, bereits erklärte« — hier lachte der König, doch Houman, der Eunuch, wurde ganz grün vor Zorn und warf mir einen haßerfüllten Blick zu — »ist mein Name Shabaka. Ich bin ein Nachkomme des äthiopischen Königs von Ägypten, der den gleichen Namen trägt.«

»Nach allem, was ich höre, gibt es in Ägypten zu viele Nachkommen von Königen. Wenn ich dieses Land besuche, was ich vielleicht, mit einer Armee im Rücken, bald werde tun müssen«, hier starrte er mich kalt an, »mag es angebracht sein, ihre Zahl zu verringern. Da gibt es zum Beispiel einen gewissen Peroa.«

Er hielt inne, und ich gab keine Antwort, denn Peroa war der Vetter meines Vaters und gehörte dem gestürzten Königshaus an, außerdem war er in meiner Jugend mein Beschützer gewesen.

»Nun, Shabaka«, fuhr der König fort, »auch in Persien ist königliches Blut weit verbreitet, doch einige von uns sind der Ansicht, es sähe am besten aus, wenn es vergossen wird. Was bist du sonst noch?«

»Ich töte königliche Tiere, o König der Könige, ich jage Löwen und Elefanten«, [diese Feststellung war für mich, Allan Quatermain, äußerst interessant, denn sie zeigte mir, daß wir in unseren Neigungen doch sehr beständig sind] »und wenn ich zu Hause bin, züchte ich Rinder und baue Getreide an.«

»Alles ehrenwerte Tätigkeiten, Shabaka. Aber warum bist du hierher gekommen?«

»Idernes, der Satrap von Ägypten, der Diener des Königs der Könige, suchte jemanden, der bereit war, nach Osten zu reisen, denn der König der Könige wünschte von der Löwenjagd in den Gebieten zu erfahren, die südlich von Ägypten am Ursprung des großen Flusses liegen. Da sagte ich, der ich den Wunsch hatte, neue Länder zu sehen: ›Hier bin ich. Schickt mich.‹ So kam ich hierher, und nun weile ich bereits seit drei Monden in der königlichen Stadt, aber bis zu dieser Stunde habe ich noch kaum das Antlitz des großen Königs gesehen, obwohl ich meine Anwesenheit durch viele Boten verkünden ließ und ihnen auch die Geleitbriefe zeigte, die Idernes mir mitgegeben hatte. Deshalb habe ich vor, morgen oder am Tag darauf nach Ägypten zurückzukehren.«

Auf ein Wort des Königs erschien ein Schreiber, dem er befahl, meine Worte zu notieren und die Angelegenheit überprüfen zu lassen, da für diese Nachlässigkeit einige Leute büßen sollten, ein Ausspruch, bei dem Houman und einige Adelige erbleichten, die Köpfe zusammensteckten und zu tuscheln begannen.

»Jetzt erinnere ich mich«, rief der König, »ich gab Idernes den Auftrag, mir einen ägyptischen Jäger zu schikken. Nun, du bist hier, und wir sind im Begriff, Löwen zu jagen. Da drüben im Schilf streifen sie in großer Zahl umher, und es sind wilde, hungrige Bestien, denn sie wurden seit drei Tagen zusammengetrieben und konnten sich keine Beute schlagen. Wie viele Löwen hast du schon getötet, Shabaka?«

»Dreiundfünfzig insgesamt, o König, die Jungen nicht mitgezählt.«

Er starrte mich an und lachte höhnisch.

»Ich habe immer wieder gehört, daß ihr Ägypter über ein großes Mundwerk verfügt. Nun, heute magst du zeigen, ob du auch den vierundfünfzigsten erlegen kannst. In einer Stunde, wenn die Sonne untergeht, wird man da drüben im Schilf die Hunde loslassen, und die Löwen werden herauskommen, da hinter ihnen das Wasser ist. Dann wird man ja sehen.«

Nun merkte ich, daß der König mich für einen Lügner hielt, und das Blut schoß mir ins Gesicht ...

»Warum warten, bis die Sonne sinkt, o König der Könige?« fragte ich. »Warum nicht ins Schilf hineingehen, wie es bei uns im Lande Kusch der Brauch ist, um die Löwen aus dem Schlaf zu wecken und aus ihrem Versteck zu treiben?«

Jetzt lachte der König schallend und rief laut seinen Höflingen zu:

»Hört ihr, wie dieser Ägypter prahlt? Er schlägt vor, ins Schilf hineinzugehen und sich den Löwen in ihrem Versteck zu stellen, das wagt doch kein Mann, wenn er nicht sehen kann, wohin er schießen soll. Was meint ihr? Sollen wir ihn bitten, seine Worte durch Taten zu beweisen?«

Ein hoher Herr trat vor, ein Jäger, obwohl er nicht danach aussah, denn der Duft seiner Haare drang aus vier Schritten Entfernung zu mir, und er hatte Schminke auf dem Gesicht.

»Ja, o König«, säuselte er geziert. »Er mag hineingehen und einen Löwen erlegen. Gelingt es ihm aber nicht, so mag ein Löwe ihn töten. In den Kellern des Palastes warten etliche hungrige Bestien, und es schickt sich nicht, daß Fremde aus Ägypten dem König mit leeren Worten die Ohren vollschwatzen.«

»So geschehe es«, sagte der König. »Ägypter, du hast dich selbst in diese Lage gebracht. Beweise, daß du vermagst, was du behauptest, und große Ehre wird dir zuteil werden. Scheiterst du aber, so mögen die Löwen den zerreißen, der Lügen über sie erzählt. Dennoch«, fügte er hinzu, »wäre es nicht recht, dich alleine gehen zu lassen. Wähle dir also einen von diesen Herren zu deiner Gesellschaft. Vielleicht den, der dich auf die Probe stellen wollte?«

Zuerst sah ich den parfümierten Adeligen an, der unter seiner Schminke erbleichte. Dann betrachtete ich Houman, den fetten Eunuchen, und der öffnete den Mund und schnappte nach Luft wie ein Fisch. Als ich ihn lange genug fixiert hatte, schüttelte ich den Kopf und sagte wie zu mir selbst:

»Nein, weder Weiber noch Eunuchen sollen mich bei diesem Unternehmen begleiten«, worauf der König und alle anderen in lautes Gelächter ausbrachen. »Der Zwerg und ich, wir gehen allein.«

»Der Zwerg!« sagte der König. »Kann er auch Löwen jagen?«

»Nein, o König, aber vielleicht kann er sie wittern, denn wie soll ich sie sonst binnen einer Stunde in diesem Dickicht finden?«

»Vielleicht wittern sie auch ihn. Wie heißt der Affenmensch?« fragte der König.

»Bes, o König, nach jenem Gott der Ägypter, dem er ähnlich sieht.«

»Wagst du es, deinen Herrn auf dieser Jagd zu begleiten, o Bes?« fragte der König.

Da blickte Bes auf, rollte seine gelben Augen und antwortete mit seiner rauhen, kehligen Stimme:

»Ich bin der Sklave meines Herrn, wie könnte ich mich da weigern, ihn zu begleiten? Er würde mich vielleicht dafür töten, wie der König der Könige seine Sklaven tötet. Besser ist es, einen ehrenvollen Tod im Rachen eines Löwen zu finden, als in Schande unter der Peitsche eines

Herrn zu sterben. So denken wir wenigstens in Äthiopien.«

»Wohl gesprochen, Zwerg Bes!« rief der König. »Ich wollte, alle Männer im ganzen Osten dächten so. Man schreibe die Worte dieses Äthiopiers nieder und schicke Abschriften davon an alle Satrapen der Provinzen, auf daß sie den Völkern der Erde vorgelesen werden. Das bestimme ich, der König.«

Kapitel V

Die Wette

Als die Schreiber sich an die Arbeit machten, verneigte ich mich vor dem König und brachte die Bitte vor, auch mich und den Zwerg Bes ans Werk gehen zu lassen.

»Entferne dich«, sagte er, »und kehre binnen einer Stunde hierher zurück. Kommst du nicht wieder, so wird man die Nachricht von deinem Tod an den Satrapen von Ägypten schicken, auf daß er deine Frauen davon unterrichte ...«

»Ich danke dem König, aber das ist unnötig, denn ich habe keine Frauen. Für einen Jäger sind sie keine gute Gesellschaft.«

»Seltsam«, sagte er. »Viele Frauen wären doch froh, einen solchen Mann ihren Gemahl nennen zu dürfen, wenigstens hier bei uns im Osten.«

Bes und ich zogen uns unter ständigen Verneigungen zurück und begaben uns zu unseren Wagen. Dort legten wir unsere Oberkleider ab, bis Bes nackt war bis auf sein Lendentuch und ich nur noch ein Wams trug. Dann nahm ich meinen Bogen, meine Pfeile und mein Messer, und Bes bewaffnete sich mit zwei Speeren, einem leichten zum Werfen, und einem zweiten zum Zustechen, der kürzer, breiter und schwerer war. So ausgerüstet gingen wir an den Ostländern vorbei, die uns verwundert anstarrten, und näherten uns dem Rand des Schilfdickichts, in dem es von Löwen wimmelte.

Hier nahm Bes eine Handvoll Staub und warf sie in die Luft, um festzustellen, aus welcher Richtung die leichte Brise wehte.

»Wir werden gegen den Wind vorrücken, Gebieter«, sagte er, »damit ich die Löwen wittern kann, ehe sie uns bemerken.«

Ich nickte und antwortete:

»Hör gut zu, Bes. Es mag durchaus sein, daß wir an diesem Ort, wo das Schießen schwierig ist, keinen Löwen erlegen. Ich möchte jedoch nicht zurückkehren, um von jenem bösen König dort den wilden Tieren vorgeworfen zu werden. Sollten wir also auf irgendeine Weise scheitern, dann töte mich, falls du noch lebst.«

Er rollte die Augen und grinste.

»O nein, Gebieter. In diesem Fall werden wir uns durch das Schilf schlagen und uns am Rand verbergen, bis die Dunkelheit kommt, denn diese Halbmenschen werden es niemals wagen, hier nach uns zu suchen. Danach werden wir durch das Wasser schwimmen, uns als Gaukler verkleiden und versuchen, die Küste zu erreichen. Von dort aus werden wir, um vieles klüger geworden, nach Ägypten zurückkehren. Man sollte nie dem Tod die Hand entgegenstrecken, ehe er es nicht selbst tut, wozu es ohnehin früh genug zu kommen pflegt, Gebieter.«

Wieder nickte ich und sagte:

»Und wenn mich nun ein Löwe tötet, Bes, was dann?«

»Dann, Gebieter, werde ich diesen Löwen töten, wenn ich kann, und dem König melden, was geschehen ist.«

»Und wenn er dich den wilden Tieren vorwerfen will, Bes, was dann?«

»Dann werde ich ihn zur größten aller Bestien hinunterziehen, zu ihr, die in der Unterwelt darauf wartet, alle Übeltäter vom König bis zum Sklaven zu verschlingen.« Damit streckte er seine langen Arme aus, als wolle er einen Mann an der Kehle packen. »Oh! Hab keine Angst, Gebieter, ich kann ihn zerbrechen wie einen Stock, und hinterher werden wir uns bei den Toten darüber unterhalten, denn ich werde meine eigene Zunge verschlukken und ebenfalls sterben. Es ist ein guter Trick, Gebieter, und ich wünschte, du würdest ihn lernen.«

Damit nahm er meine Hand und küßte sie, und wir drangen ins Schilf ein. Ich, ein Jäger, hatte mich seit dem Tag, an dem wir zum erstenmal das Ostreich betreten hatten, nicht mehr so glücklich gefühlt.

Dennoch war es ein verzweifeltes Unterfangen, denn das Schilf war hoch, und oft konnte ich nicht weiter als eine Bogenlänge nach vorne sehen. Endlich fanden wir jedoch einen Pfad, den das Wild sich auf dem Weg zur Tränke gebahnt hatte, oder Krokodile, wenn sie ihren Schlafplatz aufsuchten, und dem folgten wir. Ich hatte den Pfeil auf der Sehne, und Bes trug den Wurfspeer in der rechten und den Spieß in der linken Hand und ging einen halben Schritt vor mir her. So schlichen wir weiter, Bes zog die Luft durch seine großen Nüstern wie ein Jagdhund, und plötzlich blieb er stehen und schnüffelte nach Norden.

»Ich rieche einen Löwen ganz in der Nähe«, flüsterte und suchte mit den Augen die Schilfhalme ab. »Und ich sehe einen Löwen«, flüsterte er wieder und deutete mit der Hand, aber ich sah nichts als braune Stengel.

»Scheuche ihn auf«, flüsterte ich zurück, »und wenn er springt, werde ich schießen.«

Da hob Bes den Speer, schüttelte ihn, bis er zitterte, und schleuderte ihn. Ein Brüllen war zu hören, und dann erschien eine Löwin, in deren Flanke der Speer steckte. Ich schoß meinen Pfeil ab, aber er fuhr in das dichte Schilf und blieb dort stecken.

»Vorwärts!« flüsterte Bes, »denn wo ein Weibchen ist, ist das Männchen nicht weit. Der Löwe muß in der Nähe sein.«

Wir schlichen weiter, Bes blieb stehen, um den Pfeil aus einem Schilfhalm zu schneiden und ihn in den Köcher zurückzustecken, denn es war ein guter Pfeil, den er selbst angefertigt hatte. Doch jetzt nahm er den breiten Speer in die rechte Hand, und zog mit der Linken das Messer. Nicht weit entfernt hörten wir die verwundete Löwin brüllen.

»Sie ruft ihren Mann zu Hilfe«, flüsterte Bes, und kaum waren die Worte von seinen Lippen, da begannen in Windrichtung auch schon die Schilfhalme zu schwanken, und wir waren entdeckt.

Sie schwankten, sie teilten sich, und dann erschien, halb verborgen zwischen den Stengeln, der Kopf eines großen schwarzmähnigen Löwen. Ich spannte den Bogen und schoß, diesmal nicht vergebens, denn ich hörte einen dumpfen Laut, als der Pfeil auf sein Fell traf. Doch ehe ich einen zweiten auflegen konnte, war er schon über uns, stellte sich auf die Hinterbeine und brüllte. Als ich meinen Dolch zog, schlug er nach mir, aber ich duckte mich, und die Pranke ging über meinen Kopf hinweg. Dann traf mich sein Gewicht, ich kam unter ihm zu Fall und stach ihn dabei in den Bauch. Ich sah noch, wie er sein gewaltiges Maul öffnete, um mir den Kopf zu zermalmen, doch dann klappten die Kiefer wieder zu, und ein Winseln wie von einem verletzten Hund drang zwischen seinen Lefzen hervor.

Bes hatte dem Löwen seinen Speer in die Brust gestoßen, so tief, daß die Spitze am Rücken wieder austrat. Die Bestie war noch immer nicht tot, aber jetzt hatte mein Sklave ihre Aufmerksamkeit auf sich gezogen. Als sie sich von neuem aufbäumte, lief der Zwerg ihr entgegen, schlang seine langen Arme um ihren Körper und rang mit ihr wie mit einem Menschen.

Ich glaube, in diesem Augenblick ging mir zum erstenmal auf, welche Kräfte der Äthiopier wirklich besaß, denn er, ein Zwerg, warf den Löwen auf den Rücken, stemmte ihm seinen großen Kopf unter den Unterkiefer und kämpfte mit ihm wie ein Rasender. Ich war wieder auf den Beinen, hatte das Messer noch in der Hand, und oh!, auch ich war stark. Ich stieß ihm die Klinge tief in die Kehle, zog sie hierhin und dorthin, und siehe da, der Löwe hauchte winselnd sein Leben aus, und sein Blut ergoß sich über uns beide. Dann setzte Bes sich auf und lachte, und ich lachte auch, denn wir hatten beide nicht mehr als ein paar Kratzer davongetragen und dabei etwas getan, wozu kaum ein Mensch fähig war.

»Weißt du noch, Gebieter«, fragte Bes, als er sich wieder beruhigt hatte, und wischte sich die Stirn mit feuchtem Moos ab, »wie du einst, weit nilaufwärts, einen wahnsinnigen Elefanten mit einem Speer angegriffen und mich gerettet hast, weil ich gestürzt war und sonst zu Tode getrampelt worden wäre?«

Ich, Shabaka, antwortete, ich hätte es nicht vergessen. (Und ich, Allan Quatermain, der ich dies alles in meiner psychischen Trance im Museum von Ragnall Castle beobachtete, erinnerte mich, wie auch ein gewisser Hans mich vor gar nicht langer Zeit vor einem gewissen wahnsinnigen Elefanten, nämlich Jana, gerettet hatte, was nur beweist, wie alles sich wiederholt.)

»Ja«, fuhr Bes fort, »du hast mich vor diesem Elefanten gerettet, obwohl es aussah, als wäre es dein Tod. Und, Gebieter, ich will dir etwas gestehen. Gerade an jenem Morgen hatte ich versucht, dich zu vergiften, aber du hast dir keine Zeit zum Essen genommen, weil die Elefanten so nahe waren.«

»Tatsächlich?« fragte ich, ohne mir viel dabei zu denken. »Warum?«

»Weil du mich zwei Jahre zuvor zusammen mit einigen meiner Leute im Kampf gefangengenommen und mich, da ich mißgestaltet war oder aus Mitleid, verschont und zu deinem Sklaven gemacht hattest. Nun wollte ich, der ich ein Häuptling gewesen war, ein großer Häuptling, Gebieter, kein Sklave bleiben, und ich wollte den Tod meiner Gefährten rächen. Deshalb versuchte ich dich zu vergiften, und genau an diesem Tag hast du mir das Leben gerettet, indem du dein eigenes dafür eingesetzt hast.«

»Ich glaube, ich hatte es nur auf die Stoßzähne des Elefanten abgesehen, Bes.«

»Mag sein, Gebieter, aber du wirst dich gewiß auch erinnern, daß es eine junge Elefantenkuh war, deren Zähne so gut wie keinen Wert besaßen. Hätte sie freilich Zähne gehabt, so hätte es so sein können, denn ein weißer Stoßzahn wiegt viele schwarze Zwerge auf. Nun, heute habe ich dir meine Schuld zurückgezahlt. Ich sage das nur, damit du nicht vergißt, daß der Löwe dich gefressen hätte, wenn ich nicht gewesen wäre.«

»Ja, Bes, du hast mir alles zurückgezahlt, und ich danke dir.«

»Gebieter, bisher habe ich dich immer für einen Verehrer Maats, der Göttin der Wahrheit gehalten. Nun sehe ich, daß du dem Gott der Lügen anhängst, wer er auch sein mag, dem Gott, der im Herzen aller Frauen und der meisten Männer wohnt, aber keinen Namen hat. Denn, Gebieter, *du* warst es, der *mich* vor dem Löwen gerettet hat, und nicht umgekehrt, denn du hast ihm am Ende die Kehle durchgeschnitten. Meine Schuld steht daher noch immer offen, und ich schwöre beim großen Heuschreck, den wir in meinem Land anbeten und der allen Göttern der Ägypter zusammen weit überlegen ist, daß ich sie bald bezahlen werde, vielleicht auch erst in zehntausend Jahren. Aber bezahlt wird sie schließlich werden.«

»Warum verehrt ihr einen Heuschreck, und wieso ist er besser als die Götter der Ägypter?« fragte ich ohne großes Interesse, denn ich war müde, und sein Geplauder erheiterte mich, während wir uns ausruhten.

»Wir verehren den Heuschreck, Gebieter, weil er mit den Geistern der Menschen von einem Leben zum anderen springt oder von dieser Welt in die nächste, ja, geradewegs durch den blauen Himmel. Und er ist besser als eure ägyptischen Götter, weil sie es euch selbst überlassen, den Weg dorthin zu finden, und weil sie euch dann bei lebendigem Leibe auffressen, jedenfalls, wenn Ihr versucht habt, andere Menschen zu vergiften, was wir natürlich alle tun. Aber, Gebieter, wir sind jetzt wieder frisch und munter, also laß uns aufbrechen, denn die Stunde wird bald verstrichen sein. Und die Löwin könnte zurückkehren, wenn sie den Speerschaft gefressen hat.«

»Ja«, sagte ich. »Wir wollen zum König der Könige gehen und ihm melden, daß wir einen Löwen getötet haben.«

»Gebieter, das genügt nicht. Selbst gewöhnliche Könige glauben nur selten, was sie nicht sehen, daher ist es gewiß, daß ein König der Könige dergleichen niemals glauben wird, und noch gewisser, daß er nicht selbst hierherkommen wird, um sich zu überzeugen. Da wir also den Löwen nicht tragen können, müssen wir ein Stück davon mitnehmen.« Damit schnitt er der Bestie kurzerhand das Schwanzende ab.

Wir folgten dem Krokodilpfad und erreichten schließlich den Rand des Schilfdickichts gegenüber dem Lager, wo der König nun in aller Pracht unter einem inzwischen aufgeschlagenen, purpurroten Pavillon saß und eine Mahlzeit verzehrte, während seine Höflinge in einigem Abstand um ihn herumstanden und mit hungrigen Blicken zusahen.

Bes sprang nackt und blutig aus dem Schilf hervor, schwenkte den Löwenschwanz und grölte einen wilden, äthiopischen Gesang, während ich, ebenfalls blutig und halb nackt, die Löwenkrallen hatten mir nämlich das Wams abgerissen, mit entspanntem Bogen folgte.

Der König blickte auf und sah uns.

»Was, du lebst, Ägypter?« fragte er. »Ich hatte gedacht, inzwischen seist du gewiß tot.«

»Der Löwe ist tot, o König«, antwortete ich und deutete auf Bes, der sein Lied beendet hatte und jetzt mit dem Schwanz der Bestie im Mund herumsprang wie ein Hund mit einem Knochen.

»Es scheint tatsächlich, als habe dieser Ägypter einen Löwen getötet«, sagte der König zu einem seiner hohen Herren, dem mit dem geschminkten Gesicht und dem parfümierten Haar.

»Wenn es dem König genehm ist«, antwortete dieser mit einer Verneigung, »ein Schwanz ist nicht das ganze Tier, er mag von anderswoher mitgebracht oder von einem bereits toten Tier abgeschnitten worden sein. Der König weiß doch, daß die Ägypter große Lügner sind.«

So sprach er, weil er eifersüchtig war auf unsere Tat.

»Diese Männer sehen aber so aus, als seien sie einem lebendigen Löwen begegnet, nicht einem toten«, bemerkte der König und musterte unsere blutverschmierten Gestalten. »Doch da du es bezweifelt, möchtest du die Sache gewiß selbst nachprüfen. Nun denn, Vetter, nimm dir sechs Männer, geh mit ihnen ins Schilf und durchsuche es. In dem weichen Boden sollte es nicht schwer sein, ihren Spuren zu folgen.«

»Es ist gefährlich, o König«, begann der Prinz, denn das war in der Tat sein Rang.

»Dadurch wird die Aufgabe gewiß nur um so reizvoller für dich, Vetter. Nun geh und beeile dich!«

So wurden sechs Jäger gerufen, und der Prinz machte sich auf den Weg. Als er an uns vorüberkam, verfluchte er mich leise, denn er hatte schreckliche Angst, und das mit gutem Grund. Plötzlich hörte Bes mit seinen Kapriolen auf, warf sich zu Boden und schrie:

»Eine Gunst, o König. Dieser hohe Herr zieht das Wort meines Gebieters in Zweifel. Gestattet mir, ihn dahin zu führen, wo der tote Löwe liegt, denn sonst könnte der Vetter des großen Königs auf dem Weg durch das Schilf zu Schaden kommen, und das würde dem großen König Kummer bereiten.«

»Ich habe viele Vettern«, sagte der König. »Aber du magst mitgehen, Zwerg, wenn du willst.«

So rannte Bes dem Prinzen nach, holte ihn ein und berührte ihn mit dem Löwenschwanz an der Schulter, um ihm den Weg zu weisen. Dann verschwanden sie im Dikkicht, und ich ging zum Wagen, um mir das Blut von der Haut und von den Kleidern zu waschen. Als ich mein Gewand überstreifte, hörte ich ein lautes Brüllen, dann einen einzigen Aufschrei, und danach war alles still. Nun näherte ich mich dem Schilf und blieb zwischen ihm und dem Lager des Königs stehen.

Nach einer Weile tauchte Bes, tanzend und singend wie zuvor, zwischen den Halmen auf, doch diesmal hielt er in jeder Hand einen Löwenschwanz. Hinter ihm kamen die sechs Jäger, und sie schleppten zwischen sich den Kadaver des Löwen, den wir getötet hatten. Damit taumelten sie auf den König zu, und ich folgte ihnen.

»Ich sehe den Zwerg«, sagte dieser. »Ich sehe den toten Löwen, und ich sehe die Jäger. Aber wo ist mein Vetter? Was hast du mir zu melden, o Bes?«

»O König der Könige«, begann Bes, »der mächtige Prinz, Euer Vetter, liegt unter dem Leib des Weibchens dieses Löwen. Sie sprang ihn an und tötete ihn, und ich sprang auf sie und tötete sie mit meinem Speer. Hier ist ihr Schwanz, o König der Könige.«

»Ist das wahr?« fragte der König die Jäger.

»Es ist wahr, o König«, bestätigte deren Hauptmann. »Die Löwin war verletzt und stürzte sich auf den Prinzen, sie wählte ihn, obwohl er hinter uns allen war. Dann sprang dieser Zwerg auf den Rücken der Löwin, denn er stand hinter dem Prinzen und ihm am nächsten, und stieß ihr seinen Speer zwischen die Schultern und ins Herz. So brachten wir den ersten Löwen mit, wie der König es befohlen hatte, denn mehr konnten wir nicht tragen.«

Das Gesicht des Königs färbte sich rot vor Zorn.

»Sieben von meinen Leuten und ein schwarzer Zwerg!« rief er aus. »Und doch tötet die Löwin meinen Vetter, und der Zwerg tötet die Löwin. Diese Geschichte wird man sich in Ägypten über die Jäger des Königs der Welt erzählen. Ergreift diese Männer, ihr Wachen, und werft sie den wilden Tieren in den Kellern des Palastes zum Fraße vor.«

Sofort wurden die Unglücklichen gepackt und abgeführt. Dann rief der König Bes zu sich, nahm die Goldkette ab, die er um den Hals trug, und warf sie ihm über den Kopf, womit er ihm, was ich damals freilich nicht wußte, einen Adelstitel verlieh. Als nächstes rief er mich zu sich und sagte:

»Es hat den Anschein, als seist du erfahren im Umgang mit dem Bogen und mit der Jagd auf Löwen, Ägypter. Daher will ich dich ehren, denn an diesem Nachmittag wird dein Wagen neben meinem Wagen fahren, und wir werden Seite an Seite jagen. Außerdem biete ich dir eine Wette darüber an, wer von uns die meisten Löwen töten wird, denn wisse, Shabaka, auch ich bin geschickt mit dem Bogen, geschickter als jeder andere meiner Millionen von Untertanen.«

»Dann, o König, hat es wenig Sinn, mich mit Euch zu messen, denn ich habe Männer getroffen, die besser schießen als ich, oder vielmehr, da man im Osten ja nur die Wahrheit sprechen darf und da wir Ägypter keine Lügner sind, wie es der tote Prinz uns nachsagte, einen Mann.«

»Wer war dieser Mann, Shabaka?«

»Der Fürst Peroa, o König.«

Der König runzelte die Stirn, als mißfalle ihm der Name, dann antwortete er:

»Bin ich nicht größer als dieser Peroa, und bin ich folglich nicht auch ein besserer Schütze?«

»Ohne Zweifel, o König der Könige, und wie soll ich, der ich schlechter schieße als Peroa, mich daher mit Euch messen?«

»Aus diesem Grund werde ich dir einen Vorsprung geben, Shabaka. Sieh diese rosenfarbenen Perlen, die ich trage. Sie haben in der ganzen Welt nicht ihresgleichen, zwanzig Jahre lang haben die Händler in den Tagen meines Vaters danach gesucht, und mit der Hälfte von ihnen könnte man eine Satrapie kaufen. Ich setze sie ein« — hier keuchten die lauschenden Adeligen erschrocken auf, und Houman, der fette Eunuch, hob entsetzt beide Hände.

»Wogegen, o König?«

»Gegen deinen Sklaven Bes, an dem ich Gefallen gefunden habe.«

Jetzt zitterte ich, und Bes rollte seine gelben Augen.

»Verzeiht mir, o König der Könige«, wandte ich ein, »aber Euer Einsatz genügt nicht. Ich bin Jäger, und für einen solchen sind kostbare Perlen kaum von Nutzen.

Dieser Zwerg hingegen leistet mir bei der Jagd gute Dienste.«

»So sei es denn, Shabaka, ich werde den Einsatz erhöhen. Falls du gewinnst, sollst du zusammen mit den Perlen das Gewicht deines Sklaven in massivem Gold erhalten.«

»Unermeßlich ist die Großzügigkeit des Königs«, antwortete ich, »aber auch das genügt nicht, denn selbst wenn ich gegen einen besseren Schützen als Peroa gewinnen sollte, was unmöglich ist, was würde ich mit so viel Gold anfangen? Gewiß würde man mich ermorden, um es mir abzunehmen, falls ich Ägyptens Küsten jemals wiedersähe.«

»Was soll ich noch hinzufügen?« fragte der König. »Die schönste Frau aus meinem Harem?«

Ich schüttelte den Kopf. »O nein, o König, denn dann müßte ich, der ich doch ledig bleiben will, mich verheiraten.«

»Das ist nicht erforderlich, du könntest sie auch an deinen Freund Peroa verkaufen. Eine Satrapie?«

»O nein, o König, denn dann müßte ich sie verwalten, und das würde mich so lange von der Jagd abhalten, bis es dem König gefiele, meinen Kopf zu verlangen.«

»Im Namen aller Heiligen, die ich verehre, was begehrst du dann neben den Perlen und dem puren Gold?«

Nun gab ich mir alle Mühe, mir etwas auszudenken, was der König mir nicht gewähren konnte. Ich wollte diesen Wettstreit vermeiden, denn mein Herz sagte mir, daß er böse enden würde. Als mir nichts einfallen wollte, sah ich Bes an und bemerkte, daß er seine Augen zu den sechs zum Tode verurteilten Jägern hinrollte, die gerade weggeführt wurden, und daß er, angeblich um eine Fliege zu verscheuchen, mit einem der Löwenschwänze auf sie deutete. Da entsann ich mich, daß eine Verfügung, die ein König des Ostens einmal ausgesprochen hatte, nicht mehr geändert werden konnte, und ich sah einen Ausweg.

»O König«, sagte ich, »neben den Perlen und dem Gold bitte ich dich, das Leben dieser sechs Jäger einzusetzen, sie sollen verschont werden, falls der Zufall es will und ich gewinne.«

»Warum?« fragte der König erstaunt.

»Weil es wackere Männer sind, o König, und ich nicht möchte, daß ihre Knochen von zahmen Bestien in einem Käfig zerbissen werden.«

»Ist mein Urteil bereits aufgezeichnet?« fragte der König.

»Noch nicht, o König«, antwortete der Oberschreiber.

»Dann hat es kein Gewicht und kann auch wieder aufgehoben werden, ohne gegen das Gesetz zu verstoßen. Shabaka, unsere Wette steht. Wenn ich heute mehr Löwen töte als du oder, sollten nur zwei erlegt werden, den ersten töte, oder, sollte keiner den Tod finden, ich mehr Pfeile in ihre Körper schieße, dann bekomme ich Bes den Zwerg als meinen Sklaven. Solltest du mich aber in einem dieser Fälle übertreffen, so erhältst du diese Schnur von Rosenperlen und das Gewicht des Zwerges Bes in Gold, den sechs Jägern wird nichts geschehen, und du magst mit ihnen anfangen, was du willst. Zeichnet dies auf, und dann auf zur Jagd.«

Bald standen Bes und ich in unserem Wagen, lenkten ihn wie befohlen, allerdings in einem Abstand von etwa dreißig Schritten, neben den des Königs. Ich beugte mich über den Zwerg, der die Zügel hielt, und sagte:

»Das Glück ist uns heute nicht gewogen, Bes, denn noch ehe der Tag zu Ende ist, wird man uns vielleicht voneinander trennen.«

»O nein, Gebieter, das Glück lächelt uns, denn noch ehe der Tag zu Ende ist, wirst du um die schönsten Perlen auf der ganzen Welt, um mein Gewicht in purem Gold (und, Gebieter, ich bin zweimal so schwer, wie der König dachte und werde mich vor dem Wiegen mit zwanzig Pfund Fleisch vollstopfen, falls ich die Gelegenheit dazu habe, oder wenigstens mit Wasser, obwohl das in dieser heißen Gegend nicht lange anhalten wird) und um sechs ausgesuchte Jäger reicher sein, wackere Männer, darin stimme ich dir zu, die uns und unseren Schatz zur Küste geleiten können.«

»Zuerst muß ich den Wettstreit gewinnen, Bes.«

»Und das könntest du mit einem verbundenen Auge, Gebieter, und mit einem wehen Finger. Könige halten sich immer für gute Schützen, weil all die Würmer, die um sie herumkriechen und sich Menschen nennen, es nicht wagen, sich als die Überlegenen zu zeigen. Oh! Ich habe in dieser Stadt einiges erzählen hören. Es gab Tage, an denen dieser Herr der Welt sechs Löwen mit ebenso vielen Pfeilen verfehlt hat, obwohl sie dasaßen und ihn anlächelten, weil es nämlich nur zahme Bestien waren, die man in Holzkäfigen von weither gebracht hatte. Ja, sie lächelten wie Katzen in der Sonne. Hör zu, Gebieter, er trinkt zu viel Wein und verbringt zu viele Nächte in seinem Harem — dreihundert Frauen hat er dort, Gebieter —, um so gut schießen zu können wie du und ich. Wenn du daran zweifelst, so sieh dir nur seine Augen und seine Hände an. Oh! Die Perlen, das Gold und die Männer sind dein, und dieser geschminkte Prinz, der uns verspottete, liegt dort, wo er hingehört — nämlich tot im Schlamm.

Habe ich dir schon erzählt, wie ich das angestellt habe, Gebieter? Du weißt ja besser als ich, daß Löwen jeden hassen, der den Geruch ihres eigenen Blutes an sich trägt. Daher berührte ich den geschminkten Prinzen, während ich ihm den Weg wies, mit dem blutigen Schwanz des Löwen, den wir erlegt hatten, und tat so, als sei es versehentlich geschehen, wofür er mich weidlich verfluchte, was ja auch sein gutes Recht war. Als wir schließlich den toten Löwen erreichten und dort, wie ich erwartet hatte, der verwundeten Löwin begegneten, stürmte sie durch die Jäger hindurch auf ihn los, weil er nach ihrem Gatten roch, und biß ihm den Kopf ab.«

»Aber Bes, du hast auch nach ihm gerochen, und zwar noch stärker.«

»Ja, Gebieter, aber dieser geschminkte Vetter des Königs ging vor mir. Ich hielt mich wohlweislich hinter ihm und tat so, als hätte ich Angst.« Er lachte leise und fügte hinzu: »Wahrscheinlich erzählt er jetzt Osiris oder dem Heuschreck, der ihn in Osiris' Reich bringt, eine böse Geschichte über mich.«

»Diese Ostländer verehren weder Osiris noch deinen Heuschreck, Bes, sondern eine Feuerflamme.«

»Dann erzählt er seine Geschichte eben dem Feuer, und ich hoffe, daß es sich dabei langweilt und ihn verbrennt.«

So plauderten wir fröhlich, denn wir hatten große Taten vollbracht und glaubten, die Ostländer und den König überlistet zu haben, freilich kannten wir noch nicht alle ihre Ränke. Niemand hatte uns nämlich gesagt, daß jeder, der mit dem König jagte und es wagte, vor diesem einen Pfeil auf die Beute abzuschießen, wegen Majestätsbeleidigung zum Tode verurteilt wurde. Daran hatte sich dieser königliche Fuchs erinnert und war deshalb sicher, daß er die Wette gewinnen würde.

Nun bogen die Wagen ab und folgten einem Pfad zu einer Schneise, die man in das Schilf geschlagen hatte. Hier wurde angehalten, der Wagen des Königs stand zehn Schritte neben dem meinen, und dahinter reihten sich die Gefährte der Höflinge auf. Inzwischen waren Jäger mit Hunden weit rechts und links von uns und auch vor uns in das weitläufige Dickicht eingedrungen, um die Löwen von allen Seiten über das freie Feld zu treiben.

Bald hörten wir aus allen Richtungen das Bellen der Meute. Dann schmatzte Bes mit seinen dicken Lippen und zeigte auf den Rand des Schilfs, etwa sechzig Schritt vor uns. Dort sah ich eine gelbe Gestalt zwischen den dunklen Stengeln dahinschleichen, und obwohl es ein weiter Schuß war, vergaß ich alles, außer, daß ich ein Jäger war und ein Stück Wild vor mir hatte, hob den Bogen an mein Ohr, zielte, wobei ich auch den Wind und die abfallende Bahn des Pfeiles mit bedachte, und schoß.

Oh! Es war ein guter Schuß. Der Pfeil traf den Löwen mitten in den Leib und durchbohrte ihn. Brüllend, sich auf dem Boden wälzend und die Erde aufwühlend, kam er heraus. Aber ich hatte bereits den nächsten Pfeil auf der Sehne, und obwohl der König seinen Bogen hob, kam ich ihm zuvor. Wieder traf ich, diesmal in die Kehle, und der Löwe stöhnte noch einmal auf und war tot.

Der König sah mich wütend an, und von den Höflingen hinter mir war erstauntes, aber auch zorniges Gemurmel zu hören. Das Staunen galt meiner Schützenkunst, der Zorn hingegen richtete sich darauf, daß ich es gewagt hatte, dem König vorzugreifen.

»Die Wette steht gut für uns«, murmelte Bes, aber ich hieß ihn schweigen, denn nun regten sich weitere Löwen.

Einer sprang quer über das freie Gelände und kam in dreißig Schritt Entfernung direkt vor uns vorbei. Der König schoß, aber sein Pfeil ging fehl und flog zwei Spannen über den Rücken des Tieres hinweg. Dann schoß ich, und die Spitze drang genau an der Stelle ein, wo der Kopf auf dem Hals aufsitzt, durchschnitt das Rückgrat, und tötete die Bestie sofort.

Wieder erhob sich das Gemurmel, und der König schlug seinem Wagenlenker mit der geballten Faust auf den Kopf, beschuldigte ihn, er habe zugelassen, daß die Pferde sich bewegten und drohte, ihn auspeitschen zu lassen, weil dadurch seine Hand nicht ruhig gewesen sei.

Der Wagenlenker war zwar ein hoher Adeliger — im Osten bedienten nämlich Männer von hohem Rang den König wie Sklaven, sie schnitten ihm sogar die Nägel und den Bart —, aber er bat demütig um Verzeihung und gestand seinen Fehler ein.

»Es ist eine Lüge«, flüsterte Bes. »Die Pferde haben sich überhaupt nicht bewegt. Wie könnten sie denn auch, wenn die Knechte ihnen die Köpfe festhalten?

Dennoch, Gebieter, die Perlen liegen eigentlich schon um deinen Hals.«

»Schweig!« mahnte ich. »Wie wir gehört haben, sprechen im Osten alle Menschen die Wahrheit, nur die Ägypter lügen. Außerdem sind die Hälse der Männer im Osten nicht nur mit Perlen, sondern auch mit Bogensehnen umgeben, und ihre Ohren sind lang.«

Die Hunde bellten weiter und kamen immer näher. Eine Löwin sprang aus dem Schilf, rannte auf den Wagen des Königs zu und setzte sich, offenbar verblüfft, wie ein Hund so dicht vor uns auf ihr Hinterteil, daß ein Mann sie mit einem Stein hätte treffen können. Der Schuß des Königs ging dennoch nicht weit genug und traf sie nur in die Vorderpranke, worauf sie den Pfeil herausschüttelte und ins Schilf zurückhetzte, während die Höflinge schrien:

»Ewiges Leben dem König! Die Bestie ist tot.«

»Warten wir ab, ob sie tot ist«, sagte Bes, und ich nickte.

Wieder erschien ein Löwe, diesmal zur Rechten des Königs. Der gab einen weiteren Schuß ab und fehlte, worauf er zu fluchen und seine ganz persönlichen, königlichen Verwünschungen auszustoßen begann. Der Wagenlenker zitterte. Dann nahte das Ende.

Einer der Hunde kam ganz nahe an die am Fuß verletzte Löwin heran und scheuchte sie auf. Sie drehte sich um, tötete ihn mit einem Prankenschlag und griff dann, über alle Maßen gereizt, den königlichen Wagen an. Die Pferde bäumten sich auf und rissen die Knechte von den Beinen. Der König schoß, ohne zu zielen, und stürzte, wie es sogar Herrschern der Welt widerfährt, wenn sie nichts mehr unter den Füßen haben, rücklings aus dem Gefährt. Als die Löwin ihn am Boden liegen sah, sprang sie mit einem Satz über den Wagen hinweg und stürzte sich auf ihn. Ich schoß, während sie noch in der Luft war, der Pfeil fuhr ihr durch die Lenden und lähmte sie, so daß sie zwar in der Nähe des Königs niederfiel, aber nicht mehr an ihn herankonnte, um ihn zu töten.

Ich sprang von meinem Wagen, aber ehe ich die Löwin erreichen konnte, kamen bereits Jäger mit Speeren angelaufen und stachen auf sie ein, was nicht weiter schwierig war, da sie sich nicht bewegen konnte.

Der König erhob sich, denn er war unverletzt, und sagte laut:

»Hätte mein Pfeil nicht getroffen, ich glaube, der Osten hätte sich noch heute vor einem anderen Herrn verneigen müssen.«

Da vergaß ich, daß ich mit dem König der Erde sprach, ich vergaß die Wette und alles andere und rief aus:

»Nein, Euer Pfeil ging fehl, der meine hat getroffen«, worauf einer der Höflinge schrie:

»Der Ägypter ist ein Lügner und wagt es, den König der Lüge zu zeihen!«

»Ein Lügner?« fragte ich erstaunt. »Seht euch den Pfeil an und achtet darauf, aus welchem Köcher er kam.« Damit zog ich einen meiner eigenen Pfeile von ägyptischer Machart, der mit meinem Zeichen versehen war, aus meinem Köcher.

Nun brach ein Tumult los, alle Höflinge und Eunuchen redeten durcheinander, doch alle neigten sich vor dem schlammverschmierten König wie Weizenähren im Sturm. Ich wollte nicht weiter auf mein Recht dringen und kehrte zum Wagen zurück. In der Annahme, die Jagd sei nun zu Ende, entspannte ich meinen über alles geschätzten Bogen und legte ihn in seinen Kasten.

Während ich damit beschäftigt war, näherte sich der Eunuch Houman und sagte mit mattem Lächeln:

»Der König befiehlt dich zu sich, Ägypter, auf daß du deine Belohnung in Empfang nehmest.«

Ich nickte, versprach, ich würde kommen, und er kehrte zurück.

»Bes«, sagte ich, als er außer Hörweite war, »mir sinkt der Mut. Ich traue diesem König nicht, denn ich glaube, er hat Böses im Sinn.«

»Auch ich fürchte das, Gebieter. Oh, was waren wir

doch für Toren. Wenn ein Gott und ein Mensch gemeinsam einen Baum ersteigen, sollte der Mensch den Gott als ersten die Spitze erreichen lassen, auf daß alle Welt sehe, daß er ein Gott ist.«

»Ja«, antwortete ich, »aber erkennt man die Weisheit nicht immer erst, wenn sie entfleucht? Nun wird vielleicht der Gott als der Stärkere den Menschen vernichten.«

Darauf begaben wir uns zusammen zum König und ließen den Wagen in der Obhut von Soldaten zurück. Der Herr der Welt saß auf einem vergoldeten Stuhl, der ihm als Thron diente, und hinter ihm hatten sich seine Beamten, Eunuchen und Hofschranzen aufgereiht, freilich nicht alle, denn ein Stück weit entfernt waren etliche von ihnen damit beschäftigt, den Adeligen, der den königlichen Wagen gelenkt hatte, mit Ruten auf die Füße zu schlagen. Wir warfen uns zu Boden und warteten, bis der König das Wort an uns richtete. Endlich sagte er:

»Shabaka der Ägypter, wir haben eine Wette mit dir abgeschlossen, an deren Bedingungen du dich gewiß erinnern wirst. Es scheint, als habest du gewonnen, da du zwei Löwen getötet hast, wir, der König, hingegen nur einen, jenen nämlich, der uns im Wagen angriff.«

Neben mir stieß Bes einen Seufzer aus, und ich blickte auf.

»Fürchte nichts«, fuhr der König fort, »du wirst erhalten, was dir versprochen wurde.« Damit riß er sich die kostbare Kette aus rosenfarbenen Perlen ab und warf sie mir ins Gesicht.

»Sobald wir wieder im Palast sind«, fuhr er fort, »wird man den Zwerg auf die Waage setzen und ihn mit purem Gold aufwiegen, um es dir anschließend zu übergeben. Außerdem ist das Leben der sechs Jäger dein und damit auch die Männer selbst.«

»Ewiges Leben dem König!« rief ich aus, weil ich das Gefühl hatte, etwas sagen zu müssen.

»Das hoffe ich«, antwortete er mit einem grausamen

Lächeln, »aber dir, Ägypter, wird es nicht beschieden sein, denn du hast die Gesetze meines Landes gebrochen.«

»In welcher Weise, o König?« fragte ich.

»Indem du auf die Löwen geschossen hast, ehe dem König Zeit blieb, seinen Bogen zu spannen, und indem du den König ins Gesicht hinein der Lüge geziehen hast. Auf beides steht die Todesstrafe.«

Nun ließ der Zorn mein Herz anschwellen, bis ich glaubte, es würde zerspringen. Dann fuhr plötzlich etwas in mich, ich erhob mich und sagte:

»O König, Ihr habt erklärt, ich müsse sterben, und wenn dem so ist, will ich auch nicht länger vor Euch knien, denn bald werde ich an Osiris' Tafel speisen und dort weit angesehener sein als jeder König, weil ich mit reinen Händen vor ihn trete. Ist es bei Euch nicht Gesetz, daß jeder zum Tode Verurteilte zuvor noch das Recht hat, seinen Fall darzulegen, um die Ehre seines Namens zu retten?«

»So ist es«, bestätigte der König, vermutlich, weil er neugierig war, was ich vorbringen würde. »Sprich!«

»O König, ich bin nicht weniger vornehmen Geblüts als Ihr, aber davon will ich nicht sprechen, denn auf Wunsch Eures Satrapen kam ich als Jäger in den Osten, um Euch zu zeigen, wie wir Ägypter Löwen und andere Tiere töten. Drei Monde lang habe ich in Eurer Königlichen Stadt vergebens darauf gewartet, Audienz beim König zu erhalten. Endlich lud man mich zu dieser Jagd, obwohl ich bereits im Begriff war, in mein eigenes Land zurückzukehren. Um den Spott Eurer Diener zu entkräften, drang ich mit meinem Sklaven in das Dickicht ein und tötete dort einen Löwen. Dann beliebte es Euch, mir eine Wette aufzudrängen, die ich nicht annehmen wollte. Es sollte entschieden werden, wer von uns beiden der bessere Schütze sei, eine Wette, die Ihr mich, wie ich jetzt sehe, auf keinen Fall verlieren zu lassen gedachtet, ganz gleich, wie groß mein Können war, denn Ihr glaubtet, ich wisse, daß ich nicht schießen dürfe, ehe Ihr zuerst geschossen und die Bestien getötet oder verscheucht hattet.

So maß ich mich mit Euch, Jäger gegen Jäger, denn im Felde wie vor den Göttern sind alle gleich, nicht aber als Sklave gegen einen König, der entschlossen ist, für eine Niederlage tödliche Rache zu nehmen. Wir hatten uns aufgestellt, und die Löwen kamen. Ich schoß auf jene, die vor oder neben mir auftauchten und überließ Euch jene, die vor oder neben Euch auftauchten, wie es unter Jägern der Brauch ist. Mein Können oder mein Glück war größer als das Eure, und ich tötete, wo Ihr fehltet oder nur verletztet. Endlich sprang Euch eine Löwin an, und ich schoß auf sie, um zu verhindern, daß sie Euch tötete, was sich durch den Pfeil in ihrem Leibe leicht beweisen läßt. Und nun sagt Ihr, ich müsse sterben, weil ich einige Eurer Gesetze gebrochen habe, Gesetze, deren jeder Mensch sich schämen sollte, und um Eure Ehre zu retten, bezahlt Ihr mir, was Ihr eingesetzt hattet, obwohl Ihr wißt, daß Perlen, Gold und Sklaven für einen Sterbenden keinerlei Wert haben und ihm wieder abgenommen werden können. Das ist die ganze Geschichte.

Ein Wort möchte ich freilich noch hinzufügen. Ihr Ostländer lehrt Eure Kinder zwei Dinge: Sie sollen lernen, mit dem Bogen zu schießen und die Wahrheit zu sprechen. O König, dies ist meine letzte Mahnung an Euch. Lernt, mit dem Bogen zu schießen, denn Ihr könnt es nicht, und lernt, die Wahrheit zu sprechen, denn das habt Ihr bisher nicht getan. Damit habe ich alles gesagt und bin bereit zu sterben. Ich danke Euch für die Geduld, mit der Ihr mich angehört habt, und hoffe, Euch meine Worte dereinst jenseits des Grabes noch ausführlicher wiederholen zu können, denn auch dem König ist *kein* ewiges Leben beschieden.«

Als die Adeligen und Hofschranzen diese kühne Rede hörten, keuchten sie erschrocken, denn so hatte noch niemand mit seiner Majestät gesprochen. Der König errötete, als schäme er sich, antwortete aber nicht, sondern fragte nur die Umstehenden:

»Welches Los gebührt diesem Mann?«

»Der Tod, o König!« schrien sie wie mit einer Stimme.

»Was für ein Tod?« fragte er weiter.

Da berieten sich seine Ratgeber, und einer von ihnen antwortete:

»Der langsamste, den unser Gesetz kennt, *der Tod durch das Boot.*«

Als ich das hörte, wußte ich nicht, was damit gemeint war, und glaubte, man wolle mich in einem Boot aussetzen, um mich dort verhungern zu lassen.

»So wird man also für eine gute Jagd belohnt!« höhnte ich in meinem Zorn. »O König, für diese schändliche Tat beschwöre ich den Fluch der Götter aller Völker auf Euch herab. Fürderhin sollt Ihr keine Nacht mehr ruhig schlafen, schreckliche Träume von dem, was Euch im nächsten Leben erwartet, sollen Euch verfolgen, und Euer Ende soll blutig sein.«

Der König öffnete den Mund, als wolle er antworten, doch außer einem leisen Angstschrei brachte er nichts heraus. Die Wachen eilten herbei und ergriffen mich.

Kapitel VI

Verurteilt zum Tod auf dem Boot

Die Wachen führten mich zu meinem Wagen und stießen mich und mit mir Bes hinein. Ich fragte sie, ob man auch ihn ermorden würde, was der Eunuch Houman verneinte, da der Äthiopier kein Verbrechen begangen habe, er müsse aber mit mir kommen, um sich wiegen zu lassen. Dann nahmen ein paar Soldaten die Pferde bei den Zügeln und führten sie, während andere, nachdem sie mir zuerst meinen Bogen und alle unsere anderen Waffen entrissen hatten, den Wagen umringten, um zu verhindern, daß wir entflohen. Auf diese Weise hatten Bes und ich Gelegenheit, lybisch miteinander zu sprechen, was keiner von ihnen verstand, auch wenn sie die Worte hörten.

»Der König verschont dich nur«, sagte ich zu ihm, »damit er dich zu seinem Sklaven machen kann.«

»Dann bekommt er einen schlechten Sklaven, Gebieter, denn ich schwöre beim Heuschreck, daß ich binnen eines Mondes ein Mittel finden werde, ihn zu töten, um dir danach in ein Land zu folgen, wo die Menschen auf ehrliche Weise jagen.«

Ich lächelte, und Bes fuhr fort.

»Nun wünschte ich, ich hätte Zeit gehabt, dich zu lehren, wie man seine eigene Zunge verschluckt, denn vielleicht wirst du das in jenem Boot brauchen, von dem sie immer reden.«

»Hast du mich nicht noch vor einer oder zwei Stunden ermahnt, Bes, es sei töricht, dem Tode die Hände entgegenzustrecken, ehe er es selbst tut? Ich will nicht sterben, solange es nicht sein muß — jetzt nicht mehr.«

»Warum ›jetzt nicht mehr‹, Gebieter, nachdem du mir erst heute nachmittag befohlen hast, dich lieber zu töten, als zuzulassen, daß man dich den wilden Tieren vorwirft?« fragte er und betrachtete mich neugierig.

»Erinnerst du dich an den alten Einsiedler, den heiligen Tanofir, der in einer Klause über dem Grabmal der Apisstiere in der Totenstadt in der Wüste in der Nähe von Memphis haust, Bes?«

»Meinst du den Magier und Propheten, den Bruder deines Großvaters, Gebieter, der auch der Sohn eines Königs ist? Ihn, der dich aufzog, ehe er zum Eremiten wurde? Ja, ich kenne ihn gut, auch wenn ich mich nur selten allzu nahe an ihn heranwagte, weil seine Augen mich ängstigen, wie sie auch den Perser Kambyses erschreckten, als Tanofir ihn verfluchte und ihm seinen Untergang prophezeite, nachdem er den heiligen Apis erstochen hatte. Er sagte, der Perser würde an einer Wunde sterben, die ihm von demselben Schwert beigebracht würde, und genauso kam es. Auch viele andere Menschen hat sein Blick schon in Angst und Schrecken versetzt.«

»Nun, Bes, als jener König dort mir sagte, ich müsse sterben, stieg Angst in mir auf, denn ich wollte nicht auf diese Weise zugrundegehen, und danach wurde in meinem Geist alles dunkel. In dieser Finsternis erblickte ich plötzlich ein Bildnis meines Großonkels Tanofir, er saß in einem Grabmal und blickte nach Osten. Außerdem hörte ich ihn sprechen, und zwar mit mir, und er sagte: ›Shabaka, mein Pflegesohn, fürchte nichts. Du bist in großer Gefahr, aber sie wird vorübergehen. Sage dem großen König alles ins Angesicht, was dein Herz dir eingibt, denn die Götter der Rache werden aus deinem Munde sprechen, und was immer du ihm weissagst, wird in Erfüllung gehen.‹ So sprach ich die Worte, die du gehört hast, und fürchtete nichts.«

»Ist dem so, Gebieter? Dann muß der heilige Tanofir wohl auch in mein Herz gedrungen sein. Wisse, daß ich vorhatte, diesen König anzuspringen und ihm den Hals zu brechen, auf daß wir alle drei gemeinsam untergehen sollten. Doch plötzlich schien mir etwas zu befehlen, ihn nicht anzurühren und dem Schicksal seinen Lauf zu lassen. Aber wie kann der heilige Tanofir, der mit zunehmendem Alter allmählich erblindet, so weit sehen?«

»Ich weiß es nicht, Bes, aber er ist nicht wie andere Menschen, denn ihm wohnt die gesamte Weisheit des alten Ägypten inne. Zudem lebt er, obwohl sein Körper noch auf Erden weilt, bereits bei den Göttern, und wie die Götter kann er seinen *Ka*, wie wir Ägypter den Geist oder das unsichtbare Ich nennen, das jeden Menschen von der Wiege bis zur Bahre und noch darüber hinaus begleitet, schicken, wohin er will. Und so hat er ihn gewiß heute hierher zu mir geschickt, denn er liebt mich mehr als alles auf der Welt. Auch fällt mir nun ein, daß er mir, ehe ich diese Reise antrat, vorhersagte, ich würde wohlbehalten zurückkehren, und deshalb bitte ich dich, Bes, fürchte nichts.«

»Ich habe auch keine Angst, Gebieter. Doch wenn du mich merkwürdige Dinge tun siehst oder seltsame Worte sprechen hörst, so achte nicht darauf, ich werde nur eine Rolle spielen und tun, was ich für klug halte.«

Danach unterhielten wir uns über die Abenteuer mit den Löwen an diesem Tag und über andere, die wir gemeinsam erlebt hatten, und die ganze Zeit lachten wir so vergnügt, daß die Soldaten uns anstarrten wie zwei Verrückte. Und Houman, der fette Eunuch, der auf einem Esel saß, ritt heran und sagte:

»Was, Ägypter, du lachst, obwohl du es gewagt hast, den Großen König am Bart zu ziehen? Nun, wenn du im Boot liegst, wirst du ein anderes Liedchen singen als jetzt in deinem Wagen. Denke an meine Worte, wenn der achte Tag gekommen ist.«

»Ich werde sie nicht vergessen, Eunuch«, antwortete ich und funkelte ihn böse an, »aber weißt du denn bereits, welches Liedchen du in acht Tagen singen wirst?«

»Was ich tue, geschieht kraft des alten und heiligen Siegels aller Siegel«, antwortete er mit einem Zittern in der Stimme und berührte dabei den kleinen, weißen Muschelzylinder, der mir schon am König aufgefallen war, jetzt jedoch an einer goldenen Kette um den Hals des Eunuchen hing.

Dann machte Houman noch das Zeichen, mit dem die Ostländer das Böse von sich abwehren, und ritt mit ängstlichem Gesicht wieder davon.

Schließlich erreichten wir die Königliche Stadt und näherten uns einem herrlichen Palast. Dort angekommen, wurden wir aus dem Wagen geholt und in einen Raum geführt, wo man mir wie einem Ehrengast Speise und Trank in Hülle und Fülle auftischte, was mich in Staunen versetzte. Auch Bes, der in einiger Entfernung auf dem Boden saß, aß und trank ausgiebig, ja, er stopfte sich aus persönlichen Gründen voll, als wäre er ein Weinschlauch, bis ihn die Sklaven, die uns bewirteten, schließlich als Vielfraß verspotteten.

Als wir mit dem Essen fertig waren, erschienen andere Sklaven mit einem Holzgestell, an dem zwei große Waagschalen hingen. Außerdem kamen Beamte der Königlichen Schatzkammer mit Ledersäcken, deren Siegel sie erbrachen und die sie öffneten, um uns zu zeigen, daß sie Münzen aus purem Gold enthielten. Dann stellten sie einige dieser Säcke auf eine der Schalen und befahlen Bes, sich in die andere zu setzen. Er war so viel schwerer, als sie erwartet hatten, daß sie sich genötigt sahen, noch mehr Goldsäcke aus der Schatzkammer kommen zu lassen, denn trotz seiner kleinwüchsigen Gestalt hatte er das Gewicht eines kräftigen Mannes. Einer der Kämmerer murrte, man hätte ihn wiegen sollen, bevor er gegessen und getrunken hatte, aber der Beamte, zu dem er das sagte, grinste nur und gab zurück, das sei nicht weiter von Belang, da der Erbe von Verbrechern der König sei und diese Säcke bald in die Schatzkammer zurückkehren würden, allerdings wohl nicht, ohne daß man sie vorher gewaschen habe, eine Bemerkung, die mich nachdenklich machte.

Endlich waren die beiden Schalen auf gleicher Höhe, und nun wurden die sechs Jäger geholt, deren Leben ich bei meiner Wette gewonnen und die man mir als Sklaven übergeben hatte, und man befahl ihnen, die Goldsäcke auf die Schultern zu nehmen. Mich ergriff man, fesselte mir die Hände hinter dem Rücken und führte mich sodann unter Aufsicht des Eunuchen Houman hinaus, der mir mit höhnischem Grinsen mitteilte, es sei seine Pflicht, bis zum Ende für mein Wohlergehen zu sorgen. Bei ihm waren vier schwarze, völlig gleich gekleidete Männer. Dies, sagte er, seien die Schergen. Zuletzt kam Bes, von drei mit Speeren bewaffneten, königlichen Wächtern umringt, falls er versuchen sollte, mich zu retten oder jemandem Schaden zuzufügen.

Nun sank mir doch der Mut, und ich fragte Houman, was denn mit mir geschehen würde.

»Folgendes, o du ägyptischer Löwentöter. Man wird dich auf ein Bett in einem kleinen Boot legen, das auf dem Fluß schwimmt, und dann wird man ein zweites Boot über dich stülpen, denn man nennt diese Boote die Zwillinge, Ägypter. An einem Ende werden dein Kopf und deine Hände herausragen und am anderen deine Füße. So wird man dich zurücklassen, du wirst so bequem liegen wie ein Säugling in der Wiege, und jeden Tag wird man dir zweimal auserlesene Speisen und Getränke bringen. Sollte dir der Appetit abhanden kommen, so wird es zudem meine Pflicht sein, dich so lange mit einer Messerspitze in die Augen zu stechen, bis er wiederkehrt. Nach jeder Mahlzeit werde ich dir Gesicht, Hände und Füße mit Milch und Honig waschen, auf daß es den Fliegen, die dich umschwirren, nicht an Nahrung mangele, und um deine Haut vor Sonnenbrand zu schützen. Allmählich wirst du immer schwächer werden und schließlich einschlafen. Der letzte, den man ins Boot legte — der Unglückliche war versehentlich in den Hof des Harems geraten und hatte einige der Frauen dort ohne Schleier gesehen — überlebte nur zwölf Tage, doch du bist so kräftig, daß du hoffentlich achtzehn Tage durchhalten wirst. Möchtest du sonst noch etwas wissen?

Wenn ja, dann beeile dich, denn wir werden bald am Fluß sein.«

Als ich dies hörte und begriff, was für ein grausiges Schicksal mir bevorstand, vergaß ich die Vision meines Großonkels, des heiligen Tanofir, und seine beruhigenden Weissagungen, ich wurde völlig mutlos und blieb wie angenagelt stehen.

»Was, du Löwenjäger und Königsverspotter, glaubst du vielleicht, es sei noch zu früh, um zu Bett zu gehen?« höhnte der teuflische Eunuch. »Vorwärts mit dir!« und er schlug mich mit dem Griff seines Fliegenwedels ins Gesicht.

Damit weckte er den Mann in mir.

»Wann hat der König dir befohlen, mich anzurühren, du gemästetes Schwein?« brüllte ich, und da ich ihn mit meinen gefesselten Händen nicht erreichen konnte, drehte ich mich um und stieß ihm mit aller Kraft die Füße in den Leib, so daß er zu Boden fiel, sich vor Schmerzen krümmte und jämmerlich schrie. Hätten sich die Schergen nicht auf mich gestürzt, ich hätte ihn auf der Stelle zu Tode getrampelt. Aber sie hielten mich fest, und nach einer Weile, nachdem er sich übergeben hatte, erholte Houman sich so weit, daß er, von zwei Wächtern gestützt, weitergehen konnte. Nun versagte er es sich, mich weiter zu verspotten.

Gerade als die Sonne unterging, erreichten wir einen Hafendamm. Dort schwamm, bewacht von einem einäugigen, schwarzen Sklaven, ein kleines Boot mit breitem Heck am Flußufer, während auf der Mauer selbst, mit dem Kiel nach oben, ein ähnlich aussehendes, aber etwas kürzeres Schiffchen lag. Nun trugen die Jäger, die ich bei der Wette gewonnen hatte, mit mitleidigen Blikken — sie waren nämlich wackere Burschen und wußten, daß sie mir ihr Leben zu verdanken hatten — die Goldsäcke in das schwimmende Boot und bedeckten sie mit einer mit Stroh gefüllten Matratze. Als nächstes wurde mir die rosenfarbene Perlenkette um den Leib geknotet, man löste mir die Handfesseln, die Schergen packten mich und warfen mich rücklings auf die Matratze. Handgelenke und Knöchel wurden mit Schnüren an Eisenringen festgebunden, die in die Duchten des Bootes geschraubt waren, und danach senkte man, genau wie der Eunuch es gesagt hatte, das zweite, kürzere Boot so über mich, daß es mich nicht berührte und daß mein Kopf, meine Hände und meine Füße freiblieben.

Während diese schlimmen Vorbereitungen im Gange waren, saß Bes auf der Hafenmauer und sah zu, und als ich schließlich angeschnallt und zugedeckt wurde, brach er in schallendes Gelächter aus, klatschte in die Hände und vollführte einen Freudentanz, bis der Eunuch, der sich von meinem Tritt jetzt etwas erholt hatte, neugierig wurde und ihn fragte, warum er sich denn so benehme.

»O edler Eunuch«, antwortete er, »einst war ich frei, und dann hat dieser Mann mich zum Sklaven gemacht. Seit vielen Jahren muß ich nun schon für ihn schuften, obwohl ich ihn hasse. Außerdem hat er mich oft geschlagen und mich hungern lassen, aus diesem Grund hast du mich auch vorhin so viel essen sehen. Immer wieder hat er gedroht, mich zu töten, und jetzt endlich ist der Augenblick der Rache gekommen, denn er wird elend zugrundegehen. Deshalb lache und singe ich, deshalb tanze ich und klatsche in die Hände, o edelster aller Eunuchen, denn nun werde ich der Gefolgsmann und Diener des ruhmreichen Königs der ganzen Erde und vielleicht auch dein Freund, o Eunuch aller Eunuchen, dessen erlauchten Leib mein brutaler Gebieter zu mißhandeln wagte.«

»Ich verstehe.« Houman lächelte, wenn auch ein wenig verzerrt. »Und ich werde alles, was du mir erzählt hast, dem König berichten und ihn bitten, er möge dir die Gunst gewähren, den Ägypter hin und wieder in die Augen zu stechen. Nun geh, spucke ihm ins Gesicht und sage ihm, was du von ihm hältst.«

So watete Bes ins Wasser, das an dieser Stelle ziemlich

mir ins Gesicht oder tat jedenf
sei Schwall von gräßlichen Flüchen a
ischen flocht er freilich immer wieder lybische W
ein, die folgenden Sinn ergaben:

»O mein Gebieter, den ich liebe wie Vater, Mutter und alle sonstigen Verwandten, fürchte nichts. Im Moment sieht zwar alles sehr düster aus, aber gedenke der Vision des heiligen Tanofir, der gewiß nur deshalb zuläßt, daß dir diese Dinge widerfahren, um auf direkten Befehl der Götter deinen Glauben auf die Probe zu stellen. Sei versichert, ich werde dich in deinem Elend nicht im Stich lassen, und wenn es keinen anderen Ausweg geben sollte, so werde ich eine Möglichkeit finden, deine Leiden zu beenden und dich zu rächen. Ja, ja, ich werde es noch erleben, daß Houman, dieses verfluchte Schwein, an deiner Stelle in diesem Boot liegt. Ich begebe mich nun an den Hof, denn dazu gibt mir diese goldene Kette offenbar das Recht, jedenfalls, wenn man dem Eunuchen glauben darf, aber bald werde ich wiederkommen.«

Zum Abschied beschimpfte Bes mich noch einmal in wüstester Manier, spie mir erneut ins Gesicht und watete schließlich ans Ufer, wo er Houman umarmte und ihn seinen besten Freund nannte.

Dann gingen sie fort und ließen mich allein im Boot zurück. Nur der Wächter auf dem Damm blieb, aber da jetzt die Dunkelheit hereingebrochen war, regte er sich bald nicht mehr. Ich fühlte mich einsam, sehr einsam, als ich so dalag, den leeren Himmel anstarrte und nur die Stechmücken zur Gesellschaft hatte, und bald begannen meine Glieder zu schmerzen. Ich dachte an die armen Teufel, die vor mir in diesem Boot gelitten hatten und ich fragte mich, ob ihr Los wohl auch das meine sein würde.

Bes war ein treuer und gewitzter Gefährte, aber was konnte ein einzelner Zwerg unter all diesen ruchlosen Schurken ausrichten? Und wenn er nun nichts erreichen konnte, oh!, wenn er nichts erreichte!

Die Sekunden erschienen wie Minuten, die Minuten erschienen wie Stunden, und die Stunden erschienen wie Jahre. Wie würden sich da erst die Tage dehnen, die ich unter schrecklichen Qualen verbringen mußte, während ich auf einen elenden Tod wartete? Wo waren nun die Götter, die ich verehrt hatte und — gab es überhaupt einen Gott? Oder betrog sich der Mensch nur selbst und schuf sich seine Götter, anstatt von ihnen geschaffen zu werden, weil er sich nicht gerne eine ewige Finsternis vorstellte, die ihn alsbald verschlingen würde? Nun, wenigstens bedeutete das Schlaf, und Schlaf ist immer noch besser als sich an Körper und Geist zu quälen.

Ich glaube, daß mich meine Müdigkeit schließlich überwältigte, denn als ich die Augen öffnete, sah ich, daß der Mond verschwunden war, und daß einige der mir bekannten Sterne, an denen ich mich als Jäger so oft orientiert hatte, ihre Stellung ein wenig verändert hatten. Während ich zum Zeitvertreib überlegte, warum sie sich wohl bewegten, drangen die schweren Schritte von Soldaten auf der Hafenmauer an mein Ohr, und ich vernahm die Stimme eines Offiziers, die einen Befehl gab. Dann spürte ich, wie der Strick eingeholt wurde, der das Boot mit dem Ufer verband. Als nächstes wurde das zweite Boot abgehoben, das über mir lag, man löste mir die Fesseln und stellte mich auf die Füße, denn ich war bereits so steif, daß ich kaum stehen konnte. Eine Stimme, die ich als die des Eunuchen Houman erkannte, redete mich so respektvoll an, daß ich dachte, ich müsse wohl träumen.

»Edler Shabaka«, sagte die Stimme, »der Große König befiehlt deine Anwesenheit bei seinem Fest.«

»In der Tat?« antwortete ich wie im Traum. »Dann werden sich aber die Flußmücken grämen, weil ich bei ihrem Fest fehle«, ein Ausspruch, über den Houman und seine Begleiter unterwürfig lachten.

Gleich darauf hörte ich, wie die Goldsäcke aus dem Boot geholt wurden, und dann machten wir uns auf den

Weg. Zwei Wächter stützten mich an den Ellbogen, bis ich wieder zu Kräften kam, und Houman folgte dicht hinter mir, vielleicht weil er meinen Fuß fürchtete, wenn er vor mir ging.

»Was ist geschehen, Eunuch«, fragte ich nach einer Weile, »daß man mich aus dem Bett holt, auf dem ich so prächtig geschlafen habe?«

»Ich weiß es nicht, Herr«, antwortete er. »Ich weiß nur, daß der König der Könige plötzlich befohlen hat, dich als Gast, in ein Ehrengewand gekleidet, vor ihn zu bringen, selbst wenn man dich dazu aus dem Schlummer reißen müsse, ja, an seiner eigenen, königlichen Tafel sollst du sitzen, denn er gibt heute abend ein Festmahl. Herr«, fuhr er kläglich fort, »sollte dein Glück sich nun gewendet haben, so bitte ich dich, keinen Groll gegen jene zu hegen, die gezwungen waren, ja, unter dem Siegel der Siegel gegen ihren Willen gezwungen waren, die Befehle des Königs auszuführen, als es dir noch nicht so freundlich gesinnt war. Laß Gerechtigkeit walten, o Edler Shabaka.«

»Sprich nicht weiter. Ich werde mich bemühen, gerecht zu sein«, antwortete ich. »Aber was bedeutet Gerechtigkeit im Osten? Ich weiß nur, was man in Ägypten darunter versteht.«

Inzwischen hatten wir eines der Palasttore erreicht, und ich wurde in einen Raum gebracht, wo bereits Sklaven auf mich warteten, um mich zu waschen und mit duftenden Essenzen zu salben. Danach gaben sie mir ein wunderschönes Seidengewand und gürteten es mit der Kette aus rosenfarbenen Perlen.

Als sie fertig waren, führte mich Houman in eine große Säulenhalle, deren Wände mit seidenen Tüchern behängt waren und wo sich viele Gäste zum Mahl versammelt hatten. Ich ging durch die Reihen der Schmausenden bis ans Ende des Saales, wo zwischen halb geöffneten Vorhängen, umringt von Mundschenken und anderen Dienern der König in all seiner Pracht auf einem gepolsterten, goldenen Thronsessel saß. Er hielt einen funkelnden Weinbecher in der Hand, und ein einziger Blick verriet mir, daß er betrunken war, wie es bei den großen Banketten der Ostländer Sitte ist, denn er sah glücklich und wie ein Mensch aus, was man in nüchternem Zustand nicht von ihm behaupten konnte. Hinterher dachte ich freilich manchmal, er habe die Trunkenheit nur vorgetäuscht. Und noch jemanden sah ich, Bes nämlich, er war kostbar gekleidet und trug die Goldkette um den Hals und einen roten Kopfputz auf dem Haupt. Er saß auf dem Teppich vor dem Thron und sagte Dinge, die den König zum Lachen brachten, und über die auch einige der ernsten Hofschranzen hinter ihm lächeln mußten.

Ich erreichte das Podest. Bes schien mich noch nicht bemerkt zu haben, aber er gab mir ein kleines Zeichen, wie er es häufig tat, wenn er ein Stück Wild vor mir entdeckte, und ich warf mich zu Boden. Der König sah auf mich hinab und fragte:

»Wer ist das?« um sofort hinzuzufügen: »Oh, ich erinnere mich, der Ägypter, dessen Pfeile stets ins Ziel treffen, der hervorragende Jäger, den Idernes mir aus Memphis schickte, jener Stadt, die ich bald zu besuchen hoffe. Wir gerieten in Streit, Ägypter, nicht wahr, wegen eines Löwen?«

»O nein, König«, widersprach ich. »Der König war nur zu Recht erzürnt, weil es mir nicht gelang, einen Löwen zu töten, ehe er seine Pferde erschreckte.«

So sprach ich, weil die Stunden im Boot meinen Stolz gebrochen hatten, aber auch, weil mir die Worte wie von selbst über die Lippen zu kommen schienen.

»Ja, ja, es war etwas dergleichen, oder du lügst nicht schlecht. Wie auch immer, es war nicht mehr als eine kleine Unstimmigkeit unter Jägern, und wir wollen sie vergessen.« Damit griff er nach seinem langem Zepter mit dem großen Smaragd an der Spitze und streckte es mir zum Zeichen der Vergebung entgegen.

Nun wußte ich, daß die Gefahr vorüber war, denn

wenn der König einem seiner Untertanen sein Zepter reicht, so sind diesem alle Verbrechen verziehen, selbst wenn er dem König ans Leben gewollt hätte. Das wußte auch der Hof, denn jeder, den ich sah, verneigte sich vor mir, sogar die Hofschranzen, die hinter dem König standen. Ein Mundschenk brachte mir einen Pokal mit des Königs eigenem Wein, und ich leerte ihn dankbar auf die Gesundheit des Herrschers.

»Das war ein großartiger Schuß, Ägypter«, sagte der, »als du deinen Pfeil durch die Löwin jagtest, die meine Majestät anzugreifen wagte. Ja, der König verdankt dir sein Leben, und du wirst sehen, er wird sich erkenntlich zeigen. Dein Sklave hier«, damit zeigte er auf Bes in seinem bunten Gewand, »hat mir die ganze Geschichte wieder in Erinnerung gerufen, und, Shabaka ...« — hier rülpste er — »auch du hast vielleicht schon bemerkt, wie sehr sich alles verändert, wenn man es nicht mit bloßem Auge, sondern durch einen Weinpokal betrachtet. Er hat mir eine wundersame Geschichte erzählt — wie ging sie doch noch, Zwerg?«

»Wenn es dem großen König genehm ist«, antwortete Bes und rollte seine großen Augen, »es war nur eine kleine Geschichte von einem anderen König in meinem eigenen Land, den ich für sehr mächtig hielt, bis ich in den Osten kam und erlebte, wie mächtig ein König wirklich sein kann. Jener andere König hatte einen Diener, mit dem er auf die Jagd zu gehen pflegte, ja, dieser Diener war mein eigener Vater. Eines Tages waren sie zusammen unterwegs und spürten einem bestimmten Elefanten nach, der die größten Stoßzähne von allen hatte. Dieser Elefant griff den König an, und mein Vater setzte sein Leben aufs Spiel, um ihn zu töten. Als die Tat vollbracht war, erhob er, wie es bei den Äthiopiern der Brauch ist, Anspruch auf die Stoßzähne, aber den König gelüstete es sehr nach dem Elfenbein, und er ließ meinen Vater vergiften, um ihn beerben zu können. Vor seinem Tode erzählte mein Vater, der die Sprache der Elefanten beherrschte, jedoch allen anderen Elefanten von dieser ruchlosen Tat, und sie waren darüber sehr ergrimmt, denn sie wußten wohl, daß von Anbeginn der Zeiten ihre Stoßzähne stets demjenigen zustanden, der sie getötet hatte, und sie sind ein Volk, dem es nicht gefällt, wenn alte Gesetze geändert werden. So schlossen die Elefanten einen Bund, und als der König zum nächstenmal auf die Jagd ging und sonst auf nichts achtete, da stürzten sie sich auf ihn, rissen ihn in fingerkleine Stücke und töteten auch seinen Sohn, den Prinzen, der hinter ihm war. Dies ist die Geschichte von den Elefanten, die das Gesetz lieben, o König.«

»Ja, ja«, sagte seine Majestät. Er war ein wenig eingenickt, doch jetzt wurde er wieder munter. »Aber was ist aus den großen Stoßzähnen geworden? Die würde ich gerne besitzen.«

»Ich als meines Vaters Sohn habe sie geerbt, o König, und sie meinem Gebieter gegeben, der Sie Euch zweifellos schicken wird, wenn er wieder in Ägypten ist.«

»Eine seltsame Geschichte«, sagte der König. »Eine sehr seltsame Geschichte, und sie scheint mich an etwas zu erinnern, das vor nicht allzu langer Zeit geschehen ist. Was war es nur? Nun, so wichtig ist es nicht. Ägypter, begehrst du eine Belohnung für deinen Schuß auf die Löwin? Wenn ja, so sollst du sie bekommen. Hegst du vielleicht gegen jemanden einen Groll?«

»O König«, antwortete ich, »ich bitte um Gerechtigkeit für einen bestimmten Mann. Heute abend brachte man mich unter Führung des Eunuchen Houman, der mit mir eine Bootsfahrt zu unternehmen wünschte, ans Flußufer. Unterwegs schlug er mir ohne jeden Grund mit dem Griff seiner Fliegenpeitsche auf den Kopf. Seht her, o König, die Spuren sind noch zu erkennen. Falls nicht der König ihm befahl, mich zu schlagen, woran ich mich nicht erinnern kann, so bitte ich um ein gerechtes Urteil über diesen Eunuchen.«

Da wurde der König sehr zornig und schrie:

»Was! Der Hund hat es gewagt, einen edlen, freigeborenen Ägypter zu schlagen?«

Houman warf sich voller Angst zu Boden und begann alles mögliche über die Strafe des Bootes daherzuplappern, womit er sich aber nur schadete, denn damit brachte er dem König die ganze Sache erst wieder in Erinnerung.

»Das Boot!« rief er. »Ach ja, das Boot. Du wirst gut hineinpassen, Eunuch, fett, wie du bist. Ins Boot mit ihm, und gebt ihm hundert Rutenstreiche auf die Füße, ehe ihr ihn hineinlegt!« Damit wies er mit seinem Zepter auf den Unglücklichen.

Die Wachen stürzten sich auf Houman und schleppten ihn hinaus. Er wollte sich noch an Bes festklammern, aber der Zwerg zischte ihm etwas ins Ohr und biß ihn in die Hand, bis er losließ. So wurde Houman abgeführt, und die Gäste des Königs lachten, als sie das sahen, denn er hatte schon vielen geschadet.

Als er gegangen war, starrte mich der König an und fragte:

»Aber wozu habe ich dich eigentlich im Schlaf stören lassen, Ägypter? Ach ja, ich erinnere mich. Dieser Zwerg behauptet, er habe die schönste und auch die gelehrteste Frau gesehen, die es auf der ganzen Welt gibt, es sei eine Dame aus Ägypten, aber er kenne ihren Namen nicht, der sei nur dir allein bekannt. Ich habe dich holen lassen, damit du ihn mir nennst, doch falls du ihn vergessen hast, so magst du in dein Bett zurückkehren und dort so lange ruhen, bis er dir wieder einfällt. Es gibt genügend Boote auf dem Fluß, Ägypter.«

»Die schönste und gelehrteste Frau auf der ganzen Welt?« fragte ich erstaunt. »Wer kann das sein, es sei denn, er meint die Edle Amada?« Hier stockte ich und hätte mir am liebsten die Zunge abgebissen, denn ich witterte eine Falle.

»Ja, Gebieter«, sagte Bes mit klarer Stimme. »Das war der Name, die Edle Amada.«

»Und wer ist diese Edle Amada?« fragte der König und schien plötzlich nüchtern zu werden. »Und wie sieht sie aus?«

»Das kann ich Euch sagen, o König«, meldete sich Bes. »Sie ist schlank und anmutig wie die Weide im Wind. Ihre Augen blicken sanft wie die eines Rehs, ihre Lippen leuchten wie Rosenknospen, ihr Haar ist schwarz wie die Nacht und weich wie Seide, und ein Duft wie nach Blumen umschwebt sie. Ihre Stimme säuselt wie der Abendwind und ist doch süß und voll wie Honig. Oh! Schön ist sie wie eine Göttin, wenn die Männer sie erblicken, schmelzen ihre Herzen wie Wachs an der Sonne, und lange Zeit können sie keine andere Frau mehr ansehen, bis zum nächsten Tag nicht, wenn sie ihr am Abend begegnet sind.« Bes schmatzte mit seinen dicken Lippen und blickte schwärmerisch zum Himmel auf.

»Beim heiligen Feuer«, lachte der König, »ich fühle mein Herz bereits schmelzen. Sag, Shabaka, was weißt du von dieser Amada? Ist sie vermählt oder noch Jungfrau?«

Ich antwortete, weil mir nichts anderes übrigblieb, denn schließlich war jenes Boot nicht fern, und ich wagte auch nicht, eine Lüge vorzubringen.

»Sie ist vermählt, o König der Könige, der Göttin Isis nämlich, denn ihr allein gehört ihre Liebe.«

»Ein Weib, das mit einem Weib vermählt ist, auch wenn es sich um die Königin aller Frauen handelt«, lachte er. »Nun, das zählt nicht viel.«

»Nein, o König, es zählt sogar sehr viel, denn sie steht unter dem Schutz der Isis und ist daher unberührbar.«

»Das wird man sehen, Shabaka. Ich glaube, ich würde es mit dem Zorn jeder falschen Göttin im Himmel aufnehmen, um einen solchen Preis zu erringen. Und du sagst, sie ist auch gelehrt, Shabaka?«

»Ja, o König, durchdrungen von Gelehrsamkeit bis in die Fingerspitzen, außerdem eine Prophetin, in der das göttliche Feuer glüht wie eine Lampe in einer Alabastervase. Visionen pflegen über sie zu kommen, und sie vermag die Zukunft und die Vergangenheit zu deuten.«

»Das klingt ja immer besser«, sagte der König. »Sie wäre also eine passende Gemahlin für den König der Könige, der jener fetten, rundäugigen, Süßigkeiten lutschenden Torinnen, die es dort drüben«, er deutete auf den Harem, »zu Hunderten gibt, längst überdrüssig ist. Wer ist der Vater dieser Jungfrau?«

»Er ist tot, aber sie ist die Nichte des Fürsten Peroa und eine geborene Prinzessin von Ägypten, o König.«

»Nicht schlecht, damit stammt sie auch aus guter Familie. Höre, o Shabaka, morgen begibst du dich auf die Rückreise nach Ägypten und nimmst Briefe von mir an meinen Vasallen Peroa und an meinen Satrapen Idernes mit. Darin werde ich Peroa befehlen, diese Amada an Idernes zu übergeben, und Idernes, sie in allen Ehren und unverzüglich nach dem Osten zu senden, auf daß sie als eine meiner Frauen in meinen Haushalt aufgenommen werde.«

Bei diesen Worten stiegen Zorn und Entsetzen in mir auf, und ich wollte diesen Auftrag schon ablehnen, aber Bes schaltete sich schnell ein.

»Wäre es dem König der Könige genehm, meinem Gebieter zu seiner Sicherheit eine Ehreneskorte nach Ägypten zu gewähren?«

»Das wird hiermit befohlen. Shabaka der Ägypter und sein Diener, der Zwerg, sollen mit allem Nötigen versehen werden, dazu soll er auch das Gold, die Juwelen und die Sklaven erhalten, die er mir in einer Wette abgewonnen hat, und alles andere, was sein ist. So möge es aufgezeichnet werden.«

Schreiber liefen herbei und schrieben die Worte des Königs nieder, während ich wie im Traum dastand und nur den einen Gedanken hatte, daß nämlich nun nichts mehr daran geändert werden könne. Der König sah ihnen eine Weile träge zu, dann schien er aufzuwachen und wieder munter zu werden, denn er sagte zu mir:

»Das Glück hat dir heute freundliche und finstere Blikke zugeworfen, Ägypter, doch als letztes schenkte es dir ein Lächeln. Eines solltest du freilich nie vergessen: Hinter diesen lächelnden Lippen verbergen sich Zähne, mit denen es dem Treulosen die Kehle durchzubeißen vermag. Mann, wenn du mich betrügst oder es versäumst, deinen Auftrag auszuführen, so wirst du sterben, dessen kannst du gewiß sein, und auf eine Weise, neben der dir jenes Boot wie ein weiches Bett vorkommen wird. Mit dir werden auch diese Amada, ihr Onkel Peroa sowie ihre und deine gesamte Sippe den Tod finden. Ja«, fügte er mit plötzlicher Scharfsichtigkeit hinzu, »auch diese Mißgeburt von einem Zwerg, dem ich mein Ohr geliehen habe, weil er mich erheiterte, der aber vielleicht schlauer ist, als man ihm zutrauen würde.«

»O König der Könige«, sagte ich, »ich werde kein falsches Spiel treiben.« Wem ich die Treue halten würde, das sagte ich freilich nicht.

»Gut. Wie ich dir bereits gesagt habe, werde ich binnen kurzem Ägypten besuchen, und dort werde ich richten über dich und andere. Bis dahin, leb wohl. Fürchte nichts, denn du hast meinen Geleitbrief. Und nun fort mit euch beiden, denn ihr langweilt mich. Doch vorher trink, Ägypter. Den Becher kannst du behalten, doch gib mir dafür deinen Bogen, der so weit schießt und so sicher trifft.«

»Er gehört dem König«, antwortete ich und trank ihm mit dem edelsteinbesetzten Goldbecher zu, den ein Diener mir gereicht hatte.

Dann schloß sich der Vorhang vor dem Thron, Kammerherren eilten herbei, um mich und Bes in unsere Gemächer zurückzuführen, und einer nahm den Becher und trug ihn vor uns her. Wir schritten durch den ganzen Saal, vorbei an den speisenden Adeligen, die sich alle tief vor mir verneigten, weil der König mir seine Gunst gewährt hatte, verließen den Palast und gingen durch die stille Nacht zurück zu dem Haus, in dem ich gewohnt hatte, während ich darauf wartete, vom König empfangen zu werden. Hier verabschiedeten sich die Kammerherren, reichten Bes den Becher und versprachen, man würde mir am nächsten Morgen in aller Frühe mein Gold und alles andere bringen, was ich für die Reise benötigte. Auch würde jemand den Bogen abholen, den ich dem König versprochen hatte, und der bereits mit all unserer Habe in mein Haus gebracht worden war. Dann verneigten sie sich und ließen uns allein.

Wir betraten das Haus und stiegen die Treppe zu einem Raum im Obergeschoß hinauf. Hier verriegelte Bes die Tür, schloß die Fensterläden und sorgte so dafür, daß niemand uns sehen oder hören konnte.

Dann drehte er sich um, schlang die Arme um mich, küßte mir die Hand und brach in Tränen aus.

Kapitel VII

Bes stiehlt das Siegel

»O Gebieter«, schluchzte Bes, »ich weine nur, weil ich müde bin, also achte nicht darauf. Der Tag war lang, und mindestens zweimal stand nicht mehr als das Zwinkern eines Augenlids, die Dicke eines Fingernagels oder das Gewicht eines Haares zwischen dir und dem Tod.«

»Ja«, sagte ich, »und du warst das Augenlid, der Fingernagel und das Haar.«

»Nein, Gebieter, nicht ich, sondern etwas, das größer ist als ich. Das Werkzeug formt die Statue, und die Hand hält das Werkzeug, aber der Geist führt die Hand. Mehr als einmal war mein Geist seit Sonnenaufgang so leer wie eine Trommel. Dann schlug etwas darauf, vielleicht der heilige Tanofir, vielleicht auch ein anderer, und die Trommel wußte, welchen Ton sie erschallen lassen sollte. So war es, als ich dich im Boot verfluchte. So war es, als ich mit dem Eunuchen zurückging und eigentlich vorhatte, ihn unterwegs zu töten, bis mir dann einfiel, daß der Tod eines schändlichen Eunuchen dir nicht helfen würde, während ich den Schurken, wenn er am Leben blieb, dafür bezahlen konnte, daß er mich vor den König brachte, was ich mit dem Gold aus deiner Börse, die ich bei mir trug, auch tat. Und er hat sich seinen Lohn verdient, denn als der König träge wurde, der Wein ihn jedoch noch nicht in seiner Gewalt hatte, da war er es, der ihn an mich erinnerte und vorschlug, nachdem es den Tänzerinnen nicht gelungen sei, könne ich ihn vielleicht erheitern, wenn auch nur für ein paar Minuten, da ich so häßlich und so ganz anders sei als alle anderen.«

»Und was geschah dann, Bes?«

»Man holte mich, und ich führte meine Gaukeleien mit der zahmen Schlange vor, die ich auch jetzt in meinem Beutel trage. Du solltest sie nicht länger verabscheuen, Gebieter, denn sie hat dir sehr genützt. Danach begann der König mit mir zu sprechen, und ich spürte, daß er deinetwegen Unbehagen empfand, weil er wußte, daß er dir Unrecht getan hatte. So erzählte ich ihm die Geschichte von dem Elefanten, den mein Vater getötet hatte, um einen König zu retten — sie wuchs in meinem Geist heran wie ein Blätterpilz in der Nacht, Gebieter, diese Geschichte von dem undankbaren Herrscher und seinem Schicksal. Daraufhin wurde die Unruhe des Königs noch größer, und er fragte Houman, den Eunuchen, wo du seist, worauf dieser antwortete, du schliefest auf seinen eigenen Befehl in einem Boot und dürftest nicht gestört werden. Dieser Pfeil ging also daneben, da der König nicht gern seine Worte zurücknehmen und veranlassen wollte, daß man dich aus dem Boot holte, in das er selbst dich geschickt hatte. Doch als schon alles verloren schien, da gab ein Gott, vielleicht auch der heilige Tanofir, der stets bei mir ist, um dafür zu sorgen, daß ich ihn nicht vergesse, dem König ein, über Frauen zu sprechen und mich zu fragen, ob ich je eine gesehen hätte, die schöner sei als jene Tänzerinnen, denen ich beim Hereinkommen noch begegnet war. Ich antwortete, ich hätte nicht besonders auf sie geachtet, weil sie so häßlich seien. Überhaupt kämen mir alle Frauen häßlich vor, seit ich an den Ufern des Nil einst eine erblickt habe, die es an Schönheit mit Hathor selbst aufnehmen könne. Der König fragte mich, wer diese Frau denn wohl sein möge, und ich antwortete, das wisse ich nicht, da ich nie gewagt habe, ein Wesen nach seinem Namen zu fragen, das sogar mein Gebieter wie eine Göttin verehre, obwohl sie als Kinder miteinander aufgewachsen seien.

Da sah der König eine Gelegenheit, sein Gewissen zu erleichtern, und er erkundigte sich bei einem alten Ratgeber, ob es nicht ein Gesetz gebe, welches es dem König gestatte, einen Erlaß zu ändern, wenn er damit seine Seele beruhigen und größeres Wissen erlangen könne. Der Ratgeber antwortete, ein solches Gesetz gebe es in der Tat, und begann, Beispiele für seine Anwendung anzuführen, bis ihn der König unterbrach und sagte, er befehle auf Grund dieses Gesetzes, dich aus deinem Bett im Boot zu holen und vor ihn zu bringen, damit er dir eine Frage stellen könne.

So schickte man also nach dir, Gebieter, aber ich begleitete die Boten nicht, denn sonst hätte der König vielleicht die ganze Angelegenheit noch vor deinem Eintreffen wieder vergessen. Ich blieb also und unterhielt ihn mit Jagdgeschichten, bis mir nichts mehr einfiel, du hast dir nämlich sehr lange Zeit gelassen. Ich befürchtete schon, er würde das Festmahl für beendet erklären, doch endlich, gerade als er gähnte und sich an einen seiner Ratgeber wandte, um ihm zu befehlen, jemanden in den Harem zu schicken, damit man sich dort für seinen Empfang bereitmache, da kamst du, und alles übrige hast du ja selbst erlebt.«

Jetzt sah ich Bes an und sagte:

»Der Segen sämtlicher Götter aller Länder komme über dich, denn wärest du nicht gewesen, ich läge jetzt noch in diesem Boot und litte schreckliche Qualen. Höre, mein Freund: Falls wir Ägypten jemals wiedersehen, so wirst du es nicht als Sklave betreten, sondern als freier Mann. Und du wirst reich sein, Bes, das heißt, wenn wir das Gold mitnehmen können, das ich gewonnen habe. Die Hälfte davon ist nämlich dein.«

Bes hockte sich auf den Boden und blickte zu mir auf. Auf seinem häßlichen Gesicht lag ein seltsames Lächeln.

»Du hast mir drei Dinge geschenkt, Gebieter«, sagte er. »Gold, das ich im Augenblick nicht brauche; Freiheit, die ich im Augenblick ebenfalls nicht brauche und vielleicht niemals, solange du lebst und mich liebst; und schließlich den Titel Freund. Letzteren nehme ich gerne an, obwohl ich nicht begreife, warum es mir so viel bedeutet, ihn von deinen Lippen zu hören, weiß ich doch schon lange, daß du mich im Herzen so nennst. Doch nachdem du das Wort jetzt ausgesprochen hast, will ich dir etwas entdecken, was ich bisher sogar vor dir verborgen habe. Ich habe ein Recht auf diesen Namen, denn wenn du edler Herkunft bist, o Shabaka, so bin ich es nicht minder. Wisse denn, daß der arme Zwerg, den du vor langen Jahren gefangennahmst, um ihn zu retten, mehr war als der kleine Häuptling, als den er sich ausgab. Er war und ist nach Recht und Gesetz der König der Äthiopier und könnte, wenn er das wollte, schon morgen Anspruch auf diesen Thron erheben, samt allem Reichtum und aller Macht, die damit verbunden sind.«

»Der König der Äthiopier!« rief ich. »Oh! Freund Bes, bitte erinnere dich, daß wir nicht mehr am Hof des Königs sind und um unser Leben lügen müssen.«

»Ich spreche keine Lüge, o Shabaka, vor dir steht der König der Äthiopier. Mehr noch, ich habe diese Königswürde aus freiem Willen abgelegt, und falls es mich danach verlangt, kann ich sie jederzeit wieder annehmen, die Äthiopier pflegen ihren Herrschern nämlich die Treue zu halten.«

»Warum?« fragte ich erstaunt.

»Gebieter, denn so werde ich dich weiter nennen, solange ich noch nicht im Lande Ägypten bin, wo du mir die Freiheit versprochen hast, ist dir an den Angehörigen jenes Stammes, aus dem du und die ägyptischen Soldaten mich überraschend gefangengenommen habt, weil man dich und dein Gefolge aus dem Land vertreiben wollte, etwas Besonderes aufgefallen?«

Ich überlegte eine Weile und antwortete schließlich:

»Ja, eines war merkwürdig. Ich sah im ganzen Lager keine Frauen und nirgendwo ein Kind. Daran erinnere ich mich, weil ich Befehl gegeben hatte, Frauen und Kinder zu verschonen, und man mir meldete, es seien keine vorhanden, weshalb ich annahm, sie seien geflohen.«

»Es gab keine, Gebieter, und deshalb konnten sie auch nicht fliehen. Dieser Stamm war eine Bruderschaft, die den Frauen abgeschworen hatte. Sieh mich an. Ich bin mißgestaltet, häßlich, nicht wahr? Man sagt, ich sei so zur Welt gekommen, weil meine Mutter vor meiner Geburt von einem Zwerg erschreckt wurde. Bei den Äthiopiern ist es jedoch Gesetz, daß ein König sich binnen eines Jahres nach seiner Krönung vermählen muß. Also wählte ich eine Frau zur Königin, die ich schon seit langem insgeheim begehrt hatte, doch sie verschmähte mich und schwor, nicht für alle Throne der Welt würde sie mit einem Ungeheuer die Ehe eingehen, und falls man sie dazu zwinge, würde sie sich selbst töten, ein Ausspruch, der durch das ganze Land ging. Ich sagte, sie habe aufrichtig gesprochen, und schickte sie aus dem Lande, ohne ihr Schaden zuzufügen. Danach legte ich meine Krone nieder und zog mit einigen Männern, die mich liebten, weiter nilabwärts, um außerhalb von Äthiopiens Grenzen eine Bruderschaft von Frauenhassern zu gründen. Dort griff die ägyptische Streitmacht unter deinem Kommando uns überraschend an, und du machtest mich zu deinem Sklaven. Das ist alles.«

»Aber warum hast du das getan, Bes? Der Mädchen gibt es schließlich viele, und nicht alle hätten so gedacht.«

»Ich wollte aber nur diese eine, Gebieter, und zudem fürchtete ich, der Vater einer Brut verkrüppelter Zwerge zu werden. So bin ich, der ich einst König war, nun ein Sklave, doch wer weiß, wohin der Heuschreck noch springt? Vielleicht werde ich eines Tages vom Sklaven wieder zum König. Und jetzt laß uns das suchen, worin Könige wie Sklaven und Sklaven wie Könige sind — den Schlaf.«

So legten wir uns nieder, und ich dankte den Göttern dafür, daß mein Lager sich nicht mehr in dem Boot auf dem großen Fluß befand.

Als ich erwachte, fühlte ich mich erquickt, auch wenn mir nach allem, was ich tags zuvor durchgemacht hatte, noch etwas wirr im Kopf war, und das Licht strömte durch die Ritzen in den geschnitzten Fensterläden. Ich sah Bes auf dem Boden sitzen, er war mit meinem Bogen beschäftigt, den man mir, wie bereits erwähnt, mit unseren anderen Waffen zurückgebracht hatte, und ich fragte ihn schläfrig, was er damit vorhabe.

»Gebieter«, sagte er, »der König hat deinen Bogen verlangt, und deshalb müssen wir ihm einen Bogen schikken. Aber es braucht nicht der zu sein, mit dem du die Löwen erlegt hast, denn ihn schätzt du mehr als alles andere. Schließlich hast du ihn von deinem Großvater geerbt, einem Pharao von Ägypten, und er hat dich von Kindheit an begleitet, seit du die Kraft hattest, ihn zu spannen. Wie du dich vielleicht erinnerst, habe ich diesen Bogen nachgebaut, freilich aus leichterem Holz, das sich mühelos biegen ließ, und diese Nachbildung werden wir dem König schicken. Nur muß ich zuvor deine Sehne aufspannen, denn die könnte jemandem aufgefallen sein. Auch will ich noch ein paar Kerben anbringen, die sich auf deinem Bogen befinden, aber da ich schon im Morgengrauen damit angefangen habe, bin ich fast fertig.«

»Du bist sehr schlau«, sagte ich lachend, »und ich bin froh darüber. Als der heilige Tanofir einst meinen Bogen ansah, da hatte er eine Vision. Ein Pfeil, der davon abgeschossen wurde, sollte das Blut eines großen Königs trinken und Ägypten retten. Welcher König das war, und wann das geschehen sollte, das sah er freilich nicht.«

Der Zwerg nickte und antwortete:

»Ich habe diese Geschichte gehört, und auch andere kennen sie. Deshalb spiele ich diesen Streich, denn es ist besser, wenn jener dort im Palast nicht den Bogen bekommt, sondern den Pfeil. Hier, fertig bis auf den letzten Kratzer, und außer dir und mir kann niemand die beiden auseinanderhalten. Bis wir dieses verfluchte Land hinter uns haben, ist dein Bogen mein, Gebieter, du mußt dir einen anderen suchen, der im Osten hergestellt wurde.«

»Gebieter«, wiederholte ich. »Sag mir, Bes, habe ich geträumt, oder hast du mir gestern nacht tatsächlich erzählt, du seist nach Recht und Gesetz der König eines großen Landes?«

»Das habe ich dir erzählt, Gebieter, und es ist die Wahrheit, kein Traum, denn manchmal vermischen sich Freud und Leid, und dann öffnen sich die Lippen und geben etwas preis, was das Herz lieber verborgen hätte. Doch nun bitte ich dich um eine Gunst: Sprich nicht mehr von dieser Angelegenheit, weder zu mir noch zu irgendeinem anderen Menschen, es sei denn, ich fange selbst davon an. Wir wollen so tun, als sei es tatsächlich ein Traum gewesen.«

»Die Bitte sei dir gewährt«, sagte ich, stand auf und kleidete mich an. Meine eigenen Gewänder hatte man mir im Palast weggenommen, also schlüpfte ich in die prächtige Seidenrobe, die man mir übergestreift hatte, als man mich aus dem Boot befreite. Nachdem ich auch noch mein langes, lockiges Haar gewaschen und gekämmt hatte, stiegen wir die Treppe hinab, betraten ein anderes Gemach und baten die Frau des Hauses, uns Essen zu bringen. Ich aß mich ausgiebig satt, und gerade als wir fertig waren, hörten wir auf der Straße jemanden rufen: »Macht Platz für die Diener des Königs!« Ein Blick durch das Fenster zeigte mir, daß sich eine große Kavalkade näherte, an deren Spitze zwei Adelige ritten.

»Ich hoffe nur, daß dieser Tyrann sich nicht anders besonnen und diese Leute geschickt hat, um mich zurück auf das Boot bringen zu lassen«, sagte ich leise.

»Keine Sorge, Gebieter«, beruhigte mich Bes. »Du hast schließlich sein Zepter berührt und aus dem Becher getrunken, den er dir gab. Nach alledem kann dir in keinem Land, über das er herrscht, mehr etwas geschehen. Sei deshalb ganz ruhig und tritt diesen Burschen stolz entgegen.«

Gleich darauf erschienen die beiden Adeligen im Zimmer, gefolgt von Sklaven, die neben vielen anderen Dingen auch die mit Gold gefüllten Ledersäcke trugen, auf denen ich im Boot gelegen hatte. Der ältere der beiden Männer verneigte sich und redete mich als ›Edler Shabaka‹ an, und ich verbeugte mich ebenfalls. Dann reichte er mir etliche mit Seide verschnürte und versiegelte Schriftrollen und trug mir auf, sie dem königlichen Satrapen in Ägypten und dem Fürsten Peroa zu übergeben, wie es mir der König tags zuvor befohlen hatte. Auch andere Briefe gab er mir, sie waren an die Diener des Königs gerichtet, die wir unterwegs treffen würden, und auf Lehmtäfelchen eingeritzt, in einer Schrift, die ich nicht lesen konnte. Alle diese Dinge führte ich nach Art der Ostländer an meine Stirn.

Danach teilte er mir mit, zu Mittag würde alles bereit sein für meinen Aufbruch. Ich würde im Range eines königlichen Gesandten reisen, reichlich mit Vorräten versehen, mit einer Eskorte von Dienern, und ich hätte das Recht, von einem Posten zum anderen die Pferde des Königs zu benutzen. Nun befahl er den Sklaven, die Geschenke hereinzubringen, die der König mir schickte, und es waren derer viele, darunter sieben biegsame Harnische, von denen jeder Schwertstreich und jeder Pfeil abprallen würden.

Ich dankte dem Boten, versicherte ihm, ich würde zu Mittag bereit sein, und fragte, ob der König mich zuvor noch zu sehen wünsche. Er antwortete, dies sei in der Tat der Wille seines Herrn gewesen, doch da sein Kopf unter den Nachwirkungen der Sonne leide, fühle er sich nicht dazu imstande. Er ließe mir jedoch ausrichten, ich solle alles im Gedächtnis behalten, was er mir gesagt habe, und dafür sorgen, daß die schöne Amada, von der ich ihm erzählt habe, unverzüglich zu ihm geschickt werde. In diesem Fall hätte ich eine große Belohnung zu erwarten. Sollte ich es jedoch versäumen, seine Befehle auszuführen, so würde sein Zorn um so größer sein, und ich würde wie versprochen elend zugrundegehen.

Ich verneigte mich wortlos, worauf er und seine Begleiter die Goldsäcke öffneten, um mir zu zeigen, daß das Gold tatsächlich vorhanden war, und mir anboten, meinen Diener noch einmal damit aufzuwiegen, damit ich sehen könne, daß man nichts weggenommen habe.

Ich entgegnete, auf das Wort des Königs sei mehr Verlaß als auf jede Waage, worauf die Säcke wieder verschnürt und versiegelt wurden. Dann holte ich den Bogen oder vielmehr die Fälschung hervor, und nachdem ich ihn dem Adeligen gezeigt hatte, wickelte ich ihn mit sechs von meinen Pfeilen in ein Leinentuch, um ihn dem König mit der Botschaft überbringen zu lassen, er sei zwar schwer zu spannen, aber die tödlichste Waffe der Welt. Der ältere der beiden Boten nahm das Bündel, verneigte sich und verabschiedete sich von mir mit den Worten, wir würden uns vielleicht bald in Ägypten wiedersehen, wenn die Götter mir eine sichere Reise gewährten. So trennten wir uns, und ich war froh, als sie mir aus den Augen waren.

Kaum waren sie fort, als die sechs Jäger, die ich bei der Wette gewonnen und dadurch vor dem Tode bewahrt hatte, ins Zimmer traten, vor mir auf die Knie fielen und mich um Anweisungen baten, wie sie mein Gepäck reisefertig machen sollten. Ich fragte, ob sie auch mitkämen, worauf ihr Sprecher erklärte, sie seien meine Sklaven und würden alles tun, was ich befehle.

»Ist es denn euer Wunsch, mit mir zu kommen?« fragte ich.

»O Edler Shabaka«, antwortete der Sprecher, »es ist unser Wunsch, auch wenn einige von uns Weib und Kinder zurücklassen müssen.«

»Warum?« fragte ich.

»Aus zwei Gründen, Herr. Erstens sind wir hier, wenn auch ohne eigene Schuld, in Ungnade gefallen, und wenn du uns in diesem Lande zurückließest, würde uns bald der Zorn des Königs treffen, und wir würden nicht nur Weib und Kind verlieren, sondern auch unser Leben. Neue Frauen und weitere Kinder können wir in einem anderen Land bekommen, ein neues Leben aber findet sich nirgendwo. Daher lassen wir unsere Lieben in der Obhut unserer Freunde zurück, denn wir wissen, daß die Frauen uns bald vergessen und sich andere Gatten suchen, und daß die Kinder heranwachsen und in dem Glauben, wir, ihre Väter, seien tot, ihrer Bestimmung folgen werden. Zweitens sind wir von Beruf Jäger, und wir haben gesehen, daß du ein großer Jäger bist, deshalb werden wir dir immer mit Stolz dienen, sei es auf der Jagd oder im Kriege. Außerdem hast du dich darum bemüht, uns das Leben zu retten, als wir ungerechterweise zu einem grausamen Tod verurteilt wurden. Deshalb wünschen wir uns nichts mehr, als deine Sklaven zu sein und hoffen, daß du uns vielleicht einmal die Freiheit schenkst, wenn wir dir treu dienen.«

»Denkt ihr alle so?« fragte ich.

Einer nach dem anderen bestätigte dies, obwohl einigen, die verheiratet waren, beim Gedanken an die Trennung von ihren Frauen und Kindern die Tränen in die Augen stiegen. Mitnehmen konnten wir diese Verwandten offenbar nicht, denn sie waren Untertanen des Königs und in der Wette nicht eingeschlossen. Außerdem waren für so viele Menschen nicht genügend Pferde zu beschaffen, und sie würden uns auf der Reise nur behindern.

»So kommt denn«, sagte ich, »und wisset, solange ihr mir treu dient, werde ich euch gut behandeln, und vielleicht lasse ich euch eines Tages in einem Land frei, wo man tapfere Männer nicht auf das Wort irgendeines Königs hin den wilden Tieren zum Fraß vorwirft. Laßt ihr mich jedoch im Stich oder übt ihr Verrat, dann werde ich euch entweder töten oder euch an jene verkaufen, die mit Sklaven handeln, auf daß ihr bis zu eurem Tode an den Rudern sitzt oder in den Bergwerken schuftet.«

»Fürderhin kennen wir keinen Herrn außer dir, o Shabaka«, versprachen sie, und einer nach dem anderen nahm meine Hand, drückte sie an die Stirn und gelobte mir Treue in allen Dingen, solange wir lebten.

So hieß ich sie gehen, um sich von ihren Lieben zu verabschieden, und befahl ihnen, eine halbe Stunde vor Mittag zurückzukehren, doch wenn ich ehrlich bin, hätte ich nie erwartet, daß sie kommen würden. Ich hatte sogar ganz bewußt so gehandelt, um ihnen, falls sie das wollten, die Möglichkeit zu geben, zu fliehen und sich irgendwo zu verstecken. Doch wie ich schon oft festgestellt habe, erzieht der Beruf des Jägers die Menschen zur Ehrlichkeit, und zur festgesetzten Stunde meldeten sich alle bei mir, einer von ihnen hatte eine Frau bei sich, die ein Kind in den Armen trug und sich bitterlich weinend an ihn klammerte. Als ihr Schleier sich verschob, sah ich, daß sie jung und voll Liebreiz war.

So verließen wir gegen Mittag die Stadt des großen Königs in der Obhut zweier seiner Offiziere, die mir seinen Dank für den Bogen übermittelten, den er, wie er sagte, mehr in Ehren halten würde als alles andere, was er besaß, ein Ausspruch, bei dem Bes seine gelben Augen rollte und grinste. Wir ritten auf prächtigen Hengsten aus den königlichen Stallungen und hatten die Harnische angelegt, die man uns geschenkt hatte, allerdings nahmen wir sie ab, sobald wir die Stadt hinter uns gelassen hatten, weil sie in der Hitze zu unbequem waren und weil der, den Bes trug, für seine untersetzte Gestalt zu lang war und ihm die Haut aufscheuerte. Unser Hab und Gut wurde samt den Goldsäcken auf Saumpferde geladen, die von meinen sechs Jägersklaven am Zügel geführt wurden. Vier ausgewählte Soldaten, kräftige Männer aus der Leibwache des Königs, bildeten die Nachhut, und zwei der königlichen Boten dienten uns als Führer. Außerdem begleiteten uns Köche und Pferdeknechte mit Ersatzpferden.

So zogen wir im Triumph aus der Stadt, und eine große Menschenmenge sah uns zu. Unsere Straße führte am Fluß entlang, den wir weiter unten mit Barken überqueren mußten, und innerhalb von wenigen Minuten erreichten wir die Hafenmauer, zu der man mich am Abend zuvor gebracht hatte, um mich dem Tod zu überantworten. Ja, da waren die Wächter, dort schwamm das verhaßte Doppelboot, und an seinem Bug ragte das schmerzverzerrte Gesicht des Eunuchen Houman hervor. Er warf den Kopf hin und her, um die lästigen Fliegen zu verscheuchen, und als er unser ansichtig wurde, begann er schreiend um Erbarmen und Vergebung zu flehen, was Bes ein Lächeln entlockte. Die Offiziere ließen die Kavalkade anhalten, und einer von ihnen trat zu mir und sagte:

»Der König hat befohlen, o Edler Shabaka, daß du dir diesen Schurken ansiehst, der dich bei seiner Majestät verleumdet und hinterher gewagt hat, dich zu schlagen. Wenn du willst, so steige ins Wasser und nimm ihm das Augenlicht, auf daß dein Gesicht das letzte sei, was er sieht, ehe er in Dunkelheit versinkt.«

Ich schüttelte den Kopf, aber Bes war eine Idee gekommen, und er flüsterte mir zu:

»Ich möchte mit dem Eunuchen sprechen, also gib mir die Erlaubnis und fürchte nichts. Ich werde ihm kein Leid zufügen, sondern ihm sogar Gutes tun, wenn ich Gelegenheit dazu finde.«

Da sagte ich zu dem Offizier:

»Es ist eines hohen Herrn nicht würdig, sich an jenen zu rächen, die gestürzt sind. Doch auch meinem Sklaven hier ist Unrecht geschehen, und er möchte ein Wort mit diesem Houman sprechen.«

»So sei es«, sagte der Offizier, »er möge sich nur hüten, ihn allzu schwer zu verletzen, damit er nicht vor der Zeit sterbe und so seiner Strafe entgehe.«

Da schürzte Bes seine Gewänder und watete, ein großes Messer schwingend, in den Fluß. Als Houman ihn kommen sah, begann er vor Angst zu schreien. Bes erreichte das Boot, beugte sich über den Eunuchen und redete leise auf ihn ein. Was er dort tat, konnte ich nicht erkennen, weil er mit seinem Umhang den Kopf des Mannes verdeckte. Dann sah ich jedoch ein Messer aufblitzen und hörte Schmerzensschreie, gefolgt von kläglichem Stöhnen, worauf ich ihm zurief, er solle sofort von dem Burschen ablassen und zurückkehren. Denn wenn ich daran dachte, daß sein Schicksal beinahe das meine gewesen wäre, wurde mir bei diesen Geräuschen ganz übel, und ich zürnte mit Bes. Die grausamen Ostländer freilich lachten nur.

Schließlich kam er zurück, grinste und wusch seine Messerklinge im Wasser ab. Ich schalt ihn heftig in meiner eigenen Sprache, aber er hörte nicht auf zu grinsen und gab keine Antwort. Als wir wieder aufgesessen waren und von dem entsetzlichen Boot mit seinem stöhnenden Gefangenen wegritten, behielt ich Bes im Auge, da mir sein Verhalten und sein Schweigen unbegreiflich waren, und dabei sah ich, wie er sich mit einer Hand über seinen großen Mund fuhr und sie dann schnell in sein Gewand steckte. Danach war er durchaus bereit zu sprechen, allerdings nur leise, damit niemand, der vielleicht des Ägyptischen mächtig war, ihn verstehen konnte.

»Du bist ein Narr, Gebieter«, sagte er, »wenn du glaubst, daß ich meine Zeit damit verschwenden würde, diesen fetten Schurken zu quälen.«

»Und warum hast du es dann getan?« fragte ich.

»Weil mein Gott, der Heuschreck, mir einen großen Mund und gute Zähne gab, als er mich zum Zwerg machte«, antwortete er, worauf ich ihn fassungslos anstarrte und befürchtete, er habe den Verstand verloren.

»Hör zu, Gebieter. Ich habe Houman nichts getan. Ich habe nur seine Fesseln von der Unterseite her fast durchgeschnitten, so daß er sich losreißen und fliehen kann, wenn die Nacht kommt und er genug Verstand dazu hat. Du hast es vielleicht nicht bemerkt, Gebieter, aber ehe der König dich gestern zum Tod auf dem Boot verurteilte, nahm er ein gewisses, rundes, weißes Siegel ab, einen Zylinder mit eingeritzten Götterfiguren und Zeichen darauf, das an einer goldenen Kette von seinem Gürtel hing, und gab es Houman, damit dieser sich bei allem, was er tat, auf ihn berufen könne. Dieses Siegel zeigte Houman dem Schatzkämmerer, worauf man das Gold herausgab, mit dem ich aufgewogen wurde, und er zeigte es auch anderen, als er befahl, das Boot vorzubereiten, in dem du liegen solltest. Und dann vergaß er, es zurückzugeben, denn als man ihn auf ausdrücklichen Befehl des Königs zum Boot schleppte, erblickte ich die Kette unter seinem Gewand. Kannst du den Rest erraten?«

»Nicht ganz«, antwortete ich, denn ich wollte die Geschichte aus seinem eigenen Munde hören.

»Nun, Gebieter, als ich mit Houman wegging, nachdem er dich ins Boot hatte legen lassen, da fragte ich ihn nach diesem Siegel. Er zeigte es mir und sagte, jeder, der es trüge, sei für diese Zeit König des gesamten Ostreiches. Offenbar gibt es nur ein solches Siegel, es ist uralt und wird von einem König auf den nächsten vererbt, und jeder Beamte in jedem Land, ob hoch oder niedrig, hat einen Abdruck davon. Wenn das Siegel vorgezeigt wird, vergleicht er es mit dem Abdruck, und wenn die beiden übereinstimmen, so gehorcht er jedem Befehl, als habe der König ihn persönlich erteilt. Als wir an den Hof kamen, hatte Houman gewiß die Absicht, das Weiße Petschaft zurückzugeben, aber er sah, daß der König betrunken war oder sich jedenfalls so stellte, und wartete lieber, aus Angst, es könnte verlorengehen, und er müßte mit dem Leben dafür bezahlen. Dann wurde er ergriffen, wie du ja gesehen hast, und in seinem Schrecken hat er, ebenso wie der König und seine Beamten, das Siegel völlig vergessen.«

»Aber Bes, die Soldaten, die Houman auf das Boot brachten, müßten es ihm doch eigentlich abgenommen haben.«

»Gebieter, bei Nacht sieht auch das schärfste Auge schlecht. Ich hatte jedenfalls die Hoffnung, dies sei nicht geschehen, und deshalb watete ich hinaus, um Houman in die Augen zu stechen. Es war tatsächlich so, wie ich vermutet hatte, ich sah die Kette unter seinem Gewand, und da sagte ich zu ihm:

›Ich bin gekommen, um dir die Augen auszustechen,

wie du es verdienst, weil du meinen Herrn so schlecht behandelt hast. Doch unter einer Bedingung werde ich dich verschonen. Gib mir das alte Weiße Petschaft des Königs, dem sich alle Türen öffnen, und ich werde nur so tun, als wollte ich dich blenden. Außerdem werde ich deine Fesseln fast durchschneiden, dann kannst du sie zerreißen, dich in den Fluß wälzen und fliehen, wenn die Nacht kommt.‹

›Nimm es dir, wenn du kannst‹, sagte er, ›und schade damit diesem Verfluchten oder vernichte ihn.‹«

»Und da hast du es genommen, Bes.«

»Ja, Gebieter, aber das war nicht so einfach. Vergiß nicht, es hing an einer Kette um den Hals des Mannes, und ich konnte sie ihm nicht über den Kopf ziehen, denn er war, genau wie du, nicht nur an den Händen, sondern auch am Hals festgebunden.«

»Daran erinnere ich mich nur zu gut«, sagte ich, »denn meine Kehle ist noch immer wund von dem Seil, das an denselben Ringen befestigt war wie meine Hände.«

»Ja, Gebieter, und deshalb hätte auch die Kette noch immer an den Seilen gehangen, selbst wenn ich sie ihm über den Kopf gestreift hätte. Ich überlegte, ob ich versuchen sollte, sie mit dem Messer zu durchschneiden, aber das war schwierig, denn sie ist sehr dick, und wenn ich sie an der Messerklinge entlanggezogen hätte, wäre das aufgefallen, schließlich waren viele Augen auf mich gerichtet. Da verfiel ich auf etwas anderes. Während ich vorgab, Houman die Augen auszustechen, beugte ich mich tief hinab, faßte die Kette mit den Zähnen und biß sie durch. Ein Zahn ist mir dabei abgebrochen — siehst du, aber mit dem nächsten habe ich es geschafft. Ich habe das weiche Gold durchtrennt, und dann habe ich die Kette und das runde, weiße Siegel in den Mund genommen. Deshalb konnte ich dir auch bis jetzt nicht antworten, da meine Backen voller Kettenglieder waren. Nun haben wir also das Weiße Petschaft des Königs, das alle ihm untertanen Länder kennen und dem sie gehorchen.

Es könnte uns nützlich sein, wenn wir wieder in Ägypten sind, und zumindest das Gold ist wertvoll.«

»Wie schlau du bist!« rief ich. »Wirklich ungemein durchtrieben. Aber etwas hast du vergessen, Bes. Wenn dieser Schurke entkommt, wird er die ganze Geschichte erzählen, und dann wird der König uns als Diebe verfolgen und töten lassen.«

»Das glaube ich nicht, Gebieter. Erstens ist es unwahrscheinlich, daß Houman entkommt. Er ist fett und verweichlicht und hat bereits sehr gelitten. Nach einem Tag in der Sonne wird er noch weiter geschwächt sein. Außerdem glaube ich nicht, daß er schwimmen kann, denn alle Eunuchen hassen das Wasser. Wenn er also überhaupt aus dem Boot herauskommt, so wird er wahrscheinlich im Fluß ertrinken, denn er kann es nicht wagen, zur Hafenmauer zu waten, wo die Wachen stehen. Gelingt es ihm aber doch, ans andere Ufer zu gelangen, so wird er sich verstecken, wenn ihm sein Leben lieb ist, und sich niemals wieder blicken lassen, und falls er durch Zufall gefangen werden sollte, wird er behaupten, das Siegel sei ins Wasser gefallen, als man ihn zum Boot brachte, oder einer der Wächter habe es gestohlen. Er wird bestimmt nicht verraten, daß er es jemandem überlassen hat, der ihm dafür die Fesseln durchschnitt, denn für ein solches Verbrechen stünden ihm noch schlimmere Qualen bevor als die auf dem Boot. Und zuletzt haben wir sechs Stunden Vorsprung und werden so schnell reiten, daß niemand uns einholen kann. Und wenn doch, dann kann ich die Kette immer noch wegwerfen und das Siegel verschlucken.«

Alles kam so, wie Bes gesagt hatte. Was aus Houman geworden war, sollte ich nie erfahren, und vom Diebstahl des Weißen Petschafts hörte ich erst, als in allen Reichen verkündet wurde, es sei ein neues in Gebrauch. Das war freilich viel später, lange nachdem es mir und Ägypten schon gute Dienste geleistet hatte.

Kapitel VIII

Die Edle Amada

Die Reise lief Tag für Tag, Stunde für Stunde, Minute für Minute in allen Einzelheiten vor meinen Augen ab, es ist unnötig, dies alles wiederzugeben, doch während ich, Allan Quatermain, meine Vision niederschreibe, glaube ich immer noch, das Donnern der Pferdehufe zu hören, und erlebe noch einmal den wilden Ritt über die Ebenen, durch die Gebirgspässe und an den Flußufern entlang.

Wir kamen erstaunlich schnell voran, denn in Abständen von etwa vierzig Meilen gab es Posthaltereien, wo wir zu jeder Tages- oder Nachtstunde frische Pferde aus dem königlichen Gestüt vorfanden. Außerdem wußten alle Posthalter, daß wir kamen, was mich anfangs verwunderte, bis wir herausfanden, daß uns ständig zwei königliche Boten voranritten und sie von unserem Eintreffen benachrichtigten.

Diese Männer hatten den Königlichen Palast am Tag unserer Abreise offenbar bereits im Morgengrauen verlassen, obwohl unsere Führer und Begleiter beteuerten, nichts davon zu wissen, während wir erst kurz nach Mittag in der Stadt aufgesessen waren. Deshalb hatten sie mehr als sechs Stunden Vorsprung und reisten zudem mit leichterem Gepäck, denn sie hatten keine Saumtiere dabei und wurden auch nicht von Köchen oder Dienern begleitet. Daneben konnten sie immer als erste unter den Pferden auswählen und sich die drei schnellsten Tiere nehmen, wobei sie das dritte für den Fall, daß eines ihrer eigenen lahmte oder einen Unfall hatte, am Zügel mitführten. So kam es, daß wir sie niemals einholten, obwohl wir täglich etwa hundert Meilen zurücklegten. Nur einmal entdeckte ich sie weit vor uns am Horizont, sie zeichneten sich am Rand einer Gebirgskette ab, die wir erst noch erklimmen mußten, doch als wir den Grat erreicht hatten, waren sie bereits verschwunden.

Ohne Zwischenfälle erreichten wir schließlich die Wüste und durchquerten sie, freilich langsamer als zuvor. Selbst hier hatte der König seine Posthaltereien, sie wurden von Arabern betreut, die in Zelten an Wasserstellen lebten. Manchmal gab es auch kein Wasser, und dann waren sie darauf angewiesen, daß man sie damit versorgte. So galoppierten wir immer weiter, ausgedörrt vom glühenden Sand unter und von der sengenden Sonne über uns, bis wir an die Grenze Ägyptens gelangten.

Hier, genau auf der Grenzlinie, ließen die beiden Offiziere die Kavalkade anhalten und sagten, sie müßten nun kehrtmachen, um dem König zu berichten. So nahmen wir denn Abschied. Bes und ich setzten mit den sechs Jägern, die immer noch bei mir bleiben wollten, den Weg fort, und die Offiziere des Königs ritten mit den Führern und dem Troß zurück. Die guten Pferde, die wir an der letzten Posthalterei bestiegen hatten, sowie die Saumtiere sollten wir auf Befehl des Königs behalten, da an den Sattel gewöhnte Pferde in Ägypten, wo man sie nur zum Wagenziehen ausbildete, schwer zu bekommen waren. Wir nahmen das Geschenk an, für das ich dem König Dank sagen ließ, und machten uns wieder auf den Weg: Bes führte das Tier, das das Gold trug, und die Jäger dienten uns als Wache.

Ich war aufrichtig froh, als die Ostländer endlich verschwunden waren, obwohl sie uns wohlbehalten bis hierher gebracht und uns gut behandelt hatten, denn ich war die ganze Zeit über nie sicher gewesen, ob sie nicht irgendwelche Anweisungen hatten, uns in eine Falle zu führen oder uns vielleicht sogar im Schlaf den Garaus zu machen und das Gold und die kostbaren rosenfarbenen Perlen, von denen zwei so viel wert waren wie alles übrige, zurückzubringen. Aber sie hatten keinen solchen Auftrag und wagten auch nicht, uns aus eigenem Antrieb zu bestehlen, denn dafür hätten ihre Frauen und ihre gesamte Sippe büßen müssen, auch wenn sie selbst der Rache des Königs entgangen wären.

Wir betraten Ägypten in der Gegend der Salzseen, die nicht weit vom oberen Teil des Golfs entfernt sind, und überquerten den Kanal, den die alten Pharaonen hatten graben lassen, was uns keine besonderen Schwierigkeiten bereitete, da er versandet war. Ehe wir ihn erreichten, begegneten wir ein paar Bauersleuten, die in ihren Gärten arbeiteten, und hörten, wie einer dem anderen zurief:

»Da kommen schon wieder welche aus dem Osten. Was hältst du davon, Nachbar?«

»Ich weiß es nicht«, antwortete der andere, »aber als ich heute morgen am Kanal entlangging, sah ich, wie ein Wachtrupp des Großen Königs die Festung verließ. Gewiß sollen sie diese Männer in Empfang nehmen, die anderen beiden, die vor fünfzig Stunden hier waren, müssen sie wohl den Soldaten angekündigt haben.«

»Und was hat das nun wieder zu bedeuten?« fragte ich Bes.

»Nicht mehr und nicht weniger, als was wir gehört haben, Gebieter. Die beiden königlichen Boten, die uns vorangeritten sind, seit wir die Stadt verließen, haben dem Befehlshaber der Grenzfestung mitgeteilt, daß wir kommen würden, und so hat er sich an die Furt begehen, um uns zu empfangen. Welchen Zweck das haben soll, weiß ich freilich auch nicht.«

»Mir geht es ebenso«, sagte ich, »aber ich wünschte, es gäbe eine andere Straße, die wir nehmen könnten.«

»Es gibt keine, Gebieter, denn weiter oben und weiter unten ist der Kanal voll Wasser, und die Ufer sind so steil, daß die Pferde sie nicht ersteigen könnten. Außerdem dürfen wir weder Zweifel noch Angst zeigen.«

Er dachte eine Weile nach, dann fügte er hinzu:

»Nimm du das königliche Siegel, Gebieter. Es könnte nützlich sein.«

Er reichte es mir, und ich untersuchte es genauer als zuvor. Es war ein schlichter, weißer Muschelzylinder an einer goldenen Kette, die Bes durchgebissen, aber nun wieder geflickt hatte, indem er das schadhafte Glied herausnahm. Auf diesem Zylinder waren verschiedene Figuren eingraviert, vermutlich ein Priester, der einen Adeligen einem Gott vorstellte, über dem Gott eine Mondsichel, und dahinter ein Mensch oder ein Dämon mit einem langen Speer. Zwischen den Figuren waren geheime Zeichen zu sehen, deren Bedeutung ich nicht kannte. Die Rillen waren im Laufe der Zeit flacher geworden, denn der Zylinder schien schon durch viele Hände gegangen zu sein, ein heiliger Gegenstand, den man von Generation zu Generation weitergereicht hatte. Oben hatte man eine Silberstange durchgezogen, um die er sich drehte wie um eine Achse.

Ein solches Siegel hatte ich noch nie gesehen, es mußte einer sehr frühen Epoche entstammen, denn es war eine vergleichsweise schlichte Arbeit. Ich hängte mir die Kette um den Hals, schob das Siegel unter meinen Harnisch, und dann ritten wir weiter.

Nachdem wir das steil abfallende Kanalufer hinter uns gebracht hatten, erreichten wir die Furt. Es hatte sich so viel Sand angesammelt, daß das Wasser nicht mehr als einen Fuß hoch stand. Als wir hineinwateten, erschienen am gegenüberliegenden Ufer etwa dreißig bewaffnete, berittene Männer. Einer von ihnen trug das Banner des Großen Königs, das mit den gleichen Figuren geschmückt war, wie ich sie auf dem Zylinder gesehen hatte. Für einen Rückzug war es nun zu spät, so ritten wir durch das Wasser den Soldaten entgegen. Ihr Hauptmann trat vor und rief:

»Ich grüße dich im Namen des Großen Königs, Edler Shabaka!«

»Im Namen des Großen Königs, sei mir ebenfalls gegrüßt!« antwortete ich. »Was hast du mit Shabaka vor, Hauptmann des Königs?«

»Nur Ehre wollen wir ihm erweisen. Die Botschaft des Königs hat uns erreicht, und so sind wir gekommen, um dich nach Sais zu geleiten, an den Hof des Idernes, des Satrapen des Königs und Gouverneurs von Ägypten.«

»Das ist nicht mein Weg, Hauptmann. Ich reise nach Memphis, um meinem Vetter Peroa, dem Herrscher von Ägypten unter dem König, die Befehle seines Herrn zu überbringen. Danach werde ich vielleicht Idernes aufsuchen.«

»Unsere Befehle lauten aber, dich sofort zu ihm zu bringen, Edler Shabaka, und nicht erst hinterher«, sagte der Hauptmann streng und sah sich nach seiner bewaffneten Eskorte um.

»Ich bin gekommen, um Befehle zu geben, nicht aber, um solche in Empfang zu nehmen, Hauptmann des Königs.«

»Ergreift Shabaka und seine Diener«, befahl der Hauptmann knapp, worauf seine Soldaten heranritten und uns einkreisten.

Ich wartete, bis sie ganz nahe waren. Dann schob ich unvermittelt die Hand unter mein Gewand, zog das kleine, weiße Siegel heraus, hielt es dem Hauptmann vor die Augen und sagte:

»Wer wagt es, Hand an den Träger des Weißen Petschafts zu legen? Ein solcher Mann ist gewiß dem Tod geweiht.«

Der Hauptmann starrte das Siegel einen Moment lang an, dann sprang er von seinem Pferd, warf sich zu Boden und schrie:

»Dies ist das alte Petschaft der Könige des Ostens, ihr Stammvater erhielt es vom Sonnengott Samas, und das Glück des Großen Hauses hängt daran! Ich bitte um Vergebung, Edler Shabaka.«

»Sie sei dir gewährt«, antwortete ich, »da du aus Unwissenheit gehandelt hast. Doch nun begib dich zum Satrapen Idernes und sage ihm, wenn er mit dem Träger des königlichen Siegels sprechen will, dem alle Gehorsam schulden, so findet er ihn in Memphis. Lebe wohl.« Damit ritt ich mit Bes und den sechs Jägern zwischen den Wachen hindurch, und keiner machte Anstalten, mich daran zu hindern.

»Das hast du gut gemacht, Gebieter«, lobte Bes.

»Ja«, stimmte ich zu. »Die beiden Boten, die uns vorausgeritten waren, brachten der Grenzwache des Idernes den Befehl, mich gefangenzunehmen und zu ihm zu bringen. Ich weiß nicht warum, aber ich glaube, in Ägypten gehen Dinge vor, von denen wir nichts wissen, und der König wollte wohl verhindern, daß ich den Fürsten Peroa aufsuche und ihm erzähle, was ich möglicherweise in Erfahrung gebracht habe. Vielleicht hat man uns überlistet, Bes, und daß der König die Edle Amada für sein Frauenhaus fordert, ist nur ein Vorwand, um überraschend einen Streit vom Zaun zu brechen, ehe Peroa den ersten Schlag führen kann.«

»Mag sein, Gebieter, denn diese Ostländer sind sehr gerissen. Aber, Gebieter, was geschieht mit jenen, die das alte, heilige Siegel des Königs mißbrauchen? Ich glaube, sie haben die Seile durchschnitten, die sie mit der Erde verbinden.« Damit blickte er zum Himmel auf und rollte seine gelben Augen.

»Dann müssen sie eben neue Seile finden, Bes, und zwar schnell, ehe man sie fängt. Hör zu. Du hast selbst auf einem Thron gesessen, und ich kann offen mit dir sprechen. Glaubst du, daß mein Vetter, der Fürst Peroa, er, der von Rechts wegen Pharao von Ägypten sein sollte, gerne diesem König aus dem fernen Ostreich dient? Peroa muß zuschlagen, sonst verliert er seine Nichte und vielleicht auch sein Leben. Vorwärts, damit wir ihn warnen können.«

»Und wenn er nicht zuschlägt, Gebieter, weil er die Macht des Königs kennt und vielleicht etwas zu langsam handelt?«

»Dann, Bes, suchen wir beide wohl am besten weit entfernte Jagdgründe auf, in jenen Ländern, die du kennst, und wohin uns nicht einmal der Große König zu folgen vermag.«

»Und wo auch ich wieder König sein kann, Gebieter, und Herrscher über viele tausend tapfere, bewaffnete Männer, so es mir nur gelingt, eine Frau zu finden, bei deren Anblick mir nicht übel wird, und die es ihrerseits erträgt, mich anzusehen. Darüber muß ich mit dem heiligen Tanofir sprechen.«

»Er wird dir gewiß zu raten wissen, Bes, und wenn nicht er, dann ich.«

Eine Weile ritten wir schweigend weiter, jeder mit seinen eigenen Gedanken beschäftigt. Dann sagte Bes:

»Gebieter, es wird nicht mehr lange dauern, bis wir den Nil erreichen, und da wir Gold in Hülle und Fülle mit uns führen, können wir Boote kaufen und Besatzungen anheuern. Doch ich überlege mir gerade, ob es um unserer eigenen Sicherheit und Ruhe willen nicht angebracht wäre, Ägypten sofort wieder den Rücken zu kehren und uns zur Jagd ins ferne Land der Äthiopier zu begeben, Gebieter. Vielleicht könnte ich dort einige der weisen Männer zusammenrufen, in deren Obhut ich mein Reich zurückgelassen habe, und ihnen die Frage vorlegen, wie ich eine Frau finden kann, die bereit ist, mich zu heiraten. Die Äthiopier sind berühmt für ihre Treue, Gebieter, und sie werden mich nicht abweisen, nur weil ich einige Jahre fern von ihnen war, um die Welt zu sehen und zu lernen, ihnen ein besserer Herrscher zu sein.«

»Und mir fällt eben ein, daß das nicht sein kann, Bes«, sagte ich.

»Warum nicht, Gebieter?«

»Aus folgendem Grund. Du hast dein Land wegen einer Frau verlassen? Ich kann das meine wegen einer Frau nicht verlassen.«

Bes rollte mit den Augen, als wolle er diese Frau in der Wüste suchen. Als er sie nirgends entdeckte, starrte er zum Himmel, und von dort kam ihm die Erleuchtung.

»Handelt es sich bei dieser Frau zufällig um die Edle Amada, Gebieter?«

Ich nickte.

»Aha. Die Edle Amada, die schönste Frau in der ganzen Welt, wie Ihr dem Großen König gesagt habt, die das Feuer der Liebe in seinem königlichen Herzen entfacht hat und dazu noch viele andere Dinge, von denen wir gegenwärtig nichts wissen.«

»*Du* hast es ihm gesagt, Bes«, bemerkte ich ärgerlich.

»Ich habe nur von einer schönen Frau gesprochen, Gebieter, wie sie heißt, habe ich ihm nicht verraten. Damals habe ich nicht daran gedacht, aber es könnte doch sein, daß sie dem zürnt, der ihren Namen aussprach.«

Nun packte mich die Angst, und Bes sah es mir an.

»Keine Sorge, Gebieter. Wenn es Schwierigkeiten gibt, so werde ich schwören, dem Großen König selbst den Namen der Dame genannt zu haben.«

»Aber Bes, wie würde das zu unserer Geschichte passen? Schließlich hat man mich doch genau zu diesem Zweck aus dem Boot geholt.«

»Ganz einfach, Gebieter, denn ich werde sagen, man habe dich aus dem Boot geholt, damit du meine Geschichte bestätigst. Oh! Sie wird wütend auf mich sein, gewiß, aber in Ägypten kann nicht einmal ein Zwerg dafür getötet werden, daß er behauptet, eine gewisse Dame sei die schönste auf der Welt. Aber, Gebieter, sag mir, wann hast du sie lieben gelernt?«

»Als wir noch Kinder waren, Bes. Wir spielten miteinander, ich war ja ihr Vetter, und ich hielt immer ihre Hand. Dann wollte sie das plötzlich nicht mehr zulassen, und ich, der ich damals schon ziemlich erwachsen war, sie war freilich jünger, ich sah ein, daß es besser sei, wenn ich fortginge.«

»Ich wäre geblieben, Gebieter.«

»Nein, Bes. Sie wollte Priesterin werden, und mein Großonkel, der heilige Tanofir, riet mir zu gehen. So begab ich mich nach Süden, um dort zu jagen und an der

Spitze der Truppen zu kämpfen, und dabei bin ich dir begegnet, Bes.«

»Was vielleicht besser für dich war, Gebieter, als zuzusehen, wie die Edle Amada sich immer mehr Wissen aneignete. Dennoch frage ich mich, ob der heilige Tanofir immer recht hat. Siehst du, Gebieter, er hält sehr viel von Priestern und Priesterinnen, und er ist so alt, daß er vergessen hat, was es mit der Liebe auf sich hat, und daß es ohne sie niemals einen heiligen Tanofir gegeben hätte.«

»Der heilige Tanofir beschäftigt sich mit der Seele, Bes, nicht mit dem Körper.«

»Gewiß, Gebieter. Gleichwohl, was nützt das Öl, wenn man keine Lampe hat? Und ist es nicht ebenso mit einer Seele ohne Körper, jedenfalls für uns, die wir unter der Sonne leben? So lehrt man es uns, die wir den Heuschreck verehren. Aber Gebieter, was geschah, nachdem du von all deinen Jagden zurückgekehrt warst?«

»Da mußte ich feststellen, Bes, daß die Edle Amada alles Wissen erworben hatte, das es gab, und daß sie die ersten Gelübde an Isis abgelegt hatte. Und sie sagte, sie würde sie für keinen Mann der Welt brechen, obwohl sie das damals noch hätte tun können, ohne sich schuldig zu machen. Deshalb, obwohl ich ihr so lieb war wie ein Bruder, hätte sie einen gehabt, und obwohl sie schwor, niemals auch nur an einen anderen Mann gedacht zu haben, lehnte sie es ab, eine Ehe überhaupt in Betracht zu ziehen, denn sie träumte nur von der himmlischen Vollkommenheit der Dame Isis.«

»Pah!« rief Bes. »Bei uns in Äthiopien gibt es auch Priesterinnen, die dem Heuschreck oder der Gattin des Heuschrecks dienen, aber sie denken nicht so. Hoffentlich geschieht nicht eines Tages etwas, das stärker ist als die Edle Amada und das sie zwingt, ihre Gelübde an die himmlische Isis zu brechen, denn dann könnte sie es vielleicht um eines anderen Mannes willen tun, der sich nicht von solch törichtem Gerede in den Osten treiben ließ.

Doch hier ist ein Dorf, und die Pferde sind erschöpft. Laß uns Rast machen und essen, wie es vermutlich hin und wieder sogar die Edle Amada tut.«

Am folgenden Nachmittag überquerten wir den Nil, und gegen Sonnenuntergang erreichten wir die große, alte Stadt Memphis. Auf ihren weißen Mauern flatterten die Banner des Großen Königs. Bes machte mich darauf aufmerksam und bemerkte, offenbar könnten wir diesen verfluchten Zeichen niemals entfliehen, und wenn wir die ganze weite Welt durchstreiften.

»Ich möchte noch erleben, daß ich sie anspeien und in den Burggraben werfen darf«, antwortete ich ergrimmt, denn je näher ich Amada kam, desto verhaßter wurden mir diese Herrschaftssymbole.

In Wahrheit war ich meiner Geliebten sogar noch näher, als ich dachte, denn nachdem wir den Bezirk des Ptah-Tempels, des mächtigsten und schönsten Heiligtums der ganzen Welt passiert hatten, sahen wir den Tempel der Isis vor uns. Am Säulentor kam uns eine Prozession von Priestern und Priesterinnen entgegen, die der Göttin das Abendopfer aus Gesängen und Blumen darbringen wollten. Alle waren in reinweiße Gewänder gehüllt, und da es ein Festtag war, wurden sie auch von Sängern begleitet. Hinter den Sängern folgte eine Gruppe von blumentragenden Priesterinnen, und sie wurden angeführt von einer weiteren Priesterin, die das *Sistrum* schwang und damit eine leise klirrende Musik erzeugte.

Schon aus der Ferne fesselte mich etwas an der hochgewachsenen, schlanken Gestalt dieser Frau und versetzte mich in Erregung. Als wir näher kamen, sah ich auch, warum, denn es war Amada selbst. Hinter dem dünnen Schleier erspähte ich die dunklen, sanften Augen unter der breiten Stirn, die so viele Gedanken verbarg, und den schön geschwungenen Mund, der von so unvergleichlichem Liebreiz war. Eine Verwechslung war nicht möglich, denn über ihrem Busen teilte sich der Schleier und ließ das Muttermal sehen, für das sie berühmt war, es hatte die Form einer Mondsichel, und dies war das Zeichen der Isis.

Ich sprang vom Pferd und lief ihr entgegen. Sie blickte auf und sah mich. Zuerst runzelte sie die Stirn, dann trat Staunen in ihr Gesicht, schließlich Zärtlichkeit, und ich glaubte zu sehen, wie ihre roten Lippen meinen Namen formten. In ihrer Verwirrung, ließ sie das *Sistrum* fallen.

Ich murmelte »Amada!« und wollte zu ihr treten, aber etliche Priester kamen herbeigelaufen und drängten mich zurück. Im nächsten Augenblick hatte sie das *Sistrum* wieder an sich genommen und setzte mit gesenktem Kopf ihren Weg fort. Kein einzigesmal sah sie sich nach mir um.

»Fort mit dir, Mann!« rief ein Priester. »Fort mit dir, wer immer du sein magst. Glaubst du, du kannst den Fluch der Isis herausfordern, nur weil du im Harnisch des Ostens daherkommst?«

Da wich ich zurück, das heilige Bildnis der Göttin wurde vorübergetragen, und die Prozession verschwand durch das Säulentor. Ich, Shabaka der Ägypter, stand neben meinem Pferd und sah ihr nach. Ich war glücklich, weil die Edle Amada gesund und wohlauf und schöner war denn je, und weil sie Freude und Verwirrung gezeigt hatte, als sie meiner ansichtig wurde. Gleichzeitig war ich unglücklich, weil sie immer noch ein heiliges Amt ausübte, das eine Mauer zwischen uns errichtete, und weil ich es für ein böses Omen hielt, daß ausgerechnet ein Priester der Isis mich zurückgehalten und mir mit dem Fluch der Göttin gedroht hatte. Noch dazu wandte sich mir, wohl eher zufällig, das heilige Bildnis zu, als es vorübergetragen wurde, und schien mich finster anzublicken, was freilich auch durch den Einfall des Lichts bedingt sein konnte.

So dachte ich als Shabaka, Jahrhunderte vor der christlichen Zeitrechnung, doch als Allan Quatermain, als moderner Mensch, der auf wundersame Weise Gelegenheit hatte, alle diese Dinge mitzuerleben, ohne dabei jemals ganz das Bewußtsein seiner heutigen Identität zu verlieren, staunte ich, denn ich erkannte, daß diese Edle Amada, wenn auch in anderer Gestalt, dasselbe Wesen war wie jene Frau, mit der ich die magischen *Taduki*-Dämpfe eingeatmet hatte, um den Vorhang der Vergangenheit zu zerreißen, oder vielleicht auch nur, um Träume von Dingen heraufzubeschwören, die hätten geschehen können.

Dem bloßen Auge erschien sie in der Tat sehr verändert, doch das war mir zu Anfang auch mit mir selbst so ergangen. Amada war von höherem, schlankerem Wuchs, sie hatte größere Augen und längere, schmalere Hände, als man sie bei westlichen Frauen findet, doch insgesamt kam sie mir eher noch schöner und reizvoller vor. Außerdem zeigte sich jener rätselhafte Ausdruck, den ich hin und wieder auf Lady Ragnalls Gesicht bemerkt hatte, im Antlitz der Edlen Amada noch sehr viel deutlicher. Er lauerte in den tiefgründigen Augen und umgab in einem merkwürdigen Lächeln die geschwungenen Lippen, einem Lächeln, das nicht ganz menschlich schien. So mochte jemand lächeln, der verborgene Dinge geschaut und Stimmen gehört hatte, die jenseits der Grenzen der Welt ertönten.

Weder damals noch irgendwann später während meines Traumes konnte ich mir vorstellen, daß diese Amada, diese Tochter von hundert Königen, deren Blut man von Dynastie zu Dynastie zurückverfolgen konnte, nichts anderes sein sollte als eine ganz gewöhnliche Frau, die Kinder an ihrem Busen nährt. Es war, als sei ein Teil unserer menschlichen Natur aus ihr herausgezüchtet worden, und etwas anderes, für uns Unbegreifliches, habe diesen Platz eingenommen. Und doch *wußte* ich, daß die beiden Frauen ein und dieselbe Person waren, jedenfalls zum großen Teil, denn wer vermag zu sagen, wieviel von uns wir zurücklassen, wenn wir von einem Leben ins andere huschen, um es anderswo in den Abgründen von Zeit und Wandel wiederzufinden? Etwas war zudem völlig identisch — das Muttermal in Form einer Mondsichel auf der Brust, von dem die Priester der Kendah behauptet hatten, es kennzeichne stets die Prophetin, die Hüterin des Heiligen Kindes.

Als die Prozession nicht mehr zu sehen war und ich auch den Gesang nicht länger vernahm, bestieg ich wieder mein Pferd und ritt zu meinem oder vielmehr zum Hause meiner Mutter, der Edlen Tiu, das unterhalb der alten Palastmauer lag und auf den Nil blickte. Ich konnte es kaum erwarten, diese meine Mutter in die Arme zu schließen, ich liebte sie, und sie liebte mich, denn ich war immerhin ihr einziges Kind, und mein Vater war schon so lange tot, daß ich mich nicht mehr an ihn erinnern konnte. Acht Monate waren vergangen, seit ich sie zum letztenmal gesehen hatte, und was mochte in diesen acht Monaten alles geschehen sein? Der Gedanke ließ mich frösteln, denn sie war nicht mehr jung und auch nicht allzu kräftig. Vielleicht war sie inzwischen zu Osiris eingegangen. Oh! Welch eine schreckliche Vorstellung!

Ich trieb mein müdes Pferd in Galopp, und Bes ritt vor mir, um mir einen Weg durch die dichtbevölkerte Straße zu bahnen, wo sich jetzt, bei Sonnenuntergang, alle Müßiggänger von Memphis versammelt zu haben schienen. Man starrte mich an, denn Reiter waren in Memphis nicht gerade alltäglich, und die Blicke waren nicht übermäßig freundlich, da mich die Menge dank meiner Kleidung und der Eskorte für einen Abgesandten ihres verhaßten Herrn, des Großen Königs des Ostens hielt. Manchmal drohte man uns sogar den Weg zu versperren, aber wir drängten uns hindurch und bogen schließlich in eine Straße ein, in der nur Wohnhäuser mit eigenen Gärten standen. Unser Haus war das dritte in der Reihe. Am Eingang sprang ich aus dem Sattel, stieß die Pforte auf und eilte hinein, um mir Gewißheit zu verschaffen.

Ich brauchte nicht weit zu gehen, denn im Hof, an der Spitze unserer bescheidenen Dienerschaft, stand meine Mutter, die würdige, weißhaarige Tiu. Sie hatte ihre

Festgewänder angelegt, als erwarte sie einen Ehrengast. Ich lief auf sie zu, kniete nieder, küßte ihr die Hand und sagte:

»Mutter! Mutter! Ich bin wohlbehalten zu dir zurückgekehrt und grüße dich.«

»Sei auch du mir gegrüßt, mein Sohn«, antwortete sie, beugte sich herab und küßte mich auf die Stirn, »der du in fernen Ländern weiltest und so viele Gefahren bestanden hast. Sei mir gegrüßt, und Dank den Göttern, die dich beschützt und heil und gesund nach Hause geführt haben. Erhebe dich, mein Sohn.«

Ich stand auf und küßte sie auf die Wange, dann wanderte mein Blick zu den Dienern, die sich grüßend vor mir verneigten, und ich fragte:

»Wie kommt es, Herrin des Hauses, daß alle hier versammelt sind? Habt ihr einen Gast erwartet?«

»Wir haben dich erwartet, mein Sohn. Seit einer Stunde stehen wir schon hier und lauschen auf den Klang deiner Schritte.«

»Mich!« rief ich aus. »Das ist seltsam, denn ich bin, so schnell ich konnte, von Osten hergeritten, und seit ich Memphis erreichte, habe ich mich nur wenige Minuten aufgehalten, weil mir jemand begegnete ...« — damit hielt ich inne.

»Wer ist dir begegnet, Shabaka?«

»Die Edle Amada, sie ging mit der Prozession der Isis.«

»Aha, die Edle Amada. Der Sohn nimmt sich die Zeit, die Edle Amada zu begrüßen, und läßt die Mutter warten.«

»Aber *wieso* hast du gewartet, Mutter? Wer außer einem Geist oder einem Vogel der Lüfte könnte dir mein Kommen gemeldet haben? Schließlich habe ich keinen Boten vorausgeschickt.«

»Ich glaube doch, Shabaka, denn gestern kam ein Bote vom heiligen Tanofir, unserem Verwandten, der in der Wüste in der Totenstadt Sekera lebt. Tanofir ließ mir durch ihn ausrichten, ich solle mich bereithalten, denn du, mein Sohn, seist großen Gefahren entronnen und würdest heute abend noch vor Sonnenuntergang bei mir sein. Du würdest begleitet von dem Zwerg Bes, deinem Diener, und von sechs fremden Männern aus dem Osten. So traf ich denn alle Vorbereitungen, ich sorgte auch für die Unterbringung der sechs Fremden in den Nebengebäuden hinter dem Haus und schickte ein Dankopfer an den Tempel. Denn wisse, mein Sohn, ich habe deinetwegen große Ängste ausgestanden.«

»Und nicht ohne Grund, wie du noch erfahren wirst«, antwortete ich lachend. »Aber woher Tanofir wußte, daß ich kommen würde, das geht über meinen Verstand. Komm, Mutter, begrüße auch Bes, denn nur ihm ist es zu verdanken, daß ich heute hier sein und deine Hand halten kann.«

So begrüßte sie ihn und bekundete ihre Dankbarkeit, worauf Bes verlegen die Augen rollte und etwas vom heiligen Tanofir murmelte. Dann betraten wir das Haus, ich schickte einen Boten zum Fürsten Peroa und ließ anfragen, ob es ihm genehm sei, wenn ich ihn sofort aufsuchte, da ich ihm viel zu erzählen habe. Nachdem dies erledigt war, nahm ich ein Bad, ließ mir Haar und Bart stutzen, legte die östlichen Gewänder ab und kleidete mich statt dessen ägyptisch. Nun erst fühlte ich mich wieder wie ich selbst. Erfrischt trank ich einen Becher syrischen Weins, und da inzwischen die Nacht hereingebrochen war, setzte ich mich zu meiner Mutter, wir stellten eine Lampe zwischen uns, ich nahm ihre Hand und erzählte ihr einen Teil meiner Geschichte. Ich zeigte ihr auch die Goldsäcke, die ich sicher aus dem Osten hierhergebracht, und die kostbare Kette aus rosenfarbenen Perlen, die ich bei jener Wette dem Großen König abgewonnen hatte.

Als meine Mutter nun erfuhr, wie mich Bes durch seinen Witz vor dem qualvollen Tod im Boot gerettet hatte, da klatschte sie in die Hände, um einen Diener zu rufen, den sie nach Bes schickte. Als der Zwerg erschien, sagte sie zu ihm:

»Bes, bisher habe ich dich als einen Sklaven betrachtet, den mein Sohn, der edle Shabaka, der die Jagd und den Kampf in fernen Ländern so liebt, von einer seiner Reisen mitgebracht hat. Fürderhin bist du jedoch für mich ein Freund, und du sollst einen Platz an meinem Tisch erhalten. Außerdem habe ich den Verdacht, du könntest mehr sein, als du scheinst, obwohl ein böser Gott dir eine so eigenartige Gestalt verliehen hat.«

Bes fragte mich mit einem Blick, ob ich etwa meiner Mutter sein Geheimnis verraten habe, und als ich den Kopf schüttelte, antwortete er:

»Ich danke dir, o Herrin des Hauses, aber ich habe gegenüber meinem Gebieter nur meine Pflicht getan. Du hast freilich recht, eine schlichte Ziegenhaut enthält oft guten Wein, und auch ein Zwerg sollte nicht immer nur danach beurteilt werden, wie er sich dem Auge darstellt.«

Damit entfernte er sich.

»Es hat den Anschein, als seien wir wieder zu Reichtum gelangt, mein Sohn, nachdem wir in den letzten Jahren ziemlich arm waren«, bemerkte meine Mutter mit einem Blick auf die Goldsäcke. »Auch sind da noch die Perlen, die zweifellos das Gold an Wert noch übertreffen. Was gedenkst du mit ihnen zu tun, Shabaka?«

»Ich hatte mir überlegt, sie der Edlen Amada zum Geschenk zu machen«, antwortete ich zögernd, »es sei denn, du möchtest ...«

»Ich? Nein, ich bin zu alt für solchen Schmuck. Doch vielleicht ist es besser, mein Sohn, sie noch eine Weile zu behalten, denn solange sie in deinem Besitz sind, können sie dir in den Augen des Fürsten Peroa und anderer mehr Gewicht verleihen. Schenkst du sie dagegen der Edlen Amada, und sie nimmt sie an, so kann es geschehen, daß sie nur wieder in den Osten zurückkehren, denn wie du mir sagtest, wird sie durch einen Befehl dorthin gerufen, gegen den es keinen Widerstand gibt.«

Nun wurde ich bleich vor Zorn und rief:

»Solange ich lebe, Mutter, wird Amada niemals in den Osten gehen, um die Geliebte jenes Königs zu werden.«

»Solange du lebst, mein Sohn. Aber wer sich gegen den Willen eines mächtigen Königs auflehnt, dessen Leben dauert meist nicht mehr sehr lange. Auch ist dies eine Frage, die ihr Onkel, der Fürst Peroa, nach politischen Gesichtspunkten entscheiden muß. Wie stets, so ist auch hier die Frau nur eine Figur im großen Spiel. O mein Sohn«, fuhr sie fort, »hänge dein Herz nicht zu sehr an diese Amada. Sie ist eine wunderschöne und sehr gelehrte Frau, aber vermag sie auch zu lieben? Und selbst wenn sie dazu fähig wäre, sie ist eine Priesterin, der Isis verschworen, und es wäre schwierig, wollte sie sich vermählen. Zum letzten bedenke folgendes: Wenn Ägypten frei wäre, wäre sie, nicht ihr Onkel Peroa, die Thronerbin, denn in ihren, und nicht in seinen Adern fließt das wahre, königliche Blut. Glaubst du wirklich, er wäre bereit, sie irgendeinem Mann zu geben, der damit nach altem Brauch durch sie das Recht erlangen würde, über Ägypten zu herrschen?«

»Ich strebe nicht nach der Herrschaft, Mutter, ich will nur Amada heiraten, denn ich liebe sie.«

»Du liebst sie, und doch hast du oder vielmehr dein Diener, was das gleiche ist, da man annehmen wird, er habe es auf deinen Befehl getan, dem König des Ostens ihren Namen genannt, wenn ich dich recht verstanden habe. Damit hast du dich ganz schön in Schwierigkeiten gebracht, Shabaka, und ich würde lieber auf alles Gold und auch auf die kostbaren Perlen verzichten, als dieses Problem aus der Welt schaffen zu müssen.«

Ehe ich Zeit fand, ihr die ganze Wahrheit zu gestehen, wurde der Vorhang aufgezogen, und herein trat ein Bote des Fürsten Peroa, der mich aufforderte, sofort mit ihm zu kommen und im Palast zu speisen, da der Fürst mich noch an diesem Abend sprechen müsse.

So küßte ich meine Mutter, nachdem sie mir die rosenfarbene Perlenkette um den Hals gelegt hatte, und verließ, begleitet von Bes, der ebenfalls geladen war, das Haus. Draußen wartete ein Wagen, und wir stiegen ein.

»Ich wünschte fast, Gebieter«, sagte Bes zu mir, während wir zum Palast fuhren, »wir stünden wieder in jenem anderen Wagen und machten im Osten Jagd auf Löwen.«

»Warum?« fragte ich.

»Weil uns damals zwar viele Gefahren drohten, aber keine Frau im Spiel war. Nun ist sie dazugekommen, und ich fürchte, damit fangen unsere Schwierigkeiten erst richtig an. Oh! Morgen werde ich zum heiligen Tanofir gehen und ihn um Rat fragen.«

»Und ich werde mitkommen«, antwortete ich, »denn auch ich werde einen guten Rat brauchen.«

Kapitel IX

Die Boten

Am großen Palasttor stiegen wir aus, wurden durch leere Säle geführt, die keine Verwendung mehr fanden, seit es in Ägypten keinen König mehr gab, und gelangten schließlich in den Flügel des Gebäudes, den der Fürst Peroa bewohnte. Hier wurden wir von einem Haushofmeister empfangen, denn der Fürst von Ägypten hielt sich immer noch einen gewissen, allerdings nicht sehr zahlreichen Hofstaat und umgab sich mit Männern, die den alten, hochtrabenden Titel ›Gefolge des Pharao‹ trugen.

Der Haushofmeister führte Bes und mich in einen Vorraum des Bankettsaals und ließ uns dort zurück, um den Fürsten zu rufen, der mich noch vor dem Essen zu sehen wünschte. Dies war jedoch gar nicht erforderlich, denn während wir noch miteinander sprachen, trat Peroa, der wohl bereits auf mich gewartet hatte, durch eine zweite Tür ein. Der Fürst war ein Mann von majestätischem Aussehen und mittlerem Alter, in seinem Haar und seinem Bart zeigten sich bereits die ersten grauen Fäden. Er trug ein weißes Gewand mit einem Purpursaum, und sein Haupt krönte ein goldenes Diadem, an dessen Vorderseite sich eine Brillenschlange, der *Uräus,* erhob, mit dem sich nur Personen königlichen Geblüts schmücken durften. Peroas Gesicht strahlte Nachdenklichkeit aus, und seine schwarzen, durchdringenden Augen wirkten müde, als leide er unter Schlaflosigkeit. Ich merkte ihm deutlich an, daß er Sorgen hatte, doch als sein Blick auf uns fiel, erhellten sich seine Züge zu einem freundlichen Lächeln.

»Sei mir gegrüßt, Vetter Shabaka«, sagte er. »Ich freue mich, daß du wohlbehalten aus dem Osten zurückgekehrt bist, und brenne darauf zu erfahren, was du mir zu berichten hast. Hoffentlich sind es gute Neuigkeiten, denn solche haben wir hier in Ägypten niemals dringender gebraucht als jetzt.«

»Seid mir gegrüßt, Fürst«, antwortete ich und beugte das Knie. »Mein Diener und ich sind in der Tat wohlbehalten zurückgekehrt, doch was die Neuigkeiten angeht, die wir Euch bringen, nun, urteilt selbst.« Damit zog ich den Brief des Großen Königs aus meinem Gewand, drückte die Rolle an die Stirn und reichte sie ihm.

»Wie ich sehe, hast du dir die Manieren des Ostens angewöhnt, Shabaka«, bemerkte er. »Ich dagegen werde hier in meinem eigenen Hause, das einst der Palast unserer Väter, der Pharaonen von Ägypten war, darauf verzichten, wenn du nichts dagegen hast. Amen sei mein Zeuge«, fügte er verbittert hinzu, »es ist mir in tiefster Seele zuwider, mit dem Brief eines fremden Potentaten meine Stirn zu berühren, um zu zeigen, daß mein Land unter seiner Herrschaft steht.«

Er zerriß die Seidenbänder mit den Siegeln und las das Schreiben, und allmählich verfinsterte der Zorn sein Gesicht.

»Was!« schrie er, warf die Rolle zu Boden und stampfte mit dem Fuß darauf. »*Was!* Dieser Hund von einem König des Ostens verlangt, daß ich ihm meine Nichte schicke, die ihrer Herkunft nach eine Prinzessin Ägyptens ist, damit er sie als Spielzeug benützen kann, bis er ihrer überdrüssig wird? Ehe ich das tue, erwürge ich sie lieber mit meinen eigenen Händen. Wie kommt es, Shabaka, daß du es auf dich nimmst, mir eine solche Botschaft zu übermitteln? Wäre ich jetzt Pharao, ich glaube, du würdest mit deinem Leben dafür bezahlen.«

»Was gewiß auch mein Los gewesen wäre, hätte ich diesen Auftrag abgelehnt. Fürst, ich habe Euch den Brief überbracht, weil ich nicht anders konnte. Ich fürchte, auch Idernes, der Satrap von Sais, hat eine Abschrift davon erhalten. Es ist besser, der Wahrheit ins Antlitz zu sehen, Fürst, und ich glaube, lebend kann ich Euch mehr nützen als tot. Wenn Ihr die Edle Amada nicht zum Großen König schicken wollt, so vermählt sie mit einem anderen, denn dann wird er das Interesse an ihr verlieren.«

Er warf mir einen lauernden Blick zu und fragte:

»Mit wem denn? Ich selbst kann sie nicht heiraten, denn ich bin ihr Onkel und habe schon ein Weib. Dachtest du dabei vielleicht an dich, Shabaka?«

»Ich liebe die Edle Amada, seit wir beide Kinder waren, Fürst«, antwortete ich kühn. »Auch ich entstamme einer vornehmen Familie, und da ich aus dem Osten viel Gold mitgebracht habe, bin ich auch wieder reich. Außerdem verstehe ich mich darauf, Kriege zu führen.«

»Du hast also Gold aus dem Osten mitgebracht? Wie kam es dazu? Nun, das kannst du mir später erzählen. Aber du willst hoch hinaus. Als einfacher ägyptischer Adeliger verlangst du die Prinzessin von Ägypten zum Weib, denn als solche ist sie geboren, und falls Ägypten jemals befreit würde, hättest du durch diese Ehe ein Anrecht auf den Thron.«

»Nach einem Thron verlangt es mich nicht, Fürst. Gäbe es einen zu besetzen, ich würde ihn mit Freuden Euch und Euren Erben überlassen.«

»Das sagst du jetzt, und du meinst es gewiß ehrlich. Aber würden Amadas Kinder ebenso sprechen? Würdest selbst du so sprechen, wenn du ihr Gemahl wärst, und wäre auch sie dieser Ansicht? Zudem ist sie Priesterin und hat der Ehe entsagt, obwohl sich diese Schwierigkeit vielleicht beseitigen ließe, falls dies ihr Wunsch wäre, woran ich freilich zweifle. Vielleicht kannst du das selbst feststellen. Nun, du hast eine lange Reise hinter dir und bist gewiß hungrig. Wir wollen zuerst essen, und hinterher kannst du uns deine Geschichte erzählen. Amada und die anderen werden sie ebenso gerne hören wie ich. Folge mir, Edler Shabaka.«

So begaben wir uns in den kleinen Bankettsaal. Ich freute mich sehr auf das Wiedersehen mit Amada, hatte aber auch große Bedenken wegen der Geschichte, die ich würde erzählen müssen. Im Saal warteten bereits die

Fürstin, eine stattliche, gütige Frau, die beiden ältesten Töchter Peroas und sein Sohn, ein Bursche von etwa sechzehn Jahren, auf den Fürsten. Außerdem waren einige Gefolgsleute anwesend, und an den Tischen am unteren Ende saßen weitere Angehörige des Hofstaats, weniger hochgestellte Männer mit ihren Frauen, denn Peroa bewahrte immer noch einen schwachen Abglanz des alten ägyptischen Königshofes.

Die Fürstin und die anderen begrüßten mich und auch Bes, der bei ihnen immer sehr beliebt gewesen war. Dann begab sich mein Freund an seinen Platz am untersten Tisch, und ich begrüßte meinerseits die Familie und hielt dabei ständig Ausschau nach Amada, die ich nirgendwo entdecken konnte. Gerade als wir uns setzen wollten, trat sie jedoch ein, nicht als Priesterin gekleidet, sondern in den prächtigen Gewändern einer vornehmen Dame Ägyptens, und mit dem *Uräus*-Diadem, dem Zeichen ihres königlichen Ranges, auf dem Haupt. Zufällig befand sich der einzige freie Platz an meiner Seite, und sie ging darauf zu, ehe sie mich erkannte, denn sie war ganz damit beschäftigt, sich beim Fürsten und der Fürstin für ihre Verspätung zu entschuldigen und zu erklären, daß sie bei den Zeremonien im Tempel aufgehalten worden sei. Als sie plötzlich bemerkte, daß ich ihr Tischnachbar war, machte sie Anstalten, den Platz zu wechseln, doch dann besann sie sich und blieb, wo sie war.

»Sei mir gegrüßt, Vetter Shabaka«, sagte sie, obwohl wir uns an diesem Tage bereits einmal begegnet waren. »Oh! Mein Herz quoll über vor Freude, als ich vor dem Tempel aufblickte, dich in der fremden, östlichen Rüstung sah und wußte, daß du von deinen langen Wanderungen wohlbehalten zurückgekehrt warst. Doch hinterher mußte ich Buße dafür tun und zwei zusätzliche Gebete sprechen, denn bei einem solch feierlichen Anlaß durften meine Gedanken nur bei der Göttin weilen.«

»Sei mir gegrüßt, Amada«, antwortete ich, »deine Göttin muß sehr eifersüchtig sein, wenn sie in einem solchen Moment nicht einmal einen einzigen Gedanken an einen Verwandten — und Freund — gestatten will.«

»Sie ist eifersüchtig, Shabaka, und das muß sie als Königin der Frauen auch sein, um allein in den Herzen ihrer Jüngerinnen herrschen zu können. Aber erzähle du mir von deiner Reise in den Osten, und auch, wie du an diese wunderschöne Perlenkette kamst, wenn es Perlen von dieser Größe und Schönheit denn überhaupt gibt.«

Dazu hatte ich ihm Moment freilich wenig Gelegenheit, denn die junge Prinzessin auf der anderen Seite verwickelte Amada ein Gespräch über ein bevorstehendes Fest, und der Sohn des Fürsten neben mir war ein begeisterter Jäger und befragte mich über die Jagd im Osten. Als ich unglücklicherweise erwähnte, ich hätte dort Löwen erlegt, ließ er mir bis zum Ende des Mahles keine Ruhe mehr. Die mir gegenübersitzende Prinzessin wollte dagegen unbedingt erfahren, was die Adeligen im Osten zu essen pflegten, wie die Speisen zubereitet würden und wie man zu Tisch säße, wie die Räume eingerichtet wären, ob auch Frauen an den Festmählern teilnähmen wie in Ägypten und so weiter. Neben diesen Dingen durfte ich auch Essen und Trinken nicht vergessen, denn ich war halb verhungert und hatte bis auf einen Becher Wein im Hause meiner Mutter nichts zu mir genommen, und so kam es, daß ich kaum Zeit fand, mich mit der schönen Amada zu unterhalten, obwohl mir nicht entging, daß sie mich die ganze Zeit über aus den Winkeln ihrer großen Augen musterte. Vielleicht war sie aber auch nur an den rosenfarbenen Perlen interessiert, dessen war ich mir nicht sicher.

Nur einmal sprach sie mit mir, als nämlich eine kleine Pause eintrat, weil der Becher herumgereicht wurde. Sie trank mir zu, wie es Brauch war, und gab ihn weiter. Dann sagte sie:

»Du siehst gut aus, Shabaka, allerdings etwas müde und trauriger als früher, glaube ich.«

»Das mag daran liegen, daß ich Dinge erlebt habe, die

mich traurig stimmten, Amada. Aber auch du siehst gut aus, noch schöner als früher, glaube ich, falls das überhaupt möglich ist.«

Sie lächelte, wurde rot und entgegnete:

»Die Damen im Osten haben dich das Schmeicheln gelehrt, wie? Aber du solltest deine schönen Worte nicht auf mich verschwenden, denn ich habe abgeschlossen mit der Eitelkeit der Frauen und widme mich ganz der Gelehrsamkeit und — der Religion.«

»Haben Gelehrsamkeit und Religion nicht auch ihre Eitelkeiten?« begann ich, doch in diesem Augenblick erklärte der Fürst mit einem Zeichen das Mahl für beendet.

Alle, die im unteren Teil des Saales gesessen hatten, gingen nun hinaus, Diener trugen die kleinen Tische weg, an denen wir gespeist hatten, und ließen uns nur die Weinbecher in unseren Händen, die ein Mundschenk von Zeit zu Zeit mit Wein und Wasser füllte. Dabei kam mir eine Idee, und nachdem ich um Erlaubnis gefragt hatte, winkte ich Bes heran, der sich noch in der Nähe der Tür herumdrückte, und ließ mir von ihm jenen prächtigen, goldenen Becher aushändigen, den der Große König mir geschenkt und den der Zwerg auf meinen Befehl hin in Leinen gewickelt und unter seinem Gewand verborgen hatte. Ich nahm die Hülle ab, verneigte mich und reichte das Gefäß dem Fürsten Peroa.

»Was ist dies für ein herrliches Stück?« fragte der Fürst, als alle die kunstvolle Arbeit bewundert hatten. »Hat es dir der König des Ostens als Geschenk für mich mitgegeben, Shabaka?«

»Es ist ein Geschenk von mir, o Fürst, falls Ihr geruht, es anzunehmen«, antwortete ich und fügte hinzu: »Doch Ihr habt recht, der Becher kommt tatsächlich vom König des Ostens, es war sein eigener, und er gab ihn mir, nachdem er mir einen gewissen Bogen abverlangt hatte. Er bekam jedoch nicht die Waffe, die er eigentlich wollte.«

»Du scheinst sehr in der Gunst dieses Königs zu stehen, Shabaka, und das ist mehr, als die meisten Ägypter von sich behaupten können«, rief Peroa aus, dann fuhr er hastig fort: »Dennoch danke ich dir für dieses prächtige Geschenk, und ich werde es in Ehren halten, wie immer es auch in deinen Besitz gelangt sein mag.«

»Vielleicht möchte mein Vetter Shabaka uns nun seine Geschichte erzählen«, schaltete sich Amada ein, die immer noch die rosenfarbenen Perlen betrachtete, »und uns berichten, wie er all die herrlichen Dinge errang, die unsere Augen an diesem Abend blenden.«

Ich überlegte schon, ob ich ihr die Perlen schenken sollte, doch dann fielen mir die Worte meiner Mutter wieder ein, und außerdem befürchtete ich, die Fürstin könnte gekränkt sein, wenn ich einer anderen Frau einen solchen Schatz verehrte, also unterließ ich es. Statt dessen begann ich mit meiner Geschichte, und Bes setzte sich auf Wunsch des Fürsten neben mir auf den Boden, um seinen Teil dazu beizutragen.

Es war eine lange Geschichte, denn sie enthielt auch vieles, was sich zugetragen hatte, ehe ich im Wagen stand und mit dem König der Könige Löwen jagte, und diese Dinge erfuhr auch ich, der Mann aus der Neuzeit, der diese Vision niederschreibt, an dieser Stelle zum erstenmal. Shabaka berichtete ausführlich von seiner Reise nach Osten, von seinem Eintreffen in der königlichen Stadt und der Zeit danach, doch dies alles braucht hier nicht wiederholt zu werden. Dann kam ich auf die Löwenjagd zu sprechen, auf die gewonnene Wette und auf alles, was mir daraufhin widerfahren war: wie ich zum Tode verurteilt wurde, wie man Bes mit Gold aufwog und wie man mich in das Folterboot legte. Mir entging nicht, wie Amada erbleichte und zu zittern begann, als sie das hörte.

Nun beendete ich meine Erzählung und sagte, Bes wisse besser als ich, was sich bei Hofe zugetragen habe, während ich gefesselt im Boot lag, worauf alle Anwesenden den Zwerg anflehten, mit der Geschichte fortzufahren. Das tat er auch, und zwar viel besser, als ich es vermocht hätte, denn er fügte nach Art der Äthiopier viele Kleinigkeiten ein, die die Szene lebendig erscheinen ließen. Endlich kam er zu dem Augenblick, als der König ihn fragte, ob er je eine Frau gesehen habe, die schöner sei als die Tänzerinnen, und hier erzählte er folgendermaßen weiter:

»O Fürst, ich sagte dem Großen König, eine solche Frau kenne ich in der Tat. Hier in Ägypten gebe es eine Dame von königlichem Geblüt mit Augen wie Sternen, mit Haaren so weich wie Seide und so lang wie der Schweif eines wilden Pferdes, mit der Gestalt einer Göttin, mit einem Atem wie Blütenduft, mit Haut wie Milch und mit einer Stimme wie Honig. Sie sei so gelehrt wie der Gott Thot, ihr Witz habe die Schärfe eines Rasiermessers, ihre Zähne glänzten wie Perlen, ihre Haltung sei von königlicher Majestät, ihre Finger glichen Rosenknospen, die in rosa Muscheln eingesetzt seien, sie bewege sich wie eine Antilope, besitze die Anmut eines auf dem Wasser schwimmenden Schwanes und — an den Rest erinnere ich mich nicht mehr, o Fürst.«

»Das ist vielleicht ganz gut so«, rief Peroa aus. »Aber was sagte der König darauf?«

»Er fragte nach ihrem Namen, o Fürst.«

»Und welchen Namen hast du dieser herrlichen Frau gegeben, die alle Göttinnen an Schönheit und Liebreiz übertrifft, o Zwerg Bes?« erkundigte sich Amada belustigt.

»Welchen Namen, o Hochgeborene? Bedarf es da einer Frage? Konnte ich denn einen anderen Namen nennen als den Euren? Gibt es denn noch eine Frau auf der Welt, von der ein Mann, in dessen Herzen die Wahrheit wohnt, solche Dinge behaupten könnte?«

Als ich dies hörte, stockte mir der Atem, doch ehe ich zu Wort kam, war Amada schon aufgesprungen und schrie:

»Elender! Du hast es gewagt, diesem König meinen Namen zu nennen! Man sollte dich auspeitschen, bis dir das Fleisch von den Knochen fällt.«

»Und warum nicht, Herrin? Sollte ich stillsitzen und zuhören, wie man diese fetten Schlampen aus dem Osten über Euch erhebt? Wäre es Euch lieber gewesen, ich hätte Eure königliche Schönheit so verraten?«

»Auspeitschen sollte man dich«, wiederholte Amada und stampfte mit dem Fuß auf. »Onkel, ich bitte dich, laß diesen Schurken auspeitschen.«

»Nein, nein«, wehrte Peroa trübsinnig ab. »Der arme Einfaltspinsel wußte es nicht besser und wollte nur in einem fernen Land deinen Ruhm verkünden. Zürne dem Zwerg nicht, Nichte. Hätte Shabaka deinen Namen verraten, so läge die Sache anders. Was geschah dann, Bes?«

»Nur noch dies eine, Fürst«, sagte Bes, blickte nach oben und rollte die Augen, wie es seine Art war, wenn er sein Herz von einer großen Lüge befreite. »Der König schickte seine Diener aus und ließ meinen Gebieter aus dem Boot holen, denn er wollte ihn fragen, ob er mich je bei einer Unwahrheit ertappt hätte. Denn, Fürst, diese Ostländer halten große Stücke auf die Wahrheit, die hier in Ägypten als Göttin verehrt wird. Dort verehrt man sie freilich nicht, weil sie ohnehin im Herzen jedes Mannes und auch einiger Frauen wohnt.«

Nun starrten alle Bes an, der den Blick nicht von der Decke wandte, und ich erhob mich, um etwas, ich weiß nicht, was, zu sagen, als plötzlich die Türen aufgingen, Herolde eintraten und riefen:

»Höre, Peroa, Fürst von Ägypten von des Großen Königs Gnaden. Eine Botschaft vom Großen König. Lies und gehorche, o Peroa, Fürst von Ägypten von des Großen Königs Gnaden!«

Während sie so schrien, trat zwischen ihnen ein Mann in langen, östlichen Gewändern hervor, auf denen der Staub der Reise lag. Ohne Gruß kam er näher, zog eine Schriftrolle aus seiner Robe, führte sie an die Stirn, verneigte sich tief, reichte sie dem Fürsten und sprach:

»Küsse das Wort. Lies das Wort. Gehorche dem Wort,

o Diener unseres Herrn, des Königs der Könige, unter dessen Füßen wir alle nicht mehr sind als Staub.«

Peroa nahm die Rolle, drückte sie flüchtig an seine Stirn, öffnete sie und las. Ich sah seine Halsadern schwellen und seine Augen blitzen, aber er sagte nur:

»O Bote, heute feiere ich ein Fest, doch morgen wirst du eine Antwort erhalten, die du dem Satrapen Idernes überbringen magst. Meine Diener werden dir zu essen geben und dir ein Nachtlager bereiten. Du bist entlassen.«

»Du solltest dich mit der Antwort beeilen, o Peroa, auf daß nicht auch du entlassen werdest«, entgegnete der Mann in unverschämtem Ton.

Dann wandte er dem Fürsten den Rücken zu, als wäre der sein Untergebener, und verließ, begleitet vom Herold, den Saal.

Als sie verschwunden und die Türen wieder geschlossen waren, sagte Peroa mit vor Wut heiserer Stimme: »Ihr sollt alle hören, was hier geschrieben steht.« Und dann las er vor.

»Vom König der Könige, dem Herrscher über die Erde, an Peroa, einen seiner Diener in der Satrapie Ägypten.

Übergib meinem Diener Idernes unverzüglich eine gewisse Amada, in deren Adern das Blut der alten Pharaonen Ägyptens fließt und die deine Verwandte und dein Mündel ist, denn es ist mein Wunsch, sie unter die Frauen meines Harems einzureihen.«

Alle Anwesenden sahen sich an, nur Amada stand da wie zu Stein erstarrt. Ehe sie etwas sagen konnte, fuhr Peroa schon fort. »Seht ihr, wie der König Streit mit mir sucht, damit er mich vernichten und Ägypten in seinem Mörser weichklopfen und wie eine Haut gerben kann, um es sich um die Füße zu wickeln? Nein, Amada, bleib ganz ruhig und fürchte nichts. Niemand wird dich in den Osten schicken, eher töte ich dich mit meinen eigenen Händen. Aber was sollen wir antworten? Die Sache ist dringend, und unser aller Leben hängt davon ab. Bedenkt, Idernes hat in Sais eine große Streitmacht stehen, und wenn ich rundheraus ablehne, so wird er uns angreifen. Genau das wäre im Sinne des Königs, damit uns keine Zeit bleibt, um uns für einen Krieg zu rüsten. Sagt denn, sollen wir kämpfen, oder sollen wir Memphis aufgeben und nach Oberägypten fliehen, um uns dort dem Kampf zu stellen?«

Die anwesenden Ratgeber waren offenbar um eine Antwort verlegen und wußten nicht, was sie sagen sollten. Aber Bes flüsterte mir ins Ohr:

»Vergiß nicht, Gebieter, daß du im Besitz des königlichen Siegels bist. Schicke Idernes eine Nachricht und befiehl ihm kraft des Weißen Petschafts, dich aufzusuchen.«

Da erhob ich mich und sagte:

»O Peroa, der Zufall hat es gefügt, daß ich das Privatsiegel des großen Königs bei mir trage, dem alle Menschen im Norden und Süden, im Osten und im Westen, wo immer die Sonne die Reiche des Königs bescheint, gehorchen müssen. Seht es Euch an.« Damit nahm ich den alten weißen Muschelzylinder ab und reichte ihn dem Fürsten.

Er betrachtete ihn lange, und seine Ratgeber taten desgleichen. Dann riefen sie wie aus einem Munde:

»Es ist in der Tat das Weiße Petschaft, das Siegel des Großen Königs des Ostens.« Und sie verneigten sich vor dem schrecklichen Ding.

»Wie es in deine Hände gelangt ist, wissen wir nicht, Shabaka«, sagte Peroa. »Aber das magst du uns später erzählen. Es scheint jedoch wahrhaftig das alte Siegel aller Siegel zu sein, das seit unzähligen Generationen vom Vater auf den Sohn vererbt wurde, das der König der Könige am Leibe trägt und das er auf seine persönlichen Befehle und auf die wichtigsten Staatsdokumente drückt, die hinterher niemals widerrufen werden können. Die gleichen Zeichen sind auf seinem Banner abgebildet.«

»So ist es«, antwortete ich, »und es ist für eine Weile

vom König auf mich übergegangen. Falls Ihr irgendwelche Zweifel habt, so laßt den Abdruck bringen, der allen Vertretern im ganzen Reich ausgehändigt wurde, und setzt das Siegel hinein.«

Einer der Gefolgsleute erhob sich, um den Abdruck zu holen, der sich in seiner Obhut befand, doch Peroa fuhr fort: »Wenn dies das echte Siegel ist, wie würdest du es verwenden, Shabaka, um uns aus unseren Schwierigkeiten zu helfen?«

»Folgendermaßen, Fürst«, erklärte ich. »Ich würde Idernes kraft des Siegels auffordern, dessen Träger hier in Memphis aufzusuchen. Er wird eine Falle wittern und erst kommen, wenn er ein großes Heer zusammengezogen hat. Dann wird er anrücken, aber in der Zwischenzeit, Fürst, könnt auch Ihr ein Heer aufstellen.«

»Dazu ist Gold vonnöten, Shabaka, und mein Vorrat ist gering. Der König der Könige verlangt einen zu hohen Tribut.«

»Ich besitze so viel, wie ein schwerer Mann wiegt, und es steht Ägypten zur Verfügung.«

»Ich danke dir, Shabaka, sei versichert, daß deine Großzügigkeit nicht ohne Lohn bleiben wird.« Damit warf er einen Blick auf Amada, die die Augen senkte. »Aber wenn es uns gelingt, ein Heer zu sammeln, was dann?«

»Dann könnt Ihr Memphis in Verteidigungsbereitschaft versetzen. Und wenn Idernes kommt, werde ich ihm entgegengehen und ihm als Träger des Siegels befehlen, sich zurückzuziehen und sein Heer aufzulösen.«

»Selbst wenn er dir gehorcht, Shabaka, dann doch nur so lange, bis er neue Befehle vom Großen König erhält. Danach wird er erneut vorrücken.«

»Nein, Fürst, er wird nicht vorrücken, und auch sein Heer nicht. Denn während sie sich noch zurückziehen, werden wir über sie herfallen, sie vernichten, und Euch, o Fürst, zum Pharao von Ägypten ausrufen. Wie es danach weitergehen soll, weiß ich freilich nicht.«

Allen stockte der Atem, als sie das hörten. Nur Amada flüsterte: »Wohl gesprochen!« und Bes klatschte nach äthiopischer Art leicht in seine großen Hände.

»Ein kühner Rat«, sagte Peroa, »aber ich brauche eine Nacht lang Zeit, um darüber nachzudenken. Komm morgen früh wieder, Shabaka, eine Stunde nach Sonnenaufgang. Bis dahin kann ich die weisesten Männer von Memphis zusammenrufen, und dann werden wir die Angelegenheit gemeinsam besprechen. Ah! Da ist der Abdruck. Nun laßt uns das Siegel überprüfen.«

Eine Schatulle wurde gebracht und geöffnet. Sie enthielt eine Holzplatte, auf der ein Wachsabdruck des königlichen Siegels angebracht war, umgeben von Abdrükken anderer Siegel, die seine Echtheit bezeugten. Außerdem lag eine Schrift bei, die das Aussehen des Siegels beschrieb. Ich reichte Peroa den Muschelzylinder, er verglich ihn zuerst mit der Beschreibung und setzte ihn dann in den Wachsabdruck.

»Es ist das echte«, sagte er dann. »Seht es euch alle an.«

Sie gehorchten und nickten. Dann wollte er es mir zurückgeben, aber ich lehnte mit den Worten ab:

»Es ist nicht gut, wenn ein Privatmann dieses mächtige Symbol um den Hals trägt. Es könnte ihm gestohlen werden oder verlorengehen.«

»Oder er könnte um seinetwillen ermordet werden«, unterbrach Peroa.

»So ist es, Fürst. Nehmt es deshalb an Euch, und bewahrt es nebst diesen Perlen, die zu kostbar sind, um bei Nacht auf den Straßen von Memphis damit zu prunken, am sichersten und geheimsten Ort des Palastes auf, es sei denn ...« — hier drehte ich mich um und suchte nach Amada, aber sie war bereits gegangen.

So wurden das Siegel und die Perlen zu dem Abdruck gelegt, die Schatulle wurde verschlossen und weggetragen. Ich bereute es nicht, mich davon getrennt zu haben, und wie sich später zeigen sollte, war es ein weiser Entschluß gewesen. Dann wünschte ich dem Fürsten und seinen Gästen eine gute Nacht und fuhr schließlich mit Bes im Wagen nach Hause.

Unser Weg führte an einigen großen Gebäuden vorbei, in denen einst Gefolgsleute des Pharao gewohnt hatten, die aber verfielen, seit es den königlichen Hof in dieser Form nicht mehr gab. Plötzlich sprang aus diesen Häusern eine Bande von Männern hervor, die sich als gewöhnliche Straßenräuber verkleidet und ihre Gesichter mit Tüchern verhüllt hatten, in die Augenlöcher geschnitten waren. Sie packten die Pferde an den Zügeln, und ehe wir wußten, wie uns geschah, sprangen sie uns an und hielten uns fest. Dann befahl ein hochgewachsener Mann mit ausländischem Akzent:

»Durchsucht diesen Mann und den Zwerg. Nehmt ihnen ein Siegel an einer Goldkette und eine Schnur aus rosenfarbenen Perlen ab, denn beides haben sie gestohlen. Aber fügt ihnen kein Leid zu.«

So durchsuchten sie uns, der hochgewachsene Mann half selbst mit und hielt mit mehreren anderen Bes fest, der sich heftig wehrte. Dann stöberten sie im Schein des Mondes auch im Wagen herum, ohne jedoch etwas zu finden. Der Hochgewachsene murmelte, sie seien wohl an den falschen Mann geraten, und auf ein Zeichen von ihm ließen die Räuber uns los und rannten davon.

»Es war eine kluge Idee, Bes, gewisse Schmuckstücke im Palast zurückzulassen«, sagte ich. »So haben sie nichts erreicht.«

»Ja, Gebieter«, antwortete er, »aber dafür habe ich ihnen etwas abgenommen«, ein Ausspruch, den ich damals nicht verstand. »Die Ostländer, denen wir am Kanal begegnet sind, haben Idernes von dem Siegel erzählt, und er hat diesen Überfall angeordnet. Der große Mann war einer der Boten, die heute abend in den Palast kamen.«

»Warum hahen sie uns dann nicht getötet, Bes?«

»Weil Mord, besonders an einem Träger des Siegels,

eine schlimme Sache ist, die sich leicht zurückverfolgen läßt, während es der Diebe in Memphis viele gibt. Wer würde sich schon um sie kümmern, wenn sie ihr Ziel verfehlt haben? Oh! Der Heuschreck oder Amen oder alle beide standen heute auf unserer Seite.«

Im stillen stimmte ich ihm zu, aber ich sagte nichts, denn was tat es, da wir mit heiler Haut davongekommen waren? Nun, immerhin war der Vorfall ein Beweis dafür, wie gefürchtet und begehrt das Siegel des Großen Königs selbst hier in Ägypten tatsächlich war. Was konnte Idernes nicht alles damit erreichen, wenn es ihm gelang, es in seinen Besitz zu bringen? Vielleicht wollte er sich sogar selbst zum Pharao ausrufen lassen und der Stammvater einer unabhängigen Dynastie werden. Warum nicht, wenn das Reich des Ostens anderswo mit einem großen Krieg beschäftigt war? Und wenn dem so war, warum sollte Peroa, der das ganze, durch Unrecht und Fremdherrschaft auf äußerste gereizte Alte Ägypten hinter sich hatte, nicht ebenso handeln?

Ehe ich mich in dieser Nacht schlafen legte, freilich erst, nachdem Bes und ich die Goldsäcke im Lehmfußboden vergraben hatten, trug ich den ganzen Plan meiner Mutter vor, die eine sehr weise Frau war. Sie hörte sich alles an und sagte dann:

»Die Sache ist sehr gefährlich, und ich will nichts über den Ausgang sagen, ehe ich den Rat deines Großonkels, des heiligen Tanofir eingeholt habe. Immerhin, da die Dinge bereits so weit gediehen sind, ist Kühnheit vielleicht der beste Weg, schließlich hat der große König mit seinen hellenischen Kriegen genug zu tun und kann Ägypten in nächster Zeit nicht angreifen, was immer er auch sagen mag. Wenn Peroa daher imstande ist, Idernes und sein Heer zu überwältigen, so könnte er sich zum Pharao ausrufen lassen, und dann wäre Ägypten wenigstens für eine Weile wieder frei.«

»Das ist mein Ziel, Mutter.«

»Aber ich glaube, es ist nicht dein ganzes Ziel«, erwiderte sie lächelnd, »denn zumindest heute abend spukt dir die schöne Amada mehr im Kopf herum als die ganze hohe Politik. Nun denn, heirate deine Amada, wenn du kannst, obwohl ich bei einer Frau, die nur die Gelehrsamkeit kennt und so viel über ihre Seele nachgrübelt, einige Bedenken habe. Doch wenn du dich mit ihr vermählst und Ägypten ein freies Land werden sollte, wie es das jahrtausendelang war, so stehst du als Gemahl der Prinzessin wenigstens als nächster in der Thronfolge.«

»Wie kann das sein, Mutter? Hat Peroa nicht einen Sohn?«

»Ein junger Hohlkopf, in dem nicht mehr steckt, als in einer Kinderrassel. Wenn Amada einmal aufhört, sich Gedanken über ihre Seele zu machen, wird sie anfangen, an den Thron zu denken, besonders, wenn sie Kinder hat. Aber das liegt alles noch in weiter Ferne, im Augenblick bin ich froh, daß weder sie noch die Diebe diese Perlen bekommen haben, obwohl sie hier vielleicht besser aufgehoben wären als da, wo sie jetzt sind. Und nun, mein Sohn, ruh dich aus, denn du brauchst deinen Schlaf, und träume nicht, nicht einmal von Amada, denn sie wird ihrerseits, wenn überhaupt, nur von Isis träumen. Ich werde dich vor Sonnenaufgang wecken.«

So ging ich denn, da ich für weitere Gespräche zu müde war, und schlief wie ein Krokodil in der Sonne. Nur wenige Minuten schienen mir vergangen, als ich bemerkte, daß sich meine Mutter mit einer Lampe über mich beugte, und sie sagen hörte, es sei Zeit zum Aufstehen. Widerwillig, aber doch erquickt, erhob ich mich, wusch mich und kleidete mich an, und inzwischen ging die Sonne auf. Nachdem ich mich mit einer kleinen Mahlzeit gestärkt hatte, rief ich Bes und schickte mich an, mich in den Palast zu begeben.

»Mein Sohn«, sagte meine Mutter, die Edle Tiu, ehe wir uns verabschiedeten, »während du geschlafen hast, habe ich nachgedacht, wie es die Art alter Leute ist. Dein Vetter Peroa wird deine Dienste gern in Anspruch nehmen, aber er liebt dich nicht allzusehr, denn er ist eifersüchtig auf dich und fürchtet, du könntest einmal sein Rivale werden. Immerhin ist er ein ehrlicher Mann, und wenn er einmal ein Abkommen getroffen hat, so wird er sich auch daran halten. Nun scheint es, daß du nichts auf Erden mehr begehrst als Amada, seit deiner Kindheit hast du dein Herz an sie gehängt, aber sie hat immer nur mit dir gespielt und dich auf Distanz gehalten. Doch ist das Leben kurz und kann jeden Tag zu Ende gehen, was du eigentlich besser wissen müßtest als die meisten anderen Menschen, da du in ständiger Gefahr lebst, und deshalb sollte ein Mann sich nehmen, wonach es ihn verlangt, selbst wenn er hinterher feststellt, daß die Rose, die er an seine Brust drückt, Dornen hat. Denn dann hat er wenigstens den Duft der Rose gerochen und sie nicht nur angesehen und sich nach ihr gesehnt. Ehe du also dein Gold weggibst und deinen Verstand und deine Kraft in Peroas Dienste stellst, solltest du ein Abkommen mit ihm schließen: Er soll dir versprechen, dir Amada zur Frau zu geben, ohne daß irgendein Priesterfluch auf eurer Verbindung lastet, wenn du sie dadurch vor dem Harem des Königs retten kannst und ihm hilfst, den Thron an sich zu bringen. Du wirst ihr dafür die rosenfarbenen Perlen, die soviel wert sind wie ein ganzes Königreich, als Morgengabe verehren. Auf diese Weise bekommst du deine Rose, ehe sie verwelkt ist, und wenn die Dornen stechen, so gib nicht mir die Schuld, und eines Tages wirst du vielleicht ein König sein — oder auch ein Sklave, das weiß Amen allein.«

Ich mußte lachen und sagte, ich würde ihren Rat befolgen, da ich Amada begehre und nichts sonst. Was das Gerede über Dornen anging, so achtete ich nicht darauf, denn ich wußte, daß sie mich sehr liebte und eifersüchtig auf Amada war, weil sie glaubte, diese würde sie aus meinem Herzen verdrängen.

Kapitel X

Shabaka verlobt sich

Diesmal waren Bes und ich bewaffnet, als wir zum Palast gingen, und wir hielten uns unterwegs stets in der Straßenmitte, doch jetzt, da die Sonne aufgegangen war, begegneten wir keinen Räubern mehr. Am Tor empfing mich ein Bote und bestellte mir, daß Peroa noch vor der Ratssitzung mit mir sprechen wolle. Als ich zu meinem Vetter kam, war er allein.

»Wie ich höre, wurdest du gestern nacht überfallen«, sagte er, nachdem er mich begrüßt hatte.

Ich bestätigte das und erzählte ihm die ganze Geschichte. Dann fügte ich hinzu, es sei ein Glück gewesen, daß ich das Weiße Petschaft und die Perlen in sicherer Obhut zurückgelassen habe, denn bei den Möchtegerndieben habe es sich ohne jeden Zweifel um Ostländer gehandelt, die beides zurückholen wollten.

»Ach ja, die Perlen!« sagte er. »Einer von den Männern, die sie in der Hand hatten, hat früher mit Edelsteinen gehandelt, und er sagt, sie seien unbezahlbar und hätten nirgendwo auf der Welt ihresgleichen. In seinem ganzen Leben habe er kein einziges Schmuckstück gesehen, das es auch nur mit der kleinsten dieser Perlen hätte aufnehmen können.«

Ich antwortete: »Das glaube ich wohl.«

Dann fragte er mich nach dem Wert des Goldes, von dem ich gesprochen hatte. Die Summe, die ich ihm nannte, war sehr hoch, denn Gold war in Ägypten knapp. Peroas Augen funkelten, denn er brauchte ein Vermögen, um Soldaten bezahlen zu können.

»Und du bist bereit, mir den ganzen Schatz zu überlassen, Shabaka?«

Darauf antwortete ich, eingedenk der Worte meiner Mutter: »Ja, Fürst, aber das hat seinen Preis.«

»Und was für einen Preis, Shabaka?«

»Der Preis ist die Hand der Prinzessin Amada, die dazu von ihren Gelübden entbunden werden muß. Zudem werde ich ihr die Perlen als Morgengabe verehren und mein Schwert und alles Wissen, das ich im Osten erworben habe, in Euren Dienst stellen. Ich schwöre, mit Euch zu stehen oder zu fallen.«

»So etwas hatte ich mir schon gedacht, Shabaka. Nun, auf dieser Welt bekommt man nichts umsonst, und was du verlangst, ist nicht unbillig. Du stammst ebenso wie ich aus vornehmem Hause und bist ein tapferer und kluger Mann. Außerdem hat Amada die ewigen Gelübde noch nicht abgelegt, daher können die Hohenpriester sie freigeben aus der Ehe mit der Göttin oder mit ihrem Sohn Horus, ich verstehe mich nicht auf diese Mysterien. Aber, Shabaka, sollte das Glück uns hold sein und ich der erste Pharao einer neuen Dynastie in Ägypten werden, so könnte der Gemahl einer reinblütigen königlichen Prinzessin eine Gefahr für meinen Thron und meine Familie darstellen.«

»Da habt Ihr von mir nichts zu befürchten, Fürst, denn mein Rang ist mir genug, und ich diene Euch gern.«

»Und was ist mit meinem Sohn, Shabaka? Du weißt, daß ich aus meiner Ehe nur einen Sohn habe.«

»Ich werde auch Eurem Sohn dienen, Fürst.«

»Du bist ein aufrichtiger Mann, Shabaka, und ich glaube dir. Doch was ist mit deinen Söhnen, sollten dir welche geboren werden, und mit Amada selbst? Nun, wenn man große Ziele anstrebt, so muß man ein gewisses Risiko eingehen. Ich brauche das Gold und das übrige und kann nicht erwarten, es ohne Gegenleistung zu bekommen, denn du hast es dir mit deiner Kraft und deinem Mut erworben, und es ist dein. Wie du jedoch an das Siegel gelangt bist, hast du uns noch nicht erzählt, und auch jetzt ist keine Zeit dafür.«

Er ging eine Weile auf und ab und überlegte, dann fuhr er fort:

»Ich nehme dein Angebot an, Shabaka, soweit ich das kann.«

»Soweit Ihr das könnt, Fürst?«

»Ja, ich kann dir Amada zur Gemahlin geben und dir auch die Heirat erleichtern, aber nur, wenn Amada selbst einwilligt. Niemand vermag eine mündige Königliche Prinzessin von Ägypten zu etwas zu zwingen, das könnte nur ihr Vater, wenn er als Pharao herrschte, und ich bin nicht ihr Vater, sondern nur ihr Vormund. Daran läßt sich nichts ändern. Bist du bereit, deinen Teil des Abkommens mit Ausnahme der Perlen auch dann zu erfüllen, wenn sie in eine Ehe mit dir nicht einwilligt, und willst du es auf dich nehmen, um Amada zu werben, wie jeder Mann um seine künftige Gattin werben muß, wenn ich dir meinerseits verspreche, alles zu tun, was in meinen Kräften steht, um deine Werbung zu unterstützen?«

Nun war es an mir, einen Augenblick zu überlegen. Was riskierte ich denn? Das Gold und vielleicht die Perlen, mehr nicht, denn ich würde in jedem Fall für Peroa und damit für Ägypten gegen den König des Ostens kämpfen, den ich zutiefst verabscheute. Nun, Gold und Perlen waren mir durch Zufall in die Hände gefallen, was machte es also schon aus, wenn ich sie durch Zufall wieder verlor? Auch war es nicht meine Art, auf der Heirat mit einer Frau zu bestehen, die mich abwies, auch wenn ich sie noch so sehr verehrte. Wenn ich ihre Liebe auf ehrlichem Wege gewinnen konnte — gut. Hatte ich keinen Erfolg, so mußte ich mich eben damit abfinden, denn auf andere Weise wollte ich sie nicht. Und schließlich hatte ich Grund zu der Annahme, daß sie mir geneigter war als jedem anderen Mann, und daß sie mich schon vor meiner Reise in den Osten erhört hätte, wären da nicht die Sehnsüchte ihrer Seele gewesen, wie meine Mutter es nannte. Sie hatte das sogar schon einmal zugegeben, und am gestrigen Abend hatte etwas in ihren Augen mir verraten, daß sie mich im Innersten liebte, ich wußte freilich nicht, wie groß ihre Leidenschaft war. So kam ich sehr schnell zu einem Entschluß und erklärte:

»Ich verstehe, und ich bin dazu bereit. Das Gold wird Euch noch heute übergeben werden, Fürst. Die Perlen habt Ihr bereits in Eure Obhut genommen, nun muß man abwarten, wie die Sache ausgehen wird.«

»Gut!« rief er aus. »Dann wollen wir die Sache unverzüglich in Schriftform bringen lassen, auf daß hinterher keiner von uns Grund habe, sich über den anderen zu beklagen.«

Damit schickte er nach seinem Geheimen Schreiber und diktierte ihm in knappen, aber klaren Worten den Inhalt unserer Vereinbarung. Es wurde nichts hinzugefügt und nichts weggelassen. Von dieser Papyrusrolle wurden hinterher noch zwei Abschriften angefertigt, Peroa nahm eine, ich eine zweite, und eine dritte wurde, wie es Brauch war, in der Bibliothek des Ptah-Tempels hinterlegt.

Als alles erledigt war und Peroa und ich uns gegenseitig die Hand auf die Brust gelegt und uns in Amens Namen unser Ehrenwort gegeben hatten, begaben wir uns in den Saal, in dem wir tags zuvor gespeist hatten, denn dort waren inzwischen alle versammelt, die der Fürst hatte einberufen lassen. Insgesamt zählte ich etwa dreißig Männer, hochgestellte Bürger von Memphis oder Grundbesitzer von außerhalb, die im Laufe der Nacht zusammengeholt worden waren. Einige dieser vornehmen Herren waren schon sehr alt und konnten sich sogar noch an die Zeit erinnern, als Ägypten einen eigenen Pharao hatte, und nicht vom Osten in den Staub getreten wurde.

Auch Händler waren dabei, die Beziehungen zu allen ägyptischen Städten pflegten, sowie aus alten Soldatenfamilien stammende Generäle oder Flottenadmirale. Ich erblickte etliche Hellenen, Anführer von Söldnertrupps, die eigentlich im Dienst des Königs der Könige standen, ihn aber wie alle Griechen haßten. Außerdem waren die

Hohenpriester des Ptah, des Amen, des Osiris und anderer Götter gekommen, die immer noch die größte Macht im Land darstellten, da es zwischen Theben und den Mündungen des Nils kein Dorf gab, in dem nicht Diener ihres jeweiligen Gottes vertreten gewesen wären.

Die Gesellschaft repräsentierte also alles an Ansehen und Einfluß, was das alte, zerstörte ägyptische Reich zu jener Zeit noch besaß oder aufzubieten vermochte.

Diesem Publikum schilderte nun Peroa, nachdem man die Türen geschlossen und verriegelt und vertrauenswürdige Bewacher davorgestellt hatte, mit leiser, ernster Stimme die Lage. Er legte dar, wie der König des Ostens erneut Streit mit Ägypten suchte, um das Land endgültig in den Staub zu treten, indem er die Auslieferung Amadas, Peroas eigener Nichte, der Prinzessin von Ägypten verlangte, um sie wie eine ganz gewöhnliche Frau seinem Harem einzugliedern. Wurde sie ihm verweigert, so würde er unter dem Vorwand, sie sich mit Gewalt holen zu wollen, ein großes Heer schicken und das ganze Land bis hinauf nach Theben in Schutt und Asche legen. Lieferte man sie ihm jedoch aus, so würde er auf andere Weise einen Streit vom Zaun brechen, und der Verrat an Amada würde allen Anwesenden auf ewig zur Schande gereichen.

Als nächstes zeigte er ihnen das Siegel und erklärte, daß ich — der ich vielen von ihnen wenigstens dem Namen nach bekannt war — es aus dem Osten mitgebracht habe. Des weiteren wiederholte er den Plan, den ich am Abend zuvor vorgeschlagen hatte, und danach bat er die Versammlung um Rat, denn er müsse Idernes, dem Satrapen des Königs in Sais, noch vor Mittag eine Antwort schicken.

Nun wurde mir das Wort erteilt, und auf mehrere Fragen hin gestand ich ganz offen, das alte Weiße Petschaft einem Diener des Königs gestohlen zu haben, der es als Unterpfand bei sich trug, um im Namen des Königs willkürlich Rache an einem Mann zu üben, der sich dem

Herrscher als überlegen gezeigt habe. Was sich dabei zugetragen hatte, führte ich nicht genauer aus. Des weiteren berichtete ich, in welchem Zustand sich das Reich des Großen Königs befand, und teilte mit, ich habe gehört, daß er im Begriff stehe, einen Krieg mit den Griechen anzufangen, für den er seine ganze Kraft brauchen würde. Daher halte ich den Zeitpunkt für günstig, falls Ägypten gewillt sei, um seine Freiheit zu kämpfen.

Dann begann die Diskussion, und sie dauerte zwei Stunden. Jeder einzelne wurde seinem Rang nach aufgerufen und gab sein Urteil ab, die einen dafür, die anderen dagegen. Als alle gesprochen hatten und sich herausstellte, daß keineswegs Einigkeit herrschte, sondern vielmehr einige es ganz zufrieden waren, mit dem, was man ihnen gelassen hatte, weiter in Sklaverei zu leben, während es andere, darunter die Hohenpriester, die befürchteten, die Ketzer aus dem Osten würden ihren Kult völlig zerstören, danach verlangte, den Befreiungsschlag zu führen, ergriff Peroa noch einmal das Wort.

»Ihr Ältesten von Ägypten«, sagte er knapp. »Einige von euch neigen in die eine Richtung, andere sind dagegen, aber ihr könnt versichert sein, daß ein Gespräch, wie wir es hier geführt haben, sich nicht geheimhalten läßt. Spione werden davon erfahren, durch sie wird es dem Großen König zu Ohren kommen, und dann sind wir alle miteinander dem Untergang geweiht. Solltet ihr euch weigern, etwas zu unternehmen, so werde ich noch heute mit meiner Familie und meinem Hof, mit der Prinzessin Amada und allen, die mir anhangen, nach Oberägypten und vielleicht noch weiter nach Äthiopien fliehen und es Euch überlassen, Euch mit dem Großen König auseinanderzusetzen, wenn Ihr das wollt, oder mir ins Exil zu folgen. Daß er uns angreifen wird, daran kann kein Zweifel bestehen, denn Shabaka hat dies aus seinem eigenen Munde gehört, und wenn er Amada nicht zum Vorwand nehmen kann, so wird er einen anderen Grund finden. Und nun entscheidet Euch.«

Nun stimmte nach einigem Getuschel jeder einzelne Mann für den Aufstand, einige freilich nur schweren Herzens, wie ich deutlich sah, und alle verpflichteten sich mit einem heiligen Eid, bis zum Ende zusammenzustehen.

Nachdem dies geklärt war, verfaßte man, wie ich es am Abend zuvor angeregt hatte, einen Brief an Idernes und siegelte ihn mit dem Weißen Petschaft. Von einer Auslieferung Amadas stand kein Wort darin, vielmehr wurde Idernes kraft des Weißen Petschafts, dem sich niemand zu widersetzen wagte, befohlen, umgehend den Fürsten Peroa in Memphis aufzusuchen, um von diesem, dem Träger des Siegels, den Willen des Großen Königs zu erfahren. Dann wurde die Ratsversammlung bis auf eine Stunde nach Mittag vertagt, und die meisten Anwesenden entfernten sich, um geheime Botschaften in die verschiedenen Städte und Provinzen zu senden.

Ehe man auseinanderging, wies man mich jedoch noch an, meinen Großonkel, den heiligen Tanofir, aufzusuchen, der allseits als der größte Magier Ägyptens anerkannt wurde, und ihn zu bitten, er möge doch in seine Seele blicken, um uns zu weissagen, wie die Zukunft sich gestalten und ob es uns gut oder schlecht ergehen würde. Das versprach ich.

Als die meisten Ratsmitglieder den Saal verlassen hatten, schickte man nach Idernes' Boten, und sie traten in anmaßender Haltung ein. Mit oder vielmehr vor ihnen kam Bes, den ich hatte rufen lassen, da er an der Versammlung nicht teilgenommen hatte.

»Gebieter«, flüsterte er mir zu. »Der größte dieser Abgesandten ist der Mann, der letzte Nacht die Räuber anführte. Warte nur ab, ich werde es beweisen.«

Peroa reichte dem Anführer der Boten die Rolle und trug ihm auf, sie dem Satrapen als Antwort auf dessen Brief zu bringen. Der Mann nahm den Papyrus mit hochmütiger Miene entgegen, schob ihn unter sein Gewand, wobei eine offenbar zerrissene und wieder zusammengeknotete Silberkette sichtbar wurde, und erkundigte sich dann, ob es außer der Rolle auch noch eine mündliche Botschaft zu übermitteln gebe. Ehe Peroa antworten konnte, sprang Bes auf und rief:

»O Fürst, gewährt mir eine Gunst, laßt diesem Mann Gerechtigkeit widerfahren. Gestern nacht hat er zusammen mit einigen anderen meinen Gebieter und mich überfallen. Sie wollten uns berauben, doch als sie nichts fanden, ließen sie uns gehen.«

»Du lügst, Mißgeburt!« sagte der Ostländer.

»Oh! Ich lüge, was?« spottete Bes. »Nun, das werden wir gleich sehen.« Sein langer Arm schnellte vor, seine Hand faßte nach der Kette um den Hals des Boten und riß sie mit einem Ruck entzwei. »Seht her, o Fürst«, sagte er dann, »als dieser Mann gestern abend den Saal betrat, habt Ihr vielleicht bemerkt, daß er genau diese Kette um den Hals trug und daß daran ein silberner Schlüssel hing.«

»Ich habe es bemerkt«, sagte Peroa.

»Dann fragt ihn, o Fürst, wo dieser Schlüssel jetzt ist.«

»Was geht das dich an, Zwerg?« fuhr der Mann dazwischen. »Der Schlüssel ist das Zeichen meines Amtes als Seneschall des Satrapen. Muß ich ihn immer tragen, nur weil es dir so gefällt?«

»Nicht, wenn er dir abgenommen wurde, Seneschall«, antwortete Bes. »Sieh her, da ist er!« Und damit zog er aus seinem Ärmel den Schlüssel, an dem noch ein Stück der Kette hing. »Hört mich an, o Fürst«, bat er dann. »Als ich mit diesem Mann kämpfte, blieb mir der Schlüssel und ein Stück der Kette in der Hand, ohne daß es ihm aufgefallen wäre. Vergleicht die beiden Teile und urteilt selbst. Außerdem ist seine Maske verrutscht, ich sah sein Gesicht, und deshalb erkenne ich ihn wieder.«

Peroa legte die beiden Kettenstücke aneinander und begutachtete sie. Das Muster war recht ungewöhnlich und stammte eindeutig aus dem Osten. Dann klatschte er in die Hände, und auf dieses Zeichen hin betraten hinter ihm sechs bewaffnete Männer seines Hofstaats den Saal.

»Die beiden Teile passen genau zusammen«, erklärte der Fürst. »Seneschall des Idernes, du bist ein gemeiner Dieb.«

Der Mann wollte sich verteidigen, aber es gelang ihm nicht, da der Augenschein gegen ihn sprach.

»O Fürst«, fragte Bes, »wie werden Räuber bestraft, die einen Bürger auf den Straßen von Memphis überfallen? Diese Strafe fordere ich nämlich für ihn.«

»Man hackt ihnen die rechte Hand ab und peitscht sie aus«, antwortete Peroa, und als der Seneschall diese Worte hörte, wandte er sich zur Flucht. Aber Bes stürzte sich auf ihn an wie ein Affe auf einen Vogel und hielt ihn fest.

»Ergreift diesen Dieb«, befahl Peroa seinen Dienern, »und gebt ihm fünfzig Rutenstreiche. Seine Hand will ich ihm lassen, weil er sonst nicht reisen kann.«

Sie warfen den Mann zu Boden, dann wurden die Ruten gebracht, und sie schlugen ihn, bis er beim dreißigsten Streich lauthals um Gnade flehte und schrie, alles sei wahr, er habe die Räuber angeführt. Diese Worte ließ Peroa niederschreiben. Dann fragte er ihn, warum er, ein Bote des Satrapen, sich dazu hergegeben habe, in den Straßen von Memphis als Räuber aufzutreten, und als der Mann nicht antworten wollte, befahl er dem Gerichtsbeamten, mit der Strafe fortzufahren. Nach drei weiteren Streichen sagte der Mann:

»O Fürst, das war kein gewöhnlicher Raub zum eigenen Vorteil. Ich tat nur, was mir befohlen wurde, denn jener Edle dort trug das alte Weiße Petschaft des Großen Königs bei sich, er hatte es einigen Dienern des Satrapen an den Ufern des Kanals gezeigt. Dieses Siegel ist heilig, o Fürst, man sagt, es befinde sich seit zweitausend Jahren in der Familie des Großen Königs. Da der Satrap nicht wußte, wie es in die Hände des Edlen Shabaka gelangt war, befahl er mir, es an mich zu bringen, wenn ich eine Möglichkeit dazu fand.«

»Und die Perlen ebenfalls, Seneschall?«

»Ja, o Fürst, denn sie sind von unermeßlichem Wert, mit ihnen könnte jeder Satrap sich eine größere Satrapie kaufen.«

»Laßt ihn laufen«, sagte Peroa, und der Mann erhob sich, rieb sich die mißhandelten Körperteile und weinte vor Schmerz.

»Nun, Seneschall«, fuhr Peroa fort, »kehre zu deinem Herrn zurück und danke deinem Schicksal, denn dir blieb vieles erspart, was du verdient hättest. Sage Idernes, es sei dir nicht gelungen, das Siegel zu stehlen, doch wenn er klug sei, würde er ihm gehorchen, denn sonst könnte ihn ein schlimmeres Los treffen als dich. Allen seinen Dienern sagst du das gleiche. Du Tor, wie kannst du oder dein Herr erraten, was im Kopf des Großen Königs vorgeht oder zu welchem Zweck das Siegel der Siegel sich hier in Ägypten befindet? Hüte dich, auf daß ihr nicht alle in eine tiefe Grube stürzt, und Idernes mag sich hüten, auf daß er sich nicht zuunterst in dieser Grube wiederfinde.«

»O Fürst, ich werde Euren Rat befolgen«, versprach der Seneschall kleinlaut. »Was immer kraft des Siegels verfügt wird, ich werde mich daran halten, und viele andere auch.«

»So spricht ein kluger Mann«, antwortete Peroa. »Ich hoffe um seinetwillen, daß der Satrap Idernes ebenso weise ist. Und nun geh und danke allen Göttern, die du verehrst, daß du noch Leben in dir hast und daß deine rechte Hand sich noch an deinem rechten Arm befindet.«

Nun warfen sich der Seneschall und seine Begleiter vor Peroa zu Boden und verneigten sich tief vor mir und sogar vor Bes, denn im Innersten glaubten sie jetzt, der Große König habe uns mit gewaltiger Macht ausgestattet, und wir könnten sie alle vernichten, wenn wir wollten. Dann gingen sie, der Seneschall hinkte ein wenig, und von seinem Stolz war nichts übriggeblieben.

»Das war gute Arbeit«, sagte Peroa hinterher unter vier Augen zu mir, »denn dieser Schurke hat nun Angst und wird auch seinen Herrn einschüchtern.«

»Ja«, antwortete ich, »Ihr habt das Instrument gut zu gebrauchen gewußt, Fürst. Dennoch gilt es keine Zeit zu verlieren, denn ehe noch ein Mond vergangen ist, wird alles, was hier geschah, im Osten bekannt sein, und dann mag dort ein neues Licht erstrahlen, vielleicht findet sich auch ein neues Siegel.«

»Du sagst, du hast das Weiße Petschaft gestohlen?« fragte er.

»Nein, Fürst, in Wahrheit hat Bes es — sozusagen — gekauft, und ich habe es benützt. Vielleicht ist es besser, wenn Ihr im Augenblick nicht mehr darüber wißt.«

»Mag sein«, räumte er ein, und dann verabschiedete ich mich, denn er hatte viel zu tun.

An diesem Nachmittag trat der Rat erneut zusammen. Ich übergab Peroa das Gold, und damit wurde alles in die Wege geleitet. Binnen einer Woche würden in Memphis zehntausend Bewaffnete stehen und auf dem Nil hundert bemannte Schiffe schwimmen. Außerdem würde sich in Oberägypten ein großes Heer sammeln, das größtenteils von kriegserfahrenen Griechen angeführt werden sollte. Auch die griechischen Städte an den Mündungen des Nils waren bereit zum Aufstand, jedenfalls nach Aussage einiger ihrer Bürger, denn der Große König war ihnen zutiefst verhaßt, und sie sehnten sich danach, sein Joch abzuschütteln.

Mir übertrug man das Kommando über Peroas Leibwache, zu der viele Griechen gehörten, und ernannte mich zu einem der Generäle des Heeres, während man Bes auf meine Bitte hin zum freien Mann erklärte, was er, der in seinem eigenen Land ein König war, lächelnd annahm.

Schließlich war die Sitzung zu Ende, und ich ging hinaus in den Palastgarten, um mich auszuruhen, ehe ich in die Wüste ritt, um meinen Großonkel, den heiligen Tanofir, aufzusuchen. Ich war allein, denn Bes war vorausgegangen, um unsere Pferde zu holen, und so setzte ich mich unter eine Palme und dachte über das große Abenteuer nach, auf das wir uns so fröhlichen Herzens eingelassen hatten, denn ich liebte Abenteuer.

Als nächstes dachte ich an Amada, und das dämpfte meine Freude. Doch dann blickte ich auf, und siehe da!, sie stand vor mir, ohne Begleitung, und nicht wie eine Priesterin gekleidet, sondern wie eine vornehme Ägypterin, mit dem kleinen Diadem als Zeichen ihres Ranges im Haar. Ich erhob mich und verneigte mich vor ihr, und dann schlenderten wir gemeinsam unter den Palmen dahin. Mir klopfte das Herz bis zum Halse, denn ich wußte, daß jetzt der Augenblick gekommen war und ich sprechen mußte.

Doch schließlich war sie es, die endlich das Wort ergriff.

»Ich höre, daß du eine wichtige Aufgabe übernommen hast, Shabaka, und daß du dich sehr für Ägypten einsetzt.«

»Für Ägypten und für dich, die du Ägypten bist«, antwortete ich.

»So hätte man mich in alten Zeiten genannt, Vetter, weil mein Blut mir diesen Rang verleiht, doch heute bin ich nicht mehr als eine einfache Adelige.«

»Man wird dich wieder so nennen, Amada, wenn mein Schwert und mein Witz sich durchsetzen können.«

»Wie ist das möglich, Vetter, da du doch meinem Onkel Peroa und seinem Sohn gewisse Versprechungen gemacht hast?«

»Das ist richtig, Amada, und ich werde mein Wort auch halten. Aber die Götter stehen über allem, und wer kennt ihren Willen?«

»Ja, Vetter, die Götter stehen über allem, ihnen werden wir es überlassen, darüber zu entscheiden, wir werden sie in keiner Weise reizen, schon gar nicht, indem wir unseren Schwüren untreu werden.«

Eine Weile gingen wir schweigend dahin. Dann sagte ich:

»Amada, es gibt wichtigere Dinge auf der Welt als einen Thron.«

»Ja, Vetter, eines gibt es, darin alle Throne enden — den Tod nämlich, und wie mir scheint, sind wir gerade dabei, ihn zu umwerben.«

»Und es gibt eines, Amada, darin alle Throne anfangen — die Liebe nämlich, und ihretwillen umwerbe ich dich.«

»Ich weiß es seit langem«, gestand sie und sah mich ernst an. »Und ich bin dankbar dafür, denn du bist mehr für mich, als je ein Mann war oder sein wird. Aber ich bin Priesterin, Shabaka, und es ist meine Pflicht, die Göttin, der ich diene, über jeden Sterblichen zu stellen.«

»Diese Göttin war selbst vermählt und gebar ein Kind, Amada, das seinen Vater rächte, wie wir hoffentlich Ägypten rächen werden. Deshalb sieht sie freundlich auf Ehefrauen und Mütter herab. Außerdem hast du die ewigen Gelübde noch nicht abgelegt und kannst aus ihrem Dienst entlassen werden.«

»Ja«, sagte sie leise.

»Dann wirst du dich also mir anvertrauen, Amada?«

»Ich glaube schon, Shabaka, obwohl mir, wie du wohl weißt, seit langem der Sinn danach steht, mich nur der Gelehrsamkeit und dem Dienst an der Himmelsherrin hinzugeben. Mein Herz drängt mich zu dir, gewiß, es ruft mich Tag und Nacht, ich will dir gar nicht sagen, wie laut, und doch würde ich diesem Ruf allein nicht nachgeben. Aber auch Ägypten ruft mich, denn während ich im Allerheiligsten wachte, hatte ich einen Traum, der mir zeigte, daß du als einziger fähig seist, das Land zu befreien, und ich glaube, daß dieser Traum von oben kam. Deshalb werde ich dir gehören, aber noch nicht gleich.«

»Noch nicht gleich?« fragte ich bestürzt. »Und wann?«

»Sobald ich von meinen Gelübden entbunden werde, was in der Nacht des nächsten Neumondes, also von heute an in siebenundzwanzig Tagen geschehen muß. Wenn in diesen siebenundzwanzig Tagen nichts zwischen uns kommt, dann mag man verkünden, daß Ägyptens Prinzessin den edlen Shabaka freien wird.«

»Siebenundzwanzig Tage? In einer solchen Spanne kann in diesen Zeiten viel geschehen, Amada. Dennoch, was könnte zwischen uns kommen außer dem Tod?«

»Ich weiß von nichts, Shabaka, denn meine Vergangenheit ist ohne Schatten wie der helle Mittag.«

»Nicht anders ist es bei mir«, entgegnete ich.

Wir standen im strahlenden Sonnenlicht, aber während ich sprach, ließ ein leichter Wind die Palmen erzittern, und der Schatten eines Zweiges fiel voll auf mich. Sie war für solche Dinge sehr empfänglich und bemerkte es sofort.

»So mancher würde das vielleicht für ein Omen halten«, sagte sie mit einem kleinen Lachen und deutete auf die Schattenlinie. »Oh! Shabaka, wenn du mir etwas zu gestehen hast, so sprich jetzt, und ich werde dir vergeben. Aber zögere nicht, denn wenn ich es hinterher erfahre, vermag ich dir vielleicht nicht mehr zu verzeihen. Wenn du etwa auf deinen Reisen im Osten ...«

»Nichts, nichts«, rief ich freudig aus, denn die ganze Zeit über hatte ich kaum mit einer jungen Frau gesprochen.

»Ich bin froh, daß im Osten nichts geschehen ist, was uns trennen könnte, Shabaka, obwohl ich in Wahrheit an etwas anderes dachte als du, denn es gibt nicht nur Frauen auf der Welt. Immerhin scheint es mir merkwürdig, daß du beladen mit so kostbaren Geschenken von einem König, der Ägyptens größer Feind ist, in dieses Land zurückgekehrt bist.«

»Habe ich dir nicht gesagt, daß mein Land für mich über alles geht? Diese Geschenke habe ich in einer ehrlichen Wette gewonnen, Amada, du hast die Geschichte doch gestern abend gehört. Außerdem weißt du, zu welchem Zweck ich sie zu verwenden gedenke«, erwiderte ich empört.

»Ja, ich weiß, und ich bin jetzt auch überzeugt. Zürne mir nicht, Shabaka, denn ich liebe dich aufrichtig und hoffe, dich bald meinen Gemahl nennen zu dürfen. Aber nimm es mir nicht übel, wenn ich mich bis zu diesem Tage ein wenig von dir fernhalte, denn ich muß mit der Vergangenheit brechen und lernen, mich einer Zukunft zu stellen, von der ich mir bisher nichts träumen ließ.«

Damit reichte sie mir die Hand, und ich drückte einen Kuß darauf, denn solange sie noch Priesterin war, duldete sie nicht, daß ich ihre Lippen berührte. Einen Augenblick später war sie mit einem glücklichen Lächeln davongeglitten und ließ mich allein im Garten zurück.

Erst jetzt fielen mir Bes' Warnungen wieder ein, und ich erinnerte mich, daß ich es war, und nicht er, der dem Großen König, wenn auch in aller Unschuld, den Namen der schönsten Frau in ganz Ägypten genannt hatte. Ja, in diesem Augenblick erinnerte ich mich daran, und es kam mir vor, als senkten sich alle Schatten auf Erden auf mich herab. Ich wollte mich schon auf die Suche nach Amada machen, aber ich wußte nicht, wohin sie gegangen war, und der Palast war groß. So beschloß ich, ihr davon zu erzählen, wenn wir uns das nächstemal begegneten und niemand sonst dabei war. Dann würde ich ihr alles erklären, mit diesem Gedanken tröstete ich mich. Ich wußte freilich nicht, daß noch viele Tage vergehen sollten, bis wir wieder miteinander allein sein würden.

So ging ich denn nach Hause, um meine Freude mit meiner Mutter zu teilen, denn es gab in ganz Ägypten wahrhaft keinen glücklicheren Menschen als mich. Sie hörte mir geduldig zu, dann lächelte sie und sagte:

»Als dein Vater mich damals bat, seine Frau zu werden, Shabaka, da reichte ich ihm nicht nur die Hand zum Kusse, obwohl auch in meinen Adern königliches Blut fließt, wie dir wohl bekannt ist. Aber ich war schließlich auch keine Priesterin der Isis, und deshalb ist sicher alles in Ordnung. Freilich kann in siebenundzwanzig Tagen viel geschehen, wie du ja auch selbst zu Amada gesagt hast, und ich wüßte wirklich gerne, warum sie ...? Nun, wie auch immer, Priesterinnen sind anders als andere Frauen, die nur den Mann im Sinn haben, den sie für sich gewonnen haben, und nichts weiter. Der Segen der Götter und auch der meine sei mit euch beiden, mein Sohn.« Damit ging sie, um sich um irgendwelche Dinge im Haus zu kümmern.

Als wir nach Sekera ritten, um den heiligen Tanofir aufzusuchen, erzählte ich auch Bes, was geschehen war, und gestand, ich habe vergessen, Amada zu offenbaren, daß ich dem König ihren Namen genannt hatte, ich beabsichtige aber, dies bald nachzuholen.

Bes rollte die Augen und antwortete:

»Wenn ich du wäre, Gebieter, so würde ich es weiterhin vergessen, denn was in der einen Stunde willkommen sein mag, muß es nicht immer auch in einer anderen sein. Warum willst du überhaupt von dieser Sache sprechen, die sich einer Frau, wie weise und königlich sie auch immer sein mag, nur schwer erklären läßt? Ich habe bereits gesagt, daß *ich* dem König den Namen verriet, und daß man dich vom Boot holte, weil man bestätigt haben wollte, daß ich kein Lügner sei. Genügt das nicht?«

Während ich noch überlegte, fuhr Bes fort.

»Du erinnerst dich vielleicht, Gebieter, als ich — nun, die Wahrheit über diese Geschichte erzählte, da verlangte die Edle Amada allen Ernstes, ich solle ausgepeitscht werden, bis mir das Fleisch von den Knochen fiele. Solltest du nun eine andere Wahrheit erzählen, neben der die meine so matt aussähe wie fleckiges Silber, so würde sie mir nicht einmal die Knochen lassen, denn dann wäre ich als Lügner überführt, und was mit dir geschehen würde, das wage ich mir gar nicht auszumalen. Und, Gebieter, da ich hier in Ägypten kein Sklave mehr bin, von dem, was ich anderswo bin, ganz zu schweigen, habe ich kein Verlangen nach der Peitsche, denn im Gegensatz zu dir kann ich nicht einmal die Hand küssen, die mich schlägt.«

»Aber Bes«, sagte ich, »was geschehen ist, ist geschehen und mag auf die eine oder andere Weise irgendwann einmal ans Tageslicht kommen.«

»Gebieter, wenn alles ans Licht käme, was einmal geschehen ist, ich glaube, dann würde die Welt in Stücke brechen, zumindest würde es keine Menschen mehr darauf geben. Warum sollte diese Sache bekannt werden? Außer dir und mir weiß niemand davon, abgesehen vom Großen König, und der hat sie wahrscheinlich vergessen, denn er war damals betrunken. Oh, Gebieter, wenn du weder Bogen noch Speer zur Hand hast, ist es nicht ratsam, einen schlafenden Löwen in den Bauch zu treten, denn er wird sich entsinnen, daß sein Magen leer ist, und dich verspeisen. Außerdem habe ich einen Fehler gemacht, als ich dir diese Geschichte zum erstenmal erzählte. Ich erinnere mich jetzt ganz deutlich, dem Großen König gesagt zu haben, die schöne Dame hieße Amada, und er ließ dich nur kommen, um dich zu fragen, ob ich die Wahrheit gesprochen habe.«

»Bes«, rief ich aus, »für euch Verehrer des Heuschrecks ist die Tugend eine Bürde, die euch nicht schwer drückt.«

»So wenig wie eine alte Sandale, Gebieter, wir belasten uns erst gar nicht damit, denn der Heuschreck ist nicht darauf angewiesen. Seit Ewigkeiten erforschen wir die Sitten derer, die die Götter Ägyptens verehren, und von ihnen haben wir gelernt ...«

»Was?«

»Unter anderem, Gebieter, daß Frauen schamhaft sind und daß der Anblick der nackten Wahrheit sie schokkiert.«

Kapitel XI

Der heilige Tanofir

Wir erreichten die Nekropole Sekera. Im Zentrum türmten sich Pyramiden auf, in denen die Gebeine alter, längst vergessener Könige ruhten, und durch den Wüstensand zog sich eine von Grabmälern gesäumte Straße nach der anderen, doch bis auf ein paar Priester, die zu den Grabkapellen der Abgeschiedenen huschten, um dort die bezahlten Gebete herunterzuleiern, zeigte sich kein lebendes Wesen.

Bes sah sich um und schnüffelte mit seinen großen Nüstern.

»Gibt es denn nicht genügend Tod auf der Welt, Gebieter?« fragte er. »Müssen die Lebenden ihn auf diese Weise zur Schau stellen, müssen sie ihn auf der Zunge zergehen lassen wie einen Bissen, den sie gar nicht hinunterschlucken mögen, weil er so gut schmeckt? Oh! Was für eine Verschwendung. Alle diese Menschen haben ihr Leben hinter sich, und doch brauchen sie Häuser, Pyramiden und bemalte Kammern, um darin zu schlafen, während sie sich, würden sie dem Glauben wirklich anhängen, zu dem sie sich bekennen, damit begnügt hätten, mit ihren Knochen die Erde zu nähren, die ihnen einst Nahrung gab, und mit ihren Seelen den Himmel zu erfüllen.«

»Ist es bei deinem Volk so Sitte, Bes?«

»In den meisten Fällen, Gebieter. Unsere toten Könige und unsere Mächtigen schließen wir in Kristallsäulen ein, doch dient dies einem doppeltem Zweck. Zum einen stützen diese Säulen das Dach ihrer Nachfolger, und zum anderen können jene, die ihre Habe erben, sich an dem Gedanken erfreuen, wieviel schöner sie doch sind als ihre Vorgänger. Denn keine Mumie ist ein schöner Anblick, Gebieter, schon gar nicht, wenn sie nicht mit

Binden umwickelt ist, und unsere Könige werden nackt in den Kristall eingeschlossen.«

»Und was geschieht mit den anderen, Bes?«

»Ihre Leichen deckt die Erde, oder das Wasser trägt sie fort, und ihre Seelen bringt der Heuschreck — wohin, Gebieter?«

»Ich weiß es nicht, Bes.«

»Nein, Gebieter, das weiß niemand außer der Edlen Amada und vielleicht dem heiligen Tanofir. Ich glaube, hier ist der Eingang zu seinem Loch.« Mit einem Ruck brachte er sein Tier vor einer Öffnung zum Stehen, die wie der Eingang zu einem Grab aussah.

Offenbar wurden wir bereits erwartet, denn ein hochgewachsenes, stolzes Mädchen in weißem Gewand und mit ungewöhnlich großen, dunklen Augen erschien und fragte mit sanfter Stimme, ob wir der Edle Shabaka und sein Sklave Bes seien.

»Ich bin Shabaka«, antwortete ich, »und dies ist Bes, aber er ist nicht mein Sklave, sondern ein freier Bürger Ägyptens.«

Das Mädchen betrachtete den Zwerg mit ihren großen Augen und sagte:

»Ich glaube, er ist noch mehr.«

»Und was?« erkundigte sich Bes und starrte das schöne Mädchen interessiert an.

»Ein sehr tapferer und kluger Mann, der vielleicht größer ist, als er nach außen erscheint.«

»Wer hat dir von mir erzählt?« rief Bes erschrocken.

»Niemand, o Bes, wenigstens nicht, soweit ich mich erinnern kann.«

»Nicht, soweit du dich erinnern kannst! Wer oder was bist du denn, daß du Dinge erfährst, ohne zu wissen wie?«

»Mein Name ist Karema, ich bin in der Wüste aufgewachsen, und ich diene dem heiligen Tanofir als Schale.«

»Wenn Eremiten aus solchen Schalen trinken, dann

werde ich sofort zum Einsiedler«, lachte Bes. »Aber wie kann eine Frau die Schale eines Mannes sein, und welchen Wein trinkt er aus ihr?«

»Den Wein der Weisheit, o Bes«, antwortete sie und errötete ein wenig, denn wie viele Araber von vornehmem Geblüt hatte sie eine sehr helle Haut.

»Den Wein der Weisheit«, wiederholte Bes. »Aus solchen Schalen trinken die meisten den Wein der Torheit, manchmal sogar den Wein des Wahnsinns.«

»Der heilige Tanofir erwartet euch«, unterbrach sie, drehte sich um und trat durch die Tür.

Ein paar Schritte hinter dem Eingang befand sich eine Nische, in der drei bereits brennende Lampen standen. Eine davon nahm sie selbst, die anderen gab sie uns. Dann ging es über eine lange, steile Treppe in die Tiefe, bis wir schließlich in einer Halle von riesigen Ausmaßen standen, die aus dem Fels gehauen war. Hier war es heiß und vollkommen dunkel.

»Wo sind wir?« fragte Bes. Er schien sich zu ängstigen, und obwohl er nur ganz leise flüsterte, hörte ihn unsere Führerin, drehte sich um und antwortete:

»Dies ist die Grabstätte der Apisstiere. Seht, hier liegt der letzte, er wurde noch nicht eingemauert.« Damit hob sie ihre Lampe, und wir erblickten einen mächtigen Sarkophag aus schwarzem Granit, der in einer Nische des Mausoleums stand.

»Sie machen also nicht nur die Menschen zu Mumien, sondern auch die Stiere«, stöhnte Bes. »Oh! Was ist das nur für ein Land. Aber als ich den heiligen Tanofir zum letztenmal sah, da befand er sich in einer Klause aus Ziegeln unter freiem Himmel.«

»Dann muß es damals Nacht gewesen sein, o Bes«, antwortete Karema, »denn in einem solchen Hause schläft er, seine Tage dagegen verbringt er in der Apisgruft, weil unter der Sonne so viel Böses geschieht.«

»Hm«, sagte Bes. »Ich hätte gedacht, unter dem Mond geschehe noch mehr, aber das weiß der heilige Tanofir gewiß besser, vielleicht stört es ihn auch nicht, wenn er schläft.«

Nun befand sich vor jeder der zugemauerten Nischen eine kleine Kapelle, und aus der vierten davon drang Licht. Vor dieser blieb das Mädchen stehen und sagte:

»Tretet ein. Hier haust der heilige Tanofir. Er betreute diesen Gott in seiner Jugend, als dieser noch lebte, und nun, da er tot ist, betet er über seinen Knochen.«

»Er betet im Finstern zu den Knochen eines toten Stieres! Da ist mir ein lebendiger Heuschreck bei Tageslicht doch weitaus lieber«, murmelte Bes.

»O Zwerg«, rief eine tiefe, volltönende Stimme aus der Kapelle, »sprich nicht von Dingen, die du nicht verstehst. Ich bete nicht zu den Knochen eines toten Stieres, wie du in deiner Einfalt glaubst, sondern ich bete zu einem Geist, für den dieses heilige Tier nur ein fleischliches Symbol unter vielen war, und du tust gut daran, ihn an diesem unheimlichen Ort nicht zu beleidigen.«

Da sah ich Bes tatsächlich erschrecken, sein großer Mund klappte auf, und er zitterte.

»Gebieter«, sagte er zu mir, »wenn du das nächstemal ein Grabmal besuchen willst, wo einem die Frauen ins Herz schauen und die Eremiten sogar die Gedanken hören können, so geh bitte allein. Der heilige Tanofir ist mir lieb und wert, wenn auch mehr aus der Ferne, dieses Haus aber schätze ich nicht, und seine ...« Hier sah er zu Karema auf, die ihm über die Lampe hinweg honigsüß zulächelte, und fügte hinzu: »Mit mir ist etwas geschehen, Gebieter; ich vermag nicht mal mehr zu lügen.«

»Hört auf damit, dummes Zeug zu schwatzen, o Shabaka und Bes, und tretet ein«, mahnte die gewaltige Stimme von innen.

Wir gehorchten, und unseren Augen bot sich ein seltsames Bild. Vor der mit Laternen beleuchteten Rückwand der Kapelle stand eine lebensgroße Alabasterstatue der Maat, der Göttin des Rechts und der Wahrheit. Auf dem Haupt trug sie eine lange Feder, ihr Haar war unter einer

Perücke verborgen, und um ihren Hals lag eine Kette aus blauen Steinen. Arme und Handgelenke waren mit goldenen Armbändern geschmückt. Ein enges Gewand umgab ihren Körper. In der rechten Hand, die an ihrer Seite herabhing, hielt sie das verschlungene Kreuz des Lebens, und mit der ausgestreckten Linken umfaßte sie ein langes Zepter mit einer Lotosblüte an der Spitze. Die aufgemalten Augen blickten starr in die Dunkelheit. Zu Füßen der Statue kauerte nach Art eines Schreibers mein Onkel Tanofir, ein uralter Mann mit trüben Augen und langen Händen, die so dünn waren, daß man glaubte, das Laternenlicht hindurchscheinen zu sehen. Sein Kopf war kahlgeschoren, und er trug einen langen, weißen Bart. Weiß war auch sein Gewand. Vor ihm befand sich ein niedriger Altar mit einem mit klarem Wasser gefüllten Silbergefäß darauf, und zu beiden Seiten davon brannten ebenfalls Laternen.

Wir oder vielmehr ich kniete vor ihm nieder, denn Bes warf sich flach zu Boden.

»Bin ich der König der Könige, den ihr vor kurzem besucht habt, daß ihr euch vor mir aufs Angesicht legt?« fragte Tanofir mit seiner mächtigen Stimme, die so gar nicht zu einem so gebrechlichen, alten Mann zu passen schien. »Oder verneigt ihr euch vor der Göttin der Wahrheit dort? Das wäre durchaus angebracht, denn einer von euch, wenn nicht alle beide, ist dringend ihrer Vergebung und ihrer Hilfe bedürftig. Oder wollt ihr dem schlafenden Gott dahinter huldigen, der die ganze Welt auf seinen Hörnern trägt? Vielleicht auch der Finsternis dieses heiligen Ortes, die euch an die Nähe eures eigenen Grabes gemahnt?«

»Nein, Onkel«, sagte ich. »Wir wollten dich nur begrüßen, und wir schulden dir großen Dank, denn wir sind beide überzeugt davon, daß du uns drüben im Osten vor jenem Grab gerettet hast, von dem du sprichst, oder vielmehr vor dem Rachen der Löwen oder vor einem grausigen Tod unter der Folter.«

»Mag sein, daß ich das tat, ich oder die Götter, denn ich bin nur ihr Werkzeug. Wenigstens erinnere ich mich, daß ich euch auf einen Hilfeschrei, der hierher in meine Finsternis drang, gewisse Botschaften schickte. Denn wisset, seit wir uns trennten, bin ich völlig erblindet, so daß ich mich nun der Augen dieses Mädchens bedienen muß, um lesen zu können, was in jener Wahrsageschale dort geschrieben steht. Nun, dadurch wird die Dunkelheit dieses Grabmals leichter zu ertragen, und die Blindheit bereitet mich auf mein eigenes Grab vor. Volle hundertundzwanzig Jahre sind vergangen, seit ich zum erstenmal ins Licht blickte, und nun nähert sich die Zeit des ewigen Schlafes. Komm hierher, mein Neffe, und küsse mich auf die Stirn. Sei stets eingedenk, selbst in der Fülle deiner Kraft, daß dereinst der Tag kommen wird, da du sein wirst wie ich, falls die Götter dich so lange verschonen.«

So küßte ich ihn, aber nicht ohne Scheu, denn der alte Mann kam mir vor wie ein überirdisches Wesen. Dann schickte er Karema fort und befahl mir, ihm meine Geschichte zu erzählen, was ich auch tat. Warum er das verlangte, weiß ich nicht, denn er schien sie bereits zu kennen und verbesserte mich sogar ein oder zweimal bei Dingen, die ich vergessen hatte, so zum Beispiel, was die genauen Worte anging, die ich dem Großen König in meinem Zorn entgegengeschleudert hatte, oder die Art, wie ich im Boot gefesselt worden war. Als ich geendet hatte, sagte er:

»Du hast also dem Großen König Amadas Namen genannt? Nun, du hattest keine andere Wahl, wenn du am Leben bleiben wolltest, und deshalb kann man dir daraus keinen Vorwurf machen. Ich fürchte freilich, daß dich das in Schwierigkeiten bringen wird, ehe alles zu Ende ist, Shabaka, denn die Götter haben den Frauen zwar viele Gaben verliehen, die Gabe der Vernunft war jedoch nicht darunter. Sollte es so kommen, so füge dich darein, denn es ist besser, Schwierigkeiten zu haben und zu leben, als keine zu haben und tot zu sein, jedenfalls für jene, die noch eine Aufgabe in der Welt zu erfüllen haben. Und du, oder vielmehr Bes, hast also das Weiße Petschaft gestohlen, das Siegel aller Siegel, dem trotz seines Alters und seiner Schlichtheit kein anderes auf der ganzen Welt an Macht gleichkommt. Das war sehr klug, denn eine Weile wird es euch nützlich sein. Und nun hat Peroa beschlossen, sich gegen den König aufzulehnen, und auch das ist gut. Oh! Du brauchst mir nichts davon erzählen, denn ich weiß alles. Aber was willst du von mir erfahren, Shabaka?«

»Ich soll dich über den Ausgang dieser großen Pläne befragen, Onkel.«

»Bist du wahnsinnig, Shabaka, daß du mich für einen Gott hältst, der in die Zukunft zu schauen vermag?«

»Keineswegs, Onkel, du weißt ja, daß du dazu imstande bist, wenn du es willst.«

»Rufe das Mädchen«, sagte er.

Bes ging hinaus und holte es herein.

»Setz dich, Karema, dort vor den Altar, und sieh mir in die Augen.«

Sie gehorchte, und nach einer Weile schien sie zu entschlummern, denn ihr Kopf sank herab. Dann sagte Tanofir:

»Wach auf, Weib, blicke in das Wasser in der Schale auf dem Altar, und sage mir, was du siehst.«

Sie schien zu erwachen, ich erkannte freilich, daß sie nicht wirklich bei sich war, denn sie wirkte ganz verändert, ihre Züge waren so regungslos, daß ich darüber erschrak, und ihre Augen waren weit aufgerissen und glasig. Sie starrte in die Silberschale, und dann sprach sie mit einer ganz fremden Stimme, als habe ein Geist sich ihrer Zunge bemächtigt.

»Ich sehe mich als Königin in einem Land, das ich verabscheue«, sagte sie kalt, ein Ausspruch, bei dem mir der Atem stockte. »Ich sitze auf einem Thron neben jenem Zwerg«, ein Ausspruch, bei dem Bes der Atem stockte. »Trotz seiner Häßlichkeit ist dieser Zwerg ein großer Mann mit einem guten Herzen, einem scharfen Verstand und dem Mut eines Löwen. Und er ist königlichen Geblüts.«

Hier rollte Bes die Augen und lächelte, aber Tanofir schien nicht im mindesten erstaunt und meinte nur:

»Vieles davon ist mir bereits bekannt, und der Rest läßt sich erraten. Befasse dich nun mit den Geschehnissen in Ägypten, ehe der Geist dich verläßt.«

»Krieg wird es geben in Ägypten«, sagte sie. »Ich sehe Kämpfe. Shabaka und andere führen die Ägypter an. Die Ostländer werden vertrieben oder getötet. Peroa herrscht als Pharao, ich sehe ihn auf seinem Thron. Shabaka wird seinerseits vertrieben, ich sehe ihn mit dem Zwerg und mit mir nach Süden ziehen, und er scheint sehr traurig zu sein. Die Zeit vergeht. Ich sehe die Monde vorüberschweben; ich sehe Boten zu Shabaka kommen, geschickt von Peroa und von dir, o heiliger Tanofir. Sie berichten von Schwierigkeiten in Ägypten. Ich sehe Shabaka und den Zwerg an der Spitze eines großen Heeres von schwarzen, mit Bogen bewaffneten Männern wieder nach Norden ziehen. Auch ich bin dabei, und mein Herz ist so voll Jubel, daß es zu glühen scheint. Wir erreichen einen Tempel am Nil, an dem ein zweites, großes Heer lagert, zahllose Ostländer unter dem Befehl des Königs der Könige. Shabaka und der Zwerg greifen dieses Heer an, und es kommt zu einer verzweifelten Schlacht. Sie vernichten die Gegner, sie treiben sie in den Nil, der Nil färbt sich rot vom Blut. Der Große König fällt, ein Pfeil von Shabakas Bogen steckt in seinem Herzen. Shabaka betritt als Sieger den Tempel, und da liegt Peroa, sterbend oder tot. Eine verschleierte Priesterin steht vor einem Götterbild, ihr Gesicht kann ich nicht erkennen. Shabaka wendet sich ihr zu. Sie streckt ihm die Arme entgegen, in ihren Augen brennt die Liebe einer Frau, ihr Busen wogt, und das Götterbild blickt finster und drohend auf die beiden herab. Das ist das Ende, denn du,

Tanofir, Herr der Geister, du stirbst in jenem Tempel am Nil, und deshalb kann ich nichts mehr sehen. Die Macht, die du auf mich überträgst, hat mich verlassen.«

Und dann schien sie wieder einzuschlafen.

»Ihr habt es gehört, Shabaka und Bes«, sagte Tanofir ruhig und strich sich seinen langen, weißen Bart, »und was das Mädchen im Wasser zu lesen schien, mögt ihr nun glauben oder nicht, das steht euch frei.«

»Was glaubst du, o heiliger Tanofir?« fragte ich.

»Der einzige Teil der Geschichte, dessen ich sicher bin«, antwortete er ausweichend, »ist der, in dem es hieß, daß ich sterben werde, und daß ich, wenn ich tot bin, dem Mädchen Karema keine Visionen mehr zu vermitteln vermag. Was das übrige angeht, so weiß ich nicht. Diese Dinge können geschehen oder auch nicht. Aber«, fügte er mit warnendem Unterton hinzu, »ob sie nun eintreffen oder nicht, ich rate euch beiden, vorher zu niemandem davon zu sprechen.«

»Was sollen wir dann jenen berichten, die mich zu dir schickten, um eine Weissagung zu erbitten, o Tanofir?«

»Du kannst ihnen sagen, das Orakel habe eine Mischung aus guten und bösen Vorzeichen ergeben, erst die Zeit würde die Wahrheit ans Licht bringen. Und jetzt still, das Mädchen wird gleich erwachen und darf nicht erschreckt werden. Auch ist es Zeit, daß sie mich aus diesem Grabmal heraus und zu meinem Schlafplatz führt, denn ich glaube, Ra ist untergegangen, und ich bin müde. O Shabaka, warum willst du in die Zukunft schauen, die sich doch ohnehin von Tag zu Tag immer weiter entrollt wie ein Papyrus? Begnüge dich mit der Gegenwart, Mann, und nimm, was das Schicksal dir an Gutem oder Schlimmem zuteilt, aber trachte nicht danach zu erfahren, welche Gaben es für die kommenden Tage, Jahre und Jahrhunderte unter seinem Gewand verbirgt.«

»Genau danach hast du doch immer gestrebt, o Tanofir, und nicht vergebens.«

»Ja, und was ist aus mir geworden? Ein blinder, alter

Einsiedler, niedergedrückt von der Last der Jahre. Nur ein paar Fäden halte ich in den Fingern, die ich unter Schmerz und Gram aus dem Saum des Gewandes der Weisheit gezupft habe. Laß dich warnen, Neffe. Solange du ein Mann bist, führe das Leben eines Mannes, und wenn du ein Geist wirst, so führe das Leben eines Geistes. Aber suche nicht, die beiden zu vermischen wie Öl und Wein, denn damit wirst du alles verderben. Es freut mich zu hören, o Bes, daß du dieses Mädchen zur Gemahlin eines Königs machen wirst, vielleicht auch zur Frau eines Sklaven, das wird sich zeigen, ich liebe sie nämlich sehr und halte das Leben, das sie hier führt, nicht für zuträglich. Es wird ihr besser anstehen, Kinder zu gebären, als in einer Wahrsageschale Visionen zu schauen, und ich werde zu den Göttern beten, daß aus eurer Verbindung keine Zwerge hervorgehen, sondern daß eure Kinder ihrer Mutter nachgeraten, die mir sagt, sie sei schön. Still jetzt! Sie regt sich.

Karema, bist du wach? Gut. Dann führe mich aus dem Grabmal, auf daß ich mein Abendgebet unter den Sternen verrichte. Geht nun, Shabaka und Bes, ihr seid beides wackere Männer, und ich freue mich, den einen zum Neffen und den anderen zum Schüler zu haben. Grüße deine Mutter Tiu von mir, Shabaka. Sie ist eine gute, treue Frau, und ich rate dir, auf sie zu hören. Grüße auch die Edle Amada und bitte sie, ihr schönes Gesicht hin und wieder in einem Spiegel zu betrachten und nicht übermäßig nach Heiligkeit zu streben, denn oft arbeitet allzu große Heiligkeit gegen sich selbst und bereitet dem schwachen Fleisch am Ende große Pein. Immerhin liebt sie Perlen wie alle Frauen, nicht wahr? Selbst die Statue der Isis läßt sich gerne schmücken. Was dich angeht, Bes, auch wenn ich nicht glaube, daß das dein wirklicher Name ist, so sollst du nur lügen, wenn du nicht anders kannst, denn Gaukler, die mit zu vielen Messern jonglieren, laufen Gefahr, sich in die Finger zu schneiden. Und gib auch deinem Gebieter keine schlechten Ratschläge mehr in Angelegenheiten, die mit Frauen zu tun haben. Und nun lebt wohl. Laß mich von Zeit zu Zeit hören, ob das Glück dir gewogen ist, Shabaka, denn du nimmst teil an einem großen Spiel, wie auch ich es in meiner Jugend liebte, ehe ich zum heiligen Einsiedler wurde. Oh! Hätte man damals auf mich gehört, die Dinge stünden heute anders in Ägypten. Aber es stand nicht so geschrieben, und wie immer waren die Schreiber Frauen. Gute Nacht, gute Nacht, gute Nacht! Ich freue mich, daß meine Gedanken dich drüben im Osten erreichten und ich dir raten konnte, was du sagen oder tun solltest. Manchmal ist es gut, weise zu sein, freilich nur für andere, nicht für uns selbst, o nein, niemals für uns selbst!«

»Gebieter«, sagte Bes, als wir unter den Sternen gemächlich nach Hause ritten, »der heilige Tanofir ist ein Mann, der einem viel Stoff zum Nachdenken gibt, denn obwohl er selbst den höchsten Gipfel der Heiligkeit erklommen hat, scheint ihm die kalte Luft dort oben nicht zu behagen, und er warnt alle, die in seine Fußstapfen treten wollen.«

»Die Mühe hätte er sich in deinem Falle, Bes, und auch in meinem sparen können, denn so hoch werden wir niemals steigen.«

»Nein, Gebieter, und ich bin froh, daß er mir gestattet, weiter unten zu bleiben, denn diese heiße Höhle der toten Stiere ist kein Ort, an dem ich meine alten Tage verbringen möchte, nur um ein Mädchen in einen Topf mit Wasser starren und dort Wunder sehen zu lassen, die ich selbst nach ein paar Krügen Wein besser erfinden könnte. Oh! Der heilige Tanofir hat ganz recht. Wenn diese Dinge geschehen sollen, so mögen sie doch geschehen, denn wir können sie nicht ändern, auch wenn wir im voraus davon erfahren. Wer will denn schon wissen, Gebieter, ob ihm einmal die Kehle durchgeschnitten wird?«

»Oder ob er heiraten wird?« stichelte ich.

»So ist es, Gebieter, denn schließlich werden solche Prophezeiungen nur wahr, weil wir es für unsere Pflicht halten, sie wahr werden zu lassen. Deshalb muß ich jetzt diese Karema heiraten, wenn sie mich haben will, um den heiligen Tanofir nicht als das hinzustellen, was er mich nannte — nämlich einen Lügner.«

Ich lachte, und dann fragte ich Bes, ob er auch gehört habe, was die Seherin von unserer Flucht nach Süden und unserer Rückkehr mit einem großen Heer von schwarzen, mit Bogen bewaffneten Männern gesagt habe.

»Ja, Gebieter«, entgegnete er ernst, »und ich glaube, dieses Heer kann nur aus den Äthiopiern bestehen, deren rechtmäßiger König ich bin. Noch in dieser Nacht werde ich Boten ausschicken, um jenen, die an meiner Stelle herrschen, mitteilen zu lassen, daß ich noch lebe und gerade im Begriff bin, meine Meinung in bezug auf die Ehe zu ändern. Auch daß ich, falls ich mich wirklich dazu durchringen sollte, vielleicht als der weiseste Mann zu ihnen zurückkehren werde, der jemals Äthiopiens Krone trug, da ich die ganze Welt bereist und viel Wissen gesammelt habe.«

»Vielleicht wollen jene, Bes, die jetzt an deiner Stelle regieren, dir die Herrschaft gar nicht übergeben? Vielleicht werden sie dich sogar töten.«

»Keine Sorge, Gebieter, ich habe dir ja schon einmal gesagt, daß die Äthiopier ein treues Volk sind. Außerdem wissen sie, daß sie mit einer solchen Tat den Fluch des Heuschrecks auf sich herabbeschwören würden. Dann würden Schwärme von Heuschrecken auftauchen und das ganze Land verwüsten, und wenn die Menschen am Verhungern wären, würden ihre Feinde sie angreifen. Außerdem sind meine Untertanen sehr große Menschen von schlichtem Gemüt und wollen sich bestimmt die Gelegenheit, vom weisesten Zwerg der ganzen Welt regiert zu werden, nicht entgehen lassen, wenn auch nur, weil das etwas Neues für sie wäre, Gebieter.«

Wieder mußte ich lachen, denn ich dachte, Bes scherze, wie es so seine Art war. Doch als ich in dieser Nacht zufällig um die Hausecke bog und ihn vor mir sah, wurde ich eines Besseren belehrt. Er trug ein Diadem aus Federn auf dem Kopf, hielt einen langen Bogen in der Hand und sprach mit drei großen, schwarzen Männern, die vor ihm knieten wie vor einem Gott. Als ich mich zurückziehen wollte, entdeckte er mich und rief:

»Ich bitte dich, Edler Shabaka, bleib noch einen Augenblick.« Dann redete er in seiner eigenen Sprache weiter auf die drei Männer ein, übersetzte mir jedoch Satz für Satz, was er zu ihnen sagte. In Kürze war es folgendes:

»Tut den Adeligen und Ratgebern des Alten Reiches kund, daß ich, der Karoon (dies schien sein Titel zu sein) einen Freund habe, den man den Edlen Shabaka nennt. Er ist es, den ihr vor euch seht. Wieder und wieder hat er mir das Leben gerettet, er hat mich in seinen Armen gewiegt wie eine Mutter ihren Säugling, und nach mir ist er der tapferste und weiseste Mann auf der ganzen Welt. Berichtet ihnen auch, daß ich, sollte ich tatsächlich durch eine Heirat zwei aus mir machen und zurückkehren, nachdem ich dem Gesetz Genüge getan habe, diesen mächtigen Fürsten bitten werde, mich zu begleiten. Falls er einwilligt, wird dies der glücklichste Tag sein, den die Äthiopier seit tausend Jahren erlebt haben, denn er wird sie Weisheit lehren und ihre Heere in große, ruhmreiche Schlachten führen. Die Priester des Heuschrecks mögen daher beten, daß er seine Einwilligung gibt. Nun erweist dem mächtigen Shabaka die gebührende Ehre, denn er kann euch alle drei und noch zwei Männer dazu mit einem einzigen Pfeil durchbohren. Dann macht euch auf den Weg und gönnt euch Tag und Nacht keine Ruhe, bis ihr das Land Äthiopien erreicht. Habt ihr sodann den Führern und Ratgebern die Botschaft des Karoon überbracht, so kehrt zurück oder schickt andere an eurer Stelle, und sucht mich auf, wo immer ich sein mag. Bringt Gold von Äthiopien mit und andere Geschenke sowie ihre Antwort, denn mir und dem Edlen Shabaka liegt die ganze Welt zu Füßen, und wir werden niemals in ein Land gehen, wo wir nicht willkommen sind.«

Die Hünen salutierten mir so ehrfürchtig, als sei ich der König der Könige in Person, danach warfen sie sich vor Bes in den Staub, sagten etwas, das ich nicht verstand, sprangen auf, schrien ›Karoon‹ und rannten in die Nacht hinaus.

»Es ist gut, wenn man einmal ein Sklave gewesen ist, Gebieter«, erklärte Bes, als sie gegangen waren, »denn das lehrt einen, daß es wenigstens manchmal vorzuziehen ist, ein König zu sein.«

Hier möchte ich einfügen, daß Bes in den folgenden Tagen oft abwesend war. Wenn ich ihn fragte, wo er denn gewesen sei, pflegte er zu antworten, er habe mit Hilfe eines gewissen Silbergefäßes, das das Mädchen Karema ihm an die Lippen hielt, von der Weisheit des heiligen Tanofir getrunken. Dem entnahm ich, daß er die Dame umwarb, die sich selbst Tanofirs Schale genannt hatte, und ich hätte gerne gewußt, wie die Sache wohl voranging, da er sich aber nicht weiter äußerte, wollte ich auch nicht in ihn dringen.

Ich hatte ohnehin wenig Zeit, mich mit Bes über Herzensangelegenheiten zu unterhalten, denn in Memphis überschlugen sich die Ereignisse. Binnen sechs Tagen waren alle großen Adeligen, die es in Oberägypten noch gab, auf eine Rebellion unter Peroas Führung eingeschworen, und Stunde für Stunde strömten ihre Vasallen oder die Söldner, die sie angeworben hatten, in die Stadt. Ich hatte die Aufgabe, diese Scharen zu einem Heer zusammenzuschweißen, und daran arbeitete ich unablässig. Ich teilte sie in Regimenter auf, exerzierte mit ihnen und kümmerte mich außerdem um die Bewaffnung und die Ausrüstung der Kriegsschiffe. Dann kam die Nachricht, Idernes rücke mit einer großen Streitmacht von Ostländern von Sais heran, ja mit der ganzen Besatzungsarmee Unterägyptens, wie seine Boten behaupteten, um dem Ruf zu folgen, der unter dem Siegel aller Siegel an ihn ergangen war.

Amada bekam ich in dieser Zeit kaum zu Gesicht, nur hin und wieder begegnete ich ihr an Peroas Tafel oder bei irgendwelchen öffentlichen Anlässen. Ansonsten hielt sie sich von mir fern. Ich versuchte ein paarmal, sie alleine anzutreffen, mußte aber jedesmal erfahren, sie sei im Dienst der Göttin beschäftigt. Einmal, als sie Peroas Tafel verließ, flüsterte ich ihr zu, ich wünschte sie zu sprechen, aber sie schüttelte nur den Kopf und sagte:

»Nach dem neuen Mond, Shabaka. Dann kannst du mit mir sprechen, soviel du willst.«

So kam es, daß ich nie Gelegenheit fand, ihr zu erzählen, was am Hofe des Großen Königs vor sich gegangen war. Doch jeden Morgen schickte sie mir ein Unterpfand ihrer Liebe, Blumen, kleine Präsente und einmal einen Ring, der wohl ein Erbstück gewesen sein mußte, denn auf der Ringplatte war neben den Zeichen für langes Leben und Gesundheit der königliche *Uräus* eingraviert. Diesen Ring hängte ich mir um den Hals, steckte ihn jedoch nicht an, denn ich fürchtete, Peroa oder irgendwelche Angehörige seines Hauses könnten an diesem Symbol der Königswürde Anstoß nehmen, wenn sie es zufällig sahen. So schickte auch ich ihr Blumen und andere Geschenke und faßte mich im übrigen in Geduld.

Meine Mutter registrierte dies alles mit einem Lächeln und bemerkte nur, die Edle Amada lege eine bewunderungswürdige Zurückhaltung an den Tag, eine Eigenschaft, die wohl jeder Mann bei einer so schönen Frau zu schätzen wisse, und die gewiß auch ihrer Herrin, der Göttin Isis, wohlgefällig sei. Ich gab zurück, als Liebhaber sei ich weniger erfreut darüber als vielleicht dereinst als Gatte. Darauf lächelte meine Mutter wieder und wechselte das Thema.

So entwickelten sich die Dinge, während sich über Ägypten die Gewitterwolken zusammenbrauten.

Eines Nachts konnte ich nicht schlafen. Es war die

Nacht des neuen Mondes, und ich wußte, daß Amada in diesen dunklen Stunden vor den versammelten Hohenpriestern im Allerheiligsten des Tempels stand, um in einer feierlichen Zeremonie aus ihrer Bindung an Isis entlassen zu werden und die Erlaubnis zu erhalten, sich wie jede andere Frau zu vermählen. In ihrer Eigenschaft als Sängerin Amens war auch meine Mutter bei diesem Ritual anwesend, und nach ihrer Rückkehr erzählte sie mir alles, was sich zugetragen hatte.

Sie beschrieb, wie Amada in ihrem Priestergewand erschienen war, wie sie den vier prunkvoll gekleideten Hohenpriestern ihr Anliegen vorgetragen und darum gebeten hatte, man möge sie ›um ihres Herzens und um Ägyptens willen‹ freigeben. Dann war einer der Hohenpriester, ich glaube, der Hohepriester Amens, denn er war der höchste von allen, vor die Statue der Göttin Isis getreten und hatte ihr die Bitte zugeflüstert, worauf die Göttin nach kurzem Zögern vor den Augen aller Anwesenden dreimal genickt und damit ihre Zustimmung kundgetan hatte. Nun war der Hohepriester an seinen Platz zurückgekehrt, hatte Amada mit der alten Formel ›um des Herzens der Bittstellerin und um Ägyptens willen‹ von ihren Verpflichtungen entbunden und damit gleichzeitig im Namen der Göttin ihre Ehe gesegnet. Dann hatte er jedoch hinzugefügt: »Auf deinen Wunsch, Tochter und Gemahlin, durchtrenne ich, die Göttin Isis, das Band, das dich auf Erden an mich fesselt. Solltest du es jedoch noch einmal knüpfen, so wisse, daß es nicht mehr gelöst werden kann, und wenn du danach strebst, so wird es dir die Kehle abschnüren, in jeder Gestalt, in der du jetzt oder in späteren Zeiten auf Erden wandelst, und mit dir dem Mann deiner Wahl und jenen, die dich ihm zum Weibe geben. So spricht Isis, die Königin des Himmels.«

»Was hat das zu bedeuten?« fragte ich meine Mutter.

»Das heißt, mein Sohn, falls eine Frau, nachdem sie ihr Gelübde an Isis gebrochen hat, es erneut ablegte, in den Dienst der Göttin zurückkehrte und es dann zum zweitenmal lösen wollte, wären sie und der Mann, für den sie so handelte, wie Fliegen in einem Spinnennetz, und zwar nicht nur in diesem, sondern auch in allen späteren Leben, die ihnen auf dieser Welt beschieden sein mögen.«

»Isis hat offenbar einen langen Arm«, sagte ich.

»Einen sehr langen Arm, mein Sohn, kein Zweifel, denn ganz gleich, unter welchem Namen sie auftritt, Isis ist eine Macht, die niemals stirbt und nie vergißt.«

»Nun, Mutter, in diesem Fall kann sie beruhigt vergessen, denn Amada wird niemals wieder ihre Priesterin sein.«

»Das glaube ich auch, Shabaka, aber wer weiß schon genau, was eine Frau jetzt oder später tut oder nicht tut? Ich für meinen Teil bin froh, daß ich in Amens, und nicht in Isis' Dienste getreten bin, und das erst nach meiner Vermählung.«

Kapitel XII

Der Tod des Idernes

Während ich noch mit meiner Mutter sprach, erreichte mich ein dringender Ruf in den Palast, dem ich unverzüglich Folge leistete. In einem kleinen Vorzimmer traf ich Amada. Sie war allein, und ich sah, daß sie auf mich gewartet hatte. Sie hatte weltliche Kleidung und die Insignien ihres königlichen Ranges angelegt, und ich fand sie bezaubernd. Sie hatte sich überhaupt sehr verändert, denn jetzt war sie keine Priesterin mehr, die den Mysterien verpflichtet war, sondern nur noch eine reizvolle, liebende Frau.

»Es ist vollbracht, Shabaka«, flüsterte sie, »nun bist du mein, und ich bin dein.«

Da breitete ich die Arme aus, sie sank an meine Brust, und ich küßte sie zum erstenmal auf die Lippen. Viele Male küßte ich sie, und, oh!, ich war so glücklich, daß mir fast das Herz zersprang. Doch allzu flüchtig war dieser kurze Moment, in dem die Liebe, für die ich vor so vielen Jahren den Samen gelegt hatte, die ersten Früchte trug. Noch während wir uns aneinanderklammerten und uns Koseworte ins Ohr flüsterten, hörte ich eine Stimme nach mir rufen, und ich mußte gehen, ehe ich auch nur Zeit gefunden hatte, sie zu fragen, wann die Vermählung denn nun stattfinden sollte.

Drinnen war der Rat versammelt. Es war gemeldet worden, der Satrap Idernes lagere mit einigen zehntausend Mann am Nil, nicht weit entfernt von den großen Pyramiden, und das hieß, man konnte ihn von Memphis aus angreifen. Außerdem verkündeten seine Boten, er habe die Absicht, an diesem Tag, nur in Begleitung einer kleinen Leibwache, den Fürsten Peroa aufzusuchen, um die Angelegenheit mit dem Siegel genauer zu erforschen. Für diesen Besuch verlangte er im Namen des Großen Königs und im Namen der Götter Ägyptens und des Ostens freies Geleit. Anderenfalls würde er Memphis sofort überfallen, ungeachtet aller Befehle, die man ihm kraft des Siegels erteilen mochte, denn dieses halte er, solange er es nicht mit eigenen Augen gesehen habe, ohnehin für eine Fälschung.

Die Frage war — wie sollte man ihm antworten? Darüber entspann sich eine lange, leidenschaftliche Debatte. Einige waren dafür, auf der Stelle gegen Idernes zu marschieren, obwohl es hieß, sein Lager sei stark befestigt und auf einer Seite vom Nil und auf der anderen Seite von dem ansteigenden Gelände geschützt, auf dem sich die große Sphinx und die Pyramiden befanden. Andere waren nicht dieser Ansicht, darunter auch ich, und ich glaube, an diesem Tag flüsterte mir ein übelwollender Gott einen Rat ein, der zwar für Ägypten gut sein mochte, für mein eigenes Glück jedoch abträglicher nicht sein konnte. Vielleicht war Isis dieser Gott, vielleicht war sie erzürnt, weil sie ihre Dienerin verloren hatte.

Ich gab zu bedenken, daß Peroa Zeit gewinnen würde, wenn er Idernes empfing. Inzwischen könnte ein Trupp von dreitausend, wenn nicht noch mehr Männern, der sich im Moment nilabwärts bewegte, zu uns stoßen, ehe sie vielleicht von der Stadt abgeschnitten wurden, und damit hätten wir eine ebenso große, wenn nicht sogar noch größere Streitmacht als der Satrap. Auch wies ich darauf hin, daß wir uns, nachdem wir Idernes unter dem Siegel gerufen hatten, ins Unrecht setzen würden, wenn wir uns nun weigerten, ihn zu empfangen, und statt dessen sofort zum Angriff übergingen.

Eine dritte Gruppe sprach sich dafür aus, den Satrapen mit seiner Leibwache nach Memphis hereinzulassen und ihn dann gefangenzunehmen oder zu töten. Gegen diesen Plan wandte ich ein, wir brächen damit nicht nur einen feierlichen Eid, was möglicherweise den Fluch der Götter auf unsere Sache herabbeschwören und uns vor aller Welt als Verräter brandmarken könnte, sondern es sei auch ein törichtes Unterfangen, da die Ostländer außer Idernes auch noch andere Generäle hätten und es uns wenig nützen würde, nur ihn und seine Eskorte in unsere Gewalt zu bringen. Damit würden wir den übrigen Ostländern lediglich einen triftigen Grund liefern, ebenfalls gegen uns zu Felde zu ziehen.

So kam man schließlich überein, den Geleitbrief abzuschicken. Peroa sollte Idernes noch am selben Tag empfangen und zu seinen Ehren ein großes Festmahl ausrichten. Man fertigte also das Dokument so aus, wie es von altersher der Brauch war, und legte vor den Boten einen Eid ab, weder Idernes noch seinen Begleitern, die nicht mehr als zwanzig Mann zählen dürften, in Memphis auch nur ein Haar zu krümmen und ihn auf dem Rückweg so lange zu beschützen, bis er die Außenposten seines eigenen Lagers erreicht habe.

Danach schickte man mich in einem Wagen, nur von Bes begleitet, mit dem Auftrag nilaufwärts, die oben erwähnten Truppen zur Eile anzutreiben und dafür zu sorgen, daß sie bei Sonnenuntergang in Memphis einträfen. Zuvor sprach ich jedoch noch ein paar Worte unter vier Augen mit Peroa und erfuhr von ihm, meine Vermählung mit der Edlen Amada stünde unmittelbar bevor und würde an diesem Abend beim Festmahl bekanntgegeben werden. Daraufhin bat ich ihn, Amada die Kette aus rosenfarbenen Perlen, die sich in seiner Obhut befand, in meinem Namen als Verlobungsgeschenk zu überreichen und sie zu bitten, sie bei dem Festmahl anzulegen. Für mehr war keine Zeit.

Die Fahrt nilaufwärts zog sich ziemlich lange hin, denn die Straße war schlecht, stellenweise gab es Sandverwehungen, dann wieder hatte die letzte Überschwemmung eine dicke Schlammschicht zurückgelassen. Endlich fand ich die Truppen, sie hatten Rast gemacht und wollten gerade wieder aufbrechen. Zu meiner großen Freude stellte ich fest, daß ihre Zahl größer war, als ich gedacht hatte. Ich erklärte den Hauptleuten, was auf dem Spiel stand, und sie versprachen mir, den Rest des Weges in einem Gewaltmarsch zurückzulegen und zwei Stunden vor Mitternacht in Memphis einzuziehen.

Auf dem Rückweg fragte Bes plötzlich:

»Weißt du, warum du mich heute morgen nicht finden konntest?«

Ich verneinte.

»Weil ein guter Sklave seinem Herrn stets einen Schritt voraus sein sollte, um ihm den Weg freizumachen und ihn vor tückischen Stellen zu warnen. Ich habe mich vermählt. Die Schale des heiligen Tanofir ist nun nach Recht und Gesetz Königin der Äthiopier. Wenn du sie also wiedersiehst, mußt du sie mit ebenso großem Respekt behandeln, wie ich es bereits tue.«

»Was du nicht sagst, Bes«, sagte ich lachend, »und wie hast du das zuwege gebracht? Du mußt sie sehr eindringlich umworben haben in diesen Tagen, obwohl wir beide alle Hände voll zu tun hatten.«

»Sie habe ich nicht allzusehr umworben, Gebieter, dafür fehlte mir in der Tat die Zeit. Statt dessen habe ich mich um so mehr um den heiligen Tanofir bemüht, denn das war wichtiger.«

»Um den heiligen Tanofir, Bes?« rief ich aus.

»Ja, Gebieter. Weißt du, seine schöne Schale ist eben doch nur — eine schöne Schale. Ihr Verstand ist der Schatten des seinen, und aus ihr ergießt sich seine Weisheit. Folglich habe ich den ganzen Fall ihm dargelegt. Zuerst zürnte er mir, denn trotz allem, was er dir und mir jüngst sagte, verhielt er sich, als es so weit war, doch nicht anders als die meisten Männer, er sträubte sich und wollte seine Schale nicht verlieren. Wäre er ein paar Jahrzehnte jünger gewesen, ich glaube, er hätte ihretwegen sogar ein wenig seine Heiligkeit vergessen. Doch schließlich sah er die ganze Sache im richtigen Licht — um deinetwillen, Gebieter, nicht meinetwegen, seine Weisheit sagte ihm nämlich, ich müsse unbedingt wieder König der Äthiopier werden, und dazu war es nötig, daß ich heiratete. Jedenfalls wirkte er — nachdem er dafür gesorgt hatte, daß eine jüngere Schwester ihre Stelle einnahm — mit so großem Erfolg auf seine Schale ein, daß sie, als ich endlich selbst mit ihr sprach, nicht nein sagte.«

»Gewiß hast du ihr so gefallen, wie du bist, Bes. Keine Frau würde einfach den Nächstbesten heiraten, nicht einmal dem heiligen Tanofir zu Gefallen.«

»O Gebieter«, antwortete mit einer ganz neuen, sehr traurigen Stimme, »wenn ich das nur glauben könnte. Sieh mich doch an, ich bin ein mißgestalteter Zwerg, von Geburt an verflucht. Könnte eine schöne Frau wie diese Karema denn einen wie mich um seiner selbst willen heiraten?«

»Nun, Bes, es mag neben dem heiligen Tanofir auch noch andere Gründe geben«, tröstete ich hastig.

»Gebieter, es gab keine anderen Gründe, es sei denn, die Schale erinnert sich im Wachen an alles, was sie in der Trance enthielt, was ich freilich nicht glaube. Ich warb als der um sie, der ich jetzt scheine, ohne ihr zu verraten, daß ich zudem König der Äthiopier und auch sonst mehr bin, als man mir ansieht. Auch der heilige Tanofir hat ihr nichts gesagt, das hat er mir geschworen, und er lügt nicht.«

»Und was hat sie dir geantwortet, Bes?« fragte ich neugierig.

»Sie hat recht geschickt gelogen, Gebieter. Sie sagte genau wie bei unserer ersten Begegnung, in mir verberge sich mehr, als sich dem Auge zeige, und sie, die so viel mit Geistern gelebt habe, achte mehr auf den Geist als auf das Fleisch, sie liebe mich, Zwerg hin oder her, und wünsche sich nichts Besseres, als mich zu heiraten und mir eine gute, treue Frau und Gehilfin zu sein. Sie log so überzeugend, daß ich ihr ein- oder zweimal fast geglaubt hätte. Jedenfalls nahm ich sie beim Wort, aber nicht allein meinetwegen, Gebieter, sondern weil die Prophezeiungen des heiligen Tanofir ganz gewiß eintreffen werden und du daher darauf angewiesen bist, daß ich verheiratet bin.«

»Du hast sie geheiratet, um mir zu helfen, Bes?«

»So ist es, Gebieter — das ist schließlich nicht weiter schwierig, wenn man bedenkt, daß sie schön, von edler Geburt und angenehmem Wesen ist und daß sie mir gefällt. Und für sie ist es kein Schaden, denn sie hat mehr bekommen, als sie dachte, und falls die Kinder, die sie zur Welt bringt, keine Zwerge sind, können sie nach mir Könige werden. Ich glaube nämlich«, fügte er nachdenklich hinzu, »daß nicht einmal die treuen Äthiopier einen zweiten Zwerg als Herrscher über sich dulden würden. Einer ist zur Abwechslung schön und gut, aber nicht zwei oder gar drei. Das würde einem Volk von Hünen allzu sauer aufstoßen.«

Ich nahm Bes' Hand und drückte sie, denn ich begriff, wie sehr er mich liebte, und welch großes Opfer er mir gebracht hatte. Und dann gab mir irgendein — zweifellos vom heiligen Tanofir geschickter — Geist die Worte ein:

»Mach dir darüber keine Sorgen, Bes, denn eines weiß ich gewiß. Du wirst große, kräftige Kinder mit geraden Gliedern haben, die alle ihre Vorfahren weit übertreffen.«

(Und so sollte es tatsächlich kommen, denn die Mißbildung ihres Vaters war nur ein unglücklicher Zufall und vererbte sich nicht weiter.)

»Ich nehme diese Worte als gutes Omen, Gebieter, und danke dir dafür. Der heilige Tanofir verhieß mir das gleiche, als er heute morgen die heiligen Worte über uns sprach und uns seinen Segen gab. Außerdem stattete er mein Weib mit gewissen geheimen Gaben aus, die ihr und mir zugute kommen würden, wie er sagte.«

»Wo ist sie jetzt, Bes?«

»Beim heiligen Tanofir, Gebieter, bis ich sie hole. Sie bildet ihre jüngere Schwester zur würdigen Schale eines Wahrsagers aus. Aber vielleicht werde ich gar nicht dazu kommen, nach ihr zu schicken, denn es hat den Anschein, als würde der Krieg bald ausbrechen.«

»Ja, Bes, aber da du jung verheiratet bist, ist es gewiß besser, wenn du das Kämpfen anderen überläßt.«

»Nein, nein, Gebieter. Eine Schlacht ist besser als ein Weib. Außerdem, glaubst du wirklich, ich würde dich alleine ins Getümmel ziehen lassen? Stell dir vor, du kämst dabei zu Schaden! Ich würde vor Scham sterben oder mich erhängen, in diesem Fall würde Karema niemals Königin, und was bliebe ihr dann noch? Es würde ihr das Herz brechen, denn als Ehefrau kann sie auch keine Schale mehr sein. Aber ich sehe die Tore von Memphis vor uns, vergessen wir also die Liebe und denken wir an den Krieg.«

Eine Stunde später stand ich mit meiner Mutter, der Edlen Tiu, und vielen anderen im Bankettsaal des Palastes und erfuhr, daß der Satrap Idernes und seine Eskorte Memphis erreicht hatten und beim Festmahl anwesend sein würden. Einige Zeit später schmetterten Trompeten, und ein prunkvoller Zug näherte sich. An der Spitze ging Peroa, der Idernes an der Hand führte. Der Ostländer war ein großer, kräftiger Mann mit müden, unruhigen Augen, wie ich sie bei den Dienern des Großen Königs, die von einem Tag auf den anderen nicht wußten, ob sie über eine Satrapie herrschen oder ins Grab steigen würden, häufig beobachtet hatte. Er trug ein kostbares Seidengewand, und sein Haupt zierte eine Haube, in der ein Edelstein funkelte, unter der Robe sah ich jedoch eine Rüstung blinken.

Als Idernes den Saal betrat und die Zahl und den Rang der Gäste sowie die Unruhe und den erwartungsvollen Ausdruck auf ihren Gesichtern bemerkte, fuhr er erschrokken zusammen, faßte sich aber gleich wieder, murmelte ein paar höfliche Worte, die nur für seinen Gastgeber bestimmt waren, und strebte dann dem Ehrenplatz zur Rechten des Fürsten zu. Den beiden folgten Peroas Gemahlin mit ihrem Sohn und ihren Töchtern, und danach erschien, zum Zeichen ihres hohen Ranges allein und prächtig gekleidet, Amada, die Prinzessin von Ägypten. Auf die königlichen Insignien hatte sie freilich verzichtet, entweder, weil man es für klüger gehalten hatte, sie vor dem Satrapen nicht zur Schau zu stellen, oder weil sie im Begriff stand, sich mit einem Mann zu vermählen, der nicht königlichen Geblütes war. Wie ich zu meiner Freude bemerkte, trug sie als einzigen Schmuck die Kette aus rosenfarbenen Perlen in einer Doppelreihe um den Hals.

Ihre Augen fanden mich, sie lächelte, berührte mit den Fingern die Perlen und setzte sich dann auf ihren Platz neben Peroas Töchtern, an einem Ende der Haupttafel, die wie ein Pferdehuf geformt war.

Nach ihr kamen die Adeligen, die Idernes begleitet hatten, Männer aus dem Osten mit ernsten Gesichtern. Einer von ihnen, ein hochgewachsener Offizier mit den scharfen Augen eines Falken, kam mir bekannt vor. Und ich irrte mich nicht, denn Bes, der hinter mir stand und die Aufgabe hatte, mich beim Mahl zu bedienen, flüsterte mir ins Ohr:

»Achte auf diesen Mann! Er war dabei, als man dich aus dem Boot holte und vor den Großen König brachte, und er hat alles gesehen und gehört.«

»Dann wünschte ich, er wäre jetzt nicht hier«, flüsterte ich zurück, denn Bes' Worte hatten mir einen gewaltigen Schrecken eingejagt, ohne daß ich hätte sagen können, wovor.

Nach und nach nahmen alle die ihnen zustehenden Plätze ein. Ich saß neben meiner Mutter an einem langen Tisch, der sozusagen die beiden Enden der Haupttafel miteinander verband, aber in einigem Abstand davon aufgestellt war, so daß ich Peroa und Idernes fast genau vor mir hatte und auch Amada sehen konnte, freilich war sie zu weit entfernt, als daß ich mich mit ihr hätte unterhalten können.

Zu Anfang des Mahles war die Stimmung ziemlich gedrückt, und außer den üblichen Höflichkeitsfloskeln wurde kaum gesprochen. Doch nach einer Weile löste der Wein — ich stellte fest, daß Idernes und seine Begleiter ihm reichlich zusprachen, Peroa und die Ägypter dagegen nur wenig tranken — die Zungen, und man wurde fröhlicher. Im Reich des Großen Königs war es nämlich Brauch, private und öffentliche Angelegenheiten in trunkenem Zustand zu besprechen, bei den Ägyptern dagegen blieb man möglichst nüchtern. Peroa und vielen anderen von uns, besonders mir, der ich unter den Ostländern gelebt hatte, war diese Sitte wohlbekannt, und wir hatten Idernes unter anderem deshalb zu einem Festmahl geladen, weil wir hofften, sie würde sich bei einer Diskussion zu unserem Vorteil auswirken.

Bald bemerkte der Satrap den prächtigen Becher, aus dem er trank, und stellte eine diesbezügliche Frage an den falkenäugigen Adeligen, den ich bereits erwähnte. Als er eine Antwort erhalten hatte, sagte er so laut, daß auch ich es hören konnte:

»Ich wüßte gerne, o Fürst Peroa, ob dieser Becher jemals Eigentum des Großen Königs war, denn er kommt mir sehr bekannt vor.«

»Soweit mir bekannt ist, ja, o Idernes«, antwortete Peroa. »Jetzt ist er freilich mein, denn der Edle Shabaka, der ihn vom Großen König erhielt, hat ihn mir zum Geschenk gemacht.«

Auf den Zügen des Satrapen und seiner Adeligen malte sich Entsetzen.

»Dieser Shabaka«, stellte Idernes fest, »achtet die Gunst des Königs wohl sehr gering, wenn er seine Geschenke an den Erstbesten weitergibt. Zumindest sollte das Gefäß, das einst die Lippen des Königs der Könige berührte, nicht vom elendesten seiner Diener entweiht werden. Ich bitte Euch, o Fürst, mir einen anderen Becher zu geben.«

Man brachte ihm also einen neuen Pokal, und Peroa versuchte, die Sache als Scherz abzutun, indem er mich aufforderte, die Geschichte des Bechers zu erzählen. Alle lauschten aufmerksam, als ich sagte:

»O Fürst, der erhabene Satrap irrt sich. Der König der Könige hat mir diesen Becher nicht geschenkt, ich habe ihn vielmehr für einen ganz bestimmten, berühmten Bogen eingetauscht, und deshalb hielt ich es nicht für ein Unrecht, ihn an Euch weiterzugeben, Herr.«

Idernes antwortete nicht, und nach einer Weile schien er die Angelegenheit vergessen zu haben.

Doch dann fiel sein Blick auf Amada und die rosenroten Perlen um ihren Hals, und wieder stellte er dem falkenäugigen Offizier eine Frage. Schließlich sagte er:

»Haltet mich nicht für unhöflich, o Fürst, wenn ich jene reizende Dame dort so eingehend betrachte, was man in meinem Lande, wo Frauen sich nicht in der Öffentlichkeit zu zeigen pflegen, als große Beleidigung ansehen würde. Aber die Perlen an ihrer schönen Brust haben Ähnlichkeit mit anderen, die in der ganzen Welt berühmt sind und seit vielen Jahren von den Herrschern auf dem Thron des Ostens getragen werden, und ich möchte Euch fragen, ob es dieselben sind oder nicht?«

»Das weiß ich nicht, o Idernes«, erklärte Peroa. »Ich kann Euch nur sagen, daß der Edle Shabaka sie aus dem Osten mitbrachte. Habt doch die Freundlichkeit, Euch bei ihm zu erkundigen.«

»Schon wieder Shabaka …«, begann Idernes, aber ich fiel ihm ins Wort und sagte:

»Ja, o Satrap, schon wieder Shabaka. Ich habe dem Großen König diese Perlen und mit ihnen eine gewisse Menge Goldes bei einer Wette abgewonnen, und ich glaube, das war Euch bereits bekannt, da nämlich Euer Bote vor einiger Zeit ausgepeitscht wurde, weil er versuchte, sie zu stehlen. Unter den Ruten gestand er, er habe auf Befehl gehandelt, o Satrap.«

Idernes würdigte diese kühne Rede keiner Antwort. Nur seine Begleiter machten finstere Gesichter, und viele der Ägypter murmelten beifällig.

Danach verlief das Mahl ohne weitere Zwischenfälle, und die Ostländer tranken immer mehr Wein, bis endlich die Tische abgeräumt wurden und alle von minderem Rang den Saal verließen. Nur die Mundschenke und die persönlichen Diener wie Bes, die hinter den Plätzen ihrer Herren standen, blieben zurück. Nun trat eine Stille ein wie kurz vor einem Gewitter, bis Idernes mit etwas schwerer Zunge das Wort ergriff.

»Ich habe, o Peroa«, sagte er, »meinen Regierungssitz in Sais nicht verlassen, um Euer Fleisch zu essen und Euren Wein zu trinken. Ich kam, um Angelegenheiten von höchster Wichtigkeit mit Euch zu besprechen.«

»So ist es, o Satrap«, bestätigte Peroa. »Und was ist nun Euer Begehr? Möchtet Ihr Euch mit mir und meinen Ratgebern zurückziehen, um darüber zu verhandeln?«

»Wozu sollte das gut sein, o Peroa, da ich nichts zu sagen habe, was nicht jeder hören könnte?«

»Wie es Euch beliebt. So sprecht, o Satrap.«

»Man hat mich mit einem Schreiben hierher befohlen, Fürst Peroa, das vorgibt, sich auf das Siegel aller Siegel zu berufen — auf das alte Weiße Petschaft, das seit unzähligen Generationen von den Ahnen des Königs der Könige benützt wird. Wo ist dieses Siegel?«

»Hier«, sagte der Fürst und öffnete sein Gewand. »Seht es Euch an, Satrap, und auch Eure Adeligen mögen es betrachten, aber ich warne Euch, es zu berühren.«

Idernes prüfte das Siegel lange und eingehend, und einige seiner Gefolgsleute, besonders der Mann mit den Falkenaugen, taten es ihm nach. Dann sahen sie sich verwirrt an und begannen miteinander zu tuscheln.

»Es scheint das echte Siegel zu sein — das Weiße Petschaft selbst!« rief Idernes schließlich aus. »Doch nun sagt mir, Peroa, wie kam dieses heilige Zeichen, dessen Platz im Osten ist, hierher nach Ägypten?«

»Der Edle Shabaka brachte es mir zusammen mit einigen Briefen vom Großen König, o Satrap.«

»Shabaka zum drittenmal, beim heiligen Feuer!« rief

Idernes. »Er brachte den Becher, er brachte die berühmten Perlen, er brachte das Gold, und er brachte das Siegel der Siegel. Gibt es etwas, was er nicht gebracht hat? Hat er vielleicht gar den König der Könige selbst in seinem Gewahrsam?«

»Das nicht, o Satrap, nur die Befehle des Königs der Könige, und da Ihr das Weiße Petschaft anerkennt, können wir sie Euch jederzeit mitteilen.«

»Und wie lauten sie, Ägypter?«

»Folgendermaßen, o Satrap: Ihr sollt Euch mit dem gesamten Heer, das Ihr mitgebracht habt, nach Sais zurückziehen und danach Ägypten verlassen, so schnell Ihr könnt, andernfalls werdet Ihr für Euren Ungehorsam mit dem Leben bezahlen.«

Idernes und seine Offiziere keuchten erschrocken auf.

»Aber das ist ja Rebellion!« rief der Satrap.

»Nein, o Satrap, nur der Befehl des Großen Königs, bestätigt durch das Weiße Petschaft.« Damit zog Peroa eine Schriftrolle aus seinem Gewand, berührte damit seine Stirn und warf sie Idernes mit den Worten vor die Füße:

»Gehorcht der Schrift und dem Siegel, oder ich falle kraft meiner Vollmacht über Euch her und vernichte Euch, sobald Ihr zu Eurem Heer zurückgekehrt seid und der Geleitbrief seine Gültigkeit verloren hat.«

Idernes sah sich um wie ein Wolf in einer Falle, dann fragte er:

»Habt Ihr vor, mich hier zu ermorden?«

»Keineswegs«, antwortete Peroa, »denn wir haben Euch sicheres Geleit zugesagt, und die Ägypter stehen zu ihrem Wort. Aber Ihr seid Eures Amtes enthoben, und ich befehle Euch, Ägypten zu verlassen.«

Idernes überlegte einen Moment lang, dann verkündete er:

»Es gibt noch einen schriftlichen Befehl, den Ihr nicht bestreiten werdet. Wenn ich Ägypten verlassen soll, so muß ich eine Person mit mir nehmen, eine Frau namens Amada, die der König seinem Harem hinzuzufügen wünscht. Man sagte mir, sie säße dort drüben — ein wahres Juwel, schön wie die Perlen auf ihrer Brust, die auf diese Weise in den Besitz des Königs zurückgelangen werden. Übergebt sie mir, sie wird sofort mit mir aufbrechen.«

Alles wartete gespannt, und schließlich erklärte Peroa:

»Amada ist die Königliche Prinzessin von Ägypten, und sie kann nicht ohne Einwilligung des Edlen Shabaka, dem sie versprochen ist, in den Harem des Großen Königs geschickt werden.«

»Shabaka zum viertenmal!« rief Idernes und funkelte mich wütend an. »Dann mag Shabaka ebenfalls mitkommen. Oder gebt uns seinen Kopf in einem Korb, das wird uns später einige Mühe ersparen und Shabaka einige Schmerzen. Ja, nun entsinne ich mich. Dieser Shabaka ist derselbe, den der Große König zum Tod auf dem Boot verurteilte, weil er sich gegen seine Majestät vergangen hatte, und der sich sein Leben mit dem Versprechen erkaufte, dem König die schönste und gelehrteste Frau der Welt zu verschaffen — die Edle Amada von Ägypten. So hält der Schurke also seinen Eid!«

Nun sprang ich auf, und mit mir die meisten Anwesenden. Nur Amada blieb sitzen und sah mich an.

»Ihr lügt!« schrie ich, »und hätte man Euch nicht freies Geleit versprochen, so würde ich Euch auf der Stelle dafür töten.«

»Ihr meint, ich lüge?« höhnte Idernes. »So sprich denn, der du dabei warst, und zeige dieser vornehmen Gesellschaft, ob ich ein Lügner bin.« Damit deutete er auf den falkenäugigen Adeligen.

»Der Satrap lügt nicht«, sagte der Offizier. »Ich befand mich am Hofe des großen Königs und hörte, wie jener Shabaka sich seine Begnadigung erkaufte, indem er versprach, dem König seine Verwandte, die Edle Amada auszuliefern. Die Perlen wurden ihm als Geschenk für sie anvertraut, und sie trägt sie, wie ich sehe. Das Gold, von dem vorhin die Rede war, sollte es ihr ermöglichen, wie ich hörte, mit allem Luxus in den Osten zu reisen. Der Becher war sein Sold, und außerdem erhielt er eine gewisse Summe für seinen eigenen Beutel.«

»Das ist nicht wahr!« rief ich. »Der Name Amada glitt mir versehentlich über die Lippen — nicht mehr.«

»Er glitt dir also *versehentlich* über die Lippen, nicht wahr?« höhnte Idernes. »Nun, wenn du klug bist, dann läßt du auch die Edle Amada aus deinen Fingern gleiten — aber nicht *versehentlich*. Doch wir wollen uns nicht weiter mit diesem gerissenen Schurken befassen. Fürst, werdet Ihr uns diese schöne Frau nun aushändigen, oder werdet Ihr es nicht tun?«

»Ich werde es nicht tun, Satrap«, antwortete Peroa. »Was Ihr da fordert, ist eine Beleidigung, die uns zum Aufstand treiben soll, denn es gibt keinen Mann in Ägypten, der nicht gerne bereit wäre, sein Leben hinzugeben, um die Prinzessin von Ägypten zu schützen.«

Diese Worte wurden von allen Ägyptern im Saal mit Beifallsrufen quittiert. Idernes wartete, bis der Lärm sich gelegt hatte, dann sagte er:

»Fürst Peroa und ihr Ägypter, ihr habt mir gewisse Befehle übermittelt, die mit dem Weißen Petschaft gesiegelt sind, doch ich habe den Verdacht, daß das Siegel von diesem Shabaka gestohlen wurde. Nun höret: Bis die Sache aufgeklärt ist, werde ich jenen Befehlen insoweit gehorchen, als ich mit meinem Heer nach Sais zurückkehre und dort abwarte, bis der Große König meinen Bericht erhalten hat und mir neue Anweisungen erteilt. Wird während unseres Marsches auch nur ein einziger Pfeil auf uns abgeschossen, so ist das offene Rebellion, und dafür wird Ägypten zermalmt werden, wie es noch nie zuvor geschehen ist, und jeder einzelne der hier Anwesenden wird seinen Kopf verlieren, ausgenommen nur die Edle Amada, denn sie gehört dem Großen König. Nun danke ich Euch für Eure Gastfreundschaft und fordere Euch auf, mich und meine Begleiter in mein Lager zurückzugeleiten, denn hier sind wir offenbar von Feinden umgeben.«

»Ehe Ihr geht, Idernes«, rief ich, »will ich Euch noch sagen, daß Ihr samt Euren verlogenen Offizieren für diese Verleumdung mit Eurem Leben bezahlen werdet.«

»Für das, was heute nacht geschehen ist, werden viele mit ihrem Leben bezahlen, o du Dieb der Perlen und der Siegel«, gab der Satrap zurück, drehte sich um und verließ mit seinem Gefolge den Saal.

Nun sah ich mich nach Amada um, aber sie hatte sich bereits mit Peroas Damen zurückgezogen, weil sie befürchtete, das Fest könnte in einer blutigen Schlägerei enden, und man würde sie vielleicht sogar entführen. Von allen Frauen im Saal war nur meine Mutter noch geblieben.

»Geh zu Amada«, bat ich sie, »und erzähle ihr die Wahrheit.«

»Gewiß, mein Sohn«, antwortete sie nachdenklich. »Aber was ist die Wahrheit? Ich hatte bisher gedacht, Bes habe dem Großen König als erster den Namen der Edlen Amada genannt. Nun erfahren wir aus deinem eigenen Munde, daß du es warst. Es wäre klüger gewesen, mein Sohn, du hättest dir die Zunge abgebissen, anstatt ihn auszusprechen, denn dies ist ein Vorfall, den jede Frau leicht mißverstehen könnte.«

»Man hat mir den Namen unversehens entlockt, Mutter. Bes hatte dem König von der Schönheit einer gewissen ägyptischen Dame vorgeschwärmt.«

»Und ich glaube mich zu erinnern, mein Sohn, daß Bes auch Peroa und seinen Gästen gegenüber behauptete, er und nicht du habe dem König ihren Namen genannt, und du scheinst ihm nicht widersprochen zu haben. Nun, ihr habt euch beide ohne Zweifel sehr töricht verhalten, aber mehr kann man euch auch nicht zur Last legen, denn ich weiß wohl, daß du lieber zehnmal gestorben wärst, als dir dein Leben damit zu erkaufen, daß du die Ehre der Prinzessin von Ägypten aufs Spiel setztest. Das werde ich ihr sagen, sobald ich kann, und ich hoffe, es wird nicht zu spät sein. Hinterher wirst du mir alles erzählen, was du übrigens besser gleich zu Anfang getan hättest, aber Bes war, wie ich vermute, nach Art der schwarzen Menschen ein wenig überschlau und hat dir davon abgeraten. Doch sieh, Peroa ruft nach dir, und ich muß gehen, denn es sind wichtigere Dinge im Gange als die Frage, wem gegenüber dem König der Könige der Name der Edlen Amada entschlüpft ist.«

Damit verließ sie uns, und wir hielten einen schnellen Kriegsrat ab, wobei es darum ging, ob wir das Heer des Satrapen angreifen oder zulassen sollten, daß er sich nach Sais zurückzog. Als die Reihe an mich kam, mein Urteil abzugeben, sagte ich:

»Schlagt zu, und zwar sofort, denn Sais ist weit, und wir können nicht hoffen, diese Stadt zu erstürmen. Außerdem haben wir jetzt alle Streitkräfte zusammengezogen, die wir aufbringen können, und wenn die Leute untätig und vielleicht ohne Bezahlung herumhängen, werden sie sich wieder zerstreuen. Gelingt es uns dagegen, Idernes und sein Heer vernichtend zu schlagen, so wird es lange dauern, bis der König der Könige, der seine Scharen im Augenblick gegen die Griechen schickt, eine neue Streitmacht sammeln kann, und Ägypten hat Zeit, unter seinem eigenen Pharao Peroa wieder zu einer Nation zu erstarken, die wieder fähig ist, sich zu verteidigen.«

Letztlich setzten ich und jene, die meiner Ansicht waren, unseren Willen durch, so daß ich noch vor dem Morgengrauen zweitausend Mann unter meinem Kommando hatte und mit der Flotte den Nil hinabsegelte. Auch die sechs Jäger nahm ich mit, die ich dem Großen König abgewonnen hatte, denn ich wußte, daß sie treu waren, und hoffte, sie könnten mir nützlich sein, weil sie mit den Ostländern und ihren Sitten vertraut waren. Wir hatten Befehl, einen bestimmten Geländestreifen zwischen dem Fluß und den Hügeln, wo Idernes' Heer vorüberkommen mußte, so lange zu halten, bis Peroa mit seiner ganzen Streitmacht von hinten angreifen konnte.

Vier Stunden später — der Wind stand sehr günstig für uns — erreichten wir die angegebene Stelle, postierten uns und bereiteten alles so weit vor wie möglich. Dann legten wir uns zur Ruhe nieder.

Am frühen Nachmittag weckte mich Bes aus tiefem Schlaf und zeigte nach Süden. Durch den Wüstendunst sah ich Idernes' Wagen, gefolgt von den Scharen seiner Fußsoldaten, in wohlgeordneten Reihen näher kommen.

Wir hatten keine Wagen zur Verfügung, nur Bogenschützen und zwei mit langen Speeren und Schwertern bewaffnete Regimenter. Die Seeleute auf den Schiffen waren außerdem mit Schleudern und Wurfspießen versehen, und zuletzt war das Gelände für uns günstig, da es anstieg und der Raum zwischen dem Fluß und den Hügeln schmal und nach der Nilüberschwemmung auch etwas sumpfig war, was bedeutete, daß die Wagen in einer Kolonne vorrücken mußten und nicht genügend Geschwindigkeit aufbringen würden, um uns zu überrollen.

Idernes und seine Offiziere waren sich darüber ebenfalls im klaren und hielten an. Dann schickten sie einen Herold vor, um zu fragen, wer wir seien, und uns im Namen des Großen Königs zu befehlen, für dessen Heer Platz zu machen.

Ich erklärte, wir seien Ägypter und versperrten auf Befehl Peroas die Straße für den Satrapen, der Ägypten mit der Forderung beleidigt habe, ihm seine Königliche Prinzessin auszuliefern, damit sie als Sklavin in das Ostreich geschickt würde. Wenn der Satrap die Straße geräumt haben wolle, so könne er ja kommen und das tun. Wenn es ihm beliebe, könne er auch nach Memphis zurückkehren oder bleiben, wo er sei, wir hätten kein Verlangen, den ersten Schlag zu führen. Dann fügte ich noch hinzu:

»Ich, der ich im Namen des Fürsten Peroa spreche, bin der Edle Shabaka, derselbe, den der Satrap und ein gewisser Offizier erst letzte Nacht einen Lügner nannten. Nun sind die Ostländer als tapfere Männer bekannt, und wir Ägypter haben immer gehört, daß keiner unter ihnen tapferer ist als Idernes, der sich seinen Aufstieg durch seinen Mut und seine Geschicklichkeit im Kampf verdient hat. Er möge deshalb, nur mit einem Schwert bewaffnet, zusammen mit jenem Adeligen vortreten, der mich als Lügner bezeichnete, und ich, der ich ein Lügner und folglich auch ein Feigling bin, werde mich ihnen gemeinsam mit meinem Diener, einem schwarzen Zwerg, vor den Augen der beiden Heere von Mann zu Mann stellen und auf Leben und Tod mit ihnen kämpfen. Idernes mag auch fernbleiben, wenn er das vorzieht, dann werde ich ihn in der Schlacht zu finden wissen und ihn töten oder von ihm getötet werden.«

Der Herold musterte mich und Bes abschätzig und lachte über den Zwerg, dann kehrte er mit dieser Botschaft zu seinem Herrn zurück.

»Was meinst du, Gebieter, wird er kommen?« fragte Bes.

»Durchaus möglich«, antwortete ich, »denn es wäre eine Schande für einen Ostländer, die Herausforderung eines Mannes abzulehnen, den er als Barbaren betrachtet, und wenn er das täte, liefe er Gefahr, hinterher vom Großen König dafür getötet zu werden. Sollte er fallen, so gibt es außerdem andere, die das Kommando übernehmen können, aber keinen, der imstande wäre, den Makel auf seiner Ehre zu tilgen.«

»Ja«, meinte Bes. »Außerdem werden sie glauben, ich als Zwerg zähle nicht, und deshalb wäre es ein leichtes, dich zu töten. Nun, sie werden schon sehen.«

Als ich diese Herausforderung aussprach, hatte ich mehr im Sinn als nur den Wunsch, mich an Idernes und seinem Offizier dafür zu rächen, daß sie mich öffentlich mit Schande überhäuft hatten. Ich wollte vielmehr den Angriff ihres Heeres auf unseren kleinen Trupp verzögern und Peroas Streitmacht Zeit verschaffen, von hinten heranzurücken. Sollte ich fallen, so wäre dies höchstens ein schlechtes Omen, aber weiter kein großer Schaden, denn ich hatte tüchtige Offiziere unter mir, die in alle meine Pläne eingeweiht waren.

Wir sahen, wie der Herold das Heer des Satrapen erreichte, und wie er nach einer Weile wieder zu uns zurückkehrte, was uns zu der Annahme verleitete, meine Herausforderung sei abgelehnt worden. Noch dazu hatte er einen Offizier bei sich, der wohl erkunden sollte, wie stark wir seien. Dem war jedoch nicht so, denn der Mann sagte:

»Der Satrap Idernes hat beim Großen König geschworen, den Dieb des Siegels zu töten und dem Großen König seinen Kopf zu schicken, und er fürchtet, wenn er darauf wartet, bis er ihm im Kampf begegnet, könnte der Schurke ihm entschlüpfen. Deshalb hat er sich entschlossen, deine Herausforderung anzunehmen, o Shabaka, um dir den Garaus zu machen. Nach den Gesetzen des Ostens darf er sich auch gar nicht weigern. Aber ein Adeliger des Großen Königs kann nicht gegen einen schwarzen Sklaven kämpfen, es sei denn mit der Peitsche, wie soll also dieser Adelige die Herausforderung des Zwerges Bes annehmen?«

»Ganz einfach«, antwortete Bes, »ich bin nämlich kein Sklave, sondern ein freier Bürger Ägyptens. Außerdem bin ich in meinem eigenen Lande Äthiopien von königlichem Geblüt. Und weiterhin kannst du dem Mann, der mir mit der Peitsche droht, von mir bestellen, falls er nicht kommt und hinterher mir oder dem Edlen Shabaka in die Hände fällt, so werde ich ihm so lange mit einer Peitsche das Fell gerben, bis ihm das Fleisch von den Knochen fällt und sein Leben verrinnt.«

So sprach Bes, rollte seine großen Augen und bot einen so erschreckenden Anblick, daß der Herold und der Offizier ein paar Schritte zurückwichen. Ich erklärte ihnen noch, falls ihnen mein Angebot nicht zusage, so würde ich auch allein kämpfen, zuerst gegen Idernes und dann gegen den Adeligen. Damit kehrten sie zurück.

Nach einer Weile sahen wir Idernes und seinen Offizier näher kommen, gefolgt von einer zehn Mann starken Leibwache. Ich gab meinen Leuten letzte Anweisungen, dann machte ich mich, ebenfalls begleitet von einer Eskorte von zehn ausgesuchten Männern, mit Bes auf den Weg. Zwischen den Heeren, auf einer kleinen, sandigen Ebene am Fuß der Anhöhe, trafen wir zusammen, und nun vereinbarten die Hauptleute der beiden Leibwachen die Waffen, die verwendet werden sollten, und auch alles andere. Wir vier sprachen jedoch kein Wort miteinander, denn die Zeit für Worte war vorbei. Nur Bes und ich setzten uns in den Sand und unterhielten uns ein wenig über Amada und Karema und wie sie wohl die Nachricht von unserem Sieg oder von unserem Tod aufnehmen würden.

»Es ist nicht weiter von Bedeutung, Gebieter«, stellte Bes schließlich fest, »denn wenn wir sterben, werden wir es nie erfahren, und wenn wir überleben, werden wir es selbst sehen.«

Endlich war alles geklärt, und wir standen auf und traten vor unsere Gegner hin. Wir waren alle vier in gleicher Weise gewappnet, denn wie Idernes und der falkenäugige Mann, so trugen auch Bes und ich Harnische und Helme, die wir aus dem Osten mitgebracht hatten. An Waffen hatte jeder ein kurzes, schweres Schwert, einen kleinen Schild, sowie ein Messer im Gürtel.

»Werft einen letzten Blick auf die Sonne, ihr Diebe«, spottete Idernes, »denn wenn ihr sie wiederseht, werden eure Köpfe auf Speeren stecken und die Säulentore vor dem Palast des Großen Königs zieren.«

»Als Lügner habt ihr gelebt, und als Lügner sollt ihr auch sterben«, rief Bes, ich aber schwieg.

Man war übereingekommen, daß auf ein Zeichen hin Idernes gegen mich und der Adelige gegen Bes kämpfen sollte, falls sie jedoch einen von uns oder wir einen von ihnen töteten, so durften die beiden Überlebenden gemeinsam auf den verbliebenen Gegner losgehen. Aus diesem Grunde sprang Bes, wie er mir später erzählte, als das Signal gegeben wurde, mit zuckendem Gesicht und Schaum vor dem Munde blitzschnell nach vorne, und ehe ich Idernes überhaupt erreichen konnte, hatte er, ich weiß nicht wie, bereits den Schwerthieb des Ostländers mit seinem Schild abgefangen und diesen, ohne zurückzuschlagen, mit seinen langen Armen gepackt und mit seinen Säbelbeinen umschlungen. Im nächsten Augenblick wälzten sie sich auch schon auf dem Boden, Bes zuoberst, ich hörte Schlag um Schlag, ich weiß nicht, ob vom Messer oder vom Schwert, auf die Rüstung des Ostländers prasseln, und schließlich ertönte ein Siegesschrei von den Ägyptern, der mir sagte, daß Bes seinen Gegner getötet hatte.

Nun hieben Idernes und ich aufeinander los. Er war größer und stärker als ich, aber auch älter, und er hatte zu gut gelebt. Daher entschied ich mich dafür, ihn auf Distanz zu halten und zu ermüden, indem ich zurückwich, seine Schwerthiebe mit meinem Schild abfing und nur hin und wieder einen Gegenschlag anbrachte.

»Er läuft! Er läuft davon!« schrien die Ostländer. »O Idernes, hüte dich vor dem Zwerg!«

»Bleib zurück, Bes!« rief ich. »Das ist meine Sache.« Und er gehorchte, wie schon so oft, wenn wir gemeinsam auf der Jagd waren.

Nun durchschlug ein geschickter Hieb von Idernes meinen Helm und brachte mich ins Wanken. Ehe ich mich fangen konnte, riß mir ein zweiter Treffer den Schild aus der Hand, worauf die Ostländer noch lauter schrien als zuvor. Dieser Satrap war ein großartiger Kämpfer, und allmählich beschlich mich die Angst vor einer Niederlage und reizte mich fast zum Wahnsinn. Mit dem Schrei »Ägypten!« stürmte ich wie ein verwundeter Löwe auf ihn los, und nun war er es, der zurückwich. Aber ach! Ich schlug zu fest zu, und mein Schwert zerbrach an seinem Harnisch.

»Das Messer!« schrie Bes. »Das Messer!«

Ich schleuderte dem Satrapen den Schwertgriff ins Gesicht und zog den Dolch aus meinem Gürtel. Dann duckte ich mich unter seiner Deckung hindurch und stach zu, immer und immer wieder. Er umschlang mich mit den Armen, wir gingen Seite an Seite zu Boden und wälzten uns hin und her. Nur die Götter wissen, wie der Kampf ausging, denn mir wurde allmählich schwarz vor den Augen, als meine Messerklinge endlich einen Riß in seinem Harnisch fand, der beim Zerbrechen meines Schwertes entstanden war. In diesem Moment spürte ich, wie seine Kraft erlahmte, und auch sein Kampfgeist war wohl gebrochen, denn er röchelte:

»Verschone mein Leben, Ägypter, und meine Schätze sind dein. Ich schwöre es beim Feuer.«

»Nicht um alle Schätze der Welt, du Verleumder«, gab ich keuchend zurück und stieß ihm den Dolch dreimal bis ans Heft in den Leib, worauf er starb. Ich rappelte mich mühsam auf, und als die Heere sahen, daß ich es war, der sich erhob, während Idernes reglos liegenblieb, da stieg lautes Triumphgeschrei von den Ägyptern auf, während von den Ostländern wütendes Gebrüll zu hören war.

Mit dem Ruf: »Gut gemacht, Gebieter!« sprang Bes auf den Toten und schlug ihm dem Kopf ab, wie er es bereits bei dem falkenäugigen Adeligen getan hatte. Dann packte er beide Köpfe mit einer Hand bei den Haaren und hielt sie hoch, damit die Ostländer sie sehen konnten.

»Männer des Großen Königs«, sagte ich, »ihr könnt bezeugen, daß wir ehrenhaft gekämpft haben, Mann gegen Mann, obwohl wir dazu gar nicht verpflichtet waren.«

Die zehn Leibwächter des Satrapen schwiegen, aber meine Leute schrien:

»Zurück, Shabaka! Die Ostländer greifen an!«

Als ich aufblickte, rollten sie bereits heran wie stählerne Wogen. Gestützt auf meine Männer, rannte ich hinter Bes, der vor uns hertanzte und die abgetrennten Köpfe schwenkte, zu meinen eigenen Reihen zurück, wo man mir Wein einflößte und meine leichten Verletzungen mit Wasser auswusch. Kaum war das geschehen, da befanden wir uns auch schon mitten im Getümmel, und bald hatte ich den Tod des Idernes und jenes Lügners aus dem Osten vergessen.

Kapitel XIII

Amada kehrt zu Isis zurück

An jenem Abend fand an den Ufern des Nil ein schrecklicher Kampf statt. Das Gelände war zwar günstig für uns, aber auf jeden von uns kamen vier oder fünf Gegner, und mein Sieg über den Satrapen hatte die Ostländer und ihre Söldner aufs äußerste gereizt. Immer wieder rasten sie wie wilde Stiere den Hang herauf auf uns zu. Wir setzten hauptsächlich unsere Bogenschützen ein, um sie abzuwehren, denn unsere ungenügend ausgebildeten Truppen hatten kaum Aussicht, einem Ansturm von kriegserfahrenen Veteranen standhalten zu können. So nahmen wir Deckung hinter den Felsen und ließen Pfeile auf sie herabregnen, erschossen zuerst die Pferde vor den Wagen und zielten, wenn sie am Boden lagen, auf die nachdrängenden Fußsoldaten. Ich selbst spannte dreimal meinen großen, schwarzen Bogen, und jedesmal sah ich einen Adeligen fallen, denn meinen Pfeilen vermochte kein Harnisch standzuhalten, und ich war ein Meisterschütze. Außer vielleicht Peroa selbst gab es in ganz Ägypten keinen Mann, der so weit und so treffsicher schießen konnte wie ich. Zu mehr als diesen drei Schüssen fand ich freilich keine Zeit, da ich ständig die Linien abgehen und meine Männer aufmuntern mußte.

Dreimal trieben wir die Krieger des Satrapen zurück, und daraufhin wurden sie klüger. Sie verzichteten auf einen direkten Angriff, um nicht auch noch den Rest ihrer Wagen zu verlieren, und schickten dafür einen Trupp Männer über den Hang auf den Hügel hinauf, wo die Felsen ihnen Deckung vor unseren Pfeilen boten. Ein zweiter Trupp kroch durch das Schilf und das halbhohe Getreide am Ufer des Flusses, wo sie uns kein gutes Ziel boten. Allerdings richteten die Schleuderer von den Schiffen aus einigen Schaden an.

So griffen sie uns von beiden Flanken her an, und während wir dadurch abgelenkt waren, stürmte ihre Mitte. Nun folgte ein erbittertes Ringen, denn die Bogen waren nutzlos, und es hieb Schwert gegen Schwert und Speer gegen Speer. Einmal tat sich eine Lücke in unserer Front auf, und ich dachte schon, der Feind sei durchgebrochen. Aber dann stürmten wir unter meiner Führung und trieben sie wieder ein Stück weit zurück. Gleichwohl war der Ausgang immer noch ungewiß, bis ich Bes grinsend und hüpfend an mir vorbeieilen sah, er hatte einen kleinen Trupp Griechen bei sich, den wir uns aufgespart hatten, und ich glaube, der Anblick des schrecklichen Zwergs, den sie für einen Teufel hielten, erschreckte die Ostländer noch mehr als die Griechen.

Jedenfalls schrien sie etwas von einem bösen Geist, den die Ägypter verehrten, womit sie vermutlich den Gott meinten, nach dem Bes benannt war, traten den Rückzug an und ließen viele Tote liegen. Ihre Verwundeten nahmen sie jedoch mit, denn geschlagen waren sie noch nicht.

Am Fuß des Abhangs formierten sie sich neu und beratschlagten, dann ließen sie sich außer Bogenschußweite nieder, als wollten sie rasten. Doch ich erriet ihren Plan. Sie würden warten, bis die Nacht hereinbrach, was bald der Fall sein würde, da die Sonne bereits im Sinken begriffen war, um dann, wenn wir kein Angriffsziel mehr sehen konnten, entweder in einem massiven Ansturm unsere Reihen zu durchbrechen, oder ein Stück weit zurückzumarschieren, wo die Klippen weniger schroff waren, sie zu ersteigen und weiter oben auf freiem Gelände an uns vorbeizuziehen.

Nun hielten auch wir Rat, ohne freilich zu einem Ergebnis zu kommen, denn niemand wußte, was wir tun sollten. Für einen Angriff auf ein so großes Heer waren wir zu wenige, und wenn wir unsererseits die Klippen erstiegen, konnten wir nicht hoffen, ihnen auf dem Wüstensand standzuhalten oder uns zu verteidigen, wenn sie im Dunkeln über uns herfielen. Falls es dazu kommen sollte, blieb uns wohl nur eines übrig, wir mußten so lange wie nur möglich kämpfen, und danach mußten sich die Überlebenden auf die Boote retten. Das hieß aber, daß wir die Schlacht verlieren und der größte Teil der Ostländer sich nach Sais durchschlagen würde, es sei denn, das Hauptheer unter Peroas Führung kam uns zu Hilfe.

Während wir noch hin und her überlegten, ließ ich die Verwundeten zu den Schiffen tragen, ehe es dazu zu dunkel wurde. Bes begleitete sie, und nach einer Weile kam er im Laufschritt zurück.

»Gebieter«, sagte er. »Der Abendwind ist sehr stark und wirbelt den Sand auf, aber von einer Mastspitze aus sah ich trotzdem Peroas Banner wehen. Das Heer kommt um die Flußbiegung herum und ist keine vier Furlong* weit entfernt. Wenn wir jetzt stürmen, sitzen die Ostländer zwischen Hammer und Amboß, denn während sie sich gegen uns verteidigen, werden sie nicht nach hinten sehen.«

Also schickte ich Boten durch die Reihen unserer kleinen Truppe, ließ die gute Nachricht verbreiten und teilte allen meinen Plan mit. Man hörte zu und verstand. Wir, die wir bisher überlebt hatten, nicht mehr als etwa tausend Mann, stellten uns auf und rückten vor. Als die Ostländer uns den Hang herabkommen sahen, lachten sie, denn sie glaubten, wir hätten den Verstand verloren und liefen in den sicheren Tod. Von Peroas zweiter Streitmacht ahnten sie nichts. Als wir nahe genug heran waren, begannen wir zu schießen, achteten aber darauf, mit unseren Pfeilen sparsam umzugehen, da wir kaum noch Vorräte hatten. Das reizte die Gegner, sie sammelten sich und griffen uns ihrerseits von neuem an. Laut schreiend rannten wir ihnen entgegen, denn jetzt sah ich von oben, daß Peroas Streitwagen uns zu Hilfe eilten.

---

* 1 Furlong entspricht 201,17 m — *Anm. d. Übers.*

Wir trafen aufeinander, wir kämpften. Seit den Tagen des Thotmes und Ramses des Großen hatte es keine solche Schlacht mehr gegeben. Dennoch wurden wir zurückgedrängt, bis endlich Peroas Wagen und seine Fußsoldaten unbemerkt von hinten wie ein Wüstensturm über die ahnungslosen Feinde hereinbrachen. Die Ostländer konnten sich nicht mehr halten und flüchteten kopflos nach allen Seiten, einige an die Ufer des Nils, andere in die Klippen. Im Licht der untergehenden Sonne erledigten wir sie, und ehe die Dunkelheit hereinbrach, war das Heer des Großen Königs vernichtet bis auf einige Flüchtlinge, die wir am nächsten Tag noch verfolgten.

Ja, in dieser Schlacht kamen zehntausend Ostländer und ihre Söldner um. Wo sie stattgefunden hatte, krönten wir im Morgengrauen Peroa zum Pharao von Ägypten, und er ernannte mich zum Oberbefehlshaber seines Heeres. Auch von meinen Männern waren mehr als tausend gefallen, darunter jene sechs Jäger, die ich bei meiner Wette mit dem Großen König gewonnen und aus dem Osten mitgebracht hatte. Sie hatten mir die ganze Zeit als Leibwache gedient und bis zum letzten Atemzug erbittert gekämpft, denn sie wußten, daß sie von ihren eigenen Leuten keine Gnade zu erwarten hatten. Einer nach dem anderen fand den Tod, die letzten beiden bei jenem Angriff im Sonnenuntergang. Nun, sie waren tapfer und treu gewesen, ihr Geist ruhe in Frieden. Und es war ein würdigeres Ende, als von den Löwen zerrissen zu werden.

Im Triumph kehrten wir nach Memphis zurück, ich brachte die Nachhut und die Beute nach Hause. Ehe Pharao und ich uns trennten, kam ein Bote, der uns noch eine gute Nachricht brachte. Man hatte sichere Kunde erhalten, daß der König der Könige durch Aufstände in den von ihm besetzten Gebieten gezwungen war, in einen gewaltigen Krieg gegen Syrien, Griechenland, Zypern und andere nur halb unterworfene Länder zu ziehen, wo, zweifellos nach Absprache, die Flammen der Rebellion plötzlich hochgeschlagen waren. Peroas Boten waren bereits unterwegs, um dort zu verbreiten, was sich am Nil abgespielt hatte.

»Wenn dies wahr ist«, sagte Peroa, nachdem er alles gehört hatte, »dann wird der Große König für Ägypten kein neues Heer erübrigen können.«

»So ist es, Pharao«, antwortete ich. »Freilich glaube ich, daß er in diesem großen Krieg siegen wird, und daß Ihr binnen zwei Jahren bereit sein müßt, ihm von Angesicht zu Angesicht gegenüberzutreten.«

»Zwei Jahre sind eine lange Zeit, Shabaka, in der mit deiner Hilfe viel erreicht werden kann.«

Das Schicksal sollte es jedoch fügen, daß er meiner Hilfe beraubt wurde, und zwar durch die Hand des Weibes, dessen Sinn stets auf Zerstörung gerichtet ist.

Das kam so. Unter großem Jubel zog Pharao in Memphis ein und legte im großen Tempel des Amen den Göttern unsere Beute zu Füßen. Tausende von rechten Händen, die man den Gefallenen abgehauen hatte, Tausende von Schwertern und anderen Waffen, viele Streitwagen und Schätze, von denen ein Teil dem Gott geopfert wurde. Die Hohenpriester segneten uns im Namen Amens und der anderen Götter, das Volk pries uns und streute uns Blumen auf den Weg, und das ganze Land befand sich in einem Freudentaumel, weil es endlich wieder frei war.

Dort im Tempel wurde Peroa am selben Tage nach altem Brauch feierlich zum Pharao von Ägypten gekrönt. Zepter und Juwelen, seit Generationen verborgen, wurden von jenen hervorgeholt, die die geheimen Verstecke kannten, und man setzte ihm die Krone der alten Pharaonen aufs Haupt, ja, die Doppelkrone des Oberen und des Unteren Reiches. So wurde er in einem vor Freude über die Befreiung vom Joch der Fremdherrschaft außer Rand und Band geratenen Memphis zum ersten Pharao einer neuen Dynastie gesalbt, und seine Gemahlin rief man zur Königin aus.

Ich wurde mit Ehren überhäuft, denn die Geschichte, wie ich Idernes getötet und den Paß gehalten hatte, hatte bereits die Runde gemacht, und man betrachtete mich neben Pharao als den größten Mann Ägyptens. Auch Bes wurde nicht vergessen, denn viele der gemeinen Leute hielten ihn für einen Geist in Gestalt eines Zwerges, den die Götter geschickt hatten, damit er uns mit seiner Kraft und seiner Schlauheit beistehe. Ja, am Ende der Zeremonie wurden in der Zuschauermenge gar Stimmen laut, die verlangten, ich, der künftige Gemahl der Königlichen Prinzessin von Ägypten, müsse den nächsten Platz in der Thronfolge erhalten.

Pharao hörte es und blickte erst seinen Sohn und dann mich an. Zweifel stand in seinem Gesicht, und ich geriet in Verwirrung und schlich mich davon.

Der Säulengang des Tempels war verlassen, denn alle, sogar die Wachen, hatten sich im riesigen Hofraum zusammengedrängt, um der Krönung beizuwohnen. Nur im Schatten einer der gewaltigen Statuen vor dem äußeren Pylonentor, an das Piedestal gelehnt, saß ein Mann in einem dunklen Umhang. Er wirkte neben diesem Koloß fast winzig, und ich hielt ihn nach einem flüchtigen Blick für einen Bettler. Als ich an ihm vorüberging, faßte er nach dem Saum meines Gewandes, und ich blieb stehen und suchte vergeblich nach einem Almosen für ihn.

»Ich habe nichts, Vater«, sagte ich, »außer dem goldenen Griff meines Schwerts.«

»Davon sollst du dich nicht trennen, mein Sohn«, ließ sich da eine tiefe Stimme vernehmen, »denn ich glaube, du wirst ihn noch brauchen, ehe alles vorüber ist.«

Ich starrte den vermeintlichen Bettler verdutzt an, er warf seine Kapuze zurück, und ich erkannte das alte, runzlige Gesicht und den langen, weißen Bart meines Großonkels, des heiligen Tanofir, des Einsiedlers und Magiers.

»Große Dinge geschehen in jenem Hof, Shabaka, Dinge von solcher Bedeutung, daß ich mein Grabmal verlassen habe, um zuzusehen oder vielmehr, da ich blind bin, zuzuhören, denn nur dreimal habe ich Ähnliches erlebt, seit ich auf dieser Welt wandle.« Damit zeigte er auf die bunte Menge im Innenhof. »Ja«, fuhr er fort, »ich war Zeuge, wenn Pharaonen gekrönt wurden und wenn sie starben — einer davon durch die Hand eines fremden Eroberers. Was glaubst du, Shabaka, was wird diesem Pharao widerfahren?«

»Diese Frage solltest du besser beantworten können als ich, Onkel, denn ich bin kein Prophet.«

»Und wie kann ich das, Neffe, da doch dein Zwerg mir meine magische Schale genommen hat? Ich mißgönne sie ihm nicht, denn er ist ein wackerer und kluger Zwerg und wird dir und Ägypten vielleicht auch in Zukunft noch eine große Stütze sein. Aber sie ist fort, und das neue Gefäß hat noch nicht die rechte Form. Wie soll ich dir also antworten?«

»Hast du nicht einen Vorrat an Weisheit in deiner Brust angesammelt?«

»So meinst du also, Neffe? Nun, mein Vorrat an Weisheit sagt mir, daß üppige Gelage manchmal von Not und Hunger abgelöst werden und Siege von Niederlagen. Auf Ausschweifungen muß Reue folgen, ehe der mühsame Pfad zur Tugend erklommen werden kann. Ferner ahne ich, daß du bald eine lange Reise antreten wirst. Wo ist die Prinzessin Amada? Ich hörte ihren Schritt nicht unter jenen, die zur Krönung hineingingen. Aber selbst mein Gehör hat in letzter Zeit etwas nachgelassen, außer in der Stille der Nacht, Shabaka …«

»Ich weiß es nicht, Onkel, ich bin erst seit einer Stunde in Memphis. Aber warum fragst du? Gewiß macht sie sich für das Festmahl schön, und dort werde ich sie sehen.«

»Gewiß. Doch sage mir, was spielt sich im Tempel der Isis ab? Als ich am Pfeiler vorüberschlich und mit meinem Bettlerstab um mich tastete, dachte ich — aber wie kannst du das wissen, da du erst seit einer Stunde in Memphis bist? Und doch habe ich mit Sicherheit eben Stimmen vernommen, die verlangten, du, Shabaka, solltest zum nächsten Herrscher auf Ägyptens Thron bestimmt werden. War dem so?«

»Ja, heiliger Tanofir. Deshalb ging ich fort, denn ich war verwirrt, und ich hatte geschworen, eine solche Ehre niemals anzustreben. Es verlangt mich auch wirklich nicht danach.«

»O ja, Neffe. Doch manchmal kommen die Gaben gerade zu denen, die sie nicht begehren, und in der letzten Vision, die ich oder vielmehr meine Schale schaute, ehe sie mich verließ, trugst du die Doppelkrone auf dem Haupt. Karema sagte, sie habe dir sehr gut zu Gesicht gestanden, Shabaka. Aber jetzt geh, denn da kommt die Prozession mit dem neugesalbten Pharao, dem du dort im Paß seine Königsrobe errungen hast, als du Idernes erschlugst und seinen Legionen den Weg versperrtest. Oh! Es war eine große Tat, und meine neue Schale, so unzulänglich sie auch sonst noch sein mag, war gut genug, um mir alles zu zeigen. Ich war stolz auf dich, Shabaka, aber nun geh, geh! — Eine milde Gabe für einen armen alten Bettler! Eine milde Gabe, Ihr Herren, für einen armen alten Bettler, der nichts mehr erhalten hat, seit der letzte Pharao in Ägypten gekrönt wurde, und dem es schwerfällt, von Erinnerungen zu leben.«

Zu Hause fand ich meine Mutter, die eben von der Krönung zurückgekehrt war, aber Bes war nicht da, und ich vermutete, er habe sich fortgeschlichen, um sich mit Karema, seiner neuen Frau zu treffen. Meine Mutter umarmte und segnete mich, machte viel Wesens um mich und meine Taten in der Schlacht und versorgte die kleinen Schrammen, die ich mir zugezogen hatte. Dies alles brachte ich so schnell wie möglich hinter mich und fragte sie dann, ob sie Amada gesehen habe. Sie antwortete, sie habe sie weder zu Gesicht bekommen noch von ihr gehört, was ihr wohl merkwürdig vorkam, denn sie begann schnell von anderen Dingen zu sprechen. Ich gab ihr die gleiche Erklärung wie dem heiligen Tanofir, daß sie nämlich zweifellos mit Vorbereitungen für das Festmahl beschäftigt sei, da ich sie auch bei der Krönung nicht habe finden können.

»Oder sie nimmt Abschied von der Göttin«, sagte meine Mutter und nickte, »denn es gibt Menschen, denen es noch schwerer fällt, vom Himmel auf die Erde zu fallen, als von der Erde zum Himmel aufzusteigen, und du bist schließlich nur ein Sterblicher, mein Sohn.«

Dann verließ sie mich, um sich anzukleiden, und ich wurde sehr nachdenklich, denn meine Mutter besaß einen scharfen Verstand und setzte ihre Worte stets mit Bedacht.

Die Worte des heiligen Tanofir über den Tempel der Isis ließen mir ebenfalls keine Ruhe, denn auch mein Großonkel pflegte nicht leichtfertig daherzureden. Oh! Nun war mir genauso zumute wie damals im Palastgarten, als der Schatten der Palme mich streifte.

Die Erregung nach dem großen Sieg kribbelte mir noch immer im Blut und vertrieb die Anwandlung von Furcht. Ich verschloß mein Herz gegen alle Traurigkeit, denn ich wußte ja, daß ich an diesem Tag der meistgerühmte Mann in ganz Memphis war, und hätte ich es nicht gewußt, ich hätte es erfahren, als ich mit meiner Mutter, etwas verspätet, denn sie hatte lange gebraucht, um sich fertigzumachen, den großen Bankettsaal des Palastes betrat.

Das erste, was mir dort in die Augen fiel, war Bes. Er trug ein prächtiges Seidengewand im Stil des Ostens, ein Beutestück aus dem Zelt des Satrapen, stand auf einem Tisch, so daß alle ihn sehen und hören konnten, hielt in einer Hand den grausigen Kopf des Idernes, in der anderen das Haupt des falkenäugigen Adeligen, den er getötet hatte, und war gerade dabei, mit seiner rauhen, kehligen Stimme die Geschichte dieses großen Kampfes zu erzählen. Als er mich erblickte, rief er laut:

»Seht her! Da kommt der Mann! Da kommt der Held, dem Ägypten seine Freiheit und Pharao seine Krone verdankt.«

Daraufhin brachen alle Anwesenden, auch die Soldaten und Diener, die sich am Eingang drängten, in lautes Geschrei aus und jubelten mir begeistert zu, bis ich mir wünschte, jene Fähigkeit zu besitzen, die man dem heiligen Tanofir zuschrieb, und einfach verschwinden zu können. Da dies unmöglich war, stürzte ich wütend auf Bes zu, der wie ein Affe vom Tisch sprang und, immer noch die Köpfe schwenkend und weiterredend, gefolgt vom lauten Gelächter der Gäste irgendwie aus dem Saal schlüpfte.

Dann verkündeten Herolde die Ankunft Pharaos, und alles verstummte. Er und sein Gefolge hielten feierlich Einzug, und wir, seine Untertanen, warfen uns nach alter Sitte flach auf den Boden.

»Erhebt euch, meine Gäste«, rief er. »Erhebe dich, mein Volk. Vor allem erhebe du dich, Shabaka, geliebter Vetter, denn Ägypten und ich stehen tief in deiner Schuld.«

Also standen wir wieder auf, und ich nahm an der Seite meiner Mutter den Ehrenplatz ein und sah mich nach Amada um, aber vergebens. Da stand der geschnitzte Stuhl, auf dem sie unter den anderen Prinzessinnen hätte sitzen sollen, aber er war leer. Zuerst dachte ich, sie habe sich verspätet, doch als immer mehr Zeit verstrich, ohne daß sie aufgetaucht wäre, erkundigte ich mich, ob sie etwa krank sei. Niemand schien meine Frage beantworten zu können.

Das Festmahl nahm seinen Lauf mit all den alten Zeremonien, die immer schon die Krönung eines Pharao von Ägypten begleitet hatten, es gab nämlich noch einige Greise, die sich daran erinnerten, und die Schreiber und die Priester hatten sie in ihren Büchern verzeichnet.

Ich achtete nicht darauf und werde sie auch hier nicht beschreiben. Endlich gelobte Pharao, stets seinen Untertanen zu dienen, und seine Untertanen erwiderten den Schwur. Nun wurden die Türen geöffnet, und herein kam eine Gruppe weißgewandeter, kahlgeschorener Priester, die auf einer Bahre den in Mumienbinden gehüllten Körper eines Toten trugen. Anfangs lachten einige Gäste, denn dieses Ritual war in Ägypten nicht mehr durchgeführt worden, seit das Land in die Hände des Großen Königs des Ostens gefallen war, und deshalb war es ihnen fremd. Dann wurde es jedoch still, denn die Totenpriester, die zwischen den großen Säulen hindurchhuschten und manchmal sichtbar wurden, um gleich darauf wieder in den Schatten zu verschwinden, boten ein erhebendes Schauspiel, und ihre Grabgesänge beeindruckten alle.

Meine Mutter flüsterte mir zu, dies sei die Leiche des letzten Pharao von Ägypten, die man aus ihrem Grab geholt habe, ob dies jedoch der Wahrheit entsprach, kann ich nicht mit Gewißheit sagen. Schließlich brachten die Priester die Mumie, die mit einem schlangenköpfigen *Uräus*-Diadem gekrönt und immer noch in die brüchigen Leichentücher gewickelt war, vor Peroa und stellten sie dicht hinter meiner Mutter und mir so auf die Füße, daß sie einen Schatten auf uns warf.

Der schwache, betäubende Geruch nach den Spezereien des Einbalsamierers stieg mir in die Nase, eine welke Blüte löste sich aus den Kränzen und fiel mir auf den Kopf, und als ich über die Schulter schaute, starrten mich die aufgemalten oder emaillierten Augen der Goldmaske an. Die Mumie erfüllte mich mit Schrecken, ohne daß ich hätte sagen können, wovor. Gewiß nicht vor dem Tod, denn dem hatte ich in letzter Zeit ein dutzendmal ins Auge gesehen, ohne mir etwas daraus zu machen. Ich bin nicht einmal sicher, ob es wirklich Angst war, was ich spürte, oder vielmehr ein tiefes Empfinden für die Eitelkeit alles Irdischen. Ich — Shabaka oder Allan

Quatermain, denn diese Eingebung oder was immer es war, durchdrang in meinem Traum den Geist, der uns beide beseelte — erkannte wie nie zuvor, daß alles *nichts* ist, daß weder Sieg noch Liebe, ja, nicht einmal das Leben selbst eine Bedeutung haben, daß nichts wirklich existiert außer der Seele des Menschen und Gott, von dem diese Seele vielleicht nur ein Teil ist, der eine Weile ausgeschickt wird, um im Guten wie im Bösen Sein Werk zu tun. Der Gedanke hob mich in die Lüfte und erdrückte mich gleichzeitig, denn einen Augenblick lang fiel alles von mir ab, was einen Menschen ausmacht, und ich fühlte mich zutiefst einsam, nackt und bloß im Angesicht von Gottes Glanz, nur von den flammenden Sternen beobachtet, die seinen Thron erleuchten. Ja, in diesem Augenblick begriff ich plötzlich, daß alle Götter nur ein Gott sind, ein Gott in vielen Gestalten und mit vielen Namen.

Dann hörte ich die Priester sagen:

»Pharao Osiris grüßt Pharao, den auf der Erde Lebenden, und sendet ihm diese Botschaft — ›Was ich bin, das wirst du sein, und wo ich bin, da wirst du dereinst weilen in alle Ewigkeit.‹«

Da erhob sich Pharao der Lebende und verneigte sich vor Pharao dem Toten. Die Mumie wurde zurückgetragen in ihr Ewiges Haus, und ich fragte mich, ob der Ka des einstigen Pharao, sein Geist, oder welcher Teil auch immer von ihm fortlebte, uns wohl zusah und all der prunkvollen Festmähler gedachte, an denen er gleich seinen Vorgängern seit Hunderten oder Tausenden von Jahren ehedem in dieser großen Säulenhalle teilgenommen hatte.

Erst als die Mumie den Saal verlassen hatte und der letzte Ton der Priestergesänge verklungen war, wurde die Stimmung der Festgäste wieder heiterer. Bald war alles vergessen, wie lebende Menschen stets den Tod und jene vergessen, die die Zeit verschlungen hat, denn der Wein war gut und stark, die Augen der Frauen glänzten hell, unsere Speere hatten einen Sieg errungen, und Ägypten war für eine Weile wieder frei.

So feierte man weiter, bis Pharao sich erhob, um sich zurückzuziehen. Die großen goldenen Ringe in seinen Ohren klirrten im Takt mit seinen Schritten, und vor und hinter ihm erschollen die Trompeten. Auch ich stand auf und wollte gerade mit meiner Mutter aufbrechen, als ein Bote kam und mich aufforderte, zusammen mit dem Zwerg Bes bei Pharao zu erscheinen. So vertrauten wir meine Mutter einem Offizier an, der sie nach Hause geleiten sollte, und folgten dem Ruf. Als ich an ihr vorüberging, faßte sie mich am Ärmel und flüsterte mir ins Ohr: »Mein Sohn, was immer dir widerfährt, sei tapfer und bedenke, daß Frauen nicht das einzige sind, was die Welt enthält.«

»Du hast recht«, stimmte ich zu, »sie enthält auch den Tod und Gott oder ist in ihnen enthalten.« Was mir freilich diese Worte eingab, weiß ich nicht, denn ich verstand nicht, was sie mir sagen wollte, und hatte auch keine Zeit, sie danach zu fragen.

Der Bote führte uns zur Tür von Peroas Privatgemach, demselben, in dem er mich auch bei meiner Rückkehr aus dem Osten empfangen hatte. Ich wurde zum Eintreten aufgefordert, Bes sollte draußen warten. In dem Raum standen reglos und schweigend zwei Männer und eine Frau. Die Männer waren Pharao, der immer noch sein prächtiges Gewand und die Doppelkrone trug, und der weißgekleidete Hohepriester der Isis. Die Frau war die Edle Amada, und auch sie hatte die schneeigen Gewänder der Göttin angelegt.

Als ich sie in dieser Aufmachung sah, blieb mir fast das Herz stehen, ich erstarrte und brachte kein Wort heraus. Auch sie schwieg, und ich sah, daß ihr schönes Gesicht unter dem dünnen Schleier so unbewegt und bleich war wie eine Maske aus Alabaster. Sie hätte in der Tat die Göttin Isis in Person sein können, deren Symbole sie trug, und nicht eine wunderschöne, lebendige Frau.

»Shabaka«, begann Pharao schließlich, »Amada, die Prinzessin von Ägypten und Priesterin der Isis hat dir etwas zu sagen.«

»Die Prinzessin von Ägypten möge zu ihrem Diener und künftigen Gemahl sprechen«, antwortete ich.

»Edler Shabaka, General aller Heere«, begann sie mit kalter, klarer Stimme, als wiederhole sie eine eingelernte Lektion, »Ihr sollt erfahren, daß Ihr nicht länger mein Verlobter seid, und daß ich, die ich zur göttlichen Isis zurückgekehrt bin, mich nicht mehr Eure Braut nenne.«

»Ich begreife nicht. Könntest du dich bitte deutlicher ausdrücken?« bat ich leise.

»Ich werde ganz offen sein, Edler Shabaka, offener als Ihr es mit mir gewesen seid. Da wir heute zum letztenmal miteinander sprechen, ist das nur angebracht. So höret denn. Als Ihr aus dem Osten zurückkehrtet, habt Ihr uns dort drüben im Saal von gewissen Dingen erzählt, die Euch dort widerfahren sind. Dann fuhr der Zwerg, Euer Diener, mit der Geschichte fort und erklärte, er habe dem Großen König meinen Namen genannnt. Ich war erzürnt, und das mit Fug und Recht, doch selbst als ich verlangte, man solle ihn auspeitschen, habt Ihr nicht bestritten, daß er es war, der dem König meinen Namen verriet, obwohl Pharao dort sagte, die Sache wäre eine andere, wenn Ihr Euch dieses Vergehens schuldig gemacht hättet.«

»Ich hatte gar keine Gelegenheit dazu«, antwortete ich, »denn in diesem Augenblick kamen die Boten des Idernes, und als ich dich hinterher suchte, warst du bereits gegangen.«

»Hattet Ihr denn auch keine Gelegenheit«, fragte sie eisig, »als wir unter den Palmen im Palastgarten standen und unser Verlöbnis besiegelten? Oh! Da hattet Ihr Zeit in Hülle und Fülle, aber es fiel Euch nicht ein, mir zu gestehen, daß Ihr Euch um den Preis der Ehre der Prinzessin von Ägypten, deren Liebe Ihr gestohlen habt, Euer Leben und große Geschenke erkauft hattet.«

»Du verstehst mich nicht!« rief ich verzweifelt.

»Verzeiht mir, Shabaka, aber ich verstehe Euch nur allzugut, habe ich doch bei dem Festmahl zu Idernes' Ehren aus Eurem eigenen Munde erfahren, daß Euch der ›Name Amada‹ versehentlich entschlüpft und so an die Ohren des Großen Königs gelangt sei.«

»Die Geschichte, die Idernes und sein Offizier erzählten, war erlogen, und Bes und ich haben die beiden dafür mit eigener Hand umgebracht.«

»Vielleicht wäre es besser gewesen, Shabaka, Ihr hättet sie am Leben gelassen, damit sie ihre Lüge hätten gestehen können. Doch gewiß bot Euch ihr Tod mehr Sicherheit, denn tote Männer können nicht sprechen, und aus diesem Grunde habt Ihr sie zum Einzelkampf herausgefordert.«

Ich konnte nicht antworten, denn ich rang nach Atem, und die Sinne drohten mir zu schwinden. Sie fuhr ein wenig sanfter fort:

»Ich will dich nicht mit Vorwürfen überhäufen, Vetter Shabaka, schon gar nicht jetzt, da du eben erst so viel für Ägypten geleistet hast. Außerdem verbietet mir das Gesetz, dem ich diene, irgendeinem Menschen zornig zu begegnen. So wisse denn, als ich die Wahrheit erfuhr, flüchtete ich mich in die Arme der Göttin, die ich um deinetwillen verlassen hatte, denn du bist der einzige, den ich zu lieben vermag, und deshalb kann ich mich auch nie mit einem anderen vermählen. Die Göttin hat mich freudig aufgenommen und mir meinen Verrat verziehen. Am heutigen Tage legte ich zum zweitenmal die heiligen Eide ab, die nun nicht mehr gebrochen werden können. Auf daß ich an einem Orte weilen möge, wo ich dich niemals wiedersehen werde, habe ich Pharao hier gebeten, mich zur Hohenpriesterin und zur Prophetin der Isis zu ernennen und mir als Wohnort ihren Tempel von Amada im fernen Oberägypten zuzuweisen, wo ich einst geboren wurde. Er hat meinen Wunsch gerne erfüllt. Damit ist alles gesagt, und nun leb wohl.«

»Damit ist keineswegs alles gesagt«, fuhr ich wütend auf. »Pharao, erlaubt mir, die Geschichte, wie der Name der Edlen Amada an die Ohren des Königs der Könige gelangte, von Anfang an zu erzählen, und zwar in Anwesenheit des Zwerges Bes. Selbst einem Sklaven gestattet man, sich zu rechtfertigen, ehe man das Urteil über ihn fällt.«

Peroa warf einen Blick auf Amada, die sich nicht äußerte, dann sagte er:

»Es sei dir gewährt, General Shabaka.«

So wurde Bes hereingerufen und setzte sich, nachdem er sich neugierig umgesehen hatte, auf den Boden.

»Bes«, sagte ich, »du kannst nicht wissen, was hier vorgefallen ist.« (Das war freilich ein Irrtum, denn wie er mir hinterher gestand, war die Tür nicht ganz geschlossen gewesen, und er hatte alles mitangehört.) »Es ist jedoch unbedingt erforderlich, Bes, daß du in aller Aufrichtigkeit wiederholst, was sich am Hof des Königs der Könige abgespielt hat, bevor und nachdem ich vom Boot geholt wurde.«

Bes gehorchte, und er erzählte die Geschichte sehr gut, so gut, daß alle wie gebannt zuhörten, und außerdem ohne jeden Fehler. Als er geendet hatte, nahm ich den Faden auf. Ich beschrieb, wie man mir, der ich von allem, was ich durchgemacht hatte, sehr mitgenommen und von den Qualen auf dem Boot bereits geschwächt war, den Namen Amadas entlockt hatte, ohne daß ich jemals auf die Idee gekommen wäre, daß der König sofort nach ihr verlangen könnte, und beteuerte, daß ich lieber tausend Tode gestorben wäre, als so etwas geschehen zu lassen. Ich fügte hinzu, ich hätte hinterher von unserer Eskorte erfahren, daß dem Großen König dieser Name bereits vorher wohlbekannt gewesen sei und daß er sich seiner nur bedient hätte, um einen Streit mit Ägypten vom Zaun zu brechen. Außerdem berichtete ich, daß ich dem Tod unter schrecklichen Folterqualen wegen eines Traumes entronnen war, den der Große König geträumt hatte, während er vor dem Festmahl ruhte. In diesem Traum sei ihm ein Gott erschienen, habe ihn davor gewarnt, einen Menschen nur deshalb töten zu lassen, weil der ihn bei der Jagd übertroffen habe, und ihm gesagt, der Himmel würde ihn dafür zur Rechenschaft ziehen. Da es die Gesetze seines Landes jedoch nicht zuließen, einen bereits Verurteilten zu begnadigen, habe er vorgeschützt, er begehre die Edle Amada und wolle mich ausschicken, damit ich sie ihm zuführe.

Als ich geendet hatte und Amada noch immer schwieg, fragte Pharao meinen Diener Bes, wie es denn zu erklären sei, daß er am Abend nach unserer Rückkehr eine andere Geschichte erzählt habe als heute.

»O Pharao«, antwortete Bes und rollte die Augen, »zum erstenmal in meinem Leben war ich ein klein wenig zu schlau und bin etwas über das Ziel hinausgeschossen. Hört mich an, Pharao, und auch die Prinzessin und der Hohepriester mögen aufmerken. Ich wußte, daß mein Gebieter die Edle Amada liebt, und ich wußte auch, daß sie eine schnelle Zunge und ein ungestümes Temperament besitzt und leicht gekränkt ist, selbst wenn es ihr selbst das Herz bricht und sie damit ihr Leben und vielleicht auch ihr Land zugrunde richtet. Ich kenne die Frauen, denn ich habe sie in meinem eigenen Land genau studiert, deshalb nahm ich an, dies sei so ein Vorfall, an dem sie Anstoß nehmen würde, und riet meinem Herrn, er solle verschweigen, wer vor dem König über sie gesprochen habe. Ein böser Geist bewog ihn, diesem unglücklichen Rat wenigstens so weit zu folgen, daß er nicht sofort die ganze Wahrheit gestand, als ich meine Lügengeschichte erzählte und die Edle Amada verlangte, man möge mich auspeitschen, bis mir das Fleisch von den Knochen fiele. Auch hinterher unterließ er es, denn er fürchtete, man würde mich sonst tatsächlich auspeitschen, und mein Gebieter und ich, wir lieben einander. Keiner von uns möchte den anderen ausgepeitscht sehen, auch wenn dieses Los mich heute wohl noch treffen wird.« Er warf einen Blick auf Amada. »Weiter habe ich nichts zu sagen.«

Nun endlich sprach Amada.

»Hätte ich dies alles von Anfang an gewußt, so hätte ich vielleicht anders gehandelt, als ich es heute getan habe, vielleicht hätte ich verziehen und vergessen, denn selbst wenn der Zwerg noch immer lügen sollte, glaube ich deinem Wort, o Shabaka, und ich verstehe jetzt, wie alles zuging. Doch nun ist es zu spät, um noch etwas zu ändern. Sagt an, o Priester der Mutter, ist es nicht zu spät?«

»Es ist zu spät«, bestätigte der Priester feierlich, »denn wenn ein Gelübde wie das Eure zum zweitenmal gebrochen wird, o Prophetin, so wird der Fluch der Göttin Euch und ihn, um dessentwillen Ihr es brecht, durch dieses und alle andere Leben verfolgen, die Euch auf Erden oder anderswo beschieden sein mögen.«

»Pharao«, rief ich verzweifelt, »ich habe einen Pakt mit Euch geschlossen, der schriftlich niedergelegt und mit Eurem Siegel versehen ist. Ich habe meinen Teil der Abmachung eingehalten. Meinen Schatz habt Ihr verbraucht, Eure Feinde habe ich geschlagen, Euer Heer habe ich nicht schlecht geführt. Wollt da nicht auch Ihr Euer Wort halten und den Priestern befehlen, diese Frau von ihrem Gelübde zu entbinden und sie mir zu geben, dem sie versprochen wurde? Oder muß ich annehmen, daß Ihr Euch nicht aus Angst vor Göttinnen und Gelübden weigert, sondern weil dies hier die Prinzessin von Ägypten ist, die wahre Thronerbin, die vielleicht Kinder gebären könnte, was niemals geschehen wird, solange sie die Prophetin der Isis ist? Ja, deshalb und wegen gewisser Rufe, die in der Stunde Eurer Krönung vor Amen-ra und allen Göttern an Euer Ohr drangen?«

Als Peroa das hörte, errötete er und sprach:

»Böse Worte sprichst du, Vetter, und wärst du ein anderer, ich könnte mich versucht fühlen, dir mit gleicher Münze heimzuzahlen. Doch ich weiß, wie sehr du leidest, und daher vergebe ich dir. Nein, solches darfst du nicht glauben. Vielmehr mußt du bedenken, daß in diesem Pakt, von dem du sprichst, ausdrücklich festgelegt wurde, die Edle Amada sei dir nur versprochen, wenn sie selbst ihre Einwilligung dazu gebe, und diese hat sie zurückgezogen.«

»Dann, Pharao, hört! Morgen verlasse ich Ägypten und ziehe in ein anderes Land. Ich gebe Euch den Oberbefehl über das Heer zurück und stecke das Schwert in die Scheide, das ich zur Verteidigung dieses Landes und Eurer Person zu schwingen hoffte, wenn der letzte, große Tag der Prüfung anbricht. Und dieser Tag wird anbrechen. Ich schwöre hiermit, daß ich nicht zurückkehren werde, es sei denn, die Edle Amada dort riefe mich, damit ich für sie und für Euch kämpfe, und verspräche mir zum Lohn dafür sich selbst.«

»Das wird niemals geschehen«, sagte Amada.

In diesem Augenblick wurde ich gewahr, daß sich noch jemand im Raum aufhielt, doch wie und wann er erschienen war, vermochte ich nicht zu sagen, vermutlich hatte er sich hereingeschlichen, während wir ins Gespräch vertieft waren. Jedenfalls kauerte zwischen mir und Pharao eine Männergestalt auf dem Boden, in einen Bettlermantel gehüllt. Nun warf sie die Kapuze zurück, und das aschgraue Gesicht und der schneeweiße Bart des heiligen Tanofir wurden sichtbar.

»Ihr kennt mich, Pharao«, sagte er mit seiner tiefen, ernsten Stimme. »Ich bin Tanofir, der Sohn des alten Königs, Tanofir der Einsiedler, Tanofir der Seher. Ich habe alles mitangehört, wie, ist nicht von Belang, und ich, der ich in den Herzen der Menschen zu lesen vermag, bringe Euch eine Botschaft. Von Gelübden, Göttinnen und Frauen will ich nicht sprechen. Doch vor einem will ich Euch warnen. Wenn Ihr gegen den Geist Eures Paktes verstoßt und zulaßt, daß Shabaka in Bitterkeit von hier fortgeht, so wird Unheil über Euch kommen. Nicht alle Heerscharen des Großen Königs wurden dort an den Ufern des

Nils vernichtet, und vielleicht wird er eines Tages hier einmarschieren, um die Gebeine der Gefallenen und mit ihnen die *Euren* zu begraben, o Pharao. Ich glaube nicht, daß Ihr heute auf mich hören werdet, und ich bin sicher, daß jene Frau dort, die im neuentfachten Feuer der eifersüchtigen Göttin brennt, mir ihr Ohr verschließen wird. Dennoch will ich ihr einen Rat geben, und sie mag meine Worte im Gedächtnis bewahren: In der Stunde höchster Gefahr soll sie einen Boten zu Shabaka schicken und ihn um Hilfe bitten, sie soll ihm dafür versprechen, was er verlangt hat, und sie soll nicht vergessen, daß Isis sie zwar lieben mag, daß die Göttin jedoch am Nil geboren wurde und Ägypten ihrem Herzen deshalb noch näher steht.«

»Zu spät, zu spät, zu *spät!*« heulte Amada.

Dann brach sie in Tränen aus, drehte sich um und eilte zusammen mit dem Hohenpriester aus dem Gemach. Auch Pharao ging und ließ mich und Bes alleine zurück. Ich sah mich nach dem heiligen Tanofir um, weil ich mit ihm sprechen wollte, aber auch er war nicht mehr da.

»Es ist Zeit zum Schlafengehen, Gebieter«, mahnte Bes, »das viele Reden ermüdet mehr als jede Schlacht. Oh! Was ist das? Es steht Euer Name darauf.« Damit hob er ein in Seide gewickeltes Päckchen vom Boden auf und öffnete es.

Es enthielt die kostbaren rosenfarbenen Perlen!

Kapitel XIV

Shabakas Kampf mit dem Krokodil

»Wohin?« fragte ich Bes, als wir vor dem Palast standen, denn ich war vor Kummer so gebrochen, daß ich kaum wußte, was ich tat.

»Zum Haus der Edlen Tiu, würde ich sagen, Gebieter, denn du mußt Vorbereitungen für die Reise treffen und ihr außerdem Lebewohl sagen. Oh!« fuhr er fast verzückt fort, was freilich, wie ich hinterher erfuhr, nur vorgetäuscht war, auch wenn ich damals nicht darüber nachdachte. »Oh! Du solltest froh sein, diesen ganzen Weiberschwierigkeiten entronnen zu sein. Das Leben liegt neu und unbefleckt vor dir. Denk doch nur daran, wie herrlich wir in Äthiopien auf die Jagd gehen können. Keine Sorgen mehr, keine Gedanken über das Wohl Ägyptens, keine Zweifler, die man überreden muß, zu den Waffen zu greifen, keine verzweifelten Schlachten, bei denen du mit der Spitze deines Schwertes die Ehre deines Landes zu verteidigen hast. Und wenn du nicht ohne Frauen auskommst — nun, in Äthiopien gibt es viele, sie kommen und gehen so sanft wie ein nach Blüten duftendes Abendlüftchen, und niemals verderben sie einem den nächsten Morgen.«

»*Dir* bleiben solche Sorgen jedenfalls nicht erspart, Bes«, sagte ich und sah im Mondschein, wie sich sein Gesicht verdüsterte.

»Nein, Gebieter, ich lege sie mir wie einen Mühlstein um den Hals. Siehst du, das ist der Lauf der Welt, vielleicht auch der Wille der Götter, die die Welt beherrschen, ich weiß es nicht. Jahrelang habe ich ein freies, glückliches Dasein geführt, ich habe an der Seite eines Mannes, den ich liebte, aufregende Abenteuer erlebt und fremde Länder bereist, und ich habe so viel Wissen gesammelt, daß ich heute wohl der weiseste Mann am Nil bin. Und bei alledem habe ich nichts riskiert als mein eigenes Leben, das nicht mehr bedeutete als das einer Mücke, die in der Sonne tanzt. Nun ist alles anders. Ich habe ein Weib, das ich ebenfalls liebe, mehr als ich dir sagen kann«, hier seufzte er, »das aber dennoch behütet werden muß und Gehorsam verlangt — ja, Gehorsam. Weiterhin werde ich bald ein Volk zu regieren und eine Krone zu tragen haben, ich muß mich mit Ratgebern und Staatsangelegenheiten beschäftigen, eine alte Religion stützen und der Heuschreck weiß was noch alles. Die Last wurde von deinem Rücken auf den meinen gewälzt, Gebieter, und hat mein einst so leichtes Herz schwer gemacht. Oh! Ich wünschte, sie wäre geblieben, wo sie war.«

Ich mußte trotz meiner Niedergeschlagenheit lachen, denn Bes' Philosophie enthielt durchaus ein Körnchen Wahrheit.

»Gebieter«, fuhr er mit veränderter Stimme fort, »ich war ein Tor und habe dir durch meine Torheit übel mitgespielt. Vergib mir, ich wollte nur das Beste, doch niemand weiß vor dem Ende, was das Beste wirklich ist. Hier ist das Haus, ich werde jetzt mein Weib holen und gewisse Vorbereitungen treffen. Vielleicht kannst du beim Morgengrauen zum Aufbruch nach Äthiopien bereit sein.«

»Willst du auch wirklich, daß ich dich dorthin begleite, Bes?«

»Gewiß, Gebieter. Das heißt, falls du nicht willst, daß ich dich statt dessen anderswohin begleite, zum Beispiel nach Süden über das Meer. Wenn ja, so werde ich dir diesen Wunsch gewiß nicht abschlagen, denn Äthiopien läuft mir nicht weg, und es gibt noch vieles in der Welt, was ich gerne sehen würde. Nur müßte man in diesem Fall auch an Karema denken, denn wenn sie alles erfährt, wird sie gewiß erwarten, daß sie Königin wird«, fügte er skeptisch hinzu.

»Nein, Bes, ich bin zu müde, um neue Pläne zu schmieden, also laß uns nach Äthiopien gehen. Wir sollten Karema nicht enttäuschen, sie hat so lange eine Schale gehalten, daß man es gut verstehen kann, wenn sie es gerne einmal mit einem Zepter versuchen würde.«

»Ich glaube, so ist es am klügsten, Gebieter. Jedenfalls ist der heilige Tanofir dieser Ansicht, und aus ihm spricht die Stimme des Schicksals. Oh! Warum quälen wir uns überhaupt? Sind wir nicht alle nur Steine auf dem Spielbrett des Schicksals?«

Damit drehte er sich um und ging fort, und ich betrat das Haus, wo ich meine Mutter antraf, die, immer noch in ihren Festgewändern, auf mich gewartet hatte. Sie warf nur einen Blick auf mein Gesicht und fragte dann, weshalb ich so verstört sei. Ich setzte mich auf einen Schemel zu ihren Füßen und erzählte ihr alles.

»Etwas dergleichen hatte ich erwartet«, sagte sie, als ich geendet hatte. »Diese übermäßig gelehrten Frauen sind wie seltsame Fische, die sich nur schwer fangen und halten lassen. Ein Mensch mit zuviel Seele ist wie ein Boot mit zu vielen Segeln, wenn der Wüstenwind über den Nil bläst. Nun, wir sollten weder ihr noch Bes oder Peroa Vorwürfe machen. Letzterer fürchtet ohnehin bereits um seine Dynastie und sieht Amada lieber als Priesterin denn als deine Frau. Auch die Göttin Isis sollten wir nicht schmähen, denn ihr liegt natürlich daran, ihre Dienerinnen bei sich zu behalten. Geben wir lieber der Macht die Schuld, die sich hinter dem Schleier verbirgt, oder neigen wir in Demut das Haupt vor ihr, da wir ja nicht wissen, welches Ziel sie verfolgt. Ägypten verschließt also seine Türen vor dir, mein Sohn. Wohin willst du nun gehen? Nicht wieder in den Osten, hoffe ich, denn dort würde man dich bald einen Kopf kürzer machen.«

»Ich gehe nach Äthiopien, Mutter, denn Bes scheint dort ein großer Mann zu sein und kann mir Schutz bieten.«

»Wir gehen also nach Äthiopien? Nun, eine weite Reise für eine alte Frau, aber ich habe so viele Jahre in Memphis gelebt, daß ich der Stadt überdrüssig bin, und der Sand des Südens ergibt gewiß ein gutes Grab.«

»Wir!« rief ich aus. »*Wir?*«

»Gewiß, mein Sohn, denn indem du eine Gattin verloren hast, hast du eine Mutter wiedergefunden, und wir werden uns nicht mehr trennen, solange ich lebe.«

Als ich dies hörte, füllten sich meine Augen mit Tränen. Auch mein Gewissen regte sich, weil ich in letzter Zeit, ja, seit Jahren schon, so viel an Amada und so wenig an meine Mutter gedacht hatte. Und nun hatte Amada mich verstoßen, ungerecht, ohne zu warten, bis sie die Wahrheit erfuhr, denn schlimmstenfalls konnte man mich doch nur beschuldigen, ich, der ich sie verehrte, habe mich vor dem Tod durch langsame Folter gerettet, indem ich ihren Namen aussprach. Meine Mutter dagegen vergab alles, was geschehen war, und drückte mich wieder an ihre Brust wie früher als Säugling. Ich wußte nicht, was ich sagen sollte, doch dann fielen mir die Perlen ein, ich zog sie heraus und legte sie meiner Mutter um den Hals.

Sie betrachtete sie lächelnd und sagte dann:

»Solcher Schmuck paßt schlecht zu weißen Locken und verdorrten Brüsten. Doch ich werde sie für dich aufbewahren, mein Sohn, bis du ein Weib findest, und wenn es nicht Amada sein kann, so eben eine andere.«

»Wenn es nicht Amada sein kann, so werde ich nie eine Frau finden«, sagte ich verbittert, aber sie lächelte nur.

Dann überließ sie mich meinen Vorbereitungen und legte sich zur Ruhe.

So angestrengt wir tags darauf auch schafften, es gab so viel zu tun, daß die Sonne den höchsten Punkt ihrer Bahn bereits seit zwei Stunden überschritten hatte, als wir endlich zum Aufbruch bereit waren. Das Haus mußte in die Obhut von Freunden gegeben werden, und wir mußten uns die Mittel für die Reise besorgen. Auch kam ein Bote von Pharao und beschwor mich, ich möge um seinet- und um Ägyptens willen noch einmal darüber nachdenken, ehe ich das Land verließe, und ich mußte antworten, ich müsse gehen, und falls Pharao irgendwann erfahren wolle, wo ich sei, so solle er den heiligen Tanofir danach fragen. Daraufhin kam wieder ein Bote, der mir Abschiedsgeschenke von Pharao brachte, eine Ehrenkette, einen hohen Adelstitel, die Berufung zu seinem Gesandten in jedem Land, in das es mich verschlagen mochte, und so weiter, und ich mußte meinen Dank dafür zum Ausdruck bringen. Ganz zuletzt, als wir gerade das Haus verlassen wollten, um uns zu dem Boot zu begeben, das Bes am Nil für uns bereitgestellt hatte, kam noch ein Bote, bei dessen Anblick mein Herz einen Satz machte, denn es war ein Priester der Isis.

Er verneigte sich und reichte mir eine Schriftrolle. Ich öffnete sie mit zitternder Hand und las:

Von der einstigen Königlichen Prinzessin von Ägypten und jetzigen Prophetin der Isis, deren Haus in Amada steht, an den Edlen Shabaka.

Wie ich erfahre, o Vetter, willst du Ägypten verlassen, und da ich den Grund dafür kenne, weint mein Herz. Glaube mir, Vetter, ich liebe dich sehr, mehr als jeden anderen Menschen auf der Welt, und an dieser Liebe wird sich auch niemals etwas ändern, denn die Göttin, die meine Zukunft in ihren Händen hält, weiß, wie wir beschaffen sind und ist nicht eifersüchtig auf Vergangenes. Deshalb wird sie ihrer Dienerin, die sie in ihre himmlischen Arme schließt, auch nicht wegen ihrer irdischen Liebe zürnen. Ihr Segen und der meine ruhe auf dir, und falls wir uns in dieser Welt nicht mehr von Angesicht zu Angesicht begegnen sollten, so hoffe ich, daß wir uns in Osiris' Hallen wiedersehen. Leb wohl, geliebter Shabaka. Oh! Warum hast du zu-

gelassen, daß der Zwerg Bes, dieser schwarze Meister der Lüge, dich überredete, die Wahrheit vor mir zu verbergen?

Damit endete die Schrift, und darunter waren zwei noch feuchte Flecken zu sehen, die ich als Tränen erkannte. Außerdem war an der Rolle ein kleiner, in Seide gewickelter Goldring befestigt, den Amada von Kind an stets getragen hatte und auf dem der königliche *Uräus* eingraviert war. Erst am vergangenem Abend hatte ich ihn noch am Zeigefinger ihrer rechten Hand bemerkt.

Ich nahm meinen Stilus und ein Wachstäfelchen und schrieb:

Wärst du ein Mann gewesen, Amada, und keine Frau, ich glaube, du hättest anders über mich geurteilt. Doch eine Frau bist und bleibst du nun einmal, auch als gelehrte Priesterin und Prophetin. Vielleicht kommt dereinst die Zeit, da du dich in der Stunde der Not an mich wendest. Sollte das geschehen und ich noch am Leben sein, so werde ich kommen. Ja, ich glaube, ich werde selbst als Toter kommen, denn nichts kann uns wirklich trennen. Inzwischen werde ich deinen Ring Tag und Nacht tragen, und immer wenn ich ihn ansehe, werde ich an Amada denken, an die Frau, deren Lippen ich mit den meinen berührt habe, und ich werde Amada die Priesterin vergessen, die um ihrer Seele willen freudig das Herz des Mannes brach, der sie liebte, und den sie in ihrem Stolz und ihrem Zorn so schmerzlich verkannte.

Dieses Täfelchen wickelte ich ein und versiegelte es, indem ich ihren eigenen Ring in ein Stück Lehm drückte, dann übergab ich es dem Priester, damit er es ihr aushändige.

Als wir endlich den Fluß erreichten, hatten sich auf offenem Gelände die meisten meiner Kampfgefährten aus der Schlacht gegen die Ostländer versammelt, und auch aus der Stadt war eine große Menschenmenge zusammengeströmt. Meine Kameraden drängten sich um mich, einige waren verwundet und humpelten auf Krücken, sie flehten mich an, nicht fortzugehen, und alle anderen stimmten ein, denn sie sahen Unheil für Ägypten voraus, wenn ich das Land verließe. Ich riß mich jedoch los, wenn auch fast unter Tränen, und versteckte mich mit meiner Mutter unter dem Baldachin des Bootes. Hier wartete Bes mit seiner schönen Frau, der der Abschied von Ägypten zwar schwerzufallen schien, die uns jedoch zur Begrüßung zulächelte, während sich die Steuerleute und die Ruderer des Bootes, allesamt Äthiopier von stattlicher Gestalt, erhoben und mir salutierten wie einem General. Sobald der Wind günstig stand, hißten wir das Segel und glitten nilaufwärts davon, bis schließlich die Tempel und Palmenhaine von Memphis unseren Blikken entschwanden.

Von dieser langen, langen Reise brauche ich nicht weiter zu berichten. Wir fuhren gemächlich nilaufwärts und zogen das Boot über die Katarakte, bis Ägypten weit hinter uns lag. Endlich, viele Tage, nachdem wir die Mündung eines weiteren Flusses passiert hatten, dessen Wasser blau war und sich vom nördlichen Bergland herab in den Nil ergoß, erreichten wir eine Stelle, wo die Stromschnellen so ausgedehnt und stark waren, daß wir das Boot zurücklassen und auf dem Landweg weiterziehen mußten. Als wir uns bei Sonnenuntergang dem Ufer näherten, erblickte ich eine große Schar von Menschen auf dem Sandstreifen und dahinter ein Lager mit vielen schönen Zelten, die ebenso wie die Banner, die über ihnen flatterten, mit Seide und Gold bestickt schienen, und auf denen das Abbild eines ebenfalls goldenen Heuschrecks mit silbernen Beinen zu sehen war.

»Meine Boten sind offenbar wohlbehalten angekommen«, sagte Bes zu mir, »denn dort drüben haben sich einige meiner Untertanen versammelt, um uns zu begrüßen. Hinfort, Gebieter, darf ich dich nicht länger Gebieter nennen, denn ich fürchte, ich bin wieder König. Und du darfst nicht länger Bes zu mir sagen, sondern Karoon. Außerdem, vergib mir, aber wenn du vor mich trittst, mußt du dich verneigen, was mir unangenehmer sein wird als dir, aber es ist bei den Äthiopiern nun einmal so der Brauch. Oh! Ich wünschte, du wärst der König und ich dein Freund, denn nun ist es vorbei mit unserem unbeschwerten, fröhlichen Leben.«

Ich lachte, aber Bes stimmte nicht mit ein, er wandte sich nur an seine Frau, die ihn bereits beherrschte, als sei er tatsächlich ein Sklave, und sagte: »Edle Karema, mache dich so schön, wie du nur kannst, und vergiß, daß du jemals eine Schale oder sonst etwas Brauchbares gewesen bist, denn von nun an mußt du Königin sein, vorausgesetzt, mein Volk findet Gefallen an dir.«

»Und was geschieht, wenn ich ihnen nicht gefalle, mein Gatte?« fragte Karema und riß ihre schönen Augen weit auf.

»Das weiß ich nicht so recht, o Gattin. Vielleicht weigern sie sich dann, mich anzuerkennen, worüber ich freilich keine Träne vergießen würde. Vielleicht werden sie auch dich nicht anerkennen, und darüber würde ich natürlich viele Tränen vergießen, aber du bist so blendend weiß, und bisher waren alle Königinnen der Äthiopier schwarz.«

»Und falls sie mich nun nicht anerkennen, weil ich weiß oder vielmehr braun bin anstatt schwarz wie geölter Marmor, was geschieht dann, o Gatte?«

»Dann — Oh! Das weiß ich nicht, o Gattin. Vielleicht werden sie dich in dein Land zurückschicken. Vielleicht trennen sie uns auch voneinander und stecken dich in einen Tempel, wo du in allen Ehren allein leben kannst. Ich erinnere mich, daß sie einmal mit einer weißen Frau so verfahren sind, sie machten sie zu einer Göttin, bis sie an schierer Langeweile starb. Vielleicht aber — nun, ich weiß es nicht.«

Da wurde Karema zornig.

»Ich wünschte, ich wäre eine Schale geblieben«, rief sie, »und die Dienerin des heiligen Tanofir, der mich wenigstens viele geheime Dinge lehrte. Statt dessen komme ich hierher und soll unter schwarzen Barbaren leben, in Gesellschaft eines Zwergs, der zwar König sein mag, aber offenbar nicht genügend Macht besitzt, um die Frau zu schützen, die er sich erwählt hat.«

»Warum müssen Frauen immer schon zürnen, ehe es nötig ist?« fragte Bes demütig. »Du hast doch gewiß noch genug Zeit, mich zu schelten, wenn etwas von diesen Dingen eingetroffen ist.«

»Falls etwas davon eintrifft, Gatte, werde ich noch viel schlimmere Worte finden«, entgegnete sie, aber damit war das Gespräch vorerst zu Ende, denn in diesem Augenblick liefen wir auf Grund, und viele der Wartenden stimmten ein wildes Lied an, rannten ins Wasser und zogen das Boot ans Ufer. Dann trat Bes an den Bug, schwenkte seinen Bogen, und alle schrien aus voller Kehle: »Karoon! Karoon! Er ist es, er ist zurückgekehrt nach so vielen Jahren!«

Zweimal schrien sie so, und dann warfen sie sich alle mit dem Gesicht nach unten in den Sand.

»Ja, mein Volk«, schrie Bes, »ich bin es, Karoon, auf wunderbare Weise wurde ich in fernen Ländern aus mannigfachen Gefahren gerettet, durch die Hilfe des Heuschrecks im Himmel und, wie meine Boten euch gewiß berichtet haben, auch durch meinen geliebten Freund, den edlen Ägypter Shabaka, der geruht, eine Weile bei uns zu leben. Endlich bin ich nach Äthiopien zurückgekehrt, um meine Weisheit über euren Köpfen erstrahlen zu lassen wie die Sonne, und sie über euch auszugießen wie flüssigen Honig. Zudem habe ich, eingedenk unserer Gesetze, denen ich einst trotzte und deretwegen ich euch verließ, die ganze Welt abgesucht, bis ich die schönste Frau fand, die sie zu bieten hatte, und sie habe ich zu meinem Weib gemacht. Auch sie geruht, in dieses ferne Land zu kommen, um eure Königin zu sein. Tritt vor, schöne Karema, und zeige dich diesen meinen Äthiopiern.«

Karema gehorchte und stellte sich neben Bes auf den Bug des Bootes. Sie waren ein seltsames Paar. Die Äthiopier hatten sich erhoben und musterten sie nachdenklich, dann erklärte einer von ihnen:

»Karoon hat behauptet, sie sei schön, aber in Wahrheit ist sie fast weiß und ziemlich häßlich.«

»Wenigstens ist sie eine Frau«, sagte ein anderer. »Denn ihre Gestalt ist die eines Weibes.«

»Ja, und er hat sie geheiratet«, bemerkte ein dritter, »und sogar ein König darf sich manchmal selbst ein Weib wählen. Wer kann in solchen Dingen schon über den Geschmack eines anderen urteilen?«

»Schweigt!« rief Bes gebieterisch. »Wenn ihr sie heute nicht für schön haltet, so werdet ihr es eben morgen tun. Und nun laßt uns an Land gehen, wir wollen uns ausruhen.«

Wir stiegen also aus dem Boot, und dabei sah ich mir die Äthiopier genauer an. Es waren hünenhafte Männer, schwarz wie Holzkohle, mit dicken Lippen, weißen Zähnen und flachen Nasen. Sie hatten große Augen mit etwas gelblichem Weiß, ihr Haar krauste sich wie Wolle, ihre Bärte waren kurz geschnitten, und auf ihren Gesichtern lag beständig ein Lächeln. Die meisten waren recht spärlich bekleidet, nur die Ältesten oder Anführer trugen Löwen- und Leopardenfelle, und einige eine Art Seidentunika, die in der Mitte gegürtet war. Alle waren wie für einen Kampf gerüstet, mit Langbogen, Kurzschwertern und kleinen, runden Schilden aus der Haut des Nilpferds oder des Nashorns. An Gold schien es ihnen nicht zu mangeln, selbst die Geringsten unter ihnen trugen Armbänder aus diesem Metall, während massive

Reifen die Hälse und manchmal auch die Fußknöchel der Häuptlinge zierten. Ihre Füße steckten in Sandalen, und manche hatten sich Straußenfedern ins Haar gesteckt. Andere hatten sich Heuschrecken aus Gold auf den Kopf gebunden, und diese hielt ich für die Priester. Ich entdeckte keine einzige Frau.

Da die Sonne bereits unterging, führte man uns sofort zu einem schönen Zelt aus gewebtem Flachs, mit Stickereien verziert, wie ich es bereits beschrieben habe, und dort warteten Speise und Trank in Hülle und Fülle auf uns, Schalen voll Milch, sowie gekochtes und gebratenes Schafs- und Ochsenfleisch. Bes wurde jedoch an einen anderen Ort gebracht, was Karema noch wütender machte, als sie ohnehin schon war.

Wir waren kaum mit dem Essen fertig, als ein Herold ins Zelt gestürmt kam und schrie: »Werft euch nieder! Ja, werft euch nieder, der Heuschreck kommt! Karoon kommt.«

Hier muß ich erklären, daß der Titel Karoon ›Großer Heuschreck‹ bedeutete, aber Karema wußte das nicht und fragte empört, wie sie denn dazu käme, sich vor einem Heuschreck auf den Boden zu werfen. Ja, sie weigerte sich sogar dann noch, als Bes, in einem prächtigen, bunten Gewand, dessen Schleppe von zwei riesigen Männern gehalten wurde, den Pavillon betrat. Er sah so grotesk aus, daß meine Mutter und ich uns sehr tief verneigen mußten, damit niemand sah, wie wir lachten, während Karema sagte:

»Es wäre besser, Gemahl, wenn du dir zum Tragen deiner Schleppe zwei Kinder suchen würdest anstatt dieser beiden Riesen. Wenn dieses Gewand übrigens die Farben eines Heuschrecks nachbilden soll, so ist das schlecht gelungen, denn die Grashüpfer sind grün, und du kommst in Gold und Scharlachrot daher. Auch trägt ein Heuschreck keine schiefen Federn auf dem Haupt.«

Bes rollte die Augen, als habe er Schmerzen, dann drehte er sich um und schickte seine Begleiter aus dem

Zelt. Sie gehorchten, wenn auch zögernd, als hätten sie Bedenken, ihn mit uns alleine zu lassen, und als sie endlich draußen waren, ließ er die Klappe des Pavillons herunter, warf sein prächtiges Gewand ab und sagte:

»Weib, du wirst dich daran gewöhnen müssen, daß hier andere Sitten herrschen als in Ägypten. Dort war ich glücklich, obwohl ich ein Sklave war, und dich als Schale des heiligen Tanofir hielt man für schön und auch für gelehrt. Hier bin ich ein unglücklicher König, und dich hält man für häßlich und außerdem für unwissend wie alle Fremden. Oh! Ich bitte dich, antworte nicht, denn ich kann dir versichern, daß alles gut verläuft. Vorerst hat man dich als meine Frau akzeptiert, vorbehaltlich der Entscheidung des Matronenrats. Der besteht aus betagten Frauen meiner Sippe und wird, sobald wir in der Stadt des Heuschrecks eintreffen, darüber entscheiden, ob man dich auch als Königin der Äthiopier anerkennen will oder nicht. Nein, nein, ich bitte dich, sage nichts, denn ich muß sofort wieder gehen. Nach dem Gesetz der Äthiopier ist nämlich jetzt die Zeit gekommen, da der Heuschreck schlafen muß, und zwar allein, Karema, da du noch nicht als meine Frau bestätigt bist. Du kannst die Nacht bei der Edlen Tiu verbringen, und für Shabaka steht ein eigenes Zelt bereit. Ruhe sanft, Weib. Hörst du! Man holt mich.«

»Wenn es nach mir ginge«, sagte Karema, »dann würde ich in diesem Boot schlafen, das nach Ägypten zurückfährt. Was meinst du, Edler Shabaka?«

Ich antwortete nicht, sondern folgte Bes aus dem Zelt und überließ es ihr, die Sache mit meiner Mutter zu besprechen. Draußen wartete eine Schar seiner Untertanen, um ihn zu seinem Schlafplatz zu geleiten, und ich sah, wie sie ihn in ein anderes Zelt führten, sich ringsum aufstellten und auf Musikinstrumenten zu spielen begannen. Danach kam jemand und brachte mich zu meinem Zelt, wo ich ein bequemes Bett vorfand. Ich legte mich sofort hinein, konnte jedoch noch lange nicht einschlafen, einerseits, weil ich lachen mußte, aber auch, weil die Trommeln und Hörner, die Bes in Schlaf wiegen sollten, einen Heidenlärm machten. Jetzt verstand ich, warum er lieber als Sklave in Ägypten leben wollte, anstatt als König in Äthiopien.

Am nächsten Morgen erhob ich mich vor Tagesanbruch und begab mich ans Flußufer, um zu baden. Und wer tauchte auf, gerade, als ich anfangen wollte, mich zu waschen? Bes selbst mit einer Schar seiner Untertanen, die allerdings einigen Abstand hielten.

»Noch nie habe ich eine solche Nacht verbracht, Gebieter«, sagte er, »wenigstens nicht mehr, seit du mich vor Jahren gefangengenommen hast. Das Gesetz verbietet es mir nämlich, diese Hörner und Musikinstrumente zum Schweigen zu bringen. Nun freilich bin ich, auch dies ist ein Gesetz der Äthiopier, mein eigener Herr, bis die Sonne aufgeht. So kam ich hierher, um ein paar von diesen blauen Lilien zu sammeln. Karema liebt sie, und ich will sie ihr schenken, denn ich fürchte, sie ist sehr aufgebracht und muß beschwichtigt werden.«

»Aufgebracht ist sie gewiß«, sagte ich. »Jedenfalls war sie es, als ich sie gestern abend verließ. O Bes, wie konntest du nur zulassen, daß dein Volk ihr sagte, sie sei häßlich?«

»Was kann ich daran ändern, Gebieter? Hast du nicht immer gehört, daß die Äthiopier vor allem für die Eigenschaft berühmt sind, niemals etwas zu sagen, das nicht die Wahrheit ist? Da sie anders ist, finden sie sie häßlich, und wenn sie das sagen, dann sprechen sie eben die Wahrheit.«

»Selbst wenn, dann ist es eine Wahrheit, die ihr nicht gefällt, Bes, aber das wird sie dir mit der Zeit schon beibringen. Halten sie denn auch mich für häßlich?«

»Ja, Gebieter, das tun sie. Aber außerdem finden sie, daß du aussiehst wie ein Mann, der es versteht, einen Bogen zu spannen und mit einem Schwert umzugehen, und das bedeutet bei den Äthiopiern eine ganze Menge.

Über deine Mutter haben sie sich nicht geäußert, denn sie ist alt, und die Greise, die der Heuschreck bald mit sich nehmen wird, hält man hier in Ehren.«

Nun mußte ich wieder lachen, und dann begleitete ich Bes, um ihm beim Lilienpflücken zu helfen. Die blauen Blüten wuchsen am Rande eines Gewirrs von Schilfhalmen, die durch die Strömung zusammengetrieben worden waren und nun wie eine Insel auf dem Wasser schwammen. Bes legte sich auf den Bauch, während seine Leute in einiger Entfernung am Ufer stehenblieben und stumm vor Staunen zusahen, und streckte seine langen Arme nach den Lotosblüten aus. Gerade als er zwei der Blütenstengel zu fassen bekommen hatte und daran zerrte, gab das Schilf plötzlich unter ihm nach, und er fiel in den Fluß.

Im nächsten Augenblick entstand ein Wirbel im braunen Wasser, und ich erblickte ein riesiges Krokodil, das mit weit geöffnetem Maul auf Bes zuraste. Er war ein guter Schwimmer und drehte sich, um ihm zu entgehen, aber ich hörte die mächtigen Zähne nach dem kurzen Lederschurz schnappen, den er um die Lenden trug.

»Der Teufel hat mich erwischt! Lebt wohl!« schrie er und verschwand im Wasser.

Wie bereits gesagt, hatte ich mich fast ganz entkleidet, weil ich baden wollte, nur mein Kurzschwert, das ich an einem Gürtel umgeschnallt trug, hatte ich noch nicht abgenommen: Nun zog ich es blitzschnell aus der Scheide und stürzte mich unter den entsetzten Aufschreien der Äthiopier, die vom Ufer aus alles mitangesehen hatten, in den Fluß. Kaum jemand konnte schwimmen wie ich, und ich beherrschte zudem die Kunst, mit offenen Augen zu tauchen und lange unter Wasser zu bleiben, ohne Atem holen zu müssen, denn das hatte ich von Kindesbeinen an geübt.

Ich entdeckte das große Reptil sofort. Es war im Begriff, sich in den Schlamm hinabsinken zu lassen und zerrte Bes mit sich, um ihn dort zu ertränken. Aber an dieser Stelle war der Fluß sehr tief, und so gelang es mir mit ein paar schnellen Zügen, unter das Krokodil zu kommen. Dann stieß ich mit aller Kraft nach oben und trieb ihm das Schwert tief in den weichen Teil der Kehle. Als die Bestie das scharfe Eisen spürte, ließ sie von Bes ab und wandte sich gegen mich. Wie es geschah, weiß ich nicht, aber auf einmal lag ich auf ihrem Rücken und hieb auf ihre Augen ein. Mindestens einmal mußte ich wohl getroffen haben, denn das geblendete Tier schoß an die Oberfläche und trug mich mit. Oh! Was war es für ein herrliches Gefühl, wieder atmen zu können.

Als wir auftauchten, ritt ich auf dem Krokodil wie auf einem Pferd und stach erbost darauf ein, während Bes ganz in der Nähe schwamm und wild seine gelben Augen rollte, aber nichts tun konnte, weil er keine Waffe hatte. Das Teufelswesen war noch immer nicht tot, obwohl es aus vielen Wunden blutete, doch Schmerz und Zorn hatten es rasend gemacht. Auch die schreienden Äthiopier konnten mir nicht helfen, denn sie hatten nur ihre Bogen und wagten nicht zu schießen, um nicht mich mit ihren Pfeilen zu durchbohren. Das Krokodil ließ sich wieder hinabsinken und schnappte dabei wütend nach meinen Beinen. Da kam mir ein Trick in den Sinn, den ich den Eingeborenen am Nil abgeguckt hatte.

Ich wartete, bis das riesige Maul weit aufgesperrt war, dann schob ich meinen Arm dazwischen und hielt das Kurzschwert so, daß der Griff auf der Zunge des Tiers zu stehen kam und die Spitze sich in den Gaumen bohrte. Nun wollte das Krokodil die Kiefer wieder zuklappen, doch siehe da!, die brave Klinge klemmte sich dazwischen, und sie blieben weit geöffnet. Ich zog die Hand zurück und ließ mich nach oben treiben. Einer der scharfen Zähne hatte mich am Handgelenk verletzt, aber weiter war mir nichts geschehen. Ich tauchte auf, und hinter mir kam das Krokodil, Blut speiend und sich in Todesqualen windend, an die Oberfläche. Von da an wußte ich nichts mehr, bis ich irgendwann inmitten einer Menschenmenge am Ufer lag und Bes sich über mich beugte. Im seichten Wasser lag das tote Krokodil, und mein Schwert steckte noch immer zwischen seinen Kiefern.

»Bist du verletzt, Gebieter?« schrie Bes mit angstvoller Stimme.

»Ich glaube, es ist nur eine Kleinigkeit«, sagte ich, doch als ich mich aufsetzte, lief mir das Blut in Strömen den Arm herab.

Bes schob Karema beiseite, die sehr leicht bekleidet aus ihrem Zelt gekommen war, und sagte:

»Alles ist gut, Weib. Ich komme bald und bringe dir die Lilien.«

Dann schlang er die Arme um mich, küßte mir die Hände und die Stirn, wandte sich der Menge zu und rief:

»Gestern wart ihr noch uneins, ob man es dem edlen Ägypter gestatten solle, bei mir im Lande Äthiopien zu leben. Wer von euch will ihm dies immer noch verwehren?«

»Niemand!« schrien alle. »Er ist kein Mensch, sondern ein Gott. Kein Mensch hätte eine solche Tat vollbringen können.«

»Es scheint so«, antwortete Bes leise. »Wenigstens hat es keiner von euch auch nur versucht. Und doch ist er kein Gott, sondern nur einer von jenen Menschen, die man Helden nennt. Aber er ist auch mein Bruder, und solange ich in Äthiopien herrsche, wird er an meiner Seite herrschen, oder ich gehe wieder mit ihm fort.«

»So sei es, Karoon!« schrien alle wie aus einem Munde. Danach trug man mich ins Zelt zurück.

Dort wartete meine Mutter und küßte mich stolz vor aller Augen, worauf wieder lautes Geschrei ausbrach.

So endete das Abenteuer mit dem Krokodil. Nach einer Weile kehrte Bes an den Fluß zurück und holte die beiden Lilien für Karema, diesmal freilich von einem Boot aus, was die Äthiopier zu dem lauten Ausruf veranlaßte, er müsse sie sehr lieben, allerdings nicht so sehr wie mich.

An diesem Nachmittag brachen wir auf und ließen uns in Sänften zur Stadt des Heuschrecks tragen, die wir am vierten Tag erreichten. Schon in einiger Entfernung kamen uns ganze Regimenter entgegen, zwölftausend oder noch mehr Männer, so daß wir schließlich von einem Heer geleitet wurden, das Siegeslieder sang und auf Musikinstrumenten spielte, bis mir der Kopf brummte.

Die Stadt war ziemlich groß, ihre Häuser hatten Mauern aus Lehm und Dächer aus Schilf. Sie stand auf einer großen Ebene, und in ihrer Mitte erhob sich ein natürlicher Felshügel, auf dessen Gipfel sich, aus schimmernden Marmorblöcken gefügt und mit einem Metall gedeckt, das wie Gold glänzte, der Tempel des Heuschrecks befand, ein von Säulen umgebener Bau, der mich sehr an die ägyptischen Heiligtümer erinnerte. Um den Tempel herum standen weitere öffentliche Gebäude, darunter der Palast des Karoon, und der ganze Bezirk war von dreifachen Marmormauern umgeben, um ihn vor feindlichen Angriffen zu schützen. Nie hatte ich etwas Schöneres gesehen als diesen Hügel mit seinen leuchtend weißen Gebäuden und den Dächern aus Gold oder Kupfer, die in der Sonne glänzten.

Ich stieg aus meiner Sänfte, und da man sich Bes in seiner Erhabenheit nicht nähern durfte, ging ich zu meiner Mutter und zu Karema, um sie an meiner Begeisterung teilhaben zu lassen.

»Ja, mein Sohn«, bestätigte meine Mutter, »für einen solchen Anblick hat sich die weite Reise gelohnt. Ich werde ein schönes Grabmal bekommen.«

»Ich habe das alles schon gesehen«, mischte sich Karema ein.

»Wann?« fragte ich.

»Das weiß ich nicht, aber vermutlich, als ich noch die Schale des heiligen Tanofir war. Wenigstens kommt es mir bekannt vor, und ich habe es auch bereits wieder satt, denn wer kann sich schon in einem Land oder einer Stadt wohl fühlen, wo man weiße Menschen für häßlich hält und eine Frau sich kaum in die Nähe ihres Mannes begeben darf, außer zwischen Mitternacht und Morgengrauen, wenn sie endlich mit ihrer gräßlichen Musik aufhören?«

»Es wird deine Aufgabe sein, diese Gebräuche zu ändern, Karema.«

»Ja«, rief sie, »das wird ganz gewiß meine Aufgabe sein«, und damit kehrte ich zu meiner Sänfte zurück.

Kapitel XV

Der Ruf

An den Toren der Stadt des Heuschrecks wurden wir empfangen wie die Könige. Die Priester kamen uns entgegen und schoben auf einer Art flachem Wagen ein gewaltiges Abbild ihres Gottes vor sich her, und ich weiß noch, daß ich mich fragte, wie hoch wohl der Goldwert dieses riesigen Grashüpfers wäre, falls er eingeschmolzen würde. Auch die Ratsherren kamen, lauter würdige Greise, denn die meisten Äthiopier erreichten ein Alter von mehr als hundert Jahren. Vielleicht waren sie zu alt, um noch Gefallen an der Macht zu finden, die sie während Bes' langer Abwesenheit in Händen gehalten hatten, und zeigten sich deshalb so froh, ihn endlich wiederzusehen. Bes war nämlich der einzige Mann im ganzen Volk, in dessen Adern echtes Königsblut floß und der deshalb das Recht auf den Thron hatte.

Als nächste kamen Tausende von Frauen mit breiten, lächelnden Gesichtern. Sie hatten ihre schwarze Haut mit duftendem Öl eingerieben und trugen außer einem Gürtel um die Taille und viel Goldschmuck kaum etwas auf dem Leibe. Bei manchen waren die Ohrgehänge so groß wie eine Handfläche, und viele hatten auch dicke, goldene Ringe in der Nase, wie man sie in Ägypten den Bullen durch die Nüstern zieht. Meine Mutter lachte darüber, aber Karema sagte, sie fände sie häßlich und widerwärtig.

Ein merkwürdiges Völkchen waren sie, diese Äthiopier, wie vergnügte, gutmütige Kinder zumeist, nicht fähig, sich länger als eine Minute mit einer Sache zu beschäftigen. So konnte man sie fast im gleichen Atemzuge lachen und weinen sehen. Doch gab es auch eine Oberschicht, die sehr gelehrt war und über viel altes Wissen verfügte. Diese Männer machten die Gesetze, die zwar nach außen hin töricht erschienen, aber im Grunde stets vernünftig waren, sie planten die Tempel, verwalteten die Bergwerke, in denen Gold und andere Metalle gefördert wurden, und widmeten sich den Künsten. Sie waren die eigentlichen Herren des Landes, die übrigen waren nichts als Sklaven. Der fruchtbare Boden verhinderte, daß sie jemals Mangel litten, und sie waren damit zufrieden, im Wohlstand zu leben und zu tun, was man ihnen sagte.

So legten sie den Weg von der Wiege bis zur Bahre singend und mit Blumen bekränzt zurück, führten die leichten Arbeiten aus, die man ihnen abverlangte, und lebten ansonsten, wie sie wollten, und liebten, wen sie wollten, besonders ihre Kinder, deren sie viele hatten. Die Männer waren Krieger und Jäger, weil dies ihrem Wesen entsprach und weil es so Tradition war. Sie waren geschickt im Umgang mit dem Bogen und befanden sich ständig im Krieg, wenn sie irgendwo einen Gegner fanden. Ja, als wir zu ihnen kamen, hatte sich gerade das Problem ergeben, daß weit und breit keine Feinde mehr übrig waren, und sie bestürmten Bes sofort, er möge sie in eine Schlacht führen, denn sie seien es überdrüssig, nur Rinder zu hüten und Felder zu bestellen.

Dies alles fand ich erst nach und nach heraus, auch, daß sie ein großes Volk waren, das ein Heer von siebzigtausend Mann ausschicken und doch noch genügend Leute zurückbehalten konnte, um die Heimat zu verteidigen. Von der Welt jenseits ihrer Grenzen wußten die meisten nur wenig, die Gelehrten, von denen ich gesprochen habe, jedoch sehr viel, denn sie unternahmen häufig Reisen nach Ägypten und in andere Länder, um die Sitten und Gebräuche fremder Völker zu studieren. Weiter ist zu sagen, daß ihr einziger Gott der Heuschreck war. Wie dieses Insekt hüpften sie fröhlich zirpend durchs Leben, und wenn der Winter des Todes kam, sprangen sie mit einem Satz in ein neues, unbekanntes Dasein und ließen ihre Jungen zurück, damit diese sich von der Sonne noch ungeborener Sommer bescheinen lassen konnten. Von solcher Art waren die Äthiopier.

Von all den Feierlichkeiten, die zu Bes' Empfang und anläßlich seiner Neukrönung zum Karoon stattfanden, bekam ich nur wenig mit, denn der Krokodilzahn hatte mir das Blut vergiftet und mich sehr krank gemacht, so daß ich einen Mond oder noch länger in einem schönen Raum im Palast liegen mußte, wo Gold so reichlich vorhanden zu sein schien wie in Ägypten irdenes Geschirr, und wo alle Gefäße aus Kristall waren. Wären die äthiopischen Blutegel und vor allem die Pflege meiner Mutter nicht gewesen, ich glaube, ich hätte sterben müssen. Meine Mutter war es auch, die sich hartnäckig widersetzte, als man mir den Arm abschneiden wollte, und sie tat recht daran, denn mit der Zeit heilte er und gewann seine volle Kraft zurück. Als ich endlich genesen war, stellte Bes mich auf der Plattform vor dem Tempel dem Volk als seinen Retter und als den zweiten Mann im Königreich nach ihm vor, und niemals werde ich das Geschrei vergessen, mit dem ich empfangen wurde.

Nachdem Karema die Prüfung der Matronen bestanden hatte, wurde sie als Gattin des Karoon ebenfalls dem Volk präsentiert, aber ich glaube, man fand sich nur mit ihr ab, weil man festgestellt hatte, daß sie einen Thronerben unter dem Herzen trug. Für die Matronen war ihre Schönheit nämlich Häßlichkeit, und sie konnten nicht begreifen, wieso ihr König, dem im Gegensatz zu den sonstigen Sitten im Land nur eine einzige Frau gestattet war, damit die Kinder nicht in Streit geraten konnten, sich eine Frau erkoren hatte, die nicht schwarz war. So wurde Karema vom Volk ohne Jubel und mit viel Getuschel begrüßt, worüber sie sehr aufgebracht war.

Als jedoch das Kind nach Ablauf der Frist geboren wurde und sich herausstellte, daß es ein Sohn war, so schwarz wie die besten Äthiopier und ohne jeden körperlichen Makel, da ließ man sich erweichen, und nach der Geburt eines zweiten Sohnes liebte man sie sogar. Sie jedoch konnte nicht verzeihen und erwiderte diese Liebe keineswegs. Auch ihren Kindern war sie nicht besonders zugetan, weil sie so schwarz waren, was nach ihren Worten zeigte, wie giftig das Blut der Äthiopier sei. Und so ist es in der Tat, denn ich habe oft festgestellt, daß ein Äthiopier, wenn er jemanden von einer anderen Rasse heiratet, bis in die dritte oder vierte Generation für schwarze Nachkommen sorgt. So sehnte sich Karema trotz der Pracht, von der sie umgeben war, weiter nach Ägypten.

Ihre Sehnsucht war so groß, daß sie Zuflucht zu den magischen Künsten nahm, die sie vom heiligen Tanofir gelernt hatte, und stundenlang ins Wasser einer Kristallschale, manchmal auch in eine Kristallkugel ohne Wasser zu starren pflegte, um darin zu sehen, was sich in Ägypten abspielte. Mit der Zeit kehrte zudem ein großer Teil ihrer einstigen Gabe zurück, und sie schaute vieles, was sie mir anvertraute. Sonst jedoch verriet sie es niemandem, nicht einmal ihrem Gemahl.

So erblickte sie Amada, wie diese in einem Heiligtum vor der Statue der Isis kniete und weinte, ein Bild, das mich traurig machte. Auch den heiligen Tanofir sah sie grübelnd in der finsteren Höhle der Stiere sitzen, und in seinem Geist las sie, daß er an uns dachte, was er dachte, konnte sie freilich nicht erkennen. In einer anderen Vision übergaben Boten aus dem Osten neue Briefe an Pharao, und seinem Gesicht war anzumerken, daß er darüber beunruhigt war und daß Ägypten Schwierigkeiten drohten. Und so ging es immer weiter.

Bald verbreitete sich die Nachricht von ihren Fähigkeiten, und alle Äthiopier begannen sie als Seherin zu fürchten. Von da an wagte keiner mehr zu sagen, sie sei häßlich, wie immer man auch darüber denken mochte. Zudem erwies sich ihre Gabe als nachweislich echt, denn wenn sie mir etwa erzählte, sie habe gesehen, daß Boten unterwegs seien, so pflegten diese tatsächlich einzutreffen und vieles zu erklären, was in ihren Visionen unverständlich geblieben war.

Nachdem ich wieder zu Kräften gekommen war und Bes fest auf seinem Thron saß, machten wir beide uns an die Arbeit und bildeten das Heer der Äthiopier aus, das bisher kaum mehr als ein undisziplinierter Haufen von Männern mit Bogen und Schwertern gewesen war. Wir unterteilten es nach Art der Griechen in Phalangen und bewaffneten diese Einheiten mit langen Lanzen, Schwertern und mit großen Schilden anstelle der kleinen, die sie bisher getragen hatten. Auch mit den Bogenschützen exerzierten wir und lehrten sie, in offener Schlachtreihe vorzurücken und aus der Deckung zu schießen, und zuletzt wählten wir die besten Soldaten aus und machten sie zu Hauptleuten und Generälen. So kam es, daß wir am Ende der zwei Jahre, die ich in Äthiopien verbrachte, eine Streitmacht von mehr als sechzigtausend Mann stehen hatten, die ich bedenkenlos gegen jede Truppe der Welt eingesetzt hätte, denn diese Äthiopier waren sehr stark und mutig und, wie ich bereits sagte, die Liebe zum Krieg lag ihnen im Blut. Da sie längere und stabilere Bogen hatten, konnten sie zudem auch weiter schießen als die Ostländer oder die Ägypter.

Die äthiopischen Adeligen fragten sich, warum ihr König und ich diese Vorbereitungen trafen, denn sie sahen nirgendwo einen Feind, gegen den man ein solches Heer hätte führen können. In diesem Punkt blieben Bes und ich sehr verschwiegen und erklärten nur, es sei gut, wenn die Männer für den Krieg ausgebildet seien, denn da der König der Könige vom Reichtum dieses Landes gehört habe, könnte er eines Tages versuchen, es zu überfallen. So arbeitete ich Monat um Monat an dieser Aufgabe und führte Teile des Heeres auch in ferne Gegenden, um sie daran zu gewöhnen, lange Märsche durchzuhalten und alles bei sich zu tragen, was sie zum Leben brauchten.

So verging die Zeit, und eines Tages trat ein trauriges Ereignis ein. Als ich von einem unserer Raubzüge zurückkehrte — wir hatten einen Stamm bestraft, der einige äthiopische Jäger ermordet hatte, und ihm viele tausend Rinder abgenommen —, da fand ich meine Mutter im Sterben. Ein Fieber hatte sie befallen, wie es zu dieser Jahreszeit weit verbreitet war, und da sie alt und schwach war, fehlte ihr die Kraft, sich dagegen zu wehren.

Da keine Medizin helfen wollte, beteten die Priester des Heuschrecks Tag und Nacht im Tempel um ihre Genesung. Ja, sie beteten tatsächlich zu einem goldenen Grashüpfer, der im Allerheiligsten auf einem Altar stand, umgeben von Kristallsärgen, in denen die sterblichen Überreste früherer Könige des Landes ruhten. Für mich war es ein jämmerlicher Anblick, aber Bes sah nicht ein, was denn der Unterschied zwischen einem Grashüpfer und einer Statue mit einem Tierkopf oder einem Zwerg seiner Gestalt sei, wie wir sie in Ägypten anbeteten, und darauf wußte ich keine Antwort.

»Die Wahrheit ist doch, Bruder«, so nannte er mich inzwischen, »daß alle Menschen auf der Welt nicht dem Abbild, das sie sehen oder das man sie zu verehren gelehrt hat, ihre Bitten darbringen, sondern einem höheren Wesen, für das dieses Abbild nur ein Zeichen ist. Warum die Äthiopier sich ausgerechnet einen Heuschreck als Symbol des allgegenwärtigen Gottes ausgesucht haben, das kann ich dir freilich auch nicht sagen. Jedenfalls beten sie ihn seit Jahrtausenden an.«

Als ich ans Lager meiner Mutter kam, phantasierte sie, und ich sah, daß sie nicht mehr lange leben würde. Kurz darauf wurde ihr Verstand jedoch wieder klar, sie erkannte mich, und Tränen der Freude liefen ihr über die bleichen Wangen, weil ich noch vor ihrem Tode zurückgekehrt war. Sie habe immer gesagt, erinnerte sie mich, sie würde in Äthiopien ein Grab finden, und dann bat sie mich, ich möge sie in die Erde legen und nicht oberirdisch in einem Kristallbehälter aufbewahren lassen, wie es hier Sitte war. Sie habe von meinem Vater und von mir geträumt, fuhr sie fort, und sie rate mir, mich Amadas wegen nicht allzusehr zu grämen, denn sie sei sicher, daß ich bald schon meine Lippen auf die ihren drücken könne.

Ich wollte wissen, ob sie mir empfehle, Amada zu heiraten, und ob wir glücklich und zufrieden miteinander leben würden. Sie antwortete, heiraten sollte ich sie wohl, aber weiter äußerte sie sich nicht. Ihr Gesicht spiegelte sogar Besorgnis, als quäle sie irgend etwas, und sie ging nicht weiter auf das Thema Amada ein, sondern bat Karema, mir die rosenfarbenen Perlen zu bringen, segnete mich und betete um ein Wiedersehen in Osiris' Hallen. Gleich darauf verschied sie.

Ich ließ sie nach Art der Ägypter einbalsamieren und in einen Kristallsarg legen. Auf ihrem Herzen ruhte ein Skarabäus, den Karema irgendwo in der Stadt gefunden hatte. Sie suchte nämlich ständig nach Dingen, die sie an Ägypten erinnerten, und davon gab es viele, denn immer wieder waren Reisende oder Fremde hierhergekommen und hatten etwas zurückgelassen. Dann setzten Karema und ich meine Mutter so feierlich, wie es uns ohne einen Priester des Osiris möglich war, in einem Grabmal bei, das Bes in der Nähe der Treppe zum Tempel des Heuschrecks hatte anlegen lassen. Bes und seine Adeligen sahen aus der Ferne zu.

So nahm ich Abschied von meiner geliebten Mutter, der Edlen Tiu.

Nachdem sie mich verlassen hatte, überkam mich eine große Traurigkeit, und ich fühlte mich einsam. Solange sie lebte, hatte ich ein Heim gehabt, doch nun war ich ein Verbannter, ein Fremder in einem fremden Land, außer mit Karema konnte ich mit keinem Angehörigen meines Volkes sprechen, und mit ihr unterhielt ich mich lieber nicht allzuoft, denn Klatschbasen gab es selbst in Äthiopien. Gewiß, ich hatte auch noch Bes, aber er war jetzt ein großer König, und große Könige können über ihre Zeit nicht frei verfügen. Außerdem war Bes eben Bes und ein Äthiopier, und ich war ich und ein Ägypter, und deshalb konnten wir, obwohl wir uns brüderlich liebten, uns niemals so nahe sein wie zwei Männer gleicher Herkunft und Volkszugehörigkeit.

So wurde ich Äthiopiens mit seinem nutzlosen Gold, seinem ewigen Grün und der feuchten Hitze immer überdrüssiger und sehnte mich nach Sand und schneidender Wüstenluft. Bes bemerkte es und bot mir Frauen an, aber ich scheute mich vor diesen Schwarzen, so zärtlich und entgegenkommend sie auch sein mochten, und wollte keine Nachkommen von dieser Rasse zeugen, die ich hinterher nicht mehr verlassen könnte. Nach Ägypten würde ich erst zurückkehren, wenn mich eine ganz bestimmte Stimme rief, das hatte ich geschworen, doch diese Stimme blieb stumm. Was sollte ich also tun, da es mir nicht mehr genügte, ein Heer auszubilden und zu befehligen, das ich vielleicht niemals in die Schlacht führen würde?

Endlich faßte ich einen Entschluß. Meine Neigung galt ebensosehr der Jagd wie dem Kriegshandwerk, daher wollte ich mir von Bes einen Trupp tapferer Männer erbitten, die ich gut kannte, Männer, die das Abenteuer liebten und begierig auf Neues waren. Mit ihnen wollte ich nach Süden ziehen, den Elefanten nach, wohin die Götter uns auch führen mochten. Am Ende würde zweifellos der Tod stehen, aber was machte das schon aus, wenn es nichts mehr gab, wofür es sich zu leben lohnte?

Während ich über diesen Plänen brütete, las Karema meine Gedanken, vielleicht, weil sie in die gleiche Richtung gingen wie die ihren, vielleicht auch mittels ihrer seltsamen Künste. Jedenfalls kam sie eines Tages zu mir, als ich allein an einem der Palastfenster saß und auf die Stadt hinunterblickte. Sie sah in den weißen Gewändern, die sie am liebsten trug, sehr schön und sehr geheimnisvoll aus und sagte:

»Edler Shabaka, du hast genug von diesem Land voll Honig und süßer Düfte, voll lauer Lüfte und Blüten, voll Gold, Kristall und schwarzer Menschen, die grinsen und schnattern und in deren Nähe man sich nicht gerne aufhält, ist es nicht so?«

»Ja, Königin«, antwortete ich.

»Nenn mich nicht Königin, Edler Shabaka, denn ich habe diesen Titel und alles andere hier gründlich satt. Nenne mich Karema die Araberin oder Karema die Schale, wenn du willst, aber, im Namen Thoths, des Gottes der Gelehrsamkeit, nenne mich *nicht* Königin.«

»Dann also Karema«, sagte ich. »Nun, Karema, woher weißt du, daß ich von alledem genug habe?«

»Wie könnte es anders sein, Schließlich bist du kein Barbar, sondern trägst Ägypten und Ägyptens Schicksal in deinem Herzen und ...« — hier blickte sie mir fest in die Augen — »Ägyptens Herrin. Außerdem schließe ich es aus dem, was ich selbst empfinde.«

»Du wenigstens müßtest doch glücklich sein, Karema, denn du bist reich und mächtig, du wirst geliebt, du bist die Gemahlin eines Königs, der zudem einer der besten Menschen ist, die ich kenne, und die Mutter zweier Kinder.«

»Ja, Shabaka, ich sollte glücklich sein, aber ich bin es nicht, denn wer kann nur von Süßigkeiten leben, besonders, wenn er Saures liebt? Nun sieht man, wie seltsam es eingerichtet ist auf der Welt. Als ich noch ein Mädchen war, die Tochter eines Araberhäuptlings, übrigens sehr gut erzogen und sorgfältig ausgebildet, da war ich des harten Wüstenlebens und der engstirnigen Leute um mich herum müde, ich sehnte mich nach Wissen und wollte große Menschen kennenlernen. Dann wurde ich die Schale des heiligen Tanofir und war von Wissen umgeben, von fremdem Wissen aus einer anderen Welt, von Tanofirs strenger, messerscharfer Klugheit und von der stillen Weisheit der Toten, unter denen ich hauste. Auch das genügte mir mit der Zeit nicht mehr, Shabaka. Ich wußte, daß ich schön war, und sehnte mich danach, an einem Hof zu glänzen, von Männern bewundert, von Frauen beneidet zu werden, herrschen zu können. Da lief mir mein Gatte über den Weg. Er war klug und hatte ein großes Herz. Er war dein Freund, und deshalb war ich sicher, daß er auch treu und aufrichtig sein müsse. Ich wußte, daß er König war oder es sein würde, auch wenn er mich für ahnungslos hielt. Also heiratete ich ihn, und der heilige Tanofir lachte, aber er riet mir nicht ab, und so wurde ich Königin. Und nun wünsche ich mir manchmal, ich wäre tot oder wieder beim heiligen Tanofir und hielte seine Schale, die Weisheit des Himmels umströme mich, und die sanfte Dunkelheit der Gräber hülle mich ein. Offenbar ist es uns nicht gegeben, auf dieser Welt Zufriedenheit zu finden, Shabaka.«

»Nein, Karema, wir meinen nur immer, wir könnten es, wenn die Dinge anders wären, als sie sind. Aber wie kann ich dir helfen, Karema?«

»Ganz gewiß nicht, indem du fortgehst und mich allein zurückläßt«, antwortete sie, und die Tränen stiegen ihr in die Augen.

Als ich sie so sah, da dachte ich, ich könnte nichts Besseres tun, als auf der Stelle fortzugehen, aber sie las wie immer meine Gedanken, schüttelte den Kopf und lachte.

»Nein, nein, ich habe mir mein Joch aufgeladen und werde es bis zum Ende tragen. Habe ich nicht zwei schwarze Kinder und einen Gatten, der ein Held, ein kluger Kopf und ein Scharlatan ist, alles in einem, habe ich nicht einen Thron und mehr Gold und Kristall, als ich jemals wieder sehen möchte, und wäre es nur im Traum? Soll ich diese guten Dinge einfach fortwerfen? Wenn du gingest, wäre ich noch ein wenig unglücklicher als zuvor, aber das ist alles. Nicht um meinetwillen bitte ich dich zu bleiben, sondern um deiner selbst willen.«

»Was soll das heißen, Karema? Ich habe hier alles getan, was ich tun konnte. Ich habe das Heer neu aufgebaut, habe aus Küchenjungen Generäle gemacht. Bes braucht mich nicht mehr, er hat dich, seine Kinder und sein Land, und ich sterbe vor Langeweile.«

»Könntest du nicht hierbleiben und das Heer einsetzen, das du aufgebaut hast, Shabaka?«

»Gegen wen? Es gibt doch niemanden zu bekämpfen.«

»Gegen den Großen König des Ostens. Hör zu! Meine Visionen sind in letzter Zeit noch eindringlicher und klarer geworden. Erst heute habe ich ein Treffen zwischen Pharao, dem heiligen Tanofir und der Edlen Amada geschaut. Sie waren alle drei verstört, ich weiß nicht, weshalb, und am Ende beschrieb Amada eine Papyrusrolle und gab sie einigen Boten, die, wie ich glaube, in diesem Augenblick südwärts eilen, Shabaka, zu dir. Nein, sieh mich nicht so zweifelnd an, es ist wahr.«

»Dann hast du gut daran getan, es mir zu sagen, Karema, denn einen Mond später wäre ich vielleicht schon so weit weg gewesen, daß kein Bote mich gefunden hätte. Nun werde ich warten und es dir überlassen, Bes auf die bevorstehenden Ereignisse einzustimmen. Glaubst du, er würde mir ein Heer geben, falls es nötig wäre, um damit nach Ägypten zu ziehen?«

Sie nickte und antwortete:

»Er würde es aus drei Gründen tun. Erstens, weil er dich liebt, zweitens, weil auch er Äthiopiens und dieses üppigen, friedlichen Wohllebens überdrüssig ist, und drittens, weil ich ihm sagen werde, daß er es tun muß.«

»Warum erwähnst du die beiden anderen Gründe überhaupt noch?« erwiderte ich lachend.

So blieb ich in der Stadt des Heuschrecks und stellte Überlegungen an, wie man ein großes Heer, das sechs Monate oder ein Jahr im Felde bleiben mußte, befördern und ernähren konnte. Außerdem plante ich, Hunderte von geschickten Männern mit dem Anfertigen von Bogen, Pfeilen, Schwertern und Schilden zu beschäftigen. Und Bes sagte zu all diesen Dingen nicht nein, er förderte sie sogar, indem er jeweils selbst den Befehl dazu gab, ein Umstand, in dem ich Karemas Hand erkannte.

Drei Monate vergingen, und ich dachte schon, Karemas Gabe habe sie getäuscht, oder ihre Vision sei nicht aus ihrem Herzen gekommen, sondern nur von ihren Lippen, um mich in Äthiopien zu halten. Aber wieder las sie meine Gedanken und lächelte.

»O nein, Shabaka«, sagte sie. »Die Boten sind in Schwierigkeiten geraten und werden wegen einer Frauengeschichte von einem kleinen Stamm außerhalb unserer Grenzen festgehalten. Vor zehn Tagen sind die Grenzwachen losmarschiert, um sie zu befreien.«

So wartete ich weiter, und schließlich trafen die Abgesandten ein, drei Ägypter und drei Männer aus Äthiopien, die in Ägypten lebten, um sich anzueignen, was das Land an Wissen zu bieten hatte. Wie Karema vorhergesagt hatte, waren sie zur Strafe für die Torheit eines Dieners von einem Araberhäuptling gefangengenommen und dadurch aufgehalten worden. Die Schriftstücke hatten sie sorgsam bewahrt und lieferten sie nun ab. Das eine war vom Pharao und richtete sich an den Karoon von Äthiopien, ein zweites kam vom heiligen Tanofir und war für Karema bestimmt, und ein drittes trug die Handschrift der Edlen Amada, und der Empfänger war ich.

Mit bebender Hand zerriß ich das Seidenband, erbrach die Siegel und las:

SHABAKA, MEIN VETTER,
als du Ägypten verließest, gelobtest du, du würdest niemals zurückkehren, es sei denn, ich, Amada, die Priesterin, riefe dich, und ich antwortete, das würde niemals geschehen. Außerdem verlangtest du mich zum Lohn, falls du auf meine Bitte hin kämest, und ich sagte dir, ich sei durch zweifachen Schwur an Isis gebunden und würde dir niemals angehören. Doch jetzt rufe ich dich, und jetzt versichere ich dir, wenn du kommst und siegst und ich noch am Leben bin, dann bin ich dein, falls du mich noch willst. Die Sache steht so: Der Große König rückt mit unzähligen Soldaten gen Ägypten vor, und allein und ohne Unter-

stützung hat mein Land keine Aussicht, sich gegen ihn zu behaupten. Er kommt, um Ägypten zu versklaven, seine Kinder zu töten, seine Tempel niederzubrennen, seine Städte zu plündern und seine Götter zu lästern. Außerdem will er mich gefangennehmen, um mich in sein Frauenhaus zu schleppen und Schmach und Schande über mich zu bringen.

Deshalb bitte ich dich um der Götter, um Ägyptens und um meiner selbst willen, komm und rette uns. Außerdem liebe ich dich noch immer, Shabaka, ja, tausendmal mehr als früher, wenngleich ich nicht weiß, ob auch du mich noch liebst. Um dieser Liebe willen bin ich bereit, meine Gelübde an Isis zu brechen und ihre Strafe auf mich zu nehmen, falls es denn ihr Wille sein sollte, sich an mir zu rächen, obwohl ich doch nur sie und ihren Kult retten will. Ich hoffe nur, daß diese Rache über mein Haupt komme, und nicht über das deine. Dies verspreche ich auf den Rat des heiligen Tanofir, auf Pharaos Befehl und mit dem Einverständnis der Hohenpriester Ägyptens.

Nun habe ich, Amada, dich gerufen. Entscheide dich, Shabaka, Geliebter meines Herzens.

So lautete der Brief, der mich schwindeln machte und meine Seele in Brand steckte. Doch ich sagte nichts, ich schob den Papyrus nur in mein Gewand und wartete. Endlich schaute auch Bes auf, der in seiner Rolle gelesen hatte, und sprach:

»Möchtest du Pfeile fliegen und Schwerter blitzen sehen, Bruder? Wenn dir der Sinn danach steht, hier hast du die Gelegenheit. Pharao schreibt mir unter seinem eigenen Siegel, er strebt ein Bündnis zwischen Ägypten und Äthiopien an. Er sagt, der König der Könige sei im Begriff, sein Land zu überfallen, und habe geschworen, wenn er Ägypten besiegt habe, so würde er weiterziehen und auch Äthiopien unterwerfen, da es jetzt von einem gewissen Zwerg regiert werde, der einst sein Weißes Petschaft gestohlen, und von einem gewissen Ägypter, der einst seinen Satrapen Idernes getötet habe.«

»Was meint der Karoon dazu?« fragte ich.

Bes rollte die Augen, wandte sich an Karema und fragte: »Was meint die Gattin des Karoon?«

Karema legte die Rolle beiseite, die sie studiert hatte, und antwortete:

»Sie hat eben Befehl von ihrem Herrn, dem heiligen Tanofir erhalten, zu ihm zu kommen und ihm wieder zu dienen, aus Gründen, die er ihr bei ihrem Eintreffen erklären wird. Andernfalls würde sie, ihre Kinder, ihr Land und ihren Gemahl sein Fluch treffen und nicht nur der seine, sondern auch der Fluch der Geister, die ihm untertan sind.«

»Über den Fluch des heiligen Tanofir sollte man nicht spotten«, bemerkte Bes. »Ich, der ihn verehre, weiß das so gut wie jeder andere.«

»Nein, o Gatte, und deshalb werde ich so bald wie möglich nach Ägypten aufbrechen. Offenbar ist meine Schwester im vergangenen Jahr gestorben, und nun hat der heilige Tanofir niemanden, der ihm seine Schale hält.«

»Und was soll ich tun?« fragte Bes.

»Das mußt du selbst entscheiden, Gatte. Aber wenn du willst, kannst du ja hierbleiben, unsere Kinder hüten, und das Kommando über dein Heer dem Edlen Shabaka übertragen.«

Da wir im Moment allein waren, krümmte sich Bes zusammen, rollte die Augen und lachte wie früher, als er noch nicht Karoon von Äthiopien war.

»Ho-ho-ho! Weib«, rief er, »du willst also nach Ägypten ziehen, und ich soll hierbleiben und die Amme für die Kleinen spielen? Und mein Bruder hier soll mein Heer befehligen und mich zurücklassen, damit ich mich um die alten Männer und um die Frauen kümmere? Nein, da bin ich anderer Ansicht. Ich glaube, ich komme ebenfalls mit, das heißt, wenn mein Bruder es wünscht.

Hat er mir nicht das Leben gerettet, und ist es deshalb nicht sein mit allem, was ich besitze? Oh! Kein Wort mehr. Wieder einmal werden wir Seite an Seite in der Schlacht stehen, Bruder, und hinterher mag das Schicksal mit uns verfahren, wie es ihm beliebt. Sag an, wie groß ist die Zahl der Bogenschützen und Schwertkämpfer, mit denen wir gegen den Großen König marschieren können? Schließlich habe ich, ebenso wie du, noch eine Rechnung mit ihm zu begleichen.«

»Fünfundsiebzigtausend Mann«, antwortete ich.

»Gut! Heute in fünf Tagen bricht das Heer nach Ägypten auf.«

Kapitel XVI

Tanofir erhält seine gesprungene Schale zurück

Wir brachen tatsächlich auf, aber nicht am fünften, sondern erst am fünfzehnten Tag, da es noch viel vorzubereiten gab. Zuerst mußte der Rat der Äthiopier und durch ihn das Volk um sein Einverständnis gebeten werden. Anfangs war man sich uneins, da einige auch dann noch gegen einen Krieg in einem fernen Land stimmten, als Bes drängte, es sei besser anzugreifen, anstatt darauf zu warten, daß man angegriffen werde. Man hielt ihm, keineswegs zu Unrecht, entgegen, für Äthiopien seien die große Entfernung und die Wüste Schutz und Schirm genug, denn so groß die Streitmacht des Königs der Könige auch sein möge, sie würde müde und halb verhungert sein, ehe sie auch nur einen Fuß über die Grenzen des Landes setze.

Letztlich wurde der Knoten mit einem Schwert durchhauen, denn als das Heer von dem Streit erfuhr, verlangten alle Männer von den Generälen bis hinunter zu den gemeinen Soldaten lautstark, in den Krieg geführt zu werden. Schließlich waren diese Äthiopier, wie ich bereits sagte, samt und sonders geborene Kämpfer, und in näherem Umkreis ließ sich niemand mehr finden, mit dem sie sich hätten messen können. Als der Rat schließlich einsehen mußte, daß er nur noch die Wahl hatte zwischen Krieg in der Fremde und Aufstand zu Hause, da gab er nach und stellte nur die Bedingung, die Kinder des Karoon dürften das Land nicht verlassen, damit noch Nachkommen des wahren Geschlechts übrig seien, um seine Nachfolge anzutreten, falls ihm etwas zustoßen sollte.

Auch der Heuschreck wurde von den Priestern befragt, und sie verkündeten, die Vorzeichen seien günstig.

Ich hörte sogar, der große, goldene Grashüpfer habe sich auf seinem Altar auf die Hinterbeine gesetzt und die Fühler geschwenkt, was nur geschehe, wenn dem Land unerhörtes Glück bevorstehe. Die Geschichte erinnerte mich an das Nicken unserer Götterstatuen in Ägypten, wenn man ihnen einen neuen Pharao präsentierte, und an das Nicken des Isisbildes, als Amada der göttlichen Mutter ihre Bitte vortrug. Um ehrlich zu sein, ich hatte den Verdacht, daß Karema dabei ein wenig die Hand im Spiel hatte. Wie auch immer, wir hatten erreicht, was wir wollten.

Endlich machten wir uns mit einer gewaltigen Schar auf den Weg, Bes befehligte die Schwertkämpfer und ich, unter ihm, die Bogenschützen, von denen uns mehr als dreißigtausend zur Verfügung standen. Ich war froh, als alle Abschiedsworte gesprochen waren und wir die Menge der weinenden Frauen hinter uns gelassen hatten. Bes und Karema waren anfangs ein wenig traurig über die Trennung von ihren Kindern, aber nach einer Weile wurden sie wieder ganz fröhlich, denn den einen dürstete es nach der Schlacht, und die andere sehnte sich nach Ägyptens Sand.

Von unserem Marsch will ich nicht weiter berichten, außer, daß wir nur langsam vorankamen, obwohl es niemand wagte, sich einem so gewaltigen Heereszug in den Weg zu stellen. Da wir zu Fuß gehen mußten, legten wir nicht mehr als fünf Meilen am Tag zurück. Auch mußten Rinder und Getreide vorausgeschickt werden, um die Versorgung zu gewährleisten, und auch als wir den Fluß erreichten, ließen sich nicht so viele Boote auftreiben, daß alle darin Platz gefunden hätten. Karema fuhr allerdings mit ihren Damen auf einem Schiff. Immerhin krochen wir stetig auf Ägypten zu, ohne von Krankheiten, Unfällen oder Krawallen behindert zu werden.

Als wir uns seinen Grenzen näherten, kamen uns Boten des Pharao entgegen und übergaben uns Antwortschreiben auf die Briefe, in denen wir unser Kommen an-

Zwischendurch: [redacted] Ein gewaltiger Heereszug bewegt sich durch das Land – und es ist selbstverständlich, daß ein ebenso gewaltiger Troß die Armee begleitet. Wie sollte auch sonst die Versorgung gewährleistet werden? Mit der Anzahl der Menschen wachsen die Probleme. [redacted] Wie einfach dagegen ist es, wenn wir uns nur um den eigenen kleinen Hunger zwischendurch kümmern müssen: Dann genügt kochendes Wasser und die … [redacted]

Zwischendurch: [redacted]

Die kleine, warme Mahlzeit in der Eßterrine. Nur Deckel auf, Heißwasser drauf, umrühren, kurz ziehen lassen und genießen. [redacted]

[redacted] Die 5 Minuten Terrine gibt's in vielen leckeren Sorten – [redacted] guten Appetit!

Maggi
5 Minuten Terrine

gekündigt hatten. Die Schriftstücke enthielten fast nur schlechte Nachrichten. Offenbar hatte der Große König mit seinen zahllosen Soldaten alle Städte im Delta eingenommen und nach einer langen Belagerung auch Memphis gestürmt und geplündert. Das ägyptische Heer, das zu Land und auf dem Nil verzweifelt kämpfte, wurde nach Süden auf Theben zugetrieben. Der Pharao fügte hinzu, er beabsichtige, die entscheidende Schlacht bei der befestigten Stadt Amada zu führen, da er befürchte, die Truppen aus Unterägypten würden sich lieber ergeben, als noch weiter nilaufwärts zurückzuweichen. Er dankte uns für die versprochene Hilfe, segnete uns und hoffte, sie würde rechtzeitig eintreffen, um Ägypten vor der Sklaverei und ihn selbst vor dem Tode zu retten.

Für mich war ein Brief von Amada dabei, und darin schrieb sie:

Oh, komm schnell! Komm schnell, geliebter Shabaka, sonst findest du nur noch meine Gebeine, denn niemals werde ich lebend in die Hände des Großen Königs fallen. Unsere Lage ist fast ausweglos, und obwohl man Amada stark befestigt hat, vermag es einer so gewaltigen, mit allen nur denkbaren Kriegsmaschinen ausgerüsteten Schar von Angreifern gewiß nicht lange standzuhalten.

Karema erhielt Botschaften vom heiligen Tanofir, die etwa das gleiche besagten: Wenn wir nicht innerhalb eines Monats nach Empfang einträfen, sei alles verloren.

Wir lasen und beratschlagten. Dann hasteten wir in Eilmärschen weiter und schickten Läufer voraus, um Pharao und seinem Heer ans Herz zu legen, sie sollten ausharren, bis der letzte Speer geworfen und der letzte Pfeil verschossen sei.

Am fünfundzwanzigsten Tag nach Erhalt der letzten Nachricht erreichten wir die große Grenzstadt, wo sich alles in Aufruhr befand, denn die Bürger waren außer sich vor Angst. Hier rasteten wir eine Nacht und aßen von den reichlichen Nahrungsmittelvorräten, die man gehortet hatte. Dann ließen wir eine kleine Nachhut von fünftausend erschöpften Männern zurück, um den Ort zu schützen, und eilten weiter, denn Amada war noch immer vier Tagesmärsche entfernt. Am Morgen des vierten Tages erfuhren wir, die Festung würde gestürmt oder sei bereits gefallen, und als wir schließlich auf Sichtweite herankamen, sahen wir, daß sie von unzähligen Soldaten aus dem Osten belagert wurde, während auf dem Nil eine gewaltige Flotte von hellenischen und zyprischen Söldnerschiffen wartete. Außerdem suchten uns Herolde vom König der Könige auf und drohten:

»Ergebt euch, Barbaren, sonst werdet ihr alle im ewigen Schlafe liegen, ehe der zweite Morgen graut.«

Darauf antworteten wir, wir würden darüber beratschlagen und uns vielleicht am nächsten Tag ergeben, denn da wir aus Äthiopien kämen, hätten wir nicht gewußt, wie groß die Streitmacht des Königs tatsächlich sei, und des Pharaos Briefe hätten uns getäuscht. Bis dahin tue der Große König gut daran, uns in Ruhe zu lassen, denn wir seien tapfere Männer und wüßten uns zu wehren, und deshalb sei es besser, wenn er uns unbehelligt nach Äthiopien zurückmarschieren ließe, anstatt bei dem Versuch, uns anzugreifen, ein ganzes Heer zu verlieren.

Mit diesen Worten, von Bes persönlich gesprochen, zogen sich die Boten zurück. Einer von ihnen, offenbar ein hoher Herr, rief seinen Gefährten jedoch mit lauter Stimme zu, es sei entwürdigend, wenn Adelige nicht einem Mann Botendienste leisten müßten, sondern einem Affen, den man besser an einem Pfahl aufgehängt zur Schau stelle. Bes gab darauf keine Antwort, sondern rollte nur seine gelben Augen, und erst, als der Mann außer Hörweite war, sagte er:

»Ich schwöre beim Heuschreck und bei allen Götter Ägyptens, daß ich diese Beleidigung vergelten, den Nil mit dem Heer des Großen Königs verstopfen und diesen Schurken an einer Stange vom Bug des königlichen Schiffes baumeln lassen werde.« Ich kann nur hoffen, daß er letzteres auch tat.

Als die Gesandtschaft abgezogen war, gab Bes Befehl, das ganze Heer solle essen und sich dann schlafenlegen.

»Ich bin sicher«, sagte er, »daß der Große König nicht sofort über uns herfallen wird, denn er hofft gewiß, daß wir während der Nacht flüchten, nachdem wir gesehen haben, wie stark er ist.«

So füllten sich die Äthiopier die Bäuche und legten sich dann schlafen, wozu diese Leute jederzeit in der Lage sind, selbst wenn ihre Müdigkeit nicht so groß ist wie an jenem Tag. Während sie ruhten, hatten Bes, ich und Karema eine lange und ernste Unterredung mit einigen Generälen. Wir wußten nämlich wirklich nicht, was wir tun sollten. Nur eine Meile entfernt lag die Stadt Amada, umringt von Hunderttausenden von Ostländern, so daß niemand hinein oder heraus konnte, und innerhalb der Mauern befanden sich die Überreste von des Pharaos Heer, alles in allem nicht mehr als zwanzigtausend Mann, wenn das, was wir gehört hatten, der Wahrheit entsprach. Außerdem schwamm die große hellenische und zyprische Flotte auf dem Nil, mehr als zweihundert Schiffe, doch wie wir im Licht der untergehenden Sonne sehen konnten, waren die meisten davon am Westufer festgemacht, wo die Ägypter sie nicht erreichen konnten.

Ansonsten war das Gelände für uns recht günstig, wir befanden uns auf einer Hochebene in der Wüste, jenseits des Ackerlandes am Ostufer des Flusses. Doch vor uns erstreckte sich ein schwer zu überquerender Sumpf, der uns vom Südheer des Königs trennte, und es schien auch kein Mond, so daß ein Nachtangriff aussichtslos war. Und zuletzt lag die Hauptstreitmacht des Ostreiches, zweihunderttausend Mann oder noch mehr, jenseits von Amada im Norden.

Dies alles erörterten wir leise und eingehend im Zelt,

bis es so dunkel wurde, daß wir uns gegenseitig nicht mehr erkennen konnten, während hinter uns unsere Soldaten schlummerten, die jetzt nur noch etwa siebzigtausend Mann zählten.

»Wir sitzen in einer Falle«, sagte Bes schließlich. »Wenn wir warten, bis sie angreifen, werden sie uns mit ihrer Überzahl erdrücken. Flüchten wir, so haben sie Kamele und Pferde und werden uns überholen. Außerdem stehen ihnen Schiffe zur Verfügung, uns dagegen nicht. Wollen wir sie unsererseits überfallen, so müssen wir ohne Deckung durch den Sumpf, und dort werden wir steckenbleiben.

Inzwischen schmachtet der Pharao hinter den Mauern von Amada, während die Kriegsmaschinen auf die Stadt eindonnern. Beim Heuschreck! Ich bin ratlos. Es sieht ganz so aus, als sei unsere Reise vergeblich gewesen, und als würden nur wenige von uns Äthiopien wiedersehen. Und Ägypten ist wohl am Ende.«

Ich antwortete nicht, denn hier ließ auch mich meine Feldherrnkunst im Stich, und ich wußte nichts zu sagen. Die Hauptleute schwiegen ebenfalls, nur Karema weinte ein wenig, wie es die Art der Frauen ist, und auch ich war den Tränen nahe, wenn ich daran dachte, daß Amada in jenem Tempel eingesperrt war wie ein Lamm, das auf das Messer des Schlächters wartet.

Plötzlich ertönte eine tiefe Stimme vom Zelteingang her, obwohl ich geglaubt hatte, er sei geschlossen:

»Daß die Menschen äthiopischer Herkunft nach Sonnenuntergang gern der Melancholie verfallen, war mir schon lange bekannt, von den Ägyptern hätte ich freilich mehr erwartet.«

Die Stimme klang mir irgendwie vertraut, doch ich sagte nichts, und auch die anderen schwiegen, denn um ehrlich zu sein, wir waren alle erschrocken und glaubten zu träumen. Wie sollte schließlich irgendein lebendes Wesen durch eine dreifache Reihe von Wachposten an dieses Zelt herankommen? Wir saßen also ganz still und starrten in die Dunkelheit hinein, bis endlich ein Lichtschein entstand, ähnlich wie er von den Leuchtkäfern Äthiopiens erzeugt wird. Der Schein breitete sich immer weiter aus, während wir vor Angst fast nicht zu atmen wagten, und zuletzt nahm er Gestalt an: ein uraltes, runzeliges Gesicht, blicklose Augen und ein weißer Bart — der heilige Tanofir. Ja, der Kopf des heiligen Tanofir schien keine zwei Fuß über dem Boden zu schweben und erstrahlte in schwachem Licht, vermutlich dem Widerschein irgendeines Lagerfeuers von draußen.

»O mein geliebter Herr!« rief Karema und stürzte sich auf ihn.

»O meine geliebte Schale!« antwortete Tanofir. »Wie freue ich mich, daß du wohlbehalten und nicht zersprungen bist.«

Dann wurde eine Fackel entzündet, und siehe da!, vor uns saß, in seinen dunklen Umhang gehüllt, der heilige Tanofir.

»Woher kommst du, Großonkel?« fragte ich erstaunt.

»Nicht von so weit her wie du, Neffe«, antwortete er. »Nur aus Amada dort. Oh! Frage mich nicht, wie. Für einen blinden, alten Bettler, der den Weg kennt, ist das ganz einfach. Ach, übrigens, wenn ihr etwas zu essen habt, so wäre ich dankbar für einen Bissen und einen Schluck zu trinken, denn in Amada sind die Rationen schon seit einem Monat knapp, und heute ist kaum mehr etwas übrig.«

Karema lief aus dem Zelt und kehrte bald mit Brot und Wein zurück. Tanofir griff fast gierig zu.

»Das ist das erstemal seit vielen Jahren, daß ich etwas Stärkeres als Wasser zu mir nehme«, bemerkte er, als er den Becher leerte. »Doch lieber ein Gelübde gebrochen, als den Verstand verloren, wenn es viel zu planen und zu tun gibt. Hoffentlich denken auch die Götter so, wenn sie mich einmal zu sich holen. So — nun fühle ich mich wieder kräftig. Sagt an, wie groß ist eure Streitmacht?«

Wir nannten ihm die Zahl.

»Gut. Und was habt ihr für einen Plan?«

Da wir keinen hatten, schüttelten wir die Köpfe.

»Bes«, sagte er streng, »ich glaube, seit du König geworden bist, hat dein Verstand seine Schärfe verloren — vielleicht liegt es auch an der Ehe. In früheren Jahren wären die Ideen so schnell aus dir herausgepurzelt, daß sie sich zwischen deinen dicken Lippen gestaut hätten. Und was ist mit dir, Shabaka, hast du in Äthiopiens linder Luft all deine Feldherrnkunst verlernt? oder lähmt *dir* vielleicht schon der Schatten der Ehe den Verstand? Nun, dann muß ich mich eben an die Frau halten, denn dies ist stets das Los der Männer. Ich will deinen Plan hören, Karema, und zwar schnell, denn wir haben keine Zeit zu verlieren.«

Karemas Gesicht wurde starr und ihre Augen blickten träumerisch ins Leere. Dann begann sie langsam und bedächtig zu sprechen, wie jemand, der nicht weiß, was er sagt.

»Mein Plan zielt darauf ab, die Heerscharen des Großen Königs zu vernichten und die Stadt Amada zu befreien.«

»Ausgezeichnet«, lobte der heilige Tanofir. »Die Frage ist nur, wie?«

»Ich glaube«, fuhr Karema fort, »etwa eine Meile oberhalb von hier gibt es eine Stelle, wo zu dieser Jahreszeit ein hochgewachsener Mann den Nil durchwaten kann, ohne daß seine Schultern naß würden. Zuerst würde ich also fünftausend Schwertkämpfer durch diese Furt schikken, sie sollen sich an die Flotte des Großen Königs heranschleichen, wenn die Seeleute unbekümmert feiern oder tief schlafen, und die Schiffe in Brand stecken. Wir haben kräftigen Südwind, die Flammen werden also schnell von einem Boot auf das andere übergreifen. Die Besatzung wird zum größten Teil in den Flammen umkommen, und was davon übrig bleibt, können unsere fünftausend Männer erledigen.«

»Gut, sehr gut«, lobte der heilige Tanofir, »aber es genügt nicht, denn am Ostufer ist eine Streitmacht von mehr als zweihunderttausend Mann versammelt. Wie willst du mit *ihnen* fertigwerden, Karema?«

»Ich glaube, jenseits des Sumpfs eine Straße zu erkennen, die hinter den Sanddünen am Rand der Wüste entlangführt. Ich würde die Bogenschützen, von denen uns mehr als dreißigtausend zur Verfügung stehen, unter Shabakas Führung über diese Straße marschieren lassen, bis sie an Amada vorüber sind. Auf der anderen Seite der Stadt gibt es kleine, mit Felsbrocken übersäte Hügel. Hier sollen die Bogenschützen in Deckung gehen und auf den Tagesanbruch warten. Dann werden sie unter sich den größten Teil des Ostheeres sehen. Mit Bogen wie den unseren können sie die ganze Ebene von den Hügeln bis fast an den Nil beschießen, und da wir hundert Pfeile für jeden Mann haben, müßten sie die Ostländer zu Zehntausenden töten können, denn wenn diese sich umdrehen, um zu stürmen, müßte jeder Pfeil gleich zwei Männer treffen.«

»Auch gut«, sagte Tanofir anerkennend. »Aber was ist mit dem Heer des Großen Königs, das diesseits von Amada liegt?«

»Ich glaube, es wird vor Tagesanbruch ausrücken, da man uns für so schwach hält, und beim ersten Licht wird es anfangen, den Sumpf zu durchqueren, deshalb müssen wir fünftausend Bogenschützen zurückbehalten, um es mit Nadelstichen zu reizen. Aufhalten werden wir es damit zwar nicht können, aber es wird Verluste haben, und dann werden wir es hier erwarten, Schulter an Schulter, Reihe um Reihe, Schild an Schild, und gegen diese Mauer werden Reiterei und Fußsoldaten vergebens anrennen, denn wer soll einen Keil zwischen die äthiopischen Hünen treiben, die Shabaka ausgebildet hat und die Bes, der Karoon, befehligt? Ich sage, die Ostländer werden zurückgeworfen werden wie Wellen von einer Klippe, wieder und wieder, ihre Zahl wird sich immer weiter verringern, schließlich werden das Schlachtgetöse und die Angst- und Schmerzensschreie von der anderen Seite Amadas, wo Shabaka und seine Bogenschützen ihr Werk verrichten, an ihre Ohren dringen, und der Anblick der brennenden Schiffe wird Entsetzen in ihnen auslösen und sie zur Flucht treiben.«

»Auch das klingt nicht schlecht«, stimmte der heilige Tanofir zu. »Dennoch wird es an beiden Fronten viele Überlebende gehen, denn das Heer der Ostländer ist riesig. Wie willst du mit diesen verfahren, o Karema?«

»Der Pharao soll mit seiner ganzen noch verbliebenen Streitmacht aus den südlichen und den nördlichen Toren Amadas strömen und über sie herfallen, denn damit sind sie wie verwundete Löwen zwischen zwei wilden Stieren gefangen und werden zerrissen, zertrampelt und am Ende völlig aufgerieben. Nur weiß ich nicht, wie der Pharao erfahren soll, wie er eingreifen muß und wann.«

»Ebenfalls gut«, erklärte der heilige Tanofir, »ganz ausgezeichnet. Und was den Pharao angeht, nun, ich werde ihn bald sehen. Es ist doch erstaunlich, daß meine angeschlagene Schale, die ich fast als nutzlos weggeworfen hätte, obwohl sie gesprungen ist, noch immer so viel Weisheit enthält. Denn wisset, so wundersam es euch auch erscheinen mag, die Pläne, die sie eben dargelegt hat, sind genau so in meinem eigenen Geist entstanden, ich wollte nur wissen, ob ihr sie für klug haltet.«

Dann lachte er ein wenig, und Karema reckte die Arme, als sei sie eben aus tiefem Schlaf erwacht, rieb sich die Augen und fragte ihn, ob er nicht noch etwas essen wolle.

Doch Tanofir fuhr bereits mit lebhafter, klarer Stimme fort.

»Bes, oder König«, sagte, er, »du wirst deinem Weib gewiß gehorchen. Laß deshalb das Heer wecken und befiehl ihm, zu den Waffen zu greifen. Wie es der Zufall will, habe ich draußen vier vertrauenswürdige Männer stehen. Zwei davon werden die Fünftausend zur Furt und über den Fluß führen und ihnen den Weg zu den

Schiffen zeigen. Die beiden anderen werden Shabaka und die Bogenschützen die Straße entlanggeleiten, an die Karema sich so gut erinnert; vielleicht ist sie sie als Kind schon einmal gegangen. Ich dagegen werde nach Amada zurückkehren und dafür sorgen, daß der Pharao seinen Teil tut und zur rechten Zeit handelt. Denn eines ist gewiß, wenn dies alles nicht noch heute nacht geschieht, dann wird Amada morgen fallen, eine gewisse Priesterin wird sterben, und du, Bes, und deine Soldaten, ihr werdet Äthiopien niemals wiedersehen. Sind wir uns also einig?«

Ich nickte, weil ich keine Zeit mit Worten vergeuden wollte, und Bes rollte die Augen und antwortete:

»Wenn einem selbst nichts einfällt, empfiehlt es sich, dem Rat eines anderen zu folgen, der einen Plan hat. Auch ist es besser zu jagen, als sich jagen zu lassen. Besonders gilt dies, wenn der Plan vom heiligen Tanofir oder seiner gesprungenen Schale stammt. Generäle, ihr habt alles gehört. Weckt das Heer und laßt die Soldaten kompanieweise mit ihren Waffen antreten!«

Die Generäle rannten in die Dunkelheit hinein wie von einem Bogen abgeschossene Pfeile, und nach einer Weile hörten wir, wie die Männer sich versammelten.

»Wo sind diese Führer, heiliger Tanofir?« fragte Bes.

Tanofir deutete über seine Schulter, und nacheinander kamen vier Männer aus der Dunkelheit ins Zelt geschlichen. Sie sahen merkwürdig aus und waren sehr schweigsam, mehr weiß ich jedoch über sie nicht zu sagen, denn ihre Gesichter waren vermummt, und nach der Schlacht sah ich keinen von ihnen jemals wieder, ich nehme an, daß sie getötet wurden. Vielleicht erschienen sie auch erst, nachdem ... — nun, lassen wir das!

»Ihr habt alles gehört«, sagte Tanofir, worauf die vier zustimmend ihre geheimnisvoll verschleierten Häupter neigten.

»Bruder«, flüsterte Bes mir ins Ohr, »nun erkläre mir doch bitte, wie vier Männer, die nicht im Zelt waren, hören konnten, was hier gesprochen wurde, und wie sie durch die Wachen gelangten, die doch Befehl haben, jeden zu töten, der das Losungswort nicht kennt, noch dazu, wenn er das Gesicht mit einem Tuch verhüllt hat?«

»Ich weiß es nicht«, gestand ich, worauf Bes stöhnte. Nur Karema lächelte vor sich hin.

»Wenn ihr gehört habt, dann gehorcht«, befahl der heilige Tanofir, worauf die vier Verschleierten sich wieder verneigten.

»Sollten sie denn nicht ihre Befehle erhalten, Ehrwürdiger?« erkundigte Bes sich skeptisch.

»Ich glaube, das ist nicht nötig«, bemerkte Tanofir trocken. »Warum jemanden unterrichten, der bereits Bescheid weiß?«

»Aber sollte man ihnen nicht wenigstens etwas zu essen anbieten, sie müssen doch auch hungrig sein?« fragte ich Karema.

»Schweig, Törichter«, antwortete sie und warf mir einen verächtlichen Blick zu. »Sind Tanofirs — Freunde — etwa auf Nahrung angewiesen?«

»Ich dachte eigentlich schon, nachdem sie einen Monat lang in einer belagerten Stadt ausgehungert wurden. Wenn der Meister essen will, warum dann nicht seine Leute?« murmelte ich.

Doch dann ging mir ein Licht auf, und ich verstummte.

Ein General kehrte zurück und meldete, alle Befehle seien ausgeführt, und das gesamte Heer stehe bereit.

»Gut«, sagte Bes. »Dann brich mit fünftausend Mann auf und verbrenne die Schiffe, wie es der Plan der Königin Karema vorsieht, den du ja eben gehört hast.« Er zählte einige Regimenter auf, die der General mitnehmen sollte und die unter dessen eigenem Kommando standen, und fügte hinzu: »Verschone ein paar von den Schiffen, wenn du kannst, und überquere hinterher mit deinen Männern damit den Nil, um je nachdem, wie die Lage ist, zu meiner Streitmacht oder zu der des Edlen

Shabaka zu stoßen. Möge der Heuschreck dir Weisheit verleihen und dir den Sieg schenken.«

Der General salutierte und fragte:

»Wer soll uns zur Furt und über den großen Fluß führen?«

Zwei der vermummten Männer traten vor, worauf der General mir ins Ohr flüsterte:

»Sie gefallen mir nicht. Ich flehe zum Heuschreck, daß sie uns nicht über den Fluß des Todes führen.«

»Keine Sorge, General«, beschwichtigte ihn der heilige Tanofir vom anderen Ende des Zeltes her. »Wenn du und deine Männer ihre Aufgabe so gut erfüllen, wie diese Führer es tun werden, dann sind die Schiffe samt ihren Besatzungen schon so gut wie verbrannt. Ihr dürft nur nicht vergessen, Feuer mitzunehmen.«

So zog der General, der ein wenig verängstigt wirkte, mit den beiden Führern ab und marschierte bald an der Spitze von fünftausend Schwertkämpfern nilaufwärts.

Nun sah Bes mich an und meinte:

»Es ist wohl besser, wenn jetzt auch du mit deinen Bogenschützen aufbrichst, mein Bruder. Vielleicht wird dir der heilige Tanofir den Weg zeigen.«

»Nein, nein«, wehrte Tanofir ab. »Das werden meine Führer tun. Sieh mich nicht so zweifelnd an, Shabaka. Habe ich dich etwa im Stich gelassen, als du in der Hand des Königs der Könige im Osten warst und nur dein eigenes und Bes' Leben auf dem Spiel standen?«

»Ich weiß es nicht«, antwortete ich.

»Du weißt es nicht, aber ich weiß es, und Bes und Karema wohl auch, denn der eine empfing die Botschaften, die die andere ausschickte. Nun, wenn ich dich damals nicht im Stich ließ, warum sollte ich es heute tun, da ganz Ägypten auf dem Spiel steht? Folge diesen Führern, und ...« — hier griff er nach dem Köcher, der neben mir auf dem Boden lag und berührte so sicher, als könne er ihn mit seinen blinden Augen sehen, einen Pfeil, an dessen Schaft sich zwei schwarze und eine weiße Feder befanden — »denke an meine Worte, wenn du diesen Pfeil von deinem großen, schwarzen Bogen abgeschossen hast und siehst, welches Ziel er trifft.«

Nun wandte ich mich an Bes und fragte:

»Wo werden wir uns wiedersehen?«

»Das kann ich dir nicht sagen, Bruder«, antwortete er. »In Amada, wenn es möglich ist. Wenn nicht dort, dann an der Tafel des Osiris oder in den Feldern des Heuschrecks, vielleicht auch in der Finsternis, die alles verschlingt, Götter wie Menschen.«

»Kommt Karema mit mir, oder bleibt sie bei dir?« fragte ich weiter.

»Keines von beidem«, unterbrach Tanofir. »Sie begleitet mich nach Amada, denn ich bedarf ihrer, und dort ist sie in Sicherheit. Oh! Fürchtet nichts, denn jeder Einsiedler, und sei er noch so arm, hat seinen Stab und seine Schale, auch wenn sie einen Sprung hat.«

Nachdem ich Bes die Hand geschüttelt hatte, ging ich meiner Wege, ohne recht zu wissen, ob ich wachte oder träumte, und das letzte, was ich in jenem Zelt sah, war Karemas schönes Antlitz, das mir zulächelte. Das nahm ich als gutes Omen, denn ich wußte, daß eigentlich das Herz des heiligen Tanofir lächelte und daß ihre Augen nur sein Spiegel waren.

Meine dreißigtausend Bogenschützen sammelten sich bereits, und nachdem ich mich vergewissert hatte, daß sie über einen reichlichen Vorrat an Pfeilen verfügten und alle ihre Feldflaschen mit Wasser gefüllt hatten, setzte ich mich an ihre Spitze, und die beiden vermummten Führer gingen vor mir her. Als ich sie ansah, befielen mich neue Zweifel, es schien mir nicht ungefährlich, ein Heer zwei Unbekannten anzuvertrauen, die uns letztendlich auch geradewegs zwischen unsere Feinde führen konnten. Doch dann erinnerte ich mich, daß der heilige Tanofir, mein Großonkel, dem ich mehr als jedem anderen Menschen vertraute, für sie gebürgt hatte, und ich faßte wieder Mut.

Wie war er nur in unser Zelt gekommen, fragte ich

mich, und wie würden er, blind wie er war, und Karema, falls er sie mitnahm, wieder nach Amada hineingelangen? Nun, wer konnte schon das Kommen und Gehen des heiligen Tanofir verfolgen, der doch mehr ein Geist war als ein Mensch? Vielleicht hatten wir auch gar nicht ihn selbst gesehen, sondern das, was wir Ägypter seinen *Ka* oder sein Double nennen und was überall ungehindert umherstreifen kann. Aber brauchten *Kas* zu essen? Ich wußte nur, daß man ihnen in den Grabmälern Speise und Trank als Opfergaben darbrachte. Schließlich überließ ich den heiligen Tanofir sich selbst und wandte mich unseren eigenen Angelegenheiten zu, in diesem Fall der Aufgabe, das Heer des großen Königs zu überraschen.

Wir umgingen den Sumpf und gelangten auf höher gelegenes, unwegsames Gelände. Obwohl ich in der Dunkelheit nur wenig sehen konnte, wußte ich, daß wir einen Hügel hinaufstiegen. Schließlich erreichten wir die Kuppe, gingen etwa drei Bogenschußlängen weit bergab, und dann spürte ich eine Straße unter meinen Füßen. Nun wandten sich die Führer nach links, und meine dreißigtausend Bogenschützen folgten ihnen in einer langen Reihe. Wir bewegten uns völlig lautlos, denn wir hatten keine Tiere dabei, und unsere Füße steckten in Sandalen und machten kaum ein Geräusch. Außerdem hatte ich durchsagen lassen, jeder Mann, der einen Laut von sich gebe, sei dem Tode geweiht.

Mehr als zwei Stunden lang marschierten wir so dahin, dann schwenkten wir noch einmal nach links und erklommen einen Hang. Inzwischen mußten wir meiner Schätzung nach schon weit an der Stadt Amada vorüber sein. Dann blieben die Führer plötzlich stehen und flüsterten einen Befehl, und auch wir hielten an. Einer von ihnen faßte mich am Umhang, führte mich ein kleines Stück weiter his zum Kamm des Berggrates, und streckte seinen weiß verhüllten Arm aus. Da unter mir, in Bogenschußweite, erblickte ich die Wachfeuer des königlichen Heeres, einige wurden vom heftigen Wind zu hellen

Flammen angefacht. Es waren Tausende von Feuern, sie waren eine volle Meile weit zu sehen, und wir befanden uns etwa in der Mitte direkt gegenüber von ihnen.

»Sieh nur, General Shabaka«, sagte der Führer. Es waren seine ersten Worte, und sie klangen merkwürdig leise und zischend, als kämen sie aus einem lippenlosen Mund, »unter dir schläft das Heer des Ostens, und wegen seiner Größe hielt man es nicht für nötig, diesen Grat zu bewachen. Laß nun deine Schützen in Viererreihen Aufstellung nehmen, so daß sie beim ersten Tageslicht hinter den Felsen in Deckung gehen und schießen können, ohne ihre Kameraden zu treffen. Du bleibst am besten hier in der Mitte, wo deine Standarte nach Norden und Süden hin von allen zu sehen ist. Mein Gefährte und ich werden deine Vorhut noch ein Stück weiter an eine Stelle führen, wo der Grat näher an den Nil heranreicht, so daß sie mit ihren Pfeilen alle zurückhalten und töten können, die etwa versuchen, flußabwärts zu entkommen. Das übrige liegt in deiner Hand, denn wir sind nur Führer, keine Generäle. Rufe nun deine Hauptleute zusammen und erteile ihnen deine Befehle.«

Wir gingen ein Stück weit zurück, und ich ließ die Offiziere kommen und sagte ihnen, was sie zu tun hatten. Dann schickte ich sie zu ihren Regimentern zurück.

Nach einer Weile entfernte sich die zehntausend Mann starke Vorhut und verschwand, und mit ihnen die weißgekleideten Führer, die ich nie wieder zu Gesicht bekommen sollte. Dann sammelte ich mein Mittelfeld, so gut es in der Dunkelheit eben ging, und wies die Leute an, sich hinzulegen und wenn möglich zu schlafen. Dreißig Minuten vor Sonnenaufgang sollten sie außerdem ein wenig von dem mitgebrachten Vorrat an Speisen und Wasser zu sich nehmen, ihre Bogen bereitmachen und die Pfeile im Köcher lockern. Danach schlich ich mit einigen wenigen Männern, die ich als Boten und Leibwache einzusetzen gedachte, den Hang hinauf, und dort legten wir uns nieder und beobachteten den Gegner.

Kapitel XVII

Die Schlacht ...

Zwei Stunden vergingen, und ich sah an den Sternen, daß die Dämmerung nicht mehr weit sein konnte. Mein Blick war unverwandt auf den Nil und auf die Laternen gerichtet, die am Bug der Schiffe des Großen Königs hingen. Wo waren die Leute, die wir ausgeschickt hatten, um Feuer zu legen, fragte ich mich, denn von ihnen sah ich nichts. Nun, sie hatten einen weiten Weg, da sie den Fluß durchwaten mußten. Vielleicht waren sie noch nicht eingetroffen, vielleicht war das Vorhaben auch gescheitert. Wenigstens schien bei der Flotte alles ruhig zu sein. Es gab keinen Alarm, kein Wachposten rief einen Eindringling an.

Endlich graute der Morgen, und hinter mir hörte ich, wie sich die Äthiopier leise erhoben und wie befohlen zu essen begannen, worauf auch ich ein wenig Speise und Trank zu mir nahm, obwohl mir noch nie so wenig danach zumute gewesen war. Im Osten wurde es hell, und weit nilaufwärts erschien plötzlich ein Lichtschein, den ich zuerst für einen Meteor oder für eine im Wind schwankende Laterne hielt, denn jetzt vor Tagesanbruch war, wie zu dieser Jahreszeit üblich, die Brise am stärksten. Doch diese Laterne schien sich sehr schnell vorwärtszubewegen, und siehe da!, nun erkannte ich, daß es Flammen waren, die an der Takelage eines Schiffes hinaufhuschten.

Das Feuer breitete sich von Tau zu Tau und von Segel zu Segel aus, bis alles hell aufloderte, und nun züngelten auch auf anderen Schiffen, näher bei uns, Flammen in die Höhe und wuchsen zu einer großen, roten Feuerwand an. Unsere Männer hatten nicht versagt: die Flotte des Königs der Könige brannte! Oh! Und wie sie brannte, angefacht durch den Atem dieses kräftigen Windes. Wie ein lebendes Wesen sprang das Feuer von einem

Schiff zum anderen, denn alle waren sie am Ufer festgemacht und so am Bug vertäut, daß sie nicht so schnell loszubinden waren. Einige entfernten sich zwar tatsächlich vom Ufer, aber auch sie standen bereits in Flammen und trugen das Feuer dadurch nur noch schneller weiter. Noch ehe der Rand der Sonnenscheibe über dem Horizont erschien, sah man auf mehr als eine Meile nichts als lodernde Schiffe, gräßliche Schreie waren zu hören, und die Feuersbrunst fraß sich immer weiter die Reihe entlang.

Ich hatte keine Zeit, das Schauspiel zu beobachten, denn jetzt war für mich der Augenblick gekommen, da ich handeln mußte. Der Himmel färbte sich grau, und es war hell genug, um wenigstens einigermaßen sehen zu können. Ich blickte mich um und stellte fest, daß man auf der ganzen Welt keinen Ort hätte finden können, der sich besser für Bogenschützen geeignet hätte. Vor uns fiel der Hügel auf mehr als hundert Schritt steil ab und war übersät mit Tausenden von großen Steinbrocken, hinter denen sich die Schützen verbergen konnten. Dann kam eine sanft geneigte, mit lockerem Sand bedeckte Fläche, die eventuelle Angreifer nur mit Mühe würden ersteigen können. Daran schloß sich die lange, flache Ebene an, auf der die Ostländer lagerten, und dahinter, kaum zwei Furlong entfernt, lagen die Ufer des Nil.

Für ein so großes Heer war der Platz wahrlich schlecht gewählt, und er hätte auch nicht alle Männer zu fassen vermocht, wäre das Lagergelände nicht eine volle Meile lang gewesen. Dennoch herrschte dichtes Gedränge. Aus dem Dunst tauchten die Zelte auf, Tausende waren es, und sie erstreckten sich weiter als das Auge reichte. Fast genau mir gegenüber, nahe am Flußufer, erhob sich ein großer Pavillon aus Seide und Gold, der wohl seine Majestät, den König der Könige beherbergte. Ja, ich war mir dessen ganz sicher, denn jetzt sah ich, daß darüber die königliche Flagge wehte, die mir so wohlbekannt war, denn schließlich hatte ich das kleine Weiße Petschaft gestohlen, das Siegel aller Siegel, dem sie nachgebildet war. Der heilige Tanofir, seine Schale Karema, seine Boten oder auch die Geister, in deren Gesellschaft er lebte, wer immer es war, er hatte das Auge eines Feldherrn und verstand sich darauf, einen Hinterhalt zu planen.

So dachte ich bei mir, während ich zu meinem Heer zurücklief, um mit den Hauptleuten zu sprechen und alle Vorbereitungen treffen zu lassen. Das war bald geschehen, denn die Offiziere warteten bereits, und die wilden Äthiopier, vom Schlaf und vom Essen erquickt, spannten ohne Ausnahme ihre Bogen und lockerten die Pfeile in ihren Köchern. Bei meiner Ankunft hoben sie grüßend die Hände, denn zu sprechen wagten sie nicht, und ich ließ im Flüsterton durch die Reihen verbreiten, an diesem Tage müßten sie zum Ruhme Äthiopiens und ihres Königs kämpfen und siegen oder fallen. Dann erteilte ich meine Befehle, und noch ehe die Sonne aufging und die Soldaten sichtbar geworden wären, krochen sie bereits in Viererreihen nach vorne und nahmen Deckung hinter den Felsen. Dann blieben sie in ihrem Versteck auf dem Bauch liegen, bis der rechte Augenblick kam.

Ras roter Rand tauchte in all seiner Pracht im Osten auf, und ich setzte mich hinter die Felsen, die ich mir ausgesucht hatte, und ließ meine Blicke schweifen. Oh! Tanofir oder die Götter Ägyptens fügten wahrhaft alles zu unseren Gunsten. Das riesige Lager war nun erwacht und wurde gewahr, was sich auf dem Nil abspielte. Das hohe Schilf am Rand des Flusses versperrte den Leuten die Aussicht, und deshalb rannten sie völlig ungeordnet und ohne jede Disziplin, zu Tausenden und Abertausenden, denn ihre Zahl war unermeßlich, einige bewaffnet, andere nicht, auf den Sandhang unter unserer Stellung zu und schickten sich an, ihn zu erklimmen, um einen besseren Blick auf die brennenden Schiffe zu erhalten.

Wie in Ägypten üblich, stieg die Sonne schnell höher. Der glühende Rand erschien über der Hügelkuppe, die Senken darunter lagen freilich noch in tiefem Schatten.

Nun war der Augenblick da. Ich zählte bis zehn, vergewisserte mich mit einem Blick nach rechts und links, daß alles bereit war, und wartete, bis die Menge am Hang sich verdichtet hatte, ohne noch die untersten Felsen zu erreichen, auf die sie zustrebte. Dann gab ich das vereinbarte Doppelsignal.

Hinter mir wurde das Banner des goldenen Heuschrecks auf einer hohen Stange aufgezogen und flatterte im Wind. Das war das erste Zeichen, und daraufhin erhob sich jeder Mann auf die Knie und legte einen Pfeil auf die Sehne. Als nächstes nahm ich meinen Bogen, den alten, schwarzen Bogen, den außer mir nur wenige zu spannen vermochten, und hielt ihn an mein Ohr.

Weit weg, von keinem Pfeil zu erreichen, jedenfalls nach Ansicht der meisten Leute, schwebte die Standarte des Großen Königs über seinem Zelt. Auf sie zielte ich, berücksichtigte auch den Wind und schoß. Der Pfeil sprang von der Sehne, blitzte im Sonnenlicht auf, verschwand in den Schatten, erschien wieder im Sonnenlicht und wurde ein letztes Mal gesehen, als er die goldene Standarte an ihren Mast heftete! Beim Anblick dieses Omens stieg ein Jubelschrei auf und pflanzte sich nach rechts und nach links fort, ein Gebrüll aus dreißigtausend Kehlen. Bald ging es in einem Geräusch unter, das an das Prasseln eines Gewitterregens in Äthiopien erinnerte, und dreißigtausend Pfeile eilten durch den Wind. Oh! Sie waren gut gezielt, denn nicht umsonst hatte ich die Äthiopier das Bogenschießen gelehrt.

Wie viele streckten sie nieder? Das wissen allein Ägyptens Götter, ich vermag es nicht zu sagen. Ich weiß nur, daß der langgestreckte Sandhang, auf dem die Männer dicht an dicht gestanden hatten, nun übersät war mit Gefallenen, von denen viele aussahen, als ob sie schliefen. Denn welcher Harnisch konnte den mit Eisenspitzen bewehrten Pfeilen standhalten, die von den starken Bogen der Äthiopier abgeschossen wurden?

Und dies war erst der Anfang, denn nun schwirrte ein

Pfeilhagel nach dem anderen hinab, bis man den Himmel nicht mehr sehen konnte. Bald gab es auf dem ganzen Hang niemanden mehr, auf den man hätte schießen können, denn alle waren niedergestreckt. Nun wurde Befehl gegeben, die Bogen anzuheben und auf das Lager, insbesondere aber auf die Gehege mit den Packtieren zu zielen. Schließlich lagen auch diese getroffen am Boden oder rasten wie von Sinnen hin und her.

Endlich begriffen die Generäle des Ostens, was geschehen war. Befehle wurden geschrien, und in wildem Durcheinander rannten die Zehntausenden von Unverletzten an die Ufer des Nils zurück, wo unsere Pfeile sie nicht erreichen konnten. Hier formierten sie sich zu Kompanien und beratschlagten. Offenbar kam man schnell zu einer Entscheidung, denn die gewaltige Masse begann, angeführt von einer Wolke von Bogenschützen, gegen den Hügel vorzurücken.

Nun gab ich meinen Äthiopiern, von denen bisher kein einziger gefallen war, die Anweisung, sich zu dukken und abzuwarten. Die protzig in Purpur und Gold gekleidete Schar der Ostländer näherte sich, Harnische und Schwerter blitzten in der inzwischen aufgegangenen Sonne. Schwadronsweise, kompanieweise kamen sie heran, mehr, als das Auge zu zählen vermochte. Als sie den mit ihren eigenen Toten und Verwundeten bedeckten Sandstreifen erreichten, hielten sie verwundert inne, weil sie niemanden sehen konnten. Die schwarzen Leiber der Äthiopier waren nämlich hinter den schwarzen Steinen versteckt, und die schwarzen Bogen warfen kein Licht zurück.

Dann lösten sich Boten aus einer prächtigen Gruppe, in der sich, umgeben von einem zehntausend Mann starken Regiment seiner Leibwache, den sogenannten Unsterblichen, vermutlich der Große König verbarg, und gaben schreiend den Befehl zum Angriff. Die Schar begann, den schlüpfrigen Sandhang zu erklimmen, aber ich zögerte so lange, bis die endlosen Linien auf fünfzig

Schritt an uns herangekommen waren und ihre Pfeile, ohne Schaden anzurichten, gegen unsere Felsbrocken prasselten. Dann ließ ich das Banner des Heuschrecks, das man inzwischen eingeholt hatte, dreimal wieder heben, und beim drittenmal eilten abermals dreißigtausend todbringende Pfeile durch die Luft.

Die Ostländer stürzten, in Reihen, in Haufen, durchlöchert wie die Siebe. Doch immer noch rückten andere nach, denn nun kämpften sie unter den Augen des Großen Königs, und jeder Fluchtversuch hätte grausame Foltern und einen schmachvollen Tod zur Folge gehabt. Alle konnten wir sie nicht töten, es waren zu viele. Nicht einmal die Hälfte fiel uns zum Opfer. Jetzt waren die vordersten nur noch zehn Schritte von uns entfernt, und da wir zum Schießen aufstehen mußten, fielen nun auch unsere Männer, von Pfeilen durchbohrt. Ich ließ mit dem Elfenbeinhorn zum Rückzug blasen, und wir wichen Schritt für Schritt bis zur Hügelkuppe zurück, ohne mit dem Schießen aufzuhören. Auf der Kuppe formierten wir uns eilends so dicht wie möglich in einer Doppellinie, und nach rechts und links folgten alle meinem Beispiel. Dann besann ich mich auf einen Plan, den ich diesen Bogenschützen in Äthiopien wieder und wieder eingedrillt hatte.

Mit der Flagge signalisierte ich den Befehl, das Schießen einzustellen, und ließ ihn auch mündlich durch die Reihen weitergeben, so daß schließlich kein Pfeil mehr zu sehen war. Die Ostländer zögerten, fragten sich, ob dies eine Falle sei, oder ob es uns an Geschossen mangelte, und in dieser Spanne schickte ich Boten mit einigen Befehlen zur Vorhut hinter den Hügel. Sie rannten wie noch nie zuvor in ihrem Leben. Nach einer Weile ertönte von unten eine Stimme:

»Der Große König befiehlt, die Barbaren zu vernichten. Die Barbaren sollen vernichtet werden!«

Nun wogten die Gegner heran wie eine tosende Flut. Ich wartete, bis sie nur noch zwanzig Schritt entfernt waren, dann schrie ich: »Schießt und werft euch nieder!«

Die erste Linie schoß, und oh!, die Wirkung war entsetzlich, denn kein Pfeil verfehlte in den dichtgedrängten Scharen sein Ziel, und viele hefteten gleich zwei Feinde aneinander. Sobald meine Bogenschützen ihre Pfeile hatten fliegen lassen, warfen sie sich zu Boden und legten noch im Fallen neue Pfeile auf, während die zweite Linie über sie hinwegschoß. Dann sprangen wir auf, jagten wieder eine Salve von der Sehne und ließen uns von neuem fallen, worauf die zweite Linie abermals ihren tödlichen Hagel losschickte.

Nun stellten die Ostländer den Vormarsch ein, denn ihre vorderen Reihen lagen am Boden, und die hinteren mußten, wo das möglich war, über sie hinwegsteigen. Ja, da standen sie nun, die prunkvollen Grüppchen, und schwankten und zauderten, obwohl ihre Offiziere sie mit Schwertern und Lanzen vorwärtszutreiben suchten. Noch einmal erhob sich unsere erste Linie und schoß ihre Pfeile ab, noch einmal ließen wir uns fallen, damit die Pfeile der zweiten Linie über uns hinwegeilen konnten. Das war zuviel, kein Wesen aus Fleisch und Blut hätte das noch weiter ertragen. Tausende und Abertausende waren getroffen, und die übrigen rannten in wilder Flucht davon.

Nun ließ ich die Elfenbeinhörner zum Angriff blasen. Jeder Mann hängte sich seinen Bogen auf den Rücken und zog das Kurzschwert.

»Auf sie!« rief ich und lief voran.

Wie eine schwarze Sturzflut strömten wir den Hügel hinab und sprangen über die Toten und Verwundeten hinweg. Der Rückzug geriet nun völlig durcheinander, denn diesen ebenholzschwarzen Kriegern mit den riesigen Augen wagten die verweichlichten Ostländer nicht standzuhalten. Schreiend rannten sie davon.

»Das sind Teufel! Das sind Teufel!«

Jetzt waren wir zwischen ihnen und hieben und stachen mit unseren Kurzschwertern auf ihre Rücken und ihre Köpfe ein. Gezielte Schläge waren in diesem Gedränge nicht nötig. Wie eine zusammengetriebene Rinderherde machten sie kehrt und flohen nilabwärts. Doch inzwischen hatten meine Befehle die Vorhut erreicht, die sich in den Getreidefeldern auf dem schmalen Sumpfstreifen zwischen den Hügeln und dem Nil verborgen hatte, und sie empfing die Flüchtenden mit Pfeilen und beschoß sie auch von der schroffen Klippe herab. Die Wagenräder der Feinde versanken im Schlamm, die Pferde wurden getötet, die Fußsoldaten stapelten sich darüber, und bald war eine mächtige Mauer aus Toten und Sterbenden entstanden. Und von hinten kamen unsere Mitte und die Nachhut heran. Oh! Wir töteten unermüdlich, und seit Sonnenaufgang war noch keine Stunde vergangen, als mehr als die Hälfte des Ostheeres schon nicht mehr existierte. Dann formierten wir uns, wir hatten nur leichte Verluste erlitten, und labten uns am Wasser des Nils.

»Noch ist der Sieg nicht vollkommen«, rief ich.

Denn noch waren die Unsterblichen hinter uns, in dichten Reihen um ihren König geschart. Auch standen viele Tausende zwischen ihnen und den Mauern von Amada, und im Süden der Stadt gab es ein zweites Heer, das man Bes überlassen hatte, ohne daß ich gewußt hätte, wie es ihm ergangen war.

»Äthiopier«, rief ich, »laßt ab von eurem Triumphgeschrei, denn die Schlacht hat noch gar nicht richtig begonnen. Schlagt zu, und zwar schnell, ehe die Ostländer sich wieder erholen.«

So rückten wir in voller Stärke gegen die Unsterblichen vor, denn nun hatte sich uns auch die Vorhut angeschlossen.

In langen Reihen marschierten wir über die blutgetränkte Ebene, und als wir näher kamen, schickte uns der Große König seine restlichen Streitwagen entgegen. Es nützte ihm freilich nichts, da die Pferde vor unseren Pfeilen scheuten. Den Göttern sei Dank! Ich hatte einen ausreichenden Vorrat anfertigen lassen und eine Gruppe von Knaben dazu abgestellt, sie in Bündeln mitzutragen. Kaum ein Wagen erreichte unsere Linien, und die wenigen, denen es gelang, wurden demoliert. Unsere Stärke blieb ungebrochen.

Die Wagen waren zerstört, die Lenker tot, aber die hünenhaften Unsterblichen bedrohten uns noch immer. Wir schossen auf sie, bis wir fast alle unsere Pfeile verbraucht hatten, und endlich hatten wir sie so weit gereizt, daß sie stürmten.

Wir warteten nicht ab, bis uns die Spitzen ihrer langen Speere erreichten, sondern rannten zwischen sie hinein, schwangen unsere Kurzschwerter, und, oh!, es war ein erbitterter, verzweifelter Kampf, denn die Ostländer trugen schützende Harnische, die Äthiopier dagegen nur kurze Wämse aus Stierleder.

So sehr wir uns auch wehrten, wir wurden zurückgetrieben. Das Glück wandte sich gegen uns, und unsere Leute fielen zu Hunderten. Ich überlegte, ob wir in die Hügel flüchten sollten, denn inzwischen waren wir zahlenmäßig unterlegen und sehr erschöpft. Aber da! Als alles schon verloren schien, ertönte lautes Geschrei von Amada her, und durch die geöffneten Tore strömte des Pharaos restliche Armee, vielleicht achtzehn- oder zwanzigtausend Mann. Als ich sie sah, faßte ich neuen Mut.

»Haltet stand!« schrie ich. »Haltet stand!« Und siehe da! Wir standen.

Nun waren die Ägypter heran, und in ihrer Mitte erblickte ich des Pharaos Banner. Allmählich zog sich die Schlacht zu den Ufern des Nil hinüber, wir im Norden, die Ägypter im Süden, und die Ostländer zwischen uns. Sie versuchten, unsere Flanke aufzurollen, ja, und es wäre ihnen auch gelungen, wäre nicht plötzlich eine Flotte auf dem Nil erschienen. Zuerst glaubte ich schon, wir seien verloren, denn es waren Schiffe aus Griechenland und Zypern, aber dann sah ich das Banner des Heuschrecks von einem Bug flattern und wußte, daß sie von unseren Fünftausend bemannt waren, die ausgezogen waren, um die Flotte zu verbrennen, und diese Schiffe gerettet hatten. Sie landeten, und aus ihren Frachträumen ergossen sich die Fünftausend oder was davon noch übrig war, reihten sich am Ufer auf, ließen ihren Schlachtruf ertönen und griffen die Reihen der Ostländer von beiden Enden her an.

Nun stießen wir ein letztesmal vor, und von Süden her stürmten die Ägypter. Ha! Endlich wurden die Reihen der Unsterblichen durchbrochen. Wir waren zwischen ihnen. Ich entdeckte den Pharao, er trug das *Uräus*-Diadem auf seinem Helm. Er war verletzt und wurde schwer bedrängt. Ein hochgewachsener Unsterblicher ging mit einem Speer auf ihn los und traf.

Der Pharao stürzte zu Boden.

Ich sprang über ihn hinweg und tötete den Ostländer mit einem Hieb in den Nacken, aber mein Schwert zerschellte an seinem Harnisch. Dann wälzte sich die Schlacht heran, wir wurden auseinandergedrängt, und ich sah nur noch, wie der Pharao weggetragen wurde. Doch sieh da! Ein Stück entfernt stand der Große König selbst in einem goldenen Wagen, der Große König in all seiner Pracht, wie ich ihn zum letztenmal fern von hier im Reich des Ostens gesehen hatte. Er erkannte mich, legte mit einem Bogen auf mich an, mit dem Bogen, den er für meinen eigenen hielt, und schrie: »Stirb, du Hund von einem Ägypter!«

Sein Pfeil durchschlug meinen Helm, verfehlte aber meinen Kopf. Ich wollte mich zu ihm durchkämpfen, aber es gelang mir nicht.

Nun begann das Getümmel erst richtig. Die Unsterblichen zersplitterten wie ein irdener Krug. Grüppchenweise zogen sie sich verzweifelt kämpfend zurück, und am dichtesten war das Gedränge um den Großen König. Er, den ich so sehr haßte, war im Begriff, mir zu entkommen. Er hatte immer noch Pferde, er würde nilabwärts fliehen, seine Reservetruppen erreichen und mit ihnen in den Osten zurückkehren, wo er ein neues und noch größeres Heer sammeln konnte, da ihm ja Millionen von Männern zur Verfügung standen. Dann würde er wiederkommen und Ägypten zerstören, zu einem Zeitpunkt, da keine Äthiopier da waren, um dem Pharao zu helfen. Vielleicht würde es ihm auch noch gelingen, Amada in sein Frauenhaus zu verschleppen. Tatsächlich, sie brachen durch, und ich war bereits zu weit entfernt, hatte eine Wunde in der Brust, mein Bein war verletzt und mein Schwert zerbrochen.

Was konnte ich tun? Meine Pfeile hatte ich verschossen, und auch die Vorräte der Träger waren erschöpft. Nein, ein Pfeil fand sich noch im Köcher. Ich zog ihn heraus. In seinem Schaft steckten eine weiße und zwei schwarze Federn. Wer hatte noch von diesem Pfeil gesprochen? Ich erinnerte mich, es war Tanofir gewesen. Ich sollte an gewisse Dinge denken, die er mir gesagt hatte, wenn ich sah, was dieser Pfeil durchschlug. Ich nahm meinen Bogen von der Schulter, spannte ihn und setzte den Pfeil auf die Sehne.

Inzwischen war der Große König schon weit weg, außer Reichweite für die meisten Bogenschützen. Sein Wagen bahnte sich inmitten seiner restlichen Leibwächter und der Adeligen, die seine göttliche Person betreuten, den Weg über das Schlachtfeld und fuhr gerade über eine kleine Anhöhe, wo gewiß einmal ein Dorf gestanden hatte, das nun freilich längst dem Erdboden gleichgemacht worden war. Das Sonnenlicht spiegelte sich auf seiner blanken Rüstung und ließ sein seidenes Gewand aufleuchten. Er kehrte mir den Rücken zu.

Ich zielte, ich spannte, ich schoß! Schnell und weit flog der Pfeil von der Sehne. Bei Osiris! Er traf den König der Könige genau zwischen die Schulterblätter, und siehe da!, der Herrscher der Welt kippte vornüber, fiel auf die Brüstung seines Streitwagens und rollte zu Boden. Im nächsten Augenblick erhob sich lautes Geschrei: »Der König ist tot! Der Große König ist tot! *Flieht, flieht!*«

So flüchteten sie, und die Verfolger jagten donnernd hinterher und schlugen auf sie ein, bis sie die Arme nicht mehr heben konnten. O ja! Einige entkamen, doch auch die Männer von Theben und die Landbewohner töteten noch viele, und nur ein paar gelangten jemals zurück in den Osten und konnten die Geschichte von der Vernichtung des mächtigen Heeres des Königs der Könige und von dem Schicksal erzählen, das diesen in Gestalt des großen schwarzen Bogens von Shabaka dem Ägypter ereilt hatte.

Ich stand keuchend da, als ich plötzlich eine Stimme an meiner Seite vernahm.

»Ihr habt euch offenbar sehr wacker geschlagen, Bruder, sogar noch besser als wir auf der anderen Seite der Stadt, auch wenn manche vielleicht denken mögen, diese Schlacht sei es wert, in einem Lied besungen zu werden. Und dein letzter Schuß war eines Meisterschützen würdig, denn ich habe ihn gesehen, ich habe ihn gesehen. Ein hoher Herr fiel ihm zum Opfer. Laß uns hingehen und nachsehen, wer es war.«

Ich legte meinen Arm um Bes' Stiernacken, denn ich brauchte eine Stütze, und wir gingen dahin, wo der König alleine am Boden lag. Nur die Gefallenen ringsum leisteten ihm Gesellschaft.

»Dieser Mann ist noch nicht im Jenseits«, sagte Bes. »Wir wollen uns sein Gesicht betrachten.« Damit drehte er ihn um und streckte ihn auf dem Sand aus. Der Pfeil ragte auf der Brust zwei Handspannen weit aus seinem Harnisch hervor.

»Ach«, sagte Bes, »das ist ja ein gewisser Herr, mit dem wir einst im Osten zu tun hatten!« Und er stieß ein heiseres Lachen aus.

Da öffnete der Große König die Augen, er erkannte uns, und ein Ausdruck von Haß trat in seine sterbenden Züge.

»Nun hast du also gesiegt, Ägypter«, sagte er. »Oh! Hätte ich dich nur wieder im Osten, von wo ich dich in meiner Torheit fortgehen ließ ...«

»Dann würdet Ihr mich wieder in Euer Boot legen, dem ich durch Bes' Klugheit entrann, nicht wahr?«

»Mehr als das«, keuchte er.

»Den Gefallen werde ich Euch nicht tun«, fuhr ich fort. »Ich werde Euch sterben lassen, wie es sich für einen Krieger nach einer gerechten Schlacht geziemt. Aber eines sollt Ihr wissen, Ihr Tyrann und Mörder, der Pfeil, der Euch durchbohrte, wurde von dem schwarzen Bogen abgeschossen, den Ihr so heiß begehrtet und den Ihr in Eurem Besitz glaubtet, und diese Hand ließ ihn fliegen — und nicht ins Blaue hinein.«

»Ich habe es erraten«, flüsterte er.

»Und weiter sollt Ihr wissen, König, daß die Edle Amada, die Ihr ebenfalls begehrtet, nun darauf wartet, mein Weib zu werden; daß Euer mächtiges Heer vernichtet ist, und daß Ägypten durch Shabaka den Ägypter und durch Bes den Zwerg befreit wurde.«

»Shabaka der Ägypter«, murmelte er, »den ich in Händen hatte und gehen ließ, um eines Traumes willen und aus politischen Erwägungen. So wirst du also Amada heiraten, Shabaka, nach der es mich verlangte, weil ich sie nicht bekommen konnte, und zweifellos wirst du in Ägypten herrschen, denn ich glaube, dem Pharao erging es heute nicht anders als mir. O Shabaka, du bist ein großer und starker Krieger, aber es gibt etwas in der Welt, das stärker ist als du — die Menschen nennen es Schicksal. Erfolge wie die deinen erregen den Neid der Götter. Sieh mich an, Shabaka, betrachte den König der Könige, den Herrscher der Erde, wie er beschämt vor dir im Staub liegt, und dann, verfluchter Shabaka!, bezeichne dich erst als glücklich, wenn du dem Tode so nahe bist wie ich jetzt.«

Darauf breitete er die Arme weit aus und verschied.

Wir riefen Soldaten herbei, die seine Leiche tragen sollten, und nachdem wir die Verfolgung in Gang gesetzt hatten, zogen wir mit diesem königlichen Lehmklumpen im Triumph in Amada ein. Es war keine besonders große Stadt, der Tempel war das schönste Gebäude, und ihm strebten wir zu. Im äußeren Hof fanden wir den Pharao, der an der Schwelle des Todes stand, denn mit dem Blut aus seinen vielen Wunden entwich auch sein Leben, und nicht einmal die Blutegel konnten ihm noch helfen.

»Sei mir gegrüßt, Shabaka«, sagte er, »du und die Äthiopier, ihr habt Ägypten gerettet. Mein Sohn ist im Kampf gefallen, und auch ich bin dem Tod geweiht. Wer bleibt nun noch, um über das Land zu herrschen, außer dir, dir und Amada? Ich wünschte, du hättest sie sofort geheiratet und wärest nie von meiner Seite gewichen. Aber sie war töricht und eigensinnig, und ich — ich war eifersüchtig auf dich, Shabaka. Vergib mir, und leb wohl.«

Dann sagte er nichts mehr, obwohl er noch eine kleine Weile lebte.

Karema kam aus dem inneren Hof. Sie begrüßte zuerst ihren Gatten, dann wandte sie sich an mich und sagte:

»Edler Shabaka, jemand wartet dort drinnen auf dich.«

Ich stützte mich auf ihre Schulter, denn ich konnte mich nicht allein auf den Beinen halten.

»Was wurde aus dem Heer des Karoon?« fragte ich, während wir langsam weitergingen.

»Genau das, Herr, was der heilige Tanofir vorhergesagt hatte. Die Ostländer führten einen Angriff quer durch den Sumpf, in der Absicht, uns mit ihrer zahlenmäßigen Überlegenheit zu erdrücken. Aber die Pfade waren zu schmal, und ihre Kolonnen blieben im Schlamm stecken. Doch trotz der Pfeile kämpften sie sich durch bis an den Rand, und dort fielen die Äthiopier über sie her, und da sie leichtfüßiger waren und keine Rüstung trugen, gewannen sie die Oberhand, denn die anderen behinderten sich durch ihre große Zahl gegenseitig. Oh! Ich habe vom Tempeldach aus alles beobachtet. Bes hat sich gut gehalten, ich bin stolz auf ihn, aber auch auf dich.«

»Auf die Äthiopier solltest du stolz sein, Karema, denn sie haben gegen eine fünffache Übermacht eine große Schlacht gewonnen.«

Wir hatten das Ende des zweiten Hofes erreicht und standen vor einem Allerheiligsten.

»Tritt ein«, sagte Karema und blieb zurück.

Ich gehorchte, und obwohl die Tür aus Zedernholz einen Spalt breit offen blieb, war es im Innern so finster, daß ich anfangs nichts sehen konnte. Allmählich gewöhnten sich meine Augen jedoch an die Dunkelheit, und ich erkannte eine lebensgroße Alabasterstatue der Göttin Isis, die ein ebenfalls lebensgroßes Elfenbeinkind in den Armen hielt. Dann hörte ich ein Seufzen, blickte nach unten und sah eine weißgekleidete Frau tief im Gebet versunken zu Füßen der Statue knien. Plötzlich erhob sie sich und drehte sich um, und da fiel der Lichtstrahl auf sie, der durch den Türspalt drang. Es war Amada, sie trug nur das durchsichtige Gewand einer Priesterin, und sie war über alle Maßen schön, so schön, daß mir fast das Herz stehenblieb.

Sie sah mich in meinem zerbeulten Harnisch, ihre Brust und ihr Antlitz röteten sich, und in ihren Augen strahlte ein Licht auf, wie ich es noch nie zuvor darin gesehen hatte, ein Licht, wie es nur die Liebe einer Frau zu entzünden vermag. Ja, dies waren nicht länger die Augen einer Priesterin, es waren die Augen eines Weibes, in dem die Leidenschaft der Sterblichen loderte.

»Amada«, flüsterte ich. »Amada, endlich habe ich dich gefunden.«

»Shabaka«, antwortete sie ebenso leise, »endlich habe ich dich wieder, endlich bist du nach Hause zurückgekehrt.« Und damit streckte sie mir die Arme entgegen.

Ehe ich sie jedoch an mich ziehen konnte, stieß sie einen kleinen Schrei aus und wich zurück.

»Oh! Nicht hier«, sagte sie, »nicht in Gegenwart der Göttlichen, die alles sieht, was im Himmel und auf Erden geschieht.«

»Dann, Amada, hat sie vielleicht auch beobachtet, wie Ägypten heute auf jenem Schlachtfeld befreit wurde, und weiß, für wen dies geschah.«

»Höre, Shabaka. Ich bin dein Sold. Außerdem bin ich als Frau die Deine. Nichts begehre ich so sehr, als deinen Kuß auf meinen Lippen zu spüren. Dafür und dafür allein bin ich bereit, den Tod, die Qualen meiner Seele auf mich zu nehmen. Aber um dich ängstige ich mich. Zweimal habe ich mich dieser Göttin verschworen, und sie ist sehr eifersüchtig auf jene, die ihr ihre Dienerinnen rauben. Ich fürchte, ihr Fluch wird nicht nur mich treffen, sondern auch dich, und nicht nur in diesem Leben, sondern auch in jedem künftigen, das uns geschenkt werden mag. Um deiner selbst willen bitte ich dich, verlasse mich. Wie ich höre, ist der Pharao, mein Onkel, tot oder liegt im Sterben, und gewiß wird man dir den Thron anbieten. Nimm ihn, Shabaka, ich will keinen Anteil daran. Nimm ihn und laß mich der Göttin dienen bis zu meinem Tode.«

»Auch ich diene einer Göttin«, versetzte ich heiser, »sie heißt Liebe, und du bist ihre Priesterin. Was kümmert mich Isis, wenn ich der Göttin Liebe diene? Komm, küß mich hier und jetzt, ehe ich vielleicht sterbe. Küß mich, denn ich habe lange genug darauf gewartet, und dann laß uns den Bund der Ehe schließen.«

Einen Moment lang zögerte sie noch, schwankte im Sturm der Leidenschaft wie ein hohes Schilfrohr am Ufer des Nil, doch dann, ah!, sank sie an meine Brust und drückte ihre Lippen auf die meinen.

Ganz kurz schien ich, Shabaka, in eine Art Rausch zu verfallen, und rosenfarbene Nebel hüllten mich ein. Dann hörte ich, Allan Quatermain, einen scharfen, kurzen Laut wie den Schlag einer Uhr, und blickte auf. Es war tatsächlich eine Uhr, ein schönes, altes Stück auf einem Kaminsims vor mir, und an der Stellung der Zeiger erkannte ich, daß sie gerade die zehnte Stunde geschlagen hatte.

Nun erinnerte ich mich, daß ich vor Jahrhunderten, als ich aus irgendeinem Grunde einschlief, diese Uhr und diese Zeiger in der gleichen Stellung gesehen hatte und mir bewußt gewesen war, daß ich den zweiten Schlag der zehnten Stunde hörte. Oh! Was hatte das alles zu bedeuten? Waren Tausende von Jahren vergangen oder — nur acht Sekunden?

Etwas Schweres lastete auf meiner Schulter. Ich blickte mich um und entdeckte das schöne Haupt von Lady Ragnall. Sie schlief süß und selig. Lady Ragnall! In meinem äußerst merkwürdigen Traum war sie die Priesterin Amada gewesen. Und da war auch das Zeichen des jungen Mondes auf ihrer Brust. Noch keine Sekunde war es her, da hatte ich mit dieser Amada in einem Schrein gestanden, sie war so gekleidet gewesen wie Lady Ragnall an diesem Abend, und als ich daran dachte, zu welchen Vertraulichkeiten es zwischen uns gekommen war, da errötete ich. Lady Ragnall! Amada! — Amada! Lady Ragnall! Ein Schrein! Ein Boudoir! Oh! Ich war wohl dabei, den Verstand zu verlieren!

Ich konnte sie nicht aufwecken, das wäre ... nun, unziemlich gewesen. So blieb ich, Shabaka, oder Allan Quatermain, einfach reglos sitzen. Ich verspürte ein seltsames Behagen und versuchte gerade, die einzelnen Teile zu einem Bild zusammenzufügen, als Amada — ich meine, Lady Ragnall, plötzlich erwachte.

»Ich wüßte gerne«, sagte sie, ohne den Kopf von meiner Schulter zu nehmen, »was wohl aus dem heiligen Tanofir geworden ist. Ich glaube, ich hörte ihn vor dem Schrein Anweisungen geben, daß man des Pharaos Grab an einer ganz bestimmten Stelle ausheben solle, und zwar sofort, denn ihm bleibe nicht mehr viel Zeit. Ja, und ich wünschte, er würde weggehen. Oh! Du meine Güte!« rief sie und sprang auf.

Auch ich erhob mich, und dann standen wir da und sahen uns an.

Zwischen uns, vor dem Kaminfeuer, stand der Dreifuß mit dem Becken aus schwarzem Stein, und auf seinem Grund lag ein Häufchen weißer Asche, die Reste des *Taduki*. Wir warfen einen kurzen Blick darauf, dann starrten wir wieder uns an.

»Oh! Wo sind wir gewesen, Shaba ... ich meine, Mr. Quatermain?« keuchte sie, und ihre Augen wurden groß.

»Ich weiß es nicht«, antwortete ich verwirrt. »Im Osten, nehme ich an. Das heißt — das war alles nur ein Traum.«

»Ein Traum!« sagte sie. »Was für ein Unsinn! Sagen Sie, standen Sie eben noch mit mir in einem Allerheiligsten vor der Statue der Isis, derselben Statue, die vor zwei Jahren auf George fiel und ihn tötete, oder nicht? Haben Sie mir eine Kette aus wundervollen rosa Perlen geschenkt oder nicht — dieselbe, die Sie vom großen König gewonnen hatten und die wir der Statue als Versöhnungsopfer um den Hals legten, weil ich meine Gelübde an die Göttin gebrochen hatte?«

»Nein«, erklärte ich triumphierend, »ich habe nichts dergleichen getan. Glauben Sie denn wirklich, ich hätte diese unbezahlbaren Perlen mit in die Schlacht genommen? Ich gab sie Karema zur Aufbewahrung, nachdem meine Mutter sie mir auf ihrem Totenbett zurückgegeben hatte. Daran kann ich mich ganz deutlich erinnern.«

»Ja, und Karema überreichte sie mir als Unterpfand Ihrer Liebe, als sie mit dem heiligen Tanofir in der Stadt erschien, und sie hatte noch etwas für mich, was ich in diesem Augenblick weit mehr begrüßte — etwas zu essen nämlich. Wir waren schließlich fast am Verhungern. Nun, im Schrein legte ich sie zum Zeichen unserer ewigen Vereinigung erst Ihnen und mir um den Hals, aber dann dachten wir, es sei vielleicht klüger, sie der Göttin zu opfern — Sie verstehen schon, um sie zu beschwichtigen! Oh! Wie konnten wir es nur wagen, uns gerade dort zu verloben, in ihrem Schrein, in ihrer Gegenwart, obwohl ich ihr zweimal geschworen hatte, ihr zu dienen? Das war ein Frevel, und obendrein noch eine Beleidigung.«

»Ich könnte mir vorstellen, weil die Liebe stärker ist als die Angst«, entgegnete ich. »Aber Sie scheinen etwas länger geträumt zu haben als ich und können mir vielleicht erzählen, was weiter geschah. Ich kam nur bis — nun, ich weiß es nicht mehr«, behauptete ich, denn in diesem Augenblick kehrte die Erinnerung zurück, und ich konnte nicht weitersprechen.

Sie errötete tief und wurde unruhig.

»Auch in meinem Kopf geht alles durcheinander«, rief sie aus. »Ich kann mich nur an eine ziemlich lächerliche — aber doch sehr zärtliche Szene erinnern. Sie wissen ja, wie eigenartig Träume sein können.«

»Hatten Sie nicht gesagt, es sei kein Traum gewesen.«

»Ich weiß wirklich nicht, was es war. Aber — Ihre Wunde schmerzt Sie doch nicht, oder? Sie haben stark geblutet. Hier hatte ich einen Fleck.« Damit berührte sie ihre Brust und blickte staunend auf ihr altes Priesterinnengewand hinab, als erwarte sie, es gerötet zu sehen.

»Da jetzt kein Fleck mehr zu sehen ist, *muß* es ein Traum gewesen sein. Aber bei meiner Ehre! Das war eine Schlacht!« erklärte ich.

»Ja, ich stand oben auf der Säule und habe alles mitangesehen. Oh! Es war herrlich. Erinnern Sie sich an den Angriff der Äthiopier gegen die Unsterblichen? Natürlich, Sie haben ihn ja angeführt. Und dann, als Pharao Peroa fiel — sie wissen doch, daß er George war? Und als Sie den Großen König mit Ihrem schwarzen Bogen töteten! Sie waren auch damals schon ein großartiger Schütze. Und die brennenden Schiffe, wie sie loderten! Und — hundert andere Dinge.«

»Ja«, sagte ich. »Es hat alles geklappt. Der heilige Tanofir — oder seine Schale, ich weiß nicht, wer von beiden — war ein guter Stratege.«

»Und Sie waren ein guter General, Bes übrigens auch. Oh! Was habe ich für Qualen durchlitten, als der Ausgang des Kampfes noch in der Schwebe war. Mein Herz stand in Flammen, ja, ich schien zu brennen für ...« Hier hielt sie inne.

»Für wen?« fragte ich.

»Für Ägypten natürlich, und als ich, wie Sie sich gewiß erinnern, im Schrein um Ihren Erfolg betete — und für Ihre Sicherheit, und im Alabaster Ihr Spiegelbild erblickte, da wäre ich vor Freude fast gestorben. Ich war Ihnen — ich meine natürlich Shabaka — nämlich die ganze Zeit über sehr zugetan, das ist mein Teil der Geschichte, den Sie wohl nicht mitbekommen haben. Obwohl ich mich nach außen hin so kalt und eigensinnig gab, war ich fähig zu lieben, ja, in diesem Leben verstand ich mich darauf. Oh! Und Shabaka! Er war wahrhaftig ein Held in seinem zerschlagenen Harnisch und mit den triumphierend strahlenden Augen. Auf seine Art sah er tatsächlich sehr gut aus. Aber was rede ich da für einen Unsinn.«

»Ja, großen Unsinn. Dennoch wünschte ich, wir wüßten genau, wie die Geschichte ausgegangen ist. Ein Jammer, daß Sie es vergessen haben, die Neugier bringt mich fast um. Von dem *Taduki* ist wohl nichts mehr übrig, oder?«

»Keine Faser«, antwortete sie entschieden, »und selbst wenn, es wäre tödlich, es zweimal an einem Tag zu inhalieren. Wir haben alles erfahren, was es zu erfahren gibt. Vielleicht ist es ganz gut so, obwohl ich gerne gewußt hätte, was nach unserer ... unserer Heirat geschah.«

»Wir haben also geheiratet, ja?«

»Ich meine«, fuhr sie fort, ohne auf meine Bemerkung einzugehen, »ich wüßte gerne, ob Sie lange in Ägypten regiert haben. Denn Sie oder vielmehr Shabaka haben wirklich regiert. Und ob die Ostländer zurückgekehrt sind und uns vertrieben haben, oder was sonst geschah. Das Elfenbeinkind wurde nämlich irgendwie fortgebracht, denn erst vor ein paar Jahren haben wir es in Kendahland wiedergefunden.«

»Vielleicht haben wir uns nach Äthiopien zurückgezogen«, schlug ich vor, »und die Verehrung des Kindes setzte sich in einem Teil jenes Landes fort, nachdem das äthiopische Reich unterging.«

»Vielleicht, nur kann ich mir nicht vorstellen, daß Karema jemals freiwillig nach Äthiopien zurückgekehrt wäre. Sie erinnern sich doch, wie sie dieses Land haßte. Nein, nicht einmal, um ihre beiden schwarzen Kinder wiederzusehen. Nun, da wir es niemals erfahren werden, hat es auch keinen Sinn, darüber zu spekulieren.«

»Ich dachte, es wäre noch *Taduki* übrig«, bemerkte ich traurig. »Ich bin sicher, daß ich in dem Kästchen noch etwas gesehen habe.«

»Kein einziges Blatt«, antwortete sie noch bestimmter als vorher, und dann streckte sie die Hand aus und schloß den Deckel der Rosenholzschatulle, ehe ich hineinsehen konnte. »Vielleicht ist es so am besten, denn immerhin ist die Geschichte bis dahin gut ausgegangen, und ich möchte, oh!, ich möchte nicht erfahren, wie Sie und ich vom Fluch der Isis getroffen wurden.«

»Daran glauben Sie also?«

»O ja«, antwortete sie lebhaft, »mehr noch, ich glaube, daß er noch immer wirksam ist, denn das ist vielleicht der Grund, warum wir alle immer wieder auf der Welt erschienen sind, Sie und ich, George und Hans, ja, und sogar der alte Harût, den wir in Kendahland kennenlernten und der, glaube ich, der heilige Tanofir war. Denn so gewiß, wie ich lebe, weiß ich ohne jeden Zweifel, daß Sie der General Shabaka waren und ich die Priesterin Amada, Prinzessin von Ägypten, wie immer wir heute auch heißen mögen, und daß zwischen uns der Fluch der Isis steht wie ein zitterndes Schwert. Deshalb wurde George getötet, und deshalb ... aber ich bin jetzt sehr müde, ich glaube, wir gehen besser schlafen.«

Soweit ich mich erinnere, habe ich bereits erklärt, daß ich Ragnall Castle ganz früh am nächsten Morgen verlassen mußte, um eine Verabredung zur Jagd einzuhalten. Oh, ihr Himmel! Eine Verabredung zur Jagd!

Doch was immer Amada — ich meine Lady Ragnall — auch beteuern mochte, ich bin mit gutem Grund davon überzeugt, daß noch eine ganze Menge *Taduki* übrig war.

ALLAN QUATERMAIN

HEYNE BÜCHER

JOHN BRUNNER

Der erfolgreichste englische Science Fiction-Autor, weltberühmt durch seine Romane „Schafe blicken auf" und „Morgenwelt"

06/3617

06/4683

06/4665

06/4430

06/3750

06/3688

Wilhelm Heyne Verlag München

HEYNE BÜCHER

Die großen Werke des Science Fiction-Bestsellerautors

Arthur C. Clarke

»Aufregend und lebendig, beobachtet mit dem scharfen Auge eines Experten, geschrieben mit der Hand eines Meisters.« (Kingsley Amis)

01/6680

01/6813

01/7709

01/7887

01/8187

06/3259

Wilhelm Heyne Verlag München

INHALT